«PANDORA»

Della stessa autrice
(anche in ebook)

L'ISTANTE ESATTO CHE LEGA DUE DESTINI

ANGÉLIQUE BARBÉRAT

INCONTRARTI

Traduzione di Marina Karam

Sperling & Kupfer

La citazione di William Blake è tratta da *Il matrimonio del cielo e dell'inferno*, in Idem, *Opere*, a cura di Roberto Sanesi, Testi introduttivi di Roberto Sanesi e Stefano Zecchi, Guanda, Milano 1984, p. 175.

Le parole di *Lose Yourself* sono di Eminem, Marshall B. Mathers, Luis Edgardo Resto, Jeffrey Irwin Bass, © Kobalt Music Publishing Ltd.

La citazione di Guy de Maupassant è tratta da *Bel-Ami*, Traduzione di Cinzia Bigliosi, Feltrinelli, Milano 2012.

Realizzazione editoriale a cura di studio pym.

ISBN 978-88-200-6054-1

I Edizione giugno 2016

Anno 2016-2017-2018 - Edizione 1 2 3 4 5 6 7 8 9 10

A Bertrand. Per Lola.
Per voi e per te, Isabel. Sempre.

«Colui che desidera ma non agisce
nutre la pestilenza.»
WILLIAM BLAKE

«Che cosa succede in autunno?» chiese la maestra.

«In autunno? Be'... le foglie diventano gialle, arancioni e rosse», rispose un bambino seduto vicino alla finestra.

Parigi, 5 giugno 2009. Ore 9.15

LOLA sbatté la porta d'ingresso. Stava tremando. Si chiedeva il perché di quel turbamento e come mai, all'improvviso, tutto fosse diventato molto chiaro. *Come può capitare una cosa del genere quando ci si deve sposare tra una settimana?*

Le salirono le lacrime agli occhi. No, queste cose non possono o non dovrebbero mai capitare. Soltanto la vita osa l'impensabile. Ma questo, la giovane donna non riusciva a capirlo. In quel momento era liquefatta, turbata, sconvolta da qualcosa di ben più terribile di una valanga di domande. *Perché mi ha aperto? Perché ha guardato il cielo? Perché sto per dire di sì a Franck?*

Per quale vita?

Suonò il campanello. Lola sbirciò dallo spioncino, ma avrebbe potuto benissimo non farlo. Avrebbe potuto non aprire, ma girò la chiave.

1

Parigi, nove ore e quindici minuti prima

Faceva ancora caldo quando Bertrand Roy incrociò rue Hector nel momento in cui la data sul calendario passava dal 4 al 5 giugno. Camminava e guardava le stelle, già sapendo quali colori il cielo avrebbe assunto all'alba. Le nuvole, forse, non sarebbero spuntate prima di metà pomeriggio. Si fermò davanti al numero 43 e diede un'ultima occhiata prima di comporre il codice. Spinse il portone, prese la posta che traboccava e si addormentò profondamente in un letto che non era il suo. Per svegliarsi alle quattro e mezzo.

Come tutti i giorni, in un Paese o in un altro, in compagnia o da solo, bambino o quasi trentenne, il suo orologio biologico spaccava il secondo. Eppure Bertrand non ne risentiva. Anche se non dormiva più, di certo non si metteva a pensarc. Attraversava le ore e i luoghi, a occhi aperti. Viaggiatore e libero. Filmava e fotografava il mondo. Per lui contava solo il presente – *esiste soltanto un millesimo di secondo e io lo rendo eterno* – e apprezzava quest'ultima parte della notte come un momento di vita del tutto unico. Tranquillo. Trovarsi lì e basta, senza conseguenze, a guardare la luce nascere in fondo a un letto, a sentir passare il tempo in un silenzio totale, dolce, quasi femminile. Che fu interrotto dall'acqua che scorreva nei tubi dell'appartamento al piano di sopra.

Bertrand si girò verso la sveglia di pelo rosa e, in un lampo, i suoi pensieri si sincronizzarono con la realtà, al ritmo dei passi dei vicini del quarto piano, che mai aveva visto. Ma sapeva che l'ingegnere stava per sposare la sua hostess e sapeva anche quando. Aveva più o meno letto la partecipazione che Daphné gli aveva sbattuto in faccia due giorni prima, accompagnata da furibondi rimproveri contro di lui, da elogi sul futuro sposo Franck Milan, da prediche su questo e quello e da verità di cui non gli importava nulla.

La sua realtà aveva confini diversi da quelli in cui Daphné voleva rinchiuderlo. Era da vigliacchi approfittare dell'assenza di lei per recuperare le sue cose, ma era tempo di mettere fine a questa relazione che non era più tale. D'altronde, quante volte Bertrand era venuto tra quelle mura? Più di dieci? *Molte meno.* Viaggiava per l'ottanta per cento dell'anno. Aveva una visione molto libera della sua vita e nessuna intenzione di sistemarsi a lungo in quella casa, involontariamente o per forza di cose o perché lei gli lasciava le chiavi!

Il letto era comodo e l'attimo piacevole, anche se la temperatura saliva e i vicini non erano molto discreti, nemmeno nello scendere le scale. Bertrand seguì con gli occhi il raggio di sole che si infilava come una freccia fino allo specchio, che lo rifletté carico di particelle danzanti. Si alzò, aprì la finestra e scorse un uomo alto, bruno, una borsa in spalla, che usciva dal palazzo tenendo per mano una donna che non riuscì a vedere. Lo guardò per due o tre secondi, tirò le tende e tornò a letto.

2

Al droghiere di rue Hector piaceva molto la mattina. Esponeva all'esterno la frutta e la verdura, salutando gli abitanti. Non erano tutti clienti fedeli: sapeva che gli uomini non lo sono. Ma nel guardare Lola e Franck baciarsi con amore sul marciapiede di fronte, avrebbe scommesso su di loro l'incasso della giornata. Avrebbe potuto trascrivere quel che si dicevano. Il giovanotto bruno prometteva di essere prudente alla guida e di festeggiare l'addio al celibato senza esagerare. Lei gli sussurrava all'orecchio che le sarebbe mancato; lui rispondeva che quei quattro giorni sarebbero stati dimenticati molto in fretta, come se non fossero mai esistiti. Lui se la prese con il caldo infernale e con il climatizzatore guasto. «Stai attenta al lupo cattivo!» Lei lo salutò con la mano. Lui suonò due volte il clacson e Bertrand, in fondo a quel letto che non era il suo, si disse che il futuro-perfetto-marito ignorava che strombazzare in città era non soltanto vietato ma anche di cattivo gusto. Come per vendetta, le parole molto sentite di Daphné, che lo dipingevano come superficiale, infedele e incoerente, ricaddero in una pioggia di confronti – *giusta* – in mezzo alle particelle di polvere che in quel momento galleggiavano in un lungo velo di luce. Il fotografo si coprì gli occhi con il braccio destro e Lola fece un gesto cordiale a Momo, il droghiere, che stava sistemando un'altra cassetta di albicocche.

Lola risalì i quattro piani senza far rumore. Riaccese i ventilatori, che smossero soltanto aria calda, visto che il termometro a calamita sul frigo indicava già trenta gradi. Aprì le finestre accennando lenti passi di danza, in ricordo dei tredici lunghi anni che erano svaniti dall'ultimo corso. Il suo corpo non aveva rimosso un solo movimento. Una strana sensazione la inchiodò in mezzo alla stanza, risvegliando le ore di esercizio. E mille altri ricordi. Che sparirono nell'attimo in cui la porta della cucina sbatté.

Ma la futura sposa non si mosse: stava tornando pian piano al presente. Tra quelle mura che lei e Franck avrebbero lasciato per sempre di lì a una settimana. Pensò al suo abito. Si inginocchiò davanti al letto e infilò la mano destra sotto il materasso. Tastò invano, corse dall'altro lato, ripeté il gesto e alla fine rovesciò il materasso, che si trascinò dietro il comodino, i libri, le riviste, la lampada. Qualche metro più in basso, Bertrand alzò il braccio. Nessun grido. Nessuna lite. Di nuovo il silenzio. Avvolgente, caldo, soleggiato.

Bertrand fissò le ombre sulle modanature del soffitto; Lola quella cosa che l'aveva fatta impazzire. Al centro, proprio all'intersezione delle doghe, brillava una chiave. Lo vide come un segno. Ma quale? Oh! Non si fece tante domande. Prese la chiave e la mise nella serratura dell'armadio, là dove il suo abito da sposa riposava in una custodia dorata come una forma di pane appena uscita dal forno.

Il gancio dell'attaccapanni, rivolto ancora nella stessa posizione, testimoniava come Franck avesse resistito alla tentazione. Lui se ne fregava delle superstizioni, ma *non della mia*. Nel baciarla, l'aveva stuzzicata: «Come se, per essere felici, bastasse non vedere l'abito prima del giorno X o non sposarsi il 13!» Lei aveva ribattuto, senza vergogna: «Per me ha molto più fascino sposarsi il 12». Lui era scoppiato a ridere. «Allora nascondila bene, questa chiave!» E in quel momento, abbassando la chiusura lampo, Lola, ventott'anni, fu colta – senza sapere perché – da una punta aguzza di timore irrazionale.

Porterà forse sfortuna provarlo, anche solo per se stessi? Si girò verso la sveglia. Non lesse l'ora, ma quel minuscolo secondo di solitudine in cui non esiste più niente. Il passato, il presente, il futuro, le paure e le angosce danzavano, trascinati dalla brezza che correva spazzandole via la ragione.

Sì, credere a tutto questo non aveva senso, eppure trasgredire era una faccenda delicata. Si rischiava di tentare fin troppo la sorte, così da farla infiltrare in quella incrinatura.

Nella stanza risuonò la voce di Elsa, la sorella minore, che cantava a squarciagola quando ne aveva voglia ma che non si sarebbe mai sposata. E che non lo sapeva, poiché non si dice niente agli angeli. Non bisogna spaventarli. Non capirebbero che sono diversi e che non hanno un vero posto in questo mondo.

Elsa neanche sapeva di aver reso cupo il futuro della sua famiglia. Lei se ne stava lì e non c'entrava nulla. Sorrideva, canticchiava e volteggiava ovunque, in qualunque istante. Anche nella pasticceria, dove più giorni alla settimana si concentrava sulla farina, le uova, il sale, lo zucchero, il cioccolato, la vaniglia e il burro. Elsa non pensava a concetti come «ieri», «domani», «normale» o «unico». Esisteva soltanto «subito». La appassionavano unicamente i dolci e tutti i personaggi da bambini che vedeva alla tv. Guardava sfilare le immagini come se fosse la prima volta. Contava sulle dita e non si sbagliava mai. Chiamava gli oggetti con il loro nome, riconosceva le persone e non ci parlava mai al primo incontro. Non sapeva di aver imparato a camminare e a parlare a un'età in cui nessuno se lo sarebbe più aspettato.

Quante volte Géraldine e Jean Baratier avevano sentito uscire dalla bocca di grandi specialisti che quella piccola, sempre sorridente, non avrebbe mai avuto la testa di una bambina della sua età? A ogni visita. Fin quando un uomo con un camice bianco aperto su una camicia rosa si espresse: «Dovete accettarla così com'è».

Elsa saltellava nel corridoio chiedendo un gelato alla fragola. Il professore, fissando la bambina, aveva aggiunto che era bella e felice. E questo, alla fine, contava più di tutto il resto; era giusto che le piacessero i gelati alla fragola «perché sono i più buoni».

«La tua camicia è alla fragola.»

Non c'erano state più visite. Ogni giorno, Géraldine si aggrappava alla quotidianità. Un passo dopo l'altro. Le parole avevano coperto gli oggetti, i sensi. Una frase, due. Quindici. Mille. Riempire le ore per attraversarle. Portare Lola a danza... Elsa in braccio, sulle ginocchia, per mano. *Per mano.* Dimenticare il resto... Tutto il resto. Ma affrontarlo notte dopo notte, mangiandosi le unghie fino all'osso mentre Lola, bambina, immaginava la corsa degli aerei in fondo al letto.

Quando il tempo lo permetteva ed Elsa non urlava, le due sorelle si sdraiavano sull'erba in mezzo all'ampio giardino. Lola guardava le minuscole frecce bianche che sua sorella cercava di acchiappare. Ma dove andavano, così in alto nel cielo? In un mondo dove tutto è sospeso? Un mondo in cui Jean Baratier avrebbe evitato le vertigini? Il padre di Lola non sollevava gli occhi da terra. La vendeva, lui, la terra, negoziava la pietra, le superfici, i muri. Apriva la stretta porta di legno in fondo alla sua proprietà, tra le due tuie tagliate a forma arrotondata, e scendeva lungo la strada che serpeggiava fino alla Marna: calma, silenziosa, larga e color smeraldo. Lì immergeva la sua canna da pesca. Seguiva un sughero appeso a un filo. Mai libero, e neanche con la promessa di una bella preda, disegnando volute e vortici soltanto quando sollevava il polso per bere un piccolo sorso. Due. Tre. Fiaschi, poi bottiglie con cui tenersi su. A forza di voler rigare dritto, di non voler affrontare il buio, aveva finito per perdere il controllo e la vita. Lola aveva quattordici anni ed Elsa nove.

«Papà! Papà! Papà!»

La piccola non smise mai di apparecchiare il suo posto a tavola. Non esistevano ritardi né incidenti. A volte, Lola aveva invidiato la sorella. Soprattutto quando, alla fine di quello stesso anno, era stata bocciata all'esame di diploma e non era passata al liceo. Sua madre non l'aveva sgridata ma si era seduta sul suo letto.

«Non è grave essere bocciati. La cosa grave è mollare tutto.»

Non aveva aggiunto altro però, nella penombra di quella camera, una Lola adolescente aveva visto con chiarezza che la madre fingeva. Era una sensazione vaga ma se ne stava in agguato, come sabbie mobili. Suo padre vi era affondato lentamente, senza gridare aiuto. Géraldine aveva alzato la testa: «Io ci sarò sempre. Ma conto anche su di te».

Lola aveva ripetuto l'anno e, alla fine, era riuscita a ottenere *in extremis* la maturità senza avere la minima idea di come proseguire con gli studi. La sua migliore amica, Natacha, si era iscritta alla facoltà di legge. Lei fece altrettanto. Il diritto è una cosa seria. Eppure non si vedeva né avvocato né giurista. Si immaginava nel settore immobiliare. Per forza di cose, all'inizio, non si parlava d'altro che dell'agenzia che avevano rilevato sua zia e suo zio, pur di non dilungarsi sulle altre cose. Dopo tre anni di lavoro serio e una laurea senza bocciature né recuperi, Natacha si mise in testa di partecipare al concorso di Air France.

«Vieni con me, in due sarà più bello!»

Si iscrissero per scherzo e lo superarono entrambe. Lola, che da bambina seguiva la corsa degli aerei, non la prese mai come una scusa per attraversare il tempo senza guardarsi alle spalle. Non le sarebbe mai venuto in mente di lanciarsi da sola in una cosa così folle. Ma quel mestiere non aveva nulla di stravagante, bensì delle regole precise e concrete che la rassicurarono.

Il mondo era ormai a portata di mano. Le esperienze venivano condivise quando le due giovani si ritrovavano nell'appartamento parigino che Jean Baratier aveva acquistato anni addietro. Lui diceva sempre che si sarebbe rivalutato.

«Parigi-Noisiel, ventisette minuti di RER. Quando studierai lì, ritornerai per il weekend e andremo a pescare.»

«Sai che non mi piace pescare.»

«Puoi farmi un piacere, no?»

«Portaci Elsa!»

«Tua sorella detesta gli animali, e ancor più i pesci.»

«Papà!»

«Sei soltanto un'ingrata.»

Suo padre aveva il dono di dire cose del genere, che lasciavano tracce identiche alla scia di un aereo. Alla fine sparivano, però a volte, con un volo, tutto tornava. Freddo e bianco. Muto e presente. Perpetuo, come il ricordo di un gesto.

3

SENTENDO il campanello, Bertrand si infilò i jeans nel momento in cui quella ragazza slanciata, in canotta rosa pallido, pantaloncini e infradito dieci volte più grandi del suo piede, si stava chiedendo se suonare di nuovo.

«Buongiorno», disse lei, sorpresa di vederlo aprire la porta. «Sono Lola, abito al piano di sopra. Daphné è in casa?»

Bertrand la fissò senza rispondere. Pensò: Ecco la futura sposa, e lei: La mia vicina non è una bugiarda. Lui si appoggiò con la spalla nuda contro lo stipite, e sorrise. Lei arrossì appena. Lui fece finta di niente.

«No. Ti serve qualcosa?»

«Un cacciavite.»

Bertrand sorrise di nuovo, e Lola mostrò la maniglia in maiolica che teneva nella mano destra. Lui si protese per prenderla e le diede un'occhiata.

«La porta della cucina ha sbattuto, e senza volere ho fatto cadere il perno dall'altra parte mentre cercavo di sistemarla.»

Bertrand la fissò negli occhi e le domandò, serio: «A croce o piatto?»

Lei ripeté, pensandoci su: «A croce… Piatto?»

«Vediamo che cosa è successo. Entra.»

Lola mosse qualche passo, lui raccolse una T-shirt grigio chiaro e se la infilò, per poi sparire in uno sgabuzzino. Sulla mensola laccata bianca del salotto, in mezzo a una sfilza di cornici, Lola ne notò una che la sua vicina, a quanto pareva, doveva per forza mettere in mostra. Si avvicinò e lesse la parola scritta con il pennarello rosso, sottolineata con quattro larghe linee sul ritratto dell'uomo che aveva ritenuto capace di invisibilità: STRONZO.

Lui ricomparve, lei si raddrizzò. «Vieni», le disse.

4

BERTRAND non disse una parola ma guardò a lungo Lola per due volte mentre, nella penombra, salivano la scala in mogano. Era poco più alto di lei, i piedi nudi, i capelli come nella foto, troppo lunghi e piuttosto spettinati, gli occhi nerissimi. Lola pensò alla sua amica Natacha, con la quale aveva scherzato molto sulla mitomania della vicina. Lui sorrise, come se avesse captato i suoi pensieri.

«Forse non c'è bisogno che mi presenti.»

«No.»

All'ultimo piano, sotto i tetti, il sole mattutino sembrava spuntare dall'appartamento lasciato aperto. Bertrand aspettò che Lola entrasse. Si fecero strada tra gli scatoloni ammucchiati qui e là. Lui si inginocchiò davanti alla porta senza maniglia, fece ruotare un cacciavite per sbloccarla e, infine, raccolse i pezzi sparpagliati sul pavimento dall'altro lato. Poi si rialzò.

«Hai le viti?»

Lola le recuperò sul tavolo del salone e gliele diede. Lui le mostrò la testa, sorrise.

«A croce.»

«Vedo», disse lei con lo stesso sorriso.

«Riparare una maniglia è semplice. Guarda.»

Lola si spostò di lato e Bertrand misurò con un'occhiata veloce il punto in cui si era fermata. Era fatto così, gli piaceva vedere fin dove arrivava la gente. Non è quel che deve fare un fotografo? Non tradire le cose e capire dove stanno i limiti? Aspettava e osservava. Con discrezione. Spiegò il meccanismo, *Lola ha bisogno di un metro e mezzo, non è timida ma prudente.*

Lei ascoltava seguendo i suoi gesti. Le sue mani. Notò l'anello largo, d'argento, sull'anulare sinistro, ma pensò: Ha una voce profonda. Più di quanto avesse immaginato. Eppure non ci aveva fatto molto caso, quando aveva tenuto tra le mani la foto, senza la scritta. Ci aveva visto soltanto il playboy seducente che faceva impazzire la sua vicina-giornalista-di-moda-per-*ELLE*. Nelle poche conversazioni che avevano avuto da quando lei aveva traslocato in rue Hector, Bertrand aveva sempre occupato il posto del re. «Di cuori, ovviamente, da quasi otto anni. Sopporto il suo carattere, le sue lunghe assenze e accetto il sacrificio perché provo gioia alla sola idea di rivederlo! Costi quel che costi! Bene o male! Oh! Lo so, è fuori moda, ma ho un gusto particolare per le cose vecchio stile.»

Bertrand si girò verso Lola per spiegare un dettaglio tecnico. La giovane donna si avvicinò.

«La coppiglia va qui, così.»

«Okay.»

«Poi blocchi qui.»

Lei fece un cenno con il capo, senza arretrare. *Un metro.* Lui inserì una prima vite.

«La tua maniglia era difettosa?»

«Franck doveva ripararla.»

«Se ne sarà dimenticato, tra il matrimonio e tutti questi scatoloni.»

Bertrand le lanciò una lunga occhiata, Lola sorrise. Lui serrò le viti della maniglia e disse che Daphné gli aveva mostrato la partecipazione «a modo suo». In che modo? pensò lei osservando come gli si muovevano i capelli mentre si chinava.

«Traslocate prima o dopo il viaggio di nozze?»

«Ci porteranno via gli scatoloni quando non ci saremo.»

«È un regalo originale.»

«Utile.»

Bertrand fece lo stesso sguardo, lei lo stesso sorriso. Lui si accovacciò. «Hawaii, congratulazioni.»

«Grazie.»

«Non le conosco.»

«Sarà una scoperta anche per noi.»

Il cacciavite passò dalla mano destra alla sinistra. «Trasloco anch'io, in un certo senso.» Diede un ultimo giro su entrambi i lati. «Ma non ho mille scatoloni!» Lola si chiese se avrebbe ripreso la sua cornice. Lui provò ad abbassare la maniglia per verificarne il funzionamento. Spinse la porta contro il muro, vi appoggiò una sedia, fece tre passi, posò gli attrezzi sul tavolo della cucina e si sedette.

«Ecco fatto. È riparata.»

«Grazie.»

Bertrand sorrise cercando di scoprire il colore dei suoi occhi – *nocciola* – e lei sentì la sua voce che gli offriva un caffè.

«Si muore dal caldo, ma perché no?»

«A parte dell'acqua con ghiaccio, non ho molto altro.»

«Avrei proprio voglia di un caffè con quell'aggeggio», disse lui, additando la moka lasciata ad asciugare di fianco al lavello.

«Forte?»

«Quanto basta.»

Lola riempì la caffettiera con una mano e afferrò il pacchetto del caffè con l'altra. I suoi gesti erano rapidi e precisi, ma *è da tanto che non prende il sole.* Bisognava avere un occhio come il suo, per distinguere i lievissimi segni lasciati dalle spalline del costume da bagno. Lei si scusò per averlo svegliato così presto.

«Ero sveglio da un pezzo.»

Lola si girò verso di lui. «Dormo poco.» *Fino a che punto i suoi occhi si illuminano in pieno sole?* Riempì la caffettiera con svariate dosi. Bertrand si avvicinò per avvitare le due parti della «tua bella macchinetta». Lola si allontanò, accese una piastra. Lui vi appoggiò sopra la moka. «Hai qualcosa da mangiare?»

«Dei *petits-beurres.*»

«Niente di più sostanzioso?»

«Gli spaghetti di ieri.»

Fu Bertrand a tirare fuori la pentola dal frigo. Lei gliela prese di mano e la mise a riscaldare mescolando lentamente. La caffettiera cominciava a borbottare. Bertrand disse che c'era un buon profumo e orientò il ventilatore su di lei. Sui suoi capelli. Lei si risistemò lo chignon. «Ne vuoi?» «No.» Lui aprì un armadietto, lei gliene indicò un altro, lui prese un piatto e allungò il braccio sopra la spalla di Lola per afferrare due tazze sulla mensola. Non la sfiorò, però lei avvertì il suo calore. Lui vide il neo tondo e chiaro nell'incavo della nuca. Non gli venne voglia di fare una foto ma di posare il dito là sopra. Di sentire quanto fosse dolce la sua pelle. Lei gli porse le posate. Lui si servì e mangiò in piedi. La caffettiera si mise a gorgogliare, Lola la spostò e spense la piastra. *Un metro e mezzo.*

«Matrimonio, casa, bambini. Fidanzamenti?»

«No.»

«Niente anello?»

Lola sorrise e riempì le tazze: «Vuoi lo zucchero?»

«Mai», disse Bertrand tra due bocconi prima di aggiungere: «È molto buono».

«Non esagerare.»

«Mai, Lola.»

I loro sguardi si incrociarono. *Lui conosce mille Lola. I suoi occhi saranno verdi a mezzogiorno in punto?* Lei spinse una tazza nella sua direzione.

«Da quanto tempo state insieme?»

«Quattro anni.»

Bertrand arrotolò gli spaghetti con destrezza.

«Complimenti. Avete varcato con successo la soglia dei due anni di passione. Attenzione alla svolta dei sette anni e a quella dei quindici. Dopo di che, tranquillità assoluta.»

«Sembri ben informato.»

Lui terminò il boccone. «Daphné mi ha spiegato a fondo l'argomento, documentandolo con innumerevoli articoli del cazzo.» Lola sorrise, il ventilatore le faceva danzare una ciocca. Bertrand si servì un'altra porzione di pasta. «In aereo dormo ancora meno. Ho il tempo di studiare le riviste femminili...» Lasciò passare alcuni secondi, che divertirono entrambi. «Me ne frego di quelle stronzate e delle discussioni di Daphné.»

Una seconda ciocca svolazzò, Lola la bloccò dietro l'orecchio e Bertrand mandò giù una robusta forchettata. Lei si portò la tazza alle labbra ma la posò subito. Lui mise il piatto sul bancone, andò a prendere due cubetti di ghiaccio dal freezer e li lasciò cadere nelle tazze. I cubetti si spaccarono all'istante. Ritornò al suo posto e, nel servirsi ancora una volta, disse: «Non è il tempo che ti fa conoscere meglio qualcuno».

«Il tempo aiuta.»

«Mica sempre, Lola.»

Bertrand sostenne il suo sguardo. *Che verde sarà a mezzogiorno in punto?* «Quel che Daphné pensa e vuole lo so da un pezzo, e ho anche una mezza idea di che cosa dice.» Lola sorrise in un modo che lui trovò molto elegante, poi abbassò lo sguardo sui cubetti di ghiaccio che si squagliavano a vista d'occhio. Lui finì di mangiare, lei bevve lentamente il caffè per poi sollevare la testa: «Non fa che parlare del tuo talento. Lei... ti adora».

«Si sbaglia. Posso essere tutto tranne che un tipo da adorare.»

«Non hai sentimenti?»

«Non quelli che sogna lei.»

Lola si trattenne nei suoi occhi nerissimi, quindi si immerse di nuovo nella tazza in cui restava solo un pezzo di ghiaccio. Bertrand disse che, certo, trovava Daphné bella, intelligente, colta, dinamica, raffinata, servizievole, efficiente, divertente e molto... La giovane donna sorrise guardando il caffè e lui proseguì: «E davvero molto professionale».

Lola fissò il minuscolo cubetto di ghiaccio che spariva: «Non provi nient'altro?»

«Non sono calibrato per *altro*.»

Lei posò ancora la tazza. Bertrand afferrò la caffettiera e fece per versarle del caffè, ma Lola rifiutò con un gesto. *Cinquanta centimetri.* Lui si servì fino all'ultima goccia.

«Sono contrario alla prigione, e non mi innamorerò mai di lei al punto da perdere la testa.»

Lola si girò verso lui, fece una pausa: «Sei molto sincero». Lui sorrise, radioso: «La mia qualità più grande. Perché, da stronzo che sono, approfitto della sua trasferta a Londra per recuperare le mie cose».

«Non lasciarmi la sua chiave, non la rivedrò più!»

Bertrand finì il caffè e posò la tazza tra sé e Lola, esattamente a metà strada. Lei gli guardò le dita appoggiate sopra, larghe, l'anello *antico ed etnico*. «Le ho dato la partecipazione perché l'ho incrociata nell'atrio proprio il giorno in cui ero andata a prenderle.» Alzò gli occhi *verdi come un sottobosco*. «Siamo soltanto vicine di casa. L'ho fatto più per educazione che per amicizia.» Bertrand sorrise ancora e, posando la mano sul braccio della ragazza, disse: «L'avevo capito».

Non fu sorpreso dal proprio gesto, però la pelle di Lola lo colpì.

Non era più morbida di quanto si fosse immaginato. In realtà anche meno. Ma aveva la consistenza del miele. Pensò al suo viaggio nelle Filippine. Ai rischi che corrono certi uomini per scalare dirupi vertiginosi e rubare enormi favi selvatici pieni di miele. A quei pochi centimetri di distanza annullata da un brevissimo contatto. La messa a fuoco era netta e sconvolgente. Lui ritirò la mano e Lola la vide alzarsi verso il pensile sopra la sua testa. Pensò alle scie che disegnano gli aerei quando si incrociano. Al caldo che incontra il freddo. Alle gocce che si materializzano e al tempo che impiegano per sparire. Scivolò un po' più in là. Bertrand prese un bicchiere e lo riempì d'acqua, dicendo: «Ha comunque scatenato questo chiarimento definitivo». Chiuse il rubinetto. «Dovrei ringraziarti», e bevve tutto d'un fiato.

Lola lo guardò – si vide guardarlo –, poi abbassò gli occhi per atterrare impassibile, e proprio come-se-nulla-fosse, nella realtà. Se l'era sempre cavata alla grande in corsi di formazione, stage commerciali o di addestramento, e quel giorno si trattava di un'esercitazione pratica su come affrontare turbolenze impreviste. Allora rialzò la testa facendo finta di niente e lui pensò che quella ragazza era parecchio in gamba.

Bertrand girò sui tacchi, mosse tre passi convinti. Peccato però che il miele esista e che gli uomini non possano fare a meno di progettare dei marchingegni tanto improbabili quanto pericolosi per soddisfare la loro golosità. Al quarto passo, tornò a sedersi. E incrociò le braccia: «Questa relazione non ha senso. Un pensiero in meno».

«Non preoccuparti, manterrò il segreto.»

«Non mi preoccupo.»

Bertrand la fissò negli occhi. Ci vide più del loro colore, e Lola ebbe una voglia pazza di sapere cosa potesse spaventarlo. E di vederlo al lavoro. Di sedersi accanto a lui. Gli avrebbe detto che viaggiava ma senza mai fermarsi da qualche parte. Che da anni scattava meno fotografie. Che a forza di controllo, di regole da seguire, aveva forse chiuso le porte sul suo universo.

Oh! Mio Dio, tutto questo non ha senso. Lola si girò per prendere la pentola e aprì il rubinetto. Le si abbassò la spallina sinistra, e Bertrand osservò il gesto che lei fece per trattenerla. Poi la finestra e il cielo blu uniforme, nitido, immenso, a portata di mano. Lola versò qualche goccia di detersivo per piatti. *Cos'è che ha un senso?* Gli arcobaleni che si disegnavano nelle bolle di schiuma? Quell'uomo che era lì seduto da lei? Perché non lo sbatteva fuori? Perché non pensava a Franck che le aveva detto di stare attenta al lupo cattivo? A Lola non venne in mente, neanche per un attimo, l'idea che Franck sarebbe potuto rientrare chiedendo che diamine ci faceva quel tipo a casa loro, seduto a sbadigliare, a strofinarsi il viso e a dire: «Sono in pieno jet lag». L'unica cosa che le passò per la testa, invece, fu di domandare: «Da dove arrivi?»

«Un viaggio lampo a New York. Ma non con Air France, Lola *Baratier*.»

Lei si voltò. La voce di Bertrand, il suo sguardo, il suo sorriso sincero/burlone/sicuro fecero sorridere pure lei.

«Hai letto la partecipazione.»

«In realtà non ne ho avuto il tempo, in mezzo alle urla di Daphné.» Sorrise ancora. «Ma quando sono arrivato, stanotte, ho ritirato la posta e ho visto il tuo nome sulla cassetta delle lettere, Lola *Milan*.»

«Sì, prenderò il suo cognome», affermò emozionata/orgogliosa/*bella*.

«Hai ragione, suona bene.»

«Lo penso anch'io.»

Bertrand si congratulò per quel bell'evento e lei lo ringraziò con una voce che gli parve molto dolce. Si guardarono senza contare i secondi, senza udire il silenzio, dimenticando le parole che avevano appena pronunciato. Lui pensò: Due metri. Lei: Fin dove è arrivato? Lui si passò le mani tra i capelli: «Dov'eri, due giorni fa, per non sentire Daphné che mi insultava?»

«A Montréal.»

«Sei riuscita a fare quattro passi in rue Sainte-Catherine o nel parco del Mont-Royal?»

«In rue Sainte-Catherine.»

Lui si mise le mani sui fianchi.

«Anche a me piace molto. Tranquilla, con dei negozi interessanti, dei bar giusti. Una luce avvolgente, in giugno… Gente simpatica… Molto calorosa. Affabile.»

Lola non disse niente, non gli tolse gli occhi di dosso e le spuntò un sorriso.

«Hai incontrato persone simpatiche?» le chiese Bertrand.

«Come sarà capitato a te a New York.»

Bertrand si aspettava di sentirsi chiedere che cosa ci facesse laggiù, ma non accadde. Il sorriso di lei non scomparve, marcò una distanza.

Fu quindi lui a spiegare di avere festeggiato l'addio al celibato di un amico che si sposava il giorno dopo. «Pessima idea, si è addormentato durante il pranzo di nozze. Ho fatto delle belle foto. Di lui sulla sedia. Di lei sulla sua spalla, aggrovigliata nel velo. Imbronciata. In bianco e nero.» A Lola parve di vederla proprio, quell'immagine, e Bertrand lo capì. Aggiunse che, poco prima, aprendo la finestra, aveva visto Franck uscire dal palazzo con una borsa in spalla. «Dove lo fa, l'addio al celibato?» «Nel Doubs.» «Immagino che le tue amiche organizzeranno anche il tuo addio al nubilato, questo weekend.»

«Sì.»

Bertrand si alzò. «Domani a Parigi?» Lola non rispose e lui, guardandola, affermò: «Domani a Parigi», poi le girò attorno per attraversare il salotto e dirigersi non verso la porta d'ingresso, ma verso la camera. Lei lo seguì muta fino alla soglia da dove, con le infradito inchiodate al pavimento rosso, gli osservò i piedi nudi che lasciavano impronte a ogni passo. E le spalle quando afferrò il materasso.

«Mi chiedevo che cosa fosse caduto», esordì Bertrand rimettendolo sulla rete.

Raccolse lenzuola e guanciali. Risistemò il comodino, le riviste, i libri e la lampada senza cercare di sapere perché era volato tutto per aria. Si sporse dalla finestra per contemplare il cielo portando indietro la testa, e Lola Baratier, futura signora Milan, sentì il suolo diventare stranamente molle e traditore, mentre le farfalle si svegliavano in un angolino remoto del suo stomaco. Bertrand tornò a fissarla negli occhi. «Avrò l'occasione di incrociarti lassù.» Lei tornò a galla.

Posò la mano destra sul muro: «Le probabilità sono minime».

«Ma non inesistenti», disse lui, fermandosi davanti all'armadio aperto.

Lola trattenne il fiato, le farfalle sospesero il volo. Bertrand vide il suo timore, la custodia dorata e il resto. Accostò la porta.

«Io non giudico. Fotografo il mondo com'è. Non sono coinvolto in prima persona.» Era di nuovo di fronte a lei, né troppo vicino né troppo lontano, le mani sui fianchi, lo sguardo fisso: «Come te a bordo».

«Le ragioni non sono le stesse.»

Bertrand non si mosse. «E in cosa sono diverse?»

Lola disse, pacata: «Nel mio mestiere, evito di dare importanza alle cose che non ne hanno. Mi sembra che un fotografo faccia il contrario, no?»

Lui non rispose ma fece due passi per appoggiarsi con la schiena al muro. Fissò i vetri esagonali, le linee che si spezzavano qua e là. Ripeté sottovoce, seguendone una: «Tu eviti di dare importanza alle cose che non ne hanno e io faccio il contrario». La fissò a lungo, sorrise e ritornò alle linee che andavano su e giù. Di solito, in una situazione del genere, Bertrand non sarebbe stato a discutere per delle ore. Una foto non aspetta. La vita è breve e il tempo vola. Era forse un modo per giustificare le sue audacie e le sue seduzioni, le sue voglie e i suoi atti? Di solito, lui non si poneva domande – soprattutto quel genere di domande –, ma in quel momento seguiva le linee che si spezzavano qua e là e Lola gli chiese: «Che cosa è importante per te?»

Bertrand si fermò su un punto in cui due linee grigie, molto scure, si incontravano. Chi gli aveva già fatto quella domanda? Daphné? No, lei no di certo. Sua madre? Suo padre? Suo fratello? Un professore? *Nessuno.* Lui osservava il mondo ed era appena stata Lola a fargli quella domanda. Allora, senza distogliere lo sguardo da quel punto, rispose: «Ci sono quattro cose che amo senza riserve: l'Africa, l'odore dolce delle arance, un buon letto per tre o quattro ore di sonno e la mia libertà».

Volle aggiungere che gli capitava di credere che avrebbe finito i suoi giorni, in solitudine, in quel continente, ma fu colpito da qualcosa nelle parole che aveva appena pronunciato. A.O.L.L. LOLA. Rialzò la testa verso di lei. Vide tutti i centimetri che li separavano *sui quali è stato gettato un ponte*. Lei sorrise di sottecchi *perché lo vede*. Si risistemò i capelli e disse, molto seria: «Davvero?» Le punte dei seni le danzarono sotto la canotta, ma Bertrand guardò soltanto quelle due ciocche che si erano liberate di nuovo. Poi il cielo, infinito di fronte a loro, che tendeva le braccia. «Il mio lavoro. Viaggiare. Andare là dove le cose mi sorprendono.»

E tornò nello sguardo di Lola.

«L'attimo.»

La ragazza non arretrò, non abbassò gli occhi.

«E se Daphné ti amasse per tutto questo?»

«Tu ti sbagli, e io non sono stupido. Vuol farmi fare quello che vuole lei.» Fece una pausa. «Non è come te.»

Lola avrebbe voluto gridare: «Vattene!» ma non voleva farlo. Bertrand non pensava a niente. La guardava. In quel momento. *Adesso.* Allora, con un gesto rapido, la trascinò fino allo specchio sulla sinistra della porta d'ingresso. Si mise alle sue spalle. Le posò le mani sulle braccia, lei non rabbrividì, non lasciò i suoi occhi. Avevano attraversato il ponte, o forse il corridoio, ma entrambi videro con precisione la distanza che avevano percorso, insieme. Le mani di lui le scesero lungo le braccia. Erano fredde, Lola ebbe la sensazione che fossero bollenti. Le dita di Bertrand si avvolsero attorno alle sue. Erano gelate, come quando si viene sorpresi da una tempesta di neve e il sangue affluisce al cuore.

«Vai via.»

Bertrand non si mosse. Lei si voltò e gridò: «Vattene!»

5

Lola richiuse la porta a chiave. Il cuore le stava esplodendo. Era congelata. Le lacrime tentarono di superare la barriera delle palpebre come lei stessa aveva valicato quella del suo universo scendendo al piano inferiore. Un piano non è molto. Tre metri in verticale, al massimo.

Sì, aveva visto sciogliersi i centimetri. Aveva giocato la sua parte senza far nulla per fermare le cose. E sì, aveva visto Bertrand fare altrettanto. Aveva capito ogni sua parola, così come tutte quelle che non aveva pronunciato. Non stava piangendo perché era sorpresa, ma perché si era permessa di scivolare pian piano fino a quel preciso istante senza dire: «Basta». Guardava la data sul calendario accanto alla porta. *Perché sto per dire di sì a Franck la prossima settimana?*

Per quale vita?

Suonò il campanello e Lola ebbe un sobbalzo. Sbirciò dallo spioncino, ma avrebbe potuto benissimo non farlo.

Avrebbe potuto non aprire, ma girò la chiave.

6

Un telefono. *Il mio? No.* Cinque squilli. Poi il silenzio e la luce del sole alto nel cielo che filtrava dalle tende di una camera che non era quella di Lola. Lei girò la testa, Bertrand non si mosse. Lei era tra le sue braccia. Lui respirava tranquillo. *Dorme.* La sveglia di pelo rosa di Daphné segnava le due del pomeriggio. Venerdì 5 giugno.

Le sue labbra sulla mia bocca. Il suo respiro o il mio. La sua voce che mormora: «Non dire niente».

Lola non sapeva più come fosse arrivata in quell'appartamento. Sentiva soltanto le sue mani sulla pelle. Il suo sguardo. Il suo sesso dentro di lei. La sua risata e i suoi baci. L'acqua della doccia che cadeva come un fuoco d'artificio. Le arance condivise. Il silenzio che nessuno dei due aveva ancora interrotto. Un altro ventilatore le sollevava le ciocche. Il lenzuolo era finito per terra. La foto della giornalista a faccia in giù sul mobile.

Lola si ricordò dell'istante in cui aveva teso il braccio per cambiare posizione alla foto. Come pure dello sguardo di Bertrand, quando gli aveva riaperto la porta. Sì, sapeva. Ma aveva riaperto. E in quel momento, i capelli fradici, si era appena svegliata tra le braccia di quell'uomo. Inorridita e felice. *Felice e inorridita.* Scivolò fuori dal letto e lui la trattenne.

«Rimani.»

«No.»

«Rimani, Lola. Concedimi qualche ora.»

«E poi?»

«E adesso?»

Lei lo respinse e si alzò. Nuda. Senza disagio né imbarazzo. Disse che non avrebbe mai dovuto... Lui raccolse i loro vestiti, le sue chiavi e uscì nel corridoio.

«Bertrand!»

Non la ascoltò. Stava salendo a casa di Lola e lei se ne rese conto, tanto da avvolgersi nel lenzuolo e correre a tutta velocità. Un brivido la fece inciampare nel tessuto che trascinava. Si aggrappò alla balaustra di ferro battuto e si arrampicò in verticale per quei tre metri grazie a una rampa di scale camuffata da ponte. Lui era già davanti all'armadio della camera e teneva in mano un vestito. Oh! Non uno qualunque. Non quello che aspettava tranquillo la sua ora in una custodia dorata. No, Bertrand teneva in mano quello rosso. Quello che lei aveva acquistato un giorno d'estate a Londra e che non aveva ancora mai indossato. Per via del tempo. *O per via del rosso?*

Bertrand le posò un dito sulle labbra e si sedette sul letto. Lola lasciò cadere il lenzuolo, gli prese il vestito e si diresse verso il bagno. Lui chiuse gli occhi. Ascoltava i suoi passi. Pochi minuti dopo, lei si fermò sulla soglia della porta. Indossava l'abito che lui aveva scelto. Si era pettinata i capelli, che le toccavano appena le spalle e danzarono con il ventilatore quando si chinò per spegnerlo.

Si era messa un tocco di mascara. Dei sandali piatti. Non pensò a Franck nemmeno una volta, bensì a sua madre. Allo sguardo calmo e così controllato di tanti anni addietro, quando si era seduta sul letto della figlia. Bertrand si alzò e le prese la mano: «Fino a domani».

In fondo alla scala che scesero sfiorandosi, guardandosi, pregando di non incontrare nessuno, lui disse: «Vai fino alla metropolitana».

«Non voglio che ci vedano assieme.»

«Ti seguo a cinque metri.»

Lola camminava senza essere sicura dell'ora o della direzione da prendere. Superò la sua macchina senza guardarla. *Non rivelare niente, lasciarsi andare, ma per quale vita?* Non pensò minimamente di attraversare il viale di corsa prima che il semaforo diventasse verde, abbandonando Bertrand sul marciapiede, né di fermare tutto. Rimase immobile fra tre persone. Lui era dietro, manteneva la distanza. Lei aspettava che la prendesse per mano. Avrebbe voluto accelerare il tempo per arrivare a quell'attimo. Il caldo era diventato soffocante, le nuvole sparse sembravano troppo bianche, troppo voluminose e pronte a staccarsi dal cielo.

C'era molta gente nel convoglio? Lola non ne aveva idea. Perché c'era Bertrand, in camicia nera, le maniche arrotolate fino ai gomiti, e in jeans blu scuro. La guardava ogni tanto, ma con discrezione. Vedeva tutto. Aspettava anche il momento in cui avrebbe potuto prenderla fra le braccia in mezzo a quel baccano di ferraglia che cigola, geme e combatte. Squillò il telefono, ma lei non rispose. Si lasciarono spintonare. Si spiarono nei finestrini. Quando, infine, furono a quattro fermate da rue Hector, si abbracciarono. Trascorse un migliaio di ore prima che ritrovassero l'odore delle vie di Parigi, nel momento in cui il pomeriggio declina, in un caldo giorno di giugno.

«Hai fame?» domandò lui pensando a chi avesse cercato di chiamare Lola nella metro.

E Lola non fece in tempo a rispondere che le squillò di nuovo il telefono.

«Sì. Sì. No. Non potevo.» Fece una pausa, guardò Bertrand che si infilava in una pasticceria. «Com'è andata?»

Il giovane scelse due paste a testa. Gusti: lampone, cioccolato, fragola, caffè. Chiese delle bottiglie di acqua, dei cucchiai, dei tovaglioli. Due caffè grandi da asporto, senza zucchero. Quando uscì, Lola stava ancora chiacchierando. Rimase in attesa, a due metri. Franck era arrivato, in piena forma, anche dopo aver abbondantemente pranzato con il suo cliente. Lei ripose il cellulare e sorrise in un modo che piacque da pazzi a Bertrand. Le riprese la mano. Dieci passi più in là, le mise il braccio attorno alla vita e, duecento metri dopo, entrarono nel Parc des Buttes-Chaumont che lui conosceva a menadito. «Ho fatto parecchi servizi, qui.» «Su cosa?» «Un po' di tutto. Sugli alberi. Anche sulla moda. Molto tempo fa. E due matrimoni.» Lola sorrise, lo baciò. «Da quando ho imparato a tenere in mano una macchina fotografica, ho fatto migliaia di foto di battesimi, di matrimoni. Tutti quelli dei miei vicini, dei miei amici. Parecchi hanno già divorziato.» Lei sostenne il suo sguardo. «Sei già venuta qui?» «Sì.» Lui continuò a fissarla negli occhi, Lola precisò che si trattava di una gita scolastica. «Allora hai visto la grotta, il lago.» «Il tempio della Sibilla. La passerella.» «Tutto. Tranne... lui.» Bertrand tese il braccio verso un albero, molto grande e con una chioma ovale, piena, vigorosa. Un po' in disparte. Disse che era un olmo, ma non ne conosceva l'età. Lola si avvicinò alla targa di rame sul terreno. Bertrand lesse: «Centocinquant'anni». Lei toccò il tronco, lui guardò la cima.

«Centocinquant'anni», ripeté lei.

«Per una buona trentina di metri.»

Lola si sedette all'ombra. Bertrand scartò i dolci. Se li divisero e lei parlò di quelli che faceva sua sorella senza rivelare che si chiamava Elsa. Descrisse il modo in cui li preparava e si godeva l'attimo. «Mia sorella è molto dotata.» Bertrand sorrise. Lola si chinò a baciarlo. «Vuoi un altro pezzo di questo?»

«Sì. I dolci di tua sorella sono più buoni?»

«Di gran lunga.»

Fu Lola la prima a sdraiarsi sull'erba. Lui si rovesciò un po' di acqua sulla mano e le ravviò i capelli all'indietro. Restando seduto, le accarezzò una gamba.

«Non ci vai mai, dal parrucchiere?»

«Dovrei esserci proprio in questo momento, e comunque è una parrucchiera.»

«Non la avverti?»

«Sono odiosa.»

«Penso che ti perdonerà. Non è così tremenda», disse lui fermando il suo gesto nel punto in cui la mano incontrò il vestito. Non cercò di salire oltre. Le chiese dove l'avesse acquistato.

«A Londra.»

Lola avrebbe voluto confessargli che non l'aveva ancora mai indossato, però si tirò su per bere un sorso di acqua. Lui finì il suo caffè e il fondo di quello di Lola.

«Muoio dal caldo. Mi dici perché ho messo una camicia nera?»

«Perché ti sta bene.»

Bertrand si distese, la sbottonò. Le foglie dell'olmo fremevano appena. Pensò che gli occhi di Lola non sarebbero mai stati di un verde così scuro, ma chiese: «Vorresti vivere centocinquant'anni?»

«Non lo so. E tu?»

Il giovane non rispose. Chiuse gli occhi. Un attimo dopo, mormorò: «Dormo cinque minuti».

«Anch'io, credo.»

Lui allargò il braccio, lei esitò. Senza sollevare le palpebre, Bertrand le prese la mano e la strinse a sé.

7

Quando si svegliarono, la camicia di Bertrand era bagnata dove si era appoggiata Lola, che aveva i capelli tutti appiccicati. Lei si sedette e bevve la metà dell'acqua che rimaneva. Si pettinò. Lui mormorò: «Baciami», poi: «Ho voglia di te». «Prima voglio cenare.» «Che cosa ti va?» «Qualcosa di fresco.» «Con una birra molto fresca?» «Sì.» «Vieni.»

Era la seconda volta che pronunciava quella parola. Lola lo notò, la sua voce era un po' diversa, più assonnata. Una voce da mattino in un giorno che se ne va. Pensò al conto alla rovescia delle ore. Quelle trascorse, *quante ancora?* Lui le passò una mano sulle spalle per ripulirle il vestito, per poi farla scendere sulla vita, e farla risalire per toglierle due fili d'erba nei capelli. Per la prima volta gli squillò il cellulare: Bertrand lo ignorò, però guardò Lola negli occhi quando le suonò il suo. Lei rispose e mentì, continuando a camminare con gli occhi fissi sul marciapiede. Non era Franck ma sua madre. Lui cercava le insegne con lo sguardo. *Qualcosa di fresco, di buono, di appetitoso, di indimenticabile, non troppo lontano.* Studiò una buona decina di menu. Era esigente. Lola pensò al lavoro di lui. *Incisivo come i suoi occhi.* Come il suo sguardo, quando Natacha le telefonò mentre erano davanti a un ristorante. «Sei molto richiesta.»

«Sto per spos...»

Lola s'interruppe. Lesse il menu. Lui sollevò due ciocche e le liberò il profilo. «Qui?» «Sì, va benissimo.» Le mostrò un tavolo appartato e le sussurrò all'orecchio quattro parole. Lola si scusò e andò a rinfrescarsi. Lo specchio le rifletté un'immagine che fissò per un lungo minuto, vuoto. Il corpo traboccante nel suo spirito. Aveva fame. «Ho voglia di te.»

Più tardi, dopo aver cenato in un cortile interno di un quartiere che vedeva per la prima volta, mentre camminavano stringendosi per mano nelle vie piene di giardini e di alberi piegati dal desiderio di evadere da lì, quando il caldo era ridiventato sopportabile, Lola stava per chiedergli quale voto le attribuiva. Venti? Cinquanta o cento? Girò la testa verso di lui. Bertrand si fermò e la baciò. Lei si disse che era meglio non sapere. La notte era bella, tempestata di stelle che ascoltavano i loro passi. Camminarono a lungo e bevvero qualcosa in mezzo a gente che parlava inglese, russo, italiano e spagnolo. Guardarono i passanti. «Se avessi avuto la mia Canon, avrei fotografato questa giungla notturna.» Lola gli chiese perché gli piacesse vedere il mondo attraverso un obiettivo.

«Non lo so. Forse perché è più bello.»

«E l'attualità?»

«Troppo orribile. Insopportabile. Non potrei.»

Posò il bicchiere. Si chinò e le sussurrò all'orecchio: «Preferisco la geografia alla storia». Lei mormorò che non voleva sapere niente della sua geografia e che non avrebbe rivelato niente della propria. Lui si alzò e le prese la mano senza uno sguardo. A volte, le parole sono inutili. A volte, lo sono gli sguardi. Un'emozione pura. Pensò all'aria ai piedi del Kilimangiaro e rievocò «lo sfavillio dei colori. Ti colpisce in pieno». Sorrise: «Lo sfavillio...» «Proprio così.»

Bertrand parlò a lungo della primissima volta che era andato in Africa. L'avevano ingaggiato per realizzare un documentario televisivo, ma aveva fatto tonnellate di foto su pellicola «per me»; aveva appena ventidue anni. Al suo ritorno, aveva messo a bagno i negativi e atteso che i colori rinvenissero. «Perché, laggiù, gli uccelli hanno delle tonalità che non esistono altrove.» Gli uomini stavano dritti, lo sguardo fisso in lontananza come se attraversassero Paesi e anime.

«E le donne?»

«Sono molto belle.»

«Più di Daphné?» chiese Lola con un sorriso dispettoso.

Bertrand si fermò, gli occhi nei suoi.

«So che l'hai accompagnata due volte a Maputo, in Mozambico, da suo zio ambasciatore.»

Lui la corresse: «Tre. È un uomo con il quale vado molto d'accordo, con o senza Daphné. Ma è vero, l'Africa ci ha riavvicinato».

Lola era molto bella, mille volte più bella di tutte le altre donne in quel preciso istante. Lui la baciò, un bacio breve, poi spiegò che nonostante «quella pietosa fine», la giornalista, in tutti quegli anni, gli aveva presentato le persone giuste che avevano contribuito ad accelerare la sua carriera. Ne era consapevole. Sì, grazie a lei aveva ottenuto alcuni contratti e sì, avevano condiviso dei bei momenti, ma...

«... Non c'è mai stato – né mai ci sarà – niente di più.»

Bertrand si attardò nello sguardo di Lola. Quell'uomo non era uno stronzo, né tantomeno uno stronzo sottolineato con quattro linee rosse. Aveva gli occhi neri ma limpidi. Lei sorrise: «Capisco», e riprese la sua mano. E la loro lenta passeggiata.

«Quando torni in Africa?»

«Oh! Tra un'eternità. La settimana prossima vado in Tibet a fare un documentario per *Arte*.»

«Bene.»

«Volerò verso l'altro capo del mondo proprio il giorno del tuo matrimonio.»

Lola disse con convinzione, certezza e fermezza, gli occhi sempre fissi nei suoi, senza fermarsi: «Non voglio mai più rivederti. Mai».

«Lo so.»

8

In piena notte, a un'ora che non voleva conoscere, in un letto d'albergo di cui non avrebbe chiesto il nome, lei si sedette. Lui le chiese se sua sorella fosse più giovane o più vecchia. Lola restò in silenzio. Lui le guardò il viso. Lei disse: «Cinque anni di meno», poi più niente per non lasciarsi sfuggire troppo.

«Io ho un fratello più vecchio di me di due anni che è molto alto. Aveva un carattere dominante ma non mi sono mai lasciato mettere i piedi in testa. La cosa lo faceva impazzire e io mi divertivo un sacco.»

«E adesso?»

«Ci vediamo di rado. Non sono quasi mai in Francia, non ho un appartamento né un'automobile, non ho una linea fissa né uno stipendio fisso. Lui è fedele, io sono infedele. Lui adora la disciplina, io l'istante. Ma gli voglio molto bene. È...»

Lola gli mise una mano sulla bocca.

«Non voglio sapere cosa fa tuo fratello né dove abita, se ha figli o il nome della città dove vivono i tuoi genitori. Niente, Bertrand.»

Rimase immobile, fissando la testata imbottita del letto rococò in cuoio marrone. Tutto era kitsch, in quella camera. Anche la moquette a scacchi marrone e ocra. Per non parlare del lampadario e dell'immenso specchio dorato nel quale si erano guardati all'arrivo. Bertrand aveva intrecciato le sue dita a quelle di lei, uscendo dall'ascensore. Non l'aveva mollata nemmeno quando avevano attraversato la stanza per affacciarsi alla finestra, che non aveva alcuna vista. Dava su un cortiletto, al terzo piano. Bertrand non aveva tirato le tende. «Mi piace la luce della notte in città.»

Lola tornò a guardarlo negli occhi, ritrasse la mano. Sì, a Bertrand piaceva quella luce notturna, era evidente. Gli piacevano l'imprevisto, l'irragionevole, le ombre, i controluce, le esposizioni perfette. Lei avrebbe visto quell'olmo senza lo sguardo di Bertrand? *No.* Fu attraversata da due pensieri simultanei per una ragione che non capì. Però confidò, con voce molto sobria: «Non sono mai stata in albergo a Parigi», poi un istante più tardi: «Mio padre è morto in un incidente stradale in pieno pomeriggio, superando troppo velocemente sulla striscia continua per rientrare nella sua corsia. Ha evitato gli altri due veicoli ma si è ribaltato. Aveva bevuto. Ha perso il controllo, in tutti i sensi, e mia madre ha dovuto affrontare questa situazione». Bertrand ascoltava, concentrato, Lola aggiunse che, certo, non si allacciava mai la cintura, ma...

«... Ci ha messo al sicuro dal punto di vista finanziario.»

«Come l'hai vissuta?»

Fece una pausa, sorrise con molta eleganza e franchezza: «Cercando di pensarci sempre meno, ero adolescente. Mia sorella, invece, continua a preparargli il posto a tavola».

«Quanti anni avevi?»

«Quattordici. Ho ripetuto la terza media. Ho perso molte amiche ma ne ho incontrata una che adoro. È grazie a lei che faccio la hostess.»

Aggiunse, continuando a guardarlo negli occhi: «Ti piacerebbe». Lui non chiese il suo nome, non pensò a quella ragazza ma a Lola da bambina. Riusciva a immaginarsela. Così come quel che aveva vissuto, trattenuto, represso.

«È difficile esistere, quando si ha una sorella come la tua.»

A quel punto la ragazza tornò a distendersi, ma non troppo vicino a lui. Bertrand si voltò a guardarle gli occhi. Quando lei disse: «Non vorrei una sorella diversa da lei» tra di loro passò qualcosa di molto bello. Lui ebbe una gran voglia di baciarla, però gli sarebbe piaciuto che si svelasse ancora di più. Quella donna si controllava troppo. Era forte, onesta. Tenace. Le sfiorò la spalla e scese fino a toccarle la mano.

«Esistere... non saprei. Mi ha insegnato il controllo. Che è perfetto per il mio mestiere.»

«Ti piace quel che fai?»

«Sì. Mi viene spontaneo, come se fosse fatto apposta per me. Indossare un'uniforme aiuta parecchio.»

«Ti nascondi?»

Lola rifletté, poi disse: «Un po', forse». Bertrand le accarezzava le dita e lei proseguì: «Mi piacciono quella strana regolarità, quell'universo. Lo so far bene». Lui sorrise e lei, con voce appena diversa, confessò che le piaceva stare in cielo, inaccessibile. Sola per ore a fianco di persone che non avrebbe più rivisto ma di cui, a volte, custodiva un piacevole ricordo. Come me, pensò lui. «Questo mestiere mi lascia il tempo per gli amici e la famiglia. Per i bambini che spero di avere.» Lui non ne avrebbe avuti, era prudente, sarebbe stato un padre volubile. «Fuggirei, lasciando mio figlio in attesa di una persona assente.» Lola lo baciò. Lui le accarezzò il ventre e lo immaginò tondo e duro. Si augurò che fosse felice. Si immerse nei suoi occhi e mormorò: «Scusami», e poi: «Era inevitabile». Era la realtà. Una foto della verità. Lola lo detestò per aver detto quella cosa in quel momento, così, e per essersi scusato con tanta facilità. Avrebbe voluto dargli uno schiaffo, ma gli prese il viso tra le mani e posò le labbra sulle sue. «Non ho mai baciato Franck così, e non l'ho mai amato a tal punto.» Diceva la verità, lui avrebbe potuto giurarlo.

Fu allora che qualcosa di ben più forte di uno schiaffo lo colpì in un luogo preciso del cuore. Bertrand si tirò su, Lola rimase distesa, lo sguardo nel suo. Il ponte era molto bello. E la vista spettacolare, su un mondo strabiliante. Era quell'uomo che metteva tutto in risalto e se ne andava portandosi via la luce, lasciando ombre e ricordi impossibili. Lola vide la sua debolezza, la sua audacia, quell'istante in cui Bertrand la guardò in modo diverso e il *suo amore per la sua libertà*. Senza distogliere lo sguardo, lui le rimise la mano sul ventre e le chiese se sua madre l'avesse iscritta a danza.

«Ho fatto dieci anni di danza classica.»

«Perché hai smesso?»

«Non sono una ballerina. Mi chiamo Lola ma non ho niente della Montez. Né il colore della pelle né il suo talento. E neanche le sue conquiste.»

Bertrand sorrise perché Lola opponeva resistenza. «Non trovo niente di glorioso nell'atto della conquista. (Lui le fece scivolare la mano tra le gambe.) Preferisco le avventure.» E poi il suo sorriso si cancellò, così, d'un tratto, da solo, scuotendolo. Non si mossero. Bertrand vide allora quell'immagine – quell'istante decisivo del fotografo – nella sua stessa vita. Sembrava eterno, sospeso e pronto a vacillare da una parte o dall'altra. *Non perdere nulla, ricominciare tutto, con te?* Aspettava una risposta senza neppure aver fatto una domanda. *Forse.* Lola non trovò nessuna parola oppure ne tenne mille per sé. Aveva una paura, una voglia, una vergogna tremende. Bertrand non fece il minimo gesto, non smise di fissarla negli occhi, non disse niente. Lei posò la mano sulla sua. Magari lui non aveva torto? *Forse ho ragione?* Forse era troppo egoista? Ma era onesto nella sua vigliaccheria. *Io, invece, sono una traditrice.* Pensò a Franck e alla menzogna che sarebbe sempre stata presente. Al senso di colpa. *Inorridita. Ma felice.* Perché è tutto così inestricabile? *Inevitabile?* Chiuse gli occhi.

Spuntò il sole e, per una volta, il fotografo dormì ben oltre le quattro e mezzo, profondamente, svegliandosi parecchio tempo dopo. Ovvero alla telefonata di Franck. Lola mentì guardando Bertrand. Lui chiamò la reception. «Vorrei del caffè e dei croissant, grazie.»

Lei si alzò dal letto e si chiuse in bagno, lui rimase ad ascoltare l'acqua. Il vestito rosso era lì accanto. Che cosa stava facendo, Lola? Gli sarebbe piaciuto vederla seduta sulla vasca, rivolta verso lo specchio, avvolta in un asciugamano, ad aspettare. *Che cosa?* Lei aprì d'un tratto la porta. Lui era proprio lì in piedi, a sbarrarle il passaggio. Lei disse: «No», lui disse: «Sì». «Lasciami andare.» «Non ancora.» Le stava addosso. Si sfioravano. «Hai sorriso.» «No.» «Sì.» Lui posò le labbra sulle sue e mormorò, senza toglierle: «Ti sei trattenuta, tra le mie braccia?» «Lo sai.» «Dimmelo.» «No. Per niente, Bertrand. Ti ho dato tutto quello che potevo.» Lui non si mosse più, lei gli fece scivolare le braccia attorno al collo. Con voce appena percettibile, sussurrò: «Come prima. Dolcemente».

Alla fine si addormentarono senza rendersene conto, senza volerlo. E alle quattro del pomeriggio ordinarono un'altra colazione.

Lola divorò gli attimi con golosità, lui parlò del miele. «I tuoi occhi sono verdi, adesso.» Lei non disse una parola, finì il caffè. Si asciugò le labbra e si infilò il vestito. Lui restò seduto al tavolo, a guardarla. Non l'aiutò a tirare su la chiusura lampo. Lei si mise i sandali e sorrise come quando si dice addio, poi scomparve nel corridoio. Lui sentì ogni suo passo. I battiti del cuore. Tutti i secondi che scoppiavano. Si alzò in fretta e furia e la raggiunse all'ascensore. Nudo. Lei entrò nella cabina. Continuarono a fissarsi negli occhi per tutta l'eternità che servì a quelle dannate porte per richiudersi. Lui avrebbe voluto gridare: «Non sposarti!» ma le parole non uscirono dal loro nascondiglio perché sapevano di non poter essere scagliate alla leggera. Senza conseguenze. Sapevano che una risposta sarebbe arrivata. Buona o cattiva. Sì o no. In ogni caso, una lacerazione. Una rinuncia nel dolore. Da entrambe le parti.

Una coppia s'insinuò a fianco della ragazza, gli occhi fissi sulla nudità di Bertrand, ma non fu questo che li lasciò di stucco. Era il loro sguardo, teso come un elastico sul punto di spezzarsi. Uno sguardo di addio. Era questo che li costrinse a tacere per tutto il tempo che servì a quelle dannate porte per accostarsi. *Clac.*

9

Bertrand cadde sul letto disfatto. Aveva le mani gelate come non mai. Rivedeva tutto. Lola avrebbe risposto: «La stessa cosa che hai fatto tu», se avesse avuto il coraggio di chiederle che cosa aveva fatto con lui durante quelle ore furtive? Avrebbe detto, di nuovo, che non aveva mai amato Franck a tal punto? *Avrebbe detto che mi ama meno?*

Oh, sì, meglio che le parole restassero al sicuro. Meglio essere spettatore del disastro che inorridito dall'essere felice. Bertrand chiuse gli occhi. Lola era lì.

No, c'è solo la sua ombra.

Si infilò i vestiti, guardò le briciole sulla tovaglia bianca. Le posate, il burro che si era ammorbidito. Uscì. Fuori, nel cielo non c'era più una nuvola. Lo contemplò, vide tutte le minime sfumature che nessuno guardava mai. Meglio sognare quella donna guardando gli uccelli. Non era forse, lei, uno di quegli strani uccelli? Aveva la pelle così fine che le si vedeva il sangue pulsare nelle vene.

Bertrand pensò al verde dei suoi occhi e al rosso della sua bocca. Alle sue braccia sottili che sembravano ali. Forse, in quel momento, stava già volando? *Lola è una hostess e sua madre avrebbe voluto che diventasse ballerina. Lola è un uccello raro che non tocca il suolo.*

Bertrand entrò nella metropolitana. L'odore era insopportabile. «Non ho mai amato Franck a tal punto.»

10

Lola era corsa sotto la doccia. Tra le gocce che le si infrangevano sulla fronte e colavano giù, guardava il vestito rosso appallottolato sul pavimento giallo del bagno. Una macchia incandescente in mezzo a una giornata soleggiata. La mia vita? Chiuse l'acqua e si avvolse in un telo. Si asciugò gli occhi. Stava forse piangendo? Come fare a saperlo? Il campanello suonò, interminabile. Come la sera prima, già sapeva chi stava dietro la porta.

Il vestito rosso finì nella pattumiera della cucina. Prese il sacco, lo legò e lo posò vicino alla porta di casa. Lola scorse il suo riflesso. *Mi riprendo la mia vita*. Aprì.

«Non dirmi che sei appena uscita dalla doccia», esordì Natacha entrando nell'appartamento che avevano condiviso prima che Franck vi si stabilisse.

Il tono della sua amica, il suo passo allegro, il suo sguardo di giovane ventisettenne che vive nel presente, riportarono Lola sulla Terra. Disse: «Mi sono addormentata».

«Con questo caldo?» fece Nat, le braccia spalancate davanti al ventilatore.

Il vestito nero in *voile* le si sollevò, i capelli scuri le si attorcigliarono intorno al viso. Ripeté la domanda, a voce molto alta.

«Questa notte non sono riuscita a chiudere occhio per il caldo!»

«Hai qualcosa da bere? Di ghiacciato?»

«Fa' come fossi a casa tua!» rispose Lola filando in bagno.

«Sono a casa mia!» gridò Natacha aprendo il freezer. «Questo appartamento mi ama ancora, e se avessi avuto la possibilità di acquistarlo sarei molto felice di viverci.»

«Non lo eri, quando abitavi qui!»

«Ho detto forse che era a causa dei muri?»

L'asciugacapelli turbinava, Lola non sentì e, di conseguenza, non rispose. Natacha lo staccò dalla presa.

«Eh?»

«Cosa?»

«Dimmi che questi muri non mi sono stati mai ostili!»

«Siamo in ritardo, non ho tempo di psicanalizzarti.»

«Sai quali sono i tuoi difetti?»

Lola si raggelò.

«Ti ascolto se parli senza fare errori di grammatica.»

«È dall'inizio dei nostri tredici anni di amicizia che non mi ascolti. Sei lì, sorridi, stai in disparte, pensi sempre ad altro.»

Lola si spazzolò i capelli. Nat continuò: «Sei sempre in ritardo, hai il dono di non innervosirti mentre io ho voglia di buttare tutto per aria e ti compri dei vestiti che non metti e che ti rifiuti di prestarmi. Non hai lavato i piatti...»

Lola si chinò per guardarsi gli occhi allo specchio. *Cupi.* Nat proseguì: «E, peggio ancora, non rispondi mai ai miei messaggi o alle mie chiamate. Dove sei stata, ieri?»

«In piscina. Ho...»

«Ecco, altro difetto, ti piacciono la piscina, il cloro e le verruche sotto i piedi. Datti una mossa a vestirti!» disse, guardando l'orologio. «Il taxi arriva tra cinque minuti!»

Lola filò in camera. Si piazzò davanti all'armadio. Pensò a Bertrand. *Non lo rivedrò mai.* L'amica entrò e lei scelse un vestito a caso. Grigio.

«Non metti più quello rosso?»

«Il rosso tiene caldo», disse Lola.

Natacha la fissò aggrottando la fronte. Le sue sopracciglia si toccavano.

«Da quando?»

«Trovi che sia brutto questo grigio?»

«Come te!»

Allora Lola impallidì. Tanto che Natacha le andò incontro ad abbracciarla.

«Perdonami! Sai che sono io la cattiva. Ho lo sguardo feroce e una lingua troppo lunga. Sono acida, perché ho il dono di innamorarmi di tipi che mi fanno sbavare. Sono stata abbastanza idiota da non uscire con Franck quando quell'altro stronzo mi faceva portare un paio di corna da competizione. Nota che non avrebbe mai voluto stare con me, né io con lui. È troppo… uff… stancante! Ma che fai? Piangi?»

«No.»

Natacha la squadrò. Le prese il viso tra le mani.

«È l'uomo giusto. È normale essere stressata, a meno sei giorni. Preparati al peggio. Franck è stancante ma è un tipo a posto, fedele e leale. Su, girati, che ti chiudo la cerniera.»

Lola voltò le spalle all'armadio, al letto, al mondo pericolosamente delizioso che si stendeva sotto un magnifico ponte. In quell'appartamento vide l'ombra di Bertrand, i suoi difetti. Il suo presente, la sua incostanza, *i suoi occhi davanti all'ascensore.*

«Questa sera voglio bere.»

«Serve a questo, il taxi.»

Il cellulare di Natacha squillò per avvisare che la vettura era a due isolati di distanza. Lei afferrò le borse di entrambe. Si misero a correre. Nat-la-ragazza-dai-capelli-neri in nero, Lola-la-ragazza-dalla-pelle-di-miele in grigio. Il grigio sta bene dovunque. Calma gli ardori. Fa tanto giornata di pioggia. Giornata di sguardo rivolto sulle scarpe. Lola si bloccò sul marciapiede.

«Accidenti! Il mio vestito! Volevo dire, la spazzatura!»

«Eh?»

Lola fece dietrofront. Natacha le gridò che stava arrivando il taxi.

Lei non rispose, risalì di corsa i quattro piani, aprì la porta, prese il sacchetto, richiuse, scese e rallentò davanti a un'altra porta, un piano più in basso. *È tornato?* Ebbe paura di sé e filò via di corsa. Per trovarsi di fronte a Bertrand che stava entrando nell'atrio.

Lola vide tutto. Le ore passate, l'ombra, il rettangolo di sole dorato nella via, la sua camicia nera, le maniche tirate su fino ai gomiti, i suoi capelli, la sua figura, Natacha vestita di nero che si sistemava il trucco sul taxi, la mano che lui le tese per prendere il sacco dell'immondizia. Le dita di Lola strinsero quelle di lui, soltanto un po'. *Forse.* Erano gelate come il giorno prima. Un contatto di una frazione di secondo e uno stesso brivido li attraversò entrambi puntando dritto al cuore. Un ultimo sguardo solo per loro, straziato come un addio.

Lola fuggì e si infilò nel taxi. Sbatté la portiera senza guardare dal finestrino oscurato. *Non avrei voluto rivederlo mai più. Aveva le mani gelate.* Bertrand spinse la porta del locale delle immondizie, sollevò il coperchio del bidone, fece oscillare il sacco di plastica nera che conteneva il vestito rosso, morbido e leggero. *Non avrei mai voluto vivere questa situazione.* Sentì il taxi che partiva. Aspettò che si allontanasse, poi salì le scale in una penombra grigia, *come il suo vestito.*

Per fortuna – no, per miracolo – Natacha, troppo preoccupata per il rossetto che sbavava, non aveva visto il tipo spettinato passare sul marciapiede né prendere il sacco dell'immondizia. Perché probabilmente l'avrebbe riconosciuto. Anche lei era entrata nell'appartamento con la giornalista. Avrebbe pizzicato il braccio di Lola per dirle che Daphné, in fin dei conti, non era la bugiarda che credevano loro. Lola sarebbe arrossita, avrebbe balbettato, farfugliato. *No, sarei crollata nel pronunciare il suo nome.*

11

ALL'ALBA, la futura sposa scese da un altro taxi. Era ubriaca, ma non al punto da costringere Natacha ad accompagnarla. Pagò senza guardare quanti soldi stava porgendo al tassista, che la tenne d'occhio mentre lottava con il codice. La porta scattò e lei raggiunse barcollante le scale, che salì stringendo la chiave fra le dita.

Fu costretta a fare due o tre soste. A respirare. A evitare il piano incandescente. Tutto ciò che aveva nello stomaco le stava risalendo. Lentamente ma con decisione. Fece mille sforzi e, grazie a un angelo, la chiave entrò nella serratura al primo colpo. Corse in bagno e si svuotò per ore intere. E pianse. Delle nacchere imbizzarrite le massacravano il cervello. Certe immagini le inondavano il cuore. Nessun rimorso risaliva in superficie. Era inammissibile. Si fece una doccia fredda e cadde sul letto, che non smise di beccheggiare verso l'Africa. Sognò Bertrand che le mostrava i luoghi amati. Sentiva le sue dita fredde risalirle sulla nuca. Dormì così male che le fu impossibile distinguere i sogni dai pensieri. Maledisse l'alcol. *Ho bisogno di caffè.* Si alzò a prepararlo. No, non aveva lavato i piatti dal giorno prima. *Ieri...* Bertrand aveva avvitato con estrema forza la caffettiera. E le aveva stretto la mano in strada come se non volesse farla scappare. Lola pensò al modo in cui Franck le prendeva la mano. Vide gli occhi neri di Bertrand. Le parole che vi si nascondevano. Che cosa sarebbe accaduto se fossero uscite? Era nell'ombra dell'ascensore. In quella minuscola frazione di tempo.

Lola ce la mise tutta e la «macchinetta» si svitò. La sciacquò, la lavò e fece di nuovo il caffè prendendosela con gli scatoloni.

Sì, era meglio evitare qualunque domanda. Era meglio darsi da fare. Lola riempì, chiuse, sigillò uno, due, tre, quattro, cinque, sei, sette e otto scatoloni di vestiti, di stoviglie, di scarpe. Lavorava veloce. Senza musica. Soltanto il silenzio del suo appartamento e di quello del piano inferiore. Si sporse per guardare il balcone di sotto. Ed ebbe una gran voglia di andare a bussare alla porta di Bertrand. Per dire: «Davvero non voglio più vederti»? O per sentire le parole che si nascondevano? *Perché non hai detto niente?* Intanto, avrebbe dovuto trovarlo in casa! E poi avrebbero dovuto essere piuttosto irragionevoli, per scambiarsi i numeri. *Dimentica.*

Chi parlava? Chi voleva? Chi aveva fatto l'amore con Bertrand? *Io.* Quella persona che la ragazza in un bagno di sudore e dalle guance rosa stava guardando allo specchio. Quella persona che aveva appena tradito e che era diventata più bella. *Non mi sono trattenuta, fra le tue braccia.* Non aveva senso. «Era inevitabile.» La voce grave di Bertrand era lì, intorno a lei.

In tutto l'appartamento.

Lola si spazzolò i capelli. Si sistemò i pantaloncini di jeans e mise una T-shirt nera. Uscì di casa, pur di non restare più in quel palazzo. Scese di corsa dal suo pianerottolo, dal secondo ancora più in fretta, risalì e si ritrovò davanti a *quella* porta. Come? Perché? Non ne aveva idea. Era lì. Il cuore le esplodeva, le invadeva tutto il corpo. Avrebbe voluto che Bertrand fosse lì, che non esistesse, urlare: «Perché io?» Sentì le sue braccia quando l'aveva stretta a sé nel momento in cui lei aveva riaperto. Ciò che aveva provato in quel preciso istante. *Ricominciare tutto con te?* Ebbe una tremenda paura di se stessa e, correndo, fuggì dal droghiere.

Si aggirò tra gli scaffali e alla fine afferrò un pacco di caffè. Uno qualunque, purché non arrivasse dall'Africa. Andò alla cassa: «Ho dimenticato il borsellino». Momo sorrise, «Passerà più tardi», si lamentò – come tutti – della temperatura intollerabile, e si complimentò con la donna per il suo colorito.

«Bah! Con sette femmine in casa, riconosco sempre una donna innamorata!»

Lola arrossì, le lacrime le fecero brillare gli occhi. Lui rise.

«Arrossiscono tutte! Spero che ci farà vedere il suo bell'abito! Mia moglie è curiosa come una scimmia!»

«Ma certo.»

Lui aggiunse due arance, precisando che anch'esse facevano bene al colorito.

«Queste vengono dall'Africa. Dal mio Paese. 'Regalo' per la sposa.»

«Grazie.»

Era inevitabile.

Poi guardò la ragazza risalire la strada. Lola seguiva la sua ombra che si stagliava a terra. Se avesse disteso le braccia, sarebbe forse volata fino a Bertrand? Forse avrebbe asciugato con l'indice il succo delle arance che mordeva con i denti. L'avrebbe portato alla bocca. Forse quei pochi millimetri cubi di nettare avrebbero avuto il gusto della sua pelle. Ma forse non avrebbe tollerato rivederlo? E lui, l'avrebbe buttata via come faceva con Daphné? *Forse saremmo felici?* La sua ombra scomparve sotto un'automobile, il suo riflesso magro e curvo apparve sul finestrino, arance e pacco di caffè in mano.

No, non sopporterei di perdere Franck e non sopporterei che Bertrand si perdesse con me.

Lola non tornò a casa. Non voleva stare da sola, non voleva parlare con Franck. *Non si sa mai quel che mi può sfuggire. Voglio rivederlo.* Nuove lacrime le salirono agli occhi. Vere lacrime di vergogna. Avevano scelto il pieno giorno, la strada e quel riflesso di merda per sgorgare. La futura sposa non si fermò davanti al portone di rue Hector e corse fino alla sua macchina. *Pazienza se non ho la borsa. Pazienza se gli sbirri mi arrestano.*

Tirando su con il naso, Lola filò verso Noisiel. Ventisette minuti di RER, trentacinque di automobile. Nessun ingorgo, un traffico denso, Lola guidava con attenzione. Si stava allontanando dal suo appartamento: attraversò la Marna e guardò il verde di quel fiume. Quello dei pioppi che lo costeggiavano. Le loro foglie vibravano, cantavano tutto il tempo, a ogni ora, a ogni passeggiata. Lola si concentrò sulla loro melodia e continuò a sentirli mentre arrivava da sua madre.

Si fermò di fronte al cancello, lo spinse, risalì in macchina, imboccò il vialetto lastricato sulla destra della casa, spense il motore davanti al garage chiuso. Tornò indietro a piedi fino al cancello in ferro battuto bianco alto due metri, che sua madre amava aprire e richiudere a mano.

Serviva a far passare il tempo, Géraldine non stava certo ad aspettare che un meccanismo elettrico lo attivasse. Lo azionava lei. Occupava Elsa per ore intere. L'ho ridipinto tre volte, pensò Lola attraversando il quadrato di prato tosato da poco.

Girò intorno alla casa dal lato sinistro, costeggiando le varietà di roseti rosa. Si fermò per guardare il suo. Un Cardinal de Richelieu che era ben più vecchio di lei ed era già lì quando suo padre aveva acquistato la casa. I fiori erano di un rosa vivo, i tanti boccioli esplodevano di colpo ed era anche il preferito di Elsa. Géraldine non lo diceva, ma nutriva un profondo amore per le ortensie. Quelle bianche. Per l'esattezza, *quella* bianca, gigante, che illuminava l'ombra su quell'angolo della casa. Bertrand si sarebbe soffermato a guardare il modo in cui rinviava la luce. Lola fremette ma non si mise a correre. Sua madre avrebbe visto qualcosa di strano, nel suo precipitarsi. Proseguì guardando gli alberi che correvano lungo il muro a secco. Pensò di nuovo ai pioppi che costeggiavano la Marna. Ai sambuchi rotondi che sfioravano l'acqua, ai salici leggeri. *So che non c'è nessun olmo*. Raccolse l'annaffiatoio di Elsa, lo portò al rubinetto, alzò gli occhi verso la facciata posteriore. Quattro porte-finestre, delle persiane bianche, doppie, chiuse, in corrispondenza delle quattro finestre del primo piano, anch'esse con le imposte chiuse. Una terrazza di cento metri quadrati aperta su un parco quindici volte più grande, che scendeva con un'inclinazione assai dolce verso la strada per il fiume. Dal giardino o dal primo piano non si vedeva la Marna, neppure la si sentiva, ma era impossibile ignorare la sua presenza. Passeggiava, invitava i piedi a seguirla, a danzare, a fermarsi. Ascoltava le risate. Magnetizzava gli sguardi, si confidava da secoli con i pittori. Portava via con sé i sogni e non svelava alcun segreto.

Lola aprì il portellone posteriore e poi lo richiuse, tanto per fare. Risalì con calma verso la casa. Cinque camere, due studi, due saloni, un'ampia cucina. Una famiglia di quattro persone formata ormai soltanto da due donne e *da me, che mi faccio viva a ogni morte di papa*. Un regno femminile, illuminato e travolto e retto e definito da Elsa che, tuttavia, non vi regnava. Non più di Géraldine, che ne aveva fatto un'oasi di vita. E Lola aveva deciso di usare una tale definizione, se mai avesse dovuto concludere un incontro con dei potenziali acquirenti. O con Bertrand, se fosse stato lì, in quell'istante, con lei. Si tolse le ballerine e attraversò di corsa il prato come se lui la tenesse per mano, felice e terrorizzata, proprio quando sua madre, che l'aveva osservata vedendola ritornare bambina, aprì la porta.

«Hai una bellissima cera.»

«Mi sono sbronzata.»

Lola si infilò nella penombra del corridoio e abbracciò la madre che non fece commenti sull'alcol, sulla sua vita dissoluta o altro, limitandosi semplicemente a chiedere, senza staccarle gli occhi di dosso: «È stato bello?»

«Sì», rispose Lola, andando in cucina.

Géraldine accese la luce.

«Chi c'era?»

«Nat, Cloé, Diane ed Ève», rispose sua figlia, dandole le spalle per versarsi un gran bicchiere d'acqua.

«Avete cenato all'indiano?»

Lola annuì. Sua madre le stava accanto, molto vicina.

«Era buono?»

«Un po' troppo speziato per me.»

«E poi?»

«Come previsto, siamo andate al *Rainbow*.»

«E?»

Fin dove arriva l'istinto materno?

«No, mamma, non ci sono stati spogliarellisti o qualsiasi altra cosa tu stia immaginando», disse Lola, abbastanza fuori luogo, allo scopo di colpire la madre.

«Non mi immagino niente, cara. Ascolto quel che ha fatto mia figlia nella sua serata, mentre io ho messo in atto due o tre modifiche alla disposizione dei posti a tavola ed Elsa si è messa in testa di preparare una crostata di albicocche e uva cui ha tolto buccia e semi…»

Si fissarono, lo spazio di tre puntini di sospensione. Lola non aveva bisogno di un disegno, di una descrizione o di sua madre che indicasse con la massima precisione quanto c'era voluto a staccare i semi e i frammenti di bucce schiacciati sul pavimento grezzo, su tutto il bancone in faggio chiaro e sulle porte degli armadietti.

Géraldine piegò la testa: «Squisita, del resto. Ne vuoi?»

«Più tardi. Elsa dov'è?»

«Di sopra.»

Il che significava che sua sorella stava guardando un cartone animato o un film che aveva già visto e rivisto migliaia di volte. Si perdeva nelle immagini. Rideva, piangeva, batteva le mani e non l'avrebbe notata. Né tantomeno sentita. Sarebbe uscita dal suo mondo solo dopo aver riconosciuto la parola «fine» sullo schermo. Lola tese l'orecchio: «*La spada nella roccia*?»

«Terza volta, oggi. Magari Mago Merlino mi avesse mandato il suo aiutante!»

«Semola non è molto dotato», rispose Lola sorridendo.

«Parlavo della sua magia», ribatté la madre, sorridendo a sua volta. «Perché ho un problema con la disposizione dei posti.»

«Ancora! Credevo che fosse risolto.»

«Vieni.»

Lola sentì Bertrand dire: «Vieni», e impallidì. Géraldine aggiunse: «È per il tuo matrimonio, Lola», trascinandola nella sala da pranzo, dove il tavolo in vetro fumé spariva sotto i fogli e i confetti avvolti nel tulle color avorio. Erano già pronte delle serpentine di nastro di velluto blu. Le spostò per precauzione, aprì i fogli e spiegò, prove in mano, le molteplici combinazioni che aveva tentato di realizzare.

Lola sentì che sua madre era tesa. Che lei stessa lo era. Che i nervosismi si sommavano come se fossero trascinati da un vortice capace di sfociare in un temporale. Allora si chinò fingendo di avere nello sguardo la stessa intensità che sua sorella aveva di fronte allo schermo. Fissò i nomi scritti uno di fronte all'altro sui tre rettangoli disegnati con il righello, disposti a U. Le si annebbiava la vista, la gola continuava a contrarsi. Si aggrappava alla voce della madre per non sentire quella di Bertrand che diceva: «Vieni». Scrollò il capo seccata quando Géraldine la guardò chiedendole se fosse una buona idea scambiare di posto Louise con Élise su quel lato. «Non te ne importa nulla?» «Ma no.» «Così sembra.» «Era questo il tuo problema?» «No. Adesso ci arrivo.» Le tensioni vorticavano, raccogliendo al loro passaggio elettricità e velocità. Géraldine sospirò, per poi spiegare che lo zio Charles doveva essere trasferito a capotavola a causa dello sgabello per la sua gamba ingessata, il che implicava spostare la biscugina Amélia accanto a Philippine Milan, nipote della sua futura suocera.

«Il problema è che non si conoscono, e sai quanto è difficile Amélia.»

«È una zitella scorbutica», esclamò Lola. «Dovrà adeguarsi.»

Géraldine posò gli schemi e squadrò la figlia con decisione.

«Proprio tu dici una cosa del genere?»
«È quel che ho imparato a fare.»
«Grazie per il rimprovero.»
«Non lo è.»
«Invece sì.»
«Mi è scappato.»
«Lola...»
«Mamma! Per favore... Non ho dormito! Non ho voglia di litigare per una frase che mi è uscita in modo inopportuno e stupido.»

La madre la squadrò ancora, Lola vide l'ombra disegnata dalla lampada su metà del suo viso.

«Sono stanca», continuò. E anche tu lo sei, perché hai lavorato come una pazza per fare di questo matrimonio...»

«... Un successo.»

Un successo.

Aggiunse che le sarebbe piaciuto che il padre fosse lì per aiutarla. Lola avvertì un brivido dentro di sé. Insomma, forse neanche più di tanto, poiché la mamma si riprese. Anche lei doveva essere stanca perché cominciava a dire «delle fesserie».

Con passo deciso, girò attorno al tavolo e si diresse verso la porta-finestra. Aprì le imposte spingendo i battenti. Una ventata di aria calda si riversò come se non aspettasse altro che quella occasione per assalire un universo che le resisteva. Poi avvolse le due donne. Lola guardò i morbidi riccioli che sua madre fissava in parte con un pettinino. Le parve di averlo sempre visto allo stesso posto.

Géraldine, invece, chiudeva gli occhi. Avrebbe potuto disegnare, a palpebre abbassate, i tre bambù, l'immenso abete, la magnolia rosso sangue, le ortensie bianche, i mazzi di lunghe margherite, gli aridi non-ti-scordar-di-me ai loro piedi e, più lontano, sulla destra, il melo, il pero, le insalate, il prezzemolo, i fagiolini, le due file di aglio e cipolle. Le fragole. Il tubo per annaffiare che Elsa arrotolava e srotolava per ore. Le pietre sul camminamento che conduceva dalla terrazza al cancelletto di legno. Ce n'erano cinquantotto. Conosceva la posizione, la forma, le rugosità di ognuna e il momento esatto in cui aveva scavato l'erba per conficcarle nel prato. A quell'epoca non si mangiava le unghie.

L'aria calda all'improvviso le sembrò buona. Géraldine sentì le lacrime salirle agli occhi. Avrebbe voluto braccia che la stringessero.

Che l'amassero. *Se credessi in un dio, gli parlerei.* Ma quella donna che metteva da anni il pettinino sempre nello stesso posto non aveva mai avuto la fede e non avrebbe mai trovato la forza di confidare tutto ciò. Nemmeno a Lola; alla quale, lo sapeva perfettamente, aveva chiesto di crescere da sola. Controllo. Accettare. Affrontare...

«Mamma?»

Géraldine riaprì gli occhi. Sua figlia le venne vicina. La madre non si mosse, quando Lola la cinse con il braccio: «Perché non ti sei rifatta una vita?»

Senza esitare e senza mentire, lei mormorò che non aveva potuto.

«E adesso?»

Géraldine fissò l'abete dritto, in mezzo al giardino. Era così alto che sembrava toccare il cielo. Dava le vertigini. Non alzò gli occhi fino alla cima – *no, non posso* – e tirò un lungo respiro, stringendo le mani della figlia: «Adesso sto combattendo con la disposizione dei posti a ta...»

«Mamma...»

«Sono troppo vecchia.»

«Non hai nemmeno cinquant'anni.»

«Tra un anno.»

«Non si è vecchi, a cinquant'anni.»

«Io...»

Così com'era successo a Bertrand, nudo, davanti all'ascensore, le parole – quelle che venivano dal cuore – non poterono arrivare fino alle sue labbra. Le rimasero invischiate in fondo alla gola. Oh! Se fossero state cariche di cattiveria, di rimproveri, di orrori, sarebbero cadute dal cervello facendo un rumore assordante. Avrebbero distrutto tutto, al loro passaggio. Avrebbero riversato il loro potere malefico. Il fatto è che questo mondo è retto da una legge: quella della gravità.

Allora le parole le ricaddero in fondo al cuore e Géraldine camminò verso il tavolo, dove riprese in mano i fogli che conosceva a memoria e si sentì dire con una voce che le fece orrore: «Vorrei che tutto fosse perfetto, per te. Allora, mia cara, dov'è che mettiamo le tue due zie, tua nonna e quella di Franck? Lui la detesta ancora?»

«Oh, sì, eccome!»

«Questo complica la faccenda.»

Lola la raggiunse. Esaminò i posti come se si trovasse a bordo, cercando di fare dei miracoli per spostare quei passeggeri che esigevano «comodità, luce naturale, la parete della carlinga a sinistra e non l'ascella del tizio-impestata-di-deodorante-a-buon-mercato». O peggio.

«Ciao ciao, Lola-Lola!»

«Ciao, bellezza! È finito il film?»

«È dentro il lettore. Vuoi un gelato?»

«Elsa! Sono le sette, si mangia fra dieci minuti.»

«Il gelato?»

«Dopo, se vuoi! Ti dispiace apparecchiare la tavola mentre finiamo?»

Elsa ubbidì, cantando e danzando come Biancaneve canta e danza «*Il mio amore un dì verrà*». La futura sposa si sentì girare la testa. Un dì, capitano delle sorprese. *Un dì, Bertrand Roy mi ha aperto.*

«Franck torna domani, posso dormire qui?»

«Con me!» gridò Elsa dalla cucina.

«Nessun problema!» rispose Lola.

«Nessun problema nemmeno se metto qui la nonna di Franck?»

«Voglio un gelato, mamma!» rispose Lola, sorridendo.

«Un gelato! Adesso!» gridò la sorella battendo le mani. «Gelato! Gelato!»

«Complimenti! Ti giuro...»

«Non è importante.»

«No? Che cosa è importante?»

Che cosa è importante?

Madre e figlia tacquero. Poi si scambiarono un sorriso. Lola pensò a quello di Bertrand che parlava dell'odore dolce delle arance. Raggiunse Elsa che scartava i cornetti. Géraldine la seguì. Guardò la figlia dai capelli chiari che strappava l'incarto con attenzione, poi quella bruna che saltellava e canticchiava addentando di gusto il gelato. *Che cosa è importante?* Dei gelati fuori orario, una vita senza le sue figlie?

A volte la collera di Géraldine Baratier si placava. La donna non si chiedeva più se a Elsa, alla nascita, fosse mancato l'ossigeno, se lei stessa non avesse avuto la forza sufficiente per spingere con efficacia oppure se la primissima cellula non avesse spiccato il volo. Guardava Elsa e Lola come si guarda la propria ragione di vivere. *Che cosa è importante?* Certe volte, era felice. Ma solo certe volte... Elsa tese un dito grondante di gelato verso sua madre. Lola si avvicinò. *Fin dove arriva l'istinto delle figlie?*

«Mangia il gelato, mamma!» gridò Elsa mettendosi tra di loro.

Aveva un'espressione tesa, e sua madre addentò con decisione fino a farle tornare il sorriso. Ma non appena la secondogenita voltò le spalle per salire di sopra a riaccendere la tv, Géraldine sciolse sotto l'acqua calda ciò che restava del cono, sciacquò il lavandino e tirò fuori insalatiera, senape, olio, aceto, sale e pepe. E, come se niente fosse, Lola preparò la tavola. Dimenticare. Non chiedere l'impossibile.

Dimenticare l'impossibile.

12

Non è così difficile mentire, si disse vigliaccamente Lola in quegli ultimi giorni di conto alla rovescia. Le cose da fare si moltiplicavano, e non c'era più molto tempo. Non restò mai da sola e si proibì con fermezza ogni pensiero deviante. Si sforzò di dimenticare. Lavò due volte i pantaloncini e la canotta rosa e li nascose in fondo a uno scatolone; poi, senza esitare, li gettò via la mattina seguente. Franck non si accorse di nulla, e fu lui a portare giù il sacchetto.

La temperatura non aveva alcuna intenzione di scendere; nessun rumore giungeva dall'appartamento del piano di sotto e la ragazza divorò un'arancia al giorno, «regalo di Momo». Tutti la trovavano incantevole e raggiante. Non aveva voli in programma, ma il martedì e il mercoledì seguì uno stage di aggiornamento. Niente aerei né passeggeri. Niente Bertrand Roy. Scrisse per l'ultima volta LOLA BARATIER sui questionari da riempire e ottenne un punteggio molto alto.

Di ritorno in rue Hector, trovò un parcheggio a dieci metri dal portone. Dietro la Mini gialla di Daphné. *È tornata.* La giornalista stava uscendo dal palazzo. Una valigia in mano, una tonnellata di carte ficcate sotto il braccio. Si videro nello stesso momento. Daphné – in jeans, camicetta in seta di un turchese oceano e treccia da una parte – camminò decisa verso di lei.

«Londra è troppo *città*! Vado a fare un sopralluogo a Dublino per il numero speciale *Trench*. Stivali di vernice, ciottoli, persiane rosse. Pietre grigie. Contrasti. Potevo pensarci subito, all'Irlanda!»

«Ah, saperlo», rispose Lola afferrando la posta che le porgeva la vicina per recuperare la chiave della macchina in una borsa «la cui trasparenza non serve proprio a nulla».

La bionda Lola avvertì sul petto una busta che conteneva un altro mazzo di chiavi. *L'ha fatto.* Ebbe l'irresistibile voglia di vedere la scrittura dell'uomo che le aveva messe nella cassetta. Ma rimase immobile a guardare il viso sorridente di Daphné che spiegava come, per fare un servizio con il fotografo Alex Garnier, ci volesse «la pazienza di un santo». Riprese le lettere e la busta più pesante cadde a terra. Daphné si abbassò per raccoglierla, si tirò su e aggiunse, con sincerità disarmante: «Mille volte più che con Bertrand! Quella che hai appena sentito cadere è la copia delle sue chiavi».

Sorrideva, era calma, serena. *Inaffondabile. Voglio sparire.*

«Mi avrai sentito urlare la scorsa settimana.»

«No. Ero a Montréal.»

«Mi ha fatto così bene!» affermò la ragazza mora nell'aprire il bagagliaio. «Ho avuto una crisi di nervi salutare. Bertrand sparirà per alcuni mesi, ma», posò valigia e posta, «lo farò ritornare. Non è la prima volta e so già che non sarà l'ultima!»

Lola sorrise.

«E tu? Tutto bene? Sei pronta?»

«Sì.»

La giornalista le strinse il braccio.

«È prevista pioggia per venerdì.»

«Ho visto.»

«Ottimo segno!» esclamò Daphné abbracciandola. «Non ci rivedremo mai più, ma sappi che sei fortunata.»

Salì sulla Mini, mise in moto, e Lola salì i quattro piani molto lentamente, gli occhi fissi sugli scalini di mogano. *Fortunata?* Bertrand era una fortuna? Quel pensiero la fece inchiodare davanti alla porta dove lui l'aveva lasciata passare, dove l'aveva abbracciata, baciata, rapita in quella luce smorzata. Il meccanismo del portone scattò, la giovane donna riconobbe il passo di Franck. Si chinò per vedere se fosse davvero il futuro marito e lui alzò la testa. Sorrise. Le chiese se avesse già ritirato la posta.

«No.»

Lola non entrò in casa ma ridiscese le scale. Sapeva che il futuro marito indossava la camicia, blu come i suoi occhi, che lei gli aveva regalato per il compleanno, le Converse grigie basse e dei jeans che risalivano all'epoca della loro fuga a Los Angeles, due anni prima. Avevano fatto l'amore in una camera d'albergo dai muri candidi. Franck la baciò come si baciano le coppie. Erano deliziosi. Lui le passò il braccio attorno alle spalle.

«Allora, questo test?»

«Facile.»

«Te l'avevo detto.»

Franck aprì la porta e passò davanti a Lola che pensò: Grazie, mio Dio, per non lasciarmi da sola in questo appartamento. Si cambiarono e chiacchierarono del più e del meno. Della pioggia prevista per venerdì. «Daphné me l'ha detto, l'ho incrociata giù di sotto.» Franck rispose che se ne fregava. «Della pioggia e di quel che ha detto 'sta tipa!» Si diede da fare con gli ultimi scatoloni e Lola si mise a guardarlo. Era bello, alto, magro, sicuro di sé, rassicurante, presente, lavoratore, fedele, il marito ideale. *L'uomo che amo.* Franck si voltò verso di lei.

«È la pioggia che ti preoccupa?»

«No.»

«Il tuo abito è a posto?» disse, baciandola al volo.

«Vedrai.»

«Non l'ho guardato...»

«Lo so», rispose Lola, chiudendo uno scatolone.

Franck le si avvicinò e lo richiuse «correttamente», con molta gentilezza. Lei gli chiese se volesse cenare. Mangiarono in piedi, svuotando gli ultimi armadietti. Un'ora più tardi, si sorpresero a osservare insieme il loro salotto irriconoscibile. Risero. Lui disse che avrebbero dovuto raggruppare gli scatoloni. Lei lavò i quattro piatti, che lui allineò a uno a uno contro il muro, in un modo che la affascinò. Come pure la sua conversazione. Franck aveva il dono di dire – e ripetere – cose che le avrebbero fatto orrore dette dalla bocca di un altro uomo, ma che il suo futuro marito sapeva raccontare. A dirla tutta, aveva il talento di farsi ascoltare. Bastava una parola per attirare l'attenzione della gente, viveva ciò che diceva. Era convinto di tutto, si divertiva con niente, notava i dettagli anacronistici in tutti i film come le «cazzatine nei calcoli del mio capo». Si vantava di avere un dono, per tutto questo – ed era vero –, e a Lola prese un colpo quando lui spostò le scatole che aveva messo davanti alla porta della cucina. Si sarebbe accorto che la maniglia era stata riparata? Avrebbe fatto qualche domanda? Non quella sera, perché era concentrato sulla scrupolosa sistemazione degli scatoloni. Lei si piazzò davanti a quella porta pensando all'istante che fosse la cosa più stupida da fare. Franck si girò verso di lei: «Passami il nastro adesivo, per favore. Quello grosso, marrone».

Lei glielo porse. Lui lo srotolò, lanciando a Lola un sorriso dei più affascinanti/divertiti/ironici, e lo applicò per…

«… Salvare questo pacco preparato dal mio tesoro. A che cosa pensavi, per chiuderlo in questo modo?»

«A che cosa pensavi tu, quando ti sei fatto travestire da donna?» rispose lei, appoggiando lo strofinaccio sulla maniglia.

«Non pensavo, mi stavo solo divertendo.»

Le piantò addosso i suoi occhi chiari e ridenti, lei voltò le spalle allo strofinaccio e disse che non capiva perché dei ragazzi intelligenti, plurilaureati e responsabili sentissero il bisogno di travestirsi in quel modo per fare delle cretinate.

Franck, imperturbabile, continuò a sistemare gli scatoloni. Un terremoto della massima intensità non avrebbe avuto alcun effetto. La sua risposta fu più efficace: «Perché le ragazze sbevazzano fino a vomitare?»

Lola rimase muta. Lui andò da lei, l'abbracciò.

«Perché fa caldo.»

Le chiese fino a che punto avesse avuto caldo.

«Al punto di andare in piscina», disse lei, facendo scivolare la mano nella sua per allontanarlo.

Franck si lasciò distrarre e lei gli raccontò con quanta facilità avesse stampato le carte di imbarco per Honolulu. Poi, andando verso la camera, spiegò nel dettaglio quanto fosse stato complicato stampare quella della sua sgradevolissima nonna che, dopo il loro matrimonio, sarebbe partita per Bordeaux per la talassoterapia annuale.

«Dovevi aspettartelo!»

«Sono ancora stupita che venga.»

«Avrei preferito che la Megera morisse molto prima della mia nascita, ma potevo forse scegliere?» disse lui nel modo più sincero e delicato del mondo, baciando Lola sulla spalla e facendola cadere sul letto.

Poi le si distese accanto e puntualizzò che, nonostante fosse andato in giro in gonnellina, non per questo aveva evitato il faccia a faccia con la donna che detestava di più.

«Terrà gli occhi aperti.»

«Lo dice lei!»

«Sembra tua madre.»

«Ti odio.»

«Tua madre è molto bella, tesoro!»

Poi, prima che la sua futura moglie si mettesse a discutere, proseguì veloce con sguardo molto determinato: «Il tipo plurilaureato, responsabile e com'è che l'hai definito?»

«Intelligente.»

«Il tipo molto intelligente qual è il sottoscritto non avrebbe alcuna esitazione a cacciare la suddetta Reine Milan in un taxi, se solo lei ti dicesse una sola delle sue solite cattiverie. Anche in piena cerimonia!»

Lola sorrise perché sapeva che ne sarebbe stato capace. Franck disse che per quella sera le avevano dedicato già abbastanza tempo. Lei chiuse gli occhi. Scordò che Bertrand si era disteso proprio dove adesso si trovava lei. Le piaceva Franck. Le piaceva fare l'amore con Franck.

Era la loro ultima notte in quell'appartamento. Al loro ritorno, avrebbero traslocato tra le pareti nuove fiammanti della casa costruita, secondo i loro progetti, su un terreno che suo padre aveva acquistato per lei molti anni addietro. Non avrebbe mai più rivisto Daphné né quell'appartamento ormai venduto, né rue Hector né le arance di Momo. Franck sussurrò di essere felice. Lola disse di esserlo altrettanto. Lui cadde in un sonno profondo e lei lo seguì a ruota.

Tuttavia, i sogni, come le previsioni del tempo, vanno per i fatti propri e Lola si vide con i folti ricci di sua madre. E con la sua pettinatura. Si guardava riflessa nella vetrina di Momo mentre sua moglie le portava sorridendo delle arance schiacciate per depilarle le ascelle. Il suo abito da sposa era in vendita, in mezzo a centinaia di altri nel retrobottega custodito da Elsa e dalle sette figlie del droghiere. Bertrand indossava il camice grigio di Momo e avvitava, in ginocchio, la maniglia di una porta sul suo abito da sposa nel momento in cui Franck, metà lupo e metà uomo, entrava infarinato dalla testa ai piedi, con sua madre per mano. Lola si svegliò di soprassalto in un bagno di sudore. Aveva mica gridato? O chiamato aiuto? Aveva detto: «Bertrand»? Chissà chi chiamiamo in aiuto nei sogni. «Tutte le ragazze finiscono per assomigliare alla loro madre.» *Non è che ho aperto a Bertrand per provare a me stessa che non sono come la mamma?*

La sveglia dai colori metallici indicava le 6.40. Franck si alzava esattamente venti minuti più tardi. Lola filò in cucina. Vide lo strofinaccio ed ebbe la sgradevole sensazione che la stesse guardando. Lo piegò, lo mise altrove. *E se Franck chiede come mai la maniglia non balla più?* I palmi le diventarono umidicci, chiuse gli occhi e vide lo sguardo di Géraldine e tutto ciò che stava dentro di lei. Lola non voleva certo sentirsi sommergere da tutto questo.

Lanciò di nuovo lo strofinaccio sopra la maniglia e, in tutta fretta, tirò fuori da una valigia un costume da bagno e un asciugamano, che ficcò in una borsa. Perché sì, nuotare le avrebbe fatto bene. Nuotare è complicato, richiede concentrazione. Bisogna coordinare i gesti e stare attenti a dove si va. In più immergendo la testa senza poter respirare. Il cervello dimentica ogni cosa, poiché l'unica che conta è l'ossigeno. È una questione di sopravvivenza. Lola aveva l'intera giornata per fare vasche, rilassarsi e non pensare che forse esisteva un gene ancora non identificato per la malattia di Elsa, per l'alcolismo, la malinconia, per...

Il telefono di Franck squillò. Lui rispose dal letto. «Cazzo! Non posso.» Silenzio. Lola corse nella loro camera. «Uhm, uhm.» Altro silenzio. «Sei un rompipalle, però!»

«Ma chi ti chiama a quest'ora?»

«Devo fermarmi al lavoro, stasera!»

«Fino a che ora?»

«Come faccio a saperlo! Dovrai andarci tu, in stazione, a prendere i miei genitori e la Megera.»

«Non posso!»

«Lola!»

«Perché non prendono un taxi?»

«Con una tonnellata di bagagli e una vecchia brontolona?»

«E poi dici di averle parlato!»

Franck si piazzò davanti alla futura moglie e appoggiò la mano sulla porta della cucina. Trenta centimetri sopra la maniglia.

«Che cos'hai?»

Lei gli tese le mutande a righe e si voltò. Lui le prese il braccio. Lola esclamò: «Indovina chi ha inquinato il mio sogno?»

«Quindi era un incubo.»

Lei alzò le spalle, poi fece scivolare due fette di pan carré nel tostapane mentre lui si infilava le mutande. Lanciò uno sguardo allo schema dei posti a tavola, che occupava una buona metà del bancone.

«No, non si muoverà dal posto che io e la mamma siamo riuscite ad appiopparle.»

«È abbastanza lontana da me?»

«Se preferisci, posso dimenticarla in stazione o ancora meglio, questa sera, puoi annegarla nella Marna in fondo al giardino.»

«Anche da morta, non smetterà di inquinare», disse lui prendendo al volo il pane tostato.

Lola versò il caffè nelle tazze, tirò fuori il miele, poi lo sistemò in fretta e furia nello scatolone «Non deperibile» sull'angolo del tavolo. Franck alzò gli occhi. Fissò un punto più lontano, proprio al centro della porta, per dei secondi lunghi dieci chilometri.

«Ho appena fatto la scoperta del secolo.»

«Scusa?»

«Grazie a te e grazie a quella donna.»

Lola si sedette, le cedevano le gambe. Franck tornò a guardarla negli occhi. Molto serio. Lei trattenne il respiro.

«Qual è la mia professione?» disse lui fissandola.

Lei rimase muta, lui ripeté la domanda. Lola recitò: «Ingegnere chimico specializzato in ottimizzazione e gestione dell'ambiente».

«Esatto! Per tutto il giorno, no, *per tutta la vita*, ho fatto e continuo a fare in modo di non…»

Franck si interruppe e fissò Lola per un'altra eternità, nella quale la giovane donna si vide nuotare a migliaia di chilometri dalla riva.

«… Buttare via niente?»

Lui sorrise, vincitore.

«Grazie a te e a quella vecchia strega ho appena avuto un'idea che, lo sento, sarà un grande guadagno per il pianeta. Ma quando dico grande, intendo… enorme!» Allargò al massimo le sue lunghe braccia. «Dav-ve-ro e-nor-me!»

Restò così, gli occhi in quelli di Lola, poi spinse la porta della cucina per afferrare la lavagna Velleda sopra il frigo. Disegnò due linee parallele, distanziate, sormontate da un cerchio dal quale partivano delle linee di lunghezza variabile, soltanto sulla parte bassa.

«Che cosa vedi?»

Lola inclinò la testa, pensò che fosse un orrore ma disse: «Devo essere sincera? Non mi va di offenderti, tesoro».

Franck fissò la sua opera, aggiunse due o tre linee, ne allungò delle altre. Lola scosse la testa. Lui disse che il suo «tesoro» era...

«... Molto offensivo!»

«Ti ascolto!»

Franck puntò il pennarello proprio in mezzo al cerchio: «Esiste il sole», e poi in mezzo alle due linee: «Esistono le strade. E questo capita dappertutto, sulla Terra?»

«Già.»

«Perché non coniugare le due cose e creare un rivestimento che integri dei micro-pannelli solari? Pensa che matrimonio ideale! E che bambino ne nascerà...»

Natacha lo trovava stancante – non aveva tutti i torti –, ma a Lola piaceva quel suo modo di essere forte, sicuro di sé, sempre a suo agio. Quando Franck rimise la lavagnetta sopra il frigo lei gli guardò dapprima le spalle, poi gli occhi illuminati da idee intelligenti e la mano che si posò là dove lei non voleva proprio: «Si dice sempre così, ma è una regola. Dalle schifezze possono nascere delle cose buone. Passo dalla Megera a un'idea grandiosa! Sono un genio».

Franck soppesava le verità in maniera assai concreta, non era il re della modestia però aveva la vista lunga. Comprendeva, tagliava corto, estraeva con brio l'essenziale dal magma circostante proprio come si sbarazzava di ciò che non gli interessava. E adesso teneva la mano su ciò che aveva fatto precipitare Lola in un mondo di cui lei non sospettava l'esistenza. Il suo corpo lanciava dei segnali. Lei riprese il miele dallo scatolone e lo spalmò sulla sua fetta di pane e su quella di Franck. Sentì una brutta voce di megera dire: «E nel tuo caso? Riuscirà a guardare attraverso di te e a scoprire ciò che hai fatto?»

In quel momento Lola si sentì più nauseata che spaventata. Da se stessa, dai suoi pensieri, da quel che aveva fatto, da quel che aveva provato e che, all'improvviso, le mancò terribilmente.

Poi avvicinò il naso alla tazza mentre Franck faceva altrettanto ma in piedi, divorando in tre bocconi la sua fetta di pane. E mangiò quella di

Lola, quando lei disse di non avere fame. Lui sorrise e affermò, con un che di delizioso negli occhi, che tutto questo, «questa cosa enorme», gli era stata ispirata dal nero del caffè, dalla rotondità della tazza, dal caldo e da «quella vecchiaccia. Il tutto immerso nell'atmosfera del nostro matrimonio!» Si infilò sotto la doccia. E poi nei vestiti. Lola rimase davanti al posto dove si era seduto Bertrand. Lui era lì, la guardava, non diceva niente, come di fronte allo specchio, le sue dita sfioravano quelle di lei. Franck uscì dal bagno tutto sbarbato, bello.

«Posso contare su di te per la stazione?»

«Ci sarò.»

Poi lei disse, con orrore: «Lasciami le tue chiavi. Abbiamo promesso due copie agli acquirenti». «Hai ragione, sarebbe da scemi perderle di nuovo proprio oggi.» Sorrise, posò il suo mazzo accanto alla tazza di Lola e gridò a voce alta un meraviglioso arrivederci «a questi meravigliosi muri».

In dieci lunghi passi Franck attraversò la cucina e il salotto, per poi aprire la porta d'ingresso e fermarsi sulla soglia a guardare Lola. Fu allora che i suoi occhi si posarono sulla maniglia in porcellana bianca, nascosta sotto lo strofinaccio. «Cazzo! Ho dimenticato di ripararla.» Lola esclamò: «Ma chi se ne frega! Tanto ce ne andiamo!» Franck sorrise e ripeté: «Me ne frego! Tanto ce ne andiamo!» con uno sguardo che avrebbe steso un esercito. Disse a voce molto alta: «Ti amo».

«Pure io.»

«Allora dillo.»

«Ti amo, Franck.»

«Sono felice.»

13

Sono inorridita.

Lola rimase seduta a tavola per sentire se Franck stesse risalendo. Poi aprì la finestra e si sporse per vederlo. Lui alzò la testa perché era un tipo intuitivo. Lei gli mandò un bacio, lui disse: «Grazie per la stazione!»

Lui mise in moto e lei vagò nell'appartamento, altrove, fuori di sé, sorprendendosi, con le due scodelle e le posate sporche in mano, nello specchio dell'ingresso. Proprio come si sentiva. L'avrebbe anche spaccato volentieri, se ciò non avesse implicato una vita di disgrazia. Non si chiese da quanto tempo stesse vagando, ma pensò che non le era capitato di fare quel sogno per il più puro dei casi. Una voce molto cattiva la canzonava. Bertrand era un puro caso? Come faceva a saperlo? Come rispondere?

Come dimenticare?

Nel modo più vigliacco possibile, facendo un'altra domanda – *Perché dimenticare?* –, la futura sposa fissò la porta della cucina. La risposta era lì, risoluta. Lola era scesa perché Franck non aveva riparato quella maledetta cosa che si era allentata da sola, giorno dopo giorno, per anni, impercettibilmente, sotto le vibrazioni di tutta la Terra, sostenute da un'impetuosa corrente d'aria di giugno. Era stata quella cosa a generare quel sisma nella sua vita. Lola ebbe voglia di spaccarla, di smontarla e di portarsela via per custodirla per sempre a portata di mano. Si sentì dilaniata da una punta di vergogna acida e di viva felicità. *È successo contro la mia volontà, in sogno o contro il mio desiderio.* È stato un incidente. Senza verbale. Senza conseguenze, poiché il pericoloso momento della scelta era passato. Le porte dell'ascensore si erano richiuse, *la vita continua come previsto.*

L'indomani, Lola si sarebbe infilata l'abito di pizzo color crema che da due giorni l'aspettava da sua madre. La custodia dorata sarebbe finita nella pattumiera a raggiungere il vestito rosso. *Bertrand resterà Bertrand. Io sono ridiventata me stessa, quella ragazza che non farebbe mai una cosa simile.* E il tempo avrebbe cancellato le emozioni incidendo delle rughe a poco a poco. *Avrò cinquant'anni anch'io, mi guarderò in uno specchio e sarò felice come lo sono adesso.* Profondamente felice di avere sposato Franck come pure di non avere detto di no a Bertrand. *Conosco la carezza delle sue mani e sono fuggita in tempo.*

Lola sollevò la testa e affrontò il suo riflesso. Accese il televisore per non pensare. Alzò il volume e lavò le scodelle, le asciugò, le sistemò in uno degli scatoloni. Scollegò il frigo. Pulì i vetri per il puro piacere di strofinare, ma lasciò lo specchio... tale e quale. Fece altre cose indispensabili e preparò le valigie poiché, quella sera, avrebbero dormito a Noisiel.

Si infilò sotto la doccia. Ne uscì quattro minuti dopo, indossò il costume da bagno e il vestito. Più lontano nel salotto, la televisione ronzava. Chiuse i bagagli e sentì una parola. «Tibet.» Andò a piazzarsi davanti allo schermo.

A esattamente ventiquattr'ore dal suo matrimonio, un canale diffondeva paesaggi montuosi e desertici. Alcune persone camminavano in fila per raggiungere un luogo dove, a turno, appendevano delle bandierine multicolori. Una voce spiegava che il rito «porta fortuna e che, adesso, i turisti venuti da tutto il mondo fanno questo viaggio per pregare nei luoghi santi e lasciare qui i loro voti». Quella voce aveva calcato una parola. *Adesso. Bertrand.* Un vento invisibile spazzava le montagne: fece scattare qualcosa in Lola e le farfalle indomabili volarono via. *Sarebbe andato anche lui ad appendere una bandierina?* Tonde lacrime le caddero sul vestito.

Una bandierina di che colore?

Lola spense la tv ma rimase davanti allo schermo nero. *A che cosa pensi, Bertrand?* Quella domanda le prosciugò le lacrime all'istante. Perché nessuno dei due aveva pensato. Avevano entrambi vissuto, sentito, provato. Si erano dimostrati follemente irragionevoli per poi ragionare alla meno peggio, come dei pazzi...

Lola richiuse le persiane, le finestre. Passò da una stanza all'altra per dire addio al luogo in cui aveva vissuto per nove anni. Fece scorrere la mano su tutti i muri. Erano caldi, sotto i tetti, vicini al cielo. Accarezzò con estrema leggerezza una sola maniglia senza guardarla, senza fermarsi. Era fredda. La futura sposa staccò il contatore e uscì.

Per sempre.

14

NELL'ACQUA fresca della piscina Jean Boiteaux che degradava dall'azzurro chiaro al turchese, Lola fece cinquantotto vasche intervallate da pause durante le quali riprendeva fiato. L'orologio quadrato segnava i secondi, il suo respiro si accordava ai battiti del cuore, i suoi pensieri fluttuavano lontani. E non appena si riavvicinarono, la futura sposa si immerse di nuovo.

Due ore più tardi, Lola andava su e giù tra le piattaforme della Gare de Lyon concentrandosi sulla lentezza con cui le lancette percorrevano il gigantesco quadrante. Faceva troppo caldo per pensare ad altro che non fosse il tempo. Il treno proveniente da Besançon segnalò trenta, poi quarantaquattro minuti di ritardo. C'era un caldo umido. Lola sgranocchiò due barrette di cioccolato e bevve una bottiglia d'acqua. Si piazzò davanti a un espositore di riviste impiegando dieci minuti prima di decidersi a posare la mano su… *Questions de femmes.*

Domande di donne di ogni età la attraversarono in un'indifferenza quasi totale. Leggeva rispondendo ai messaggi che apparivano uno dopo l'altro sul cellulare. La lancetta dell'orologio sembrava incollata, appiccicosa, alla Dalí. Non c'erano sedili disponibili; in realtà sì, uno c'era, ma faceva passare la voglia di accomodarsi. Così, Lola prese a passeggiare lungo le banchine, quando fu annunciato l'arrivo del treno. Si mise a correre: al decimo passo era in un bagno di sudore e si rese conto che, nonostante si fossero scambiati venticinque sms, non sapeva in che vagone erano i suoi futuri suoceri e la nonna di Franck.

Si fermò quando il treno fece altrettanto e decise di aspettarli in testa al binario. Tanto di guadagnato. Dieci secondi più tardi, vide la futura suocera porgere la mano alla propria suocera.

Reine Milan sarà stata pure la più anziana, ma tra le due era quella che era cambiata di meno in quattro anni. Per l'altezza, Franck aveva preso da lei. Anche per il passo dritto e fiero che aveva colpito Lola fin dal loro primo incontro.

Era avvenuto nella casa di quella signora di settantacinque anni nel centro di Besançon. Il giardino sul lato facciata si riduceva a un viale fiancheggiato da roseti, tutti tagliati con estrema precisione. Tende bianche con soffici volute riposavano su tutte le finestre, sorrette da *embrasse* identiche. Mentre Franck lottava con il cancello, Lola aveva avuto il tempo di notare che l'intonaco era recente, i gradini erano stati spazzati e la pettinatura anni Cinquanta della donna che li spiava dal primo piano era tanto rigida quanto la sua espressione. «Ci osserva.» «Sta affinando le sue battute. Tieniti pronta.»

Naturalmente, prima di scendere, Reine Milan aveva aspettato il suono del campanello. Ci aveva messo delle ore per aprire i quattro catenacci, e un tempo infinito per strizzare gli occhi e verificare dallo spiraglio della catenella che si trattava proprio del suo unico nipote.

Franck non era nervoso né infastidito. La conosceva a menadito dopo averne condiviso la compagnia per anni, quando i suoi genitori lavoravano. Il primo ricordo era quello delle sue mani secche e ossute che tiravano il lenzuolo, teso, prima della pennichella. Il secondo, di quando si sedeva su una poltrona e accendeva una lampada da terra.

«Le guardavo le ombre sul viso. Mi leggeva la Bibbia, mi parlava del diavolo che si aggirava ovunque, forse anche nella mia camera. Mi addormentavo con una gran fifa addosso. Ogni tanto avevo diritto a una storia, farina del suo sacco, con la sua eroina preferita, La Mortega.»

«La Mortega?» aveva ripetuto Lola.

«Secondo lei, la morte è una strega.» Franck aveva sorriso. «Pensavo che avesse la sua faccia. Credevo che tutte le nonne fossero come la mia. Per fortuna la scuola mi ha salvato, ho imparato a leggere altre storie. Le ho tenuto testa e lei mi ha ficcato nella sua cantina mentale perché non sporcassi, invadessi, calpestassi il suo universo. Soprattutto perché io non mi mettessi al suo stesso livello. Ragiona così. Gli altri devono sottostare a lei, per questo li umilia e li ferisce. Non ha altro nella vita.»

«E i tuoi genitori che cosa dicono?»

«Mio padre è cieco, mia madre non apre bocca. La Megera è manipolatrice.»

«Sei tu che l'hai battezzata così», aveva affermato Lola.

«Una lezione di vocabolario che ho imparato bene. È un termine che le calza a pennello.»

Franck aveva ragione. Le maldicenze, la superiorità, le prese in giro, la sufficienza formavano la sua ossatura.

«Ho avuto la fortuna di essere curioso e appassionato al fai-da-te. Mi incuriosiva tutto ciò che mi stava attorno. Ho smontato e rimontato di tutto, tirando su più polvere possibile. La vecchia ha una sola qualità: il suo gratin di patate.»

Così Lola gli aveva chiesto perché non tagliasse semplicemente i ponti.

«Ma significherebbe fare proprio ciò che vuole. Avrebbe campo libero. Sono il suo granello di sabbia. Complico il suo meccanismo. E sarò anche un granello di sabbia, ma in realtà divento quel mostro che le vaga nel cervello. Se non le faccio paura, comunque la inquino.»

L'ultimo catenaccio si era messo a scricchiolare. Con un sorriso, Franck aveva esclamato: «Buongiorno, nonnina!» per destabilizzarla. Lei aveva letteralmente respinto Lola che aveva tentato di darle un bacio di cortesia.

«Come in Giappone, ci si saluta da lontano, Lisa.»

«Lola.»

«Sei spagnola?»

«No. Ho origini olandesi.»

«Che cosa esotica!» aveva detto richiudendo i catenacci.

Lola aveva notato le sue mani curate, l'enorme rubino, la fede larga, l'abito grigio dal bel taglio e lo scialle in tinta che aveva stretto sul petto dopo aver finto un colpo di tosse.

«Che lavoro fa tuo padre?»

«È morto.»

«Ah, sì! Franckie mi ha spiegato la situazione.»

«Veramente io non ne ho mai parlato.»

«Ti sarai confidato con tua madre, piccolo mio!»

Poi si era girata verso Lola. «Vuoi bere qualcosa?» Il «qualcosa» era un bicchiere di acqua tiepida, un duro sguardo azzurro sottolineato da un tratto di matita blu scuro, un finto sorriso dolce, labbra rosa, rughe rade ma profonde. Aveva offerto dei cioccolatini, due. Aveva raccontato della sua artrite, delle sue insonnie, della sua vita solitaria con una nuora estetista che non aveva il giusto tocco per depilarle le sopracciglia. Franck si era alzato e lei aveva preso la mano di Lola.

«Tua madre aveva il tempo di leggerti le favole?»

«Sì.»

Franck aveva precisato: «Intende dire: visto che c'era Elsa».

Reine aveva sospirato, senza volgere lo sguardo verso il nipote. «Io c'ero, quando sua madre me lo affidava. Gli ho anche pagato gli studi, voglio sperare che te l'abbia detto.»

Con il suo stipendio attuale, Franck avrebbe potuto estinguere quel prestito da chissà quanto. Ma se la prendeva comoda per puro piacere, e Lola ne era a conoscenza grazie all'importo dell'assegno mensile che lui inviava alla nonna, corredato da una volgarità verbale che all'improvviso le era sembrata fin troppo sdolcinata.

«Allora, hai finito?»

«Io dico le cose in faccia.»

Per tutta risposta, Franck aveva estratto da un armadietto una scatola di cioccolatini di pasticceria che la vecchia divideva solo con se stessa.

«Grazie, nonnina!» aveva esclamato, riprendendo per mano Lola e dirigendosi verso l'uscita.

La vecchia li aveva seguiti in silenzio ma, affinché tutto il vicinato la sentisse, aveva gridato dalla soglia: «Non sposarlo mai, Lola! Anzi, sì! Sposalo! E pregherò Dio che tu gli rovini la vita fino alla fine dei suoi giorni!»

Se questa strega avesse ragione, disse fra sé Lola guardandola zoppicare e fare smorfie sul binario della stazione. Se Franck scoprisse che sono io la cattiva. I loro sguardi si incrociarono. Per una volta la Megera, che aveva un aspetto magnifico, non fece alcun commento né sbagliò il suo nome.

Lola afferrò una valigia e si allontanò da lei il più possibile. *È solo una questione di distanza di sicurezza.*

15

Cinque giorni prima, alle ventidue, Bertrand aveva lasciato rue Hector dopo aver recuperato «le sue cose». Da quando era rientrato nell'appartamento di Daphné non aveva sentito nessun rumore al quarto piano. Lola doveva essere fuggita di corsa. Ci aveva pensato mentre riempiva una borsa con gli oggetti di sua proprietà. Vestiti, scarpe, carte, tre libri cui non teneva più di tanto. Si era coricato sul letto disfatto, là dove la sera prima aveva fatto scivolare la spallina rosa pallido e disegnato, con la punta delle dita, tracce sottili sulla pelle di Lola. Si chiedeva perché quel 5 giugno, a mezzanotte, fosse tornato tra quelle mura per recuperare degli oggetti di cui aveva quasi dimenticato l'esistenza. Era rimasto ad ascoltare il silenzio, poi si era addormentato. Senza sogni, da solo, e si era svegliato di soprassalto, quasi sicuro – per una frazione di secondo – che Lola gli fosse accanto.

Cominciava appena a fare buio. Un minuto più tardi il cellulare di Bertrand si era messo a squillare. Era una coppia di amici che avevano organizzato una festa per la sua partenza per il Tibet. «Arrivo!» Si era scusato per il ritardo, aveva riso, mangiato e bevuto in abbondanza prima di riaddormentarsi sul divano. In seguito non aveva partecipato molto alla conversazione, pensando molto seriamente – per un brevissimo istante – di andare a sedersi sulla scala color mogano, sul primo gradino del quarto piano. *Finché non torna*. Perché?

Bertrand era uscito sul balcone. Il cielo era basso, alcune nuvole di un nero denso incombevano con tutto il loro peso su ciò che aveva fatto, come pure su quel che non aveva avuto il coraggio di gridare. L'attimo era passato. E questo, un fotografo come lui, è pronto a incassarlo. Sa cosa deve fare. Prepara di nuovo i bagagli, viaggia per vedere se altrove l'erba è più verde. «Dove dormi questa sera?» gli aveva chiesto, avvicinandosi, la rossa Calixte, un'amica anche lei molto libera. «Resto qui, ho rispedito le chiavi a Daphné.» «Sono curiosa di sapere che parole le hai scritto.» «Mi conosci o no?» «Ti odio, per tutte le ragazze che hai. Ma ti voglio bene lo stesso.» «Che cosa fai, adesso?» Calixte aveva sorriso, Bertrand l'aveva riaccompagnata. Aveva lasciato il suo appartamento alle cinque in punto, senza una parola, per camminare nelle vie. Senza guardarle, il naso incollato al bitume grigio più scuro di quello dell'abito di Lola, in spalla la borsa piena di ciò che aveva recuperato. A sinistra, poi a destra, di nuovo a sinistra e sempre dritto. A passi lenti. *Lei è corsa per salire sul taxi quando le hai stretto le dita.* Le sue scarpe che risuonavano e che lui non sentiva. *Le ho stretto le dita?* Era sceso alla stazione Réaumur-Sébastopol. *Lei ha riaperto.* Si era piazzato davanti ai due cartelli con direzioni opposte. *E se chiede da dove vieni?* «Ti ho dato tutto ciò che potevo, Bertrand.»

«Hai una moneta?»

Un barbone si era appena svegliato qualche metro più in là: forse il fotografo, con i suoi pensieri, l'aveva fatto uscire dal torpore. Bertrand si era infilato la mano nella tasca dei jeans e aveva allungato all'uomo un biglietto da cinque euro e qualche moneta. Il tipo gli aveva detto di non sposarsi mai. No, non aveva detto niente, ma Bertrand aveva capito così. Si era diretto verso la via della sua infanzia ed era arrivato prima della colazione, dopo aver comprato del pane fresco.

Il resto della settimana era trascorso nello stesso modo: a dormire nelle immediate vicinanze del luogo in cui avrebbe dovuto trovarsi il giorno dopo. Opportunista, libero, nomade. *Vigliacco.*

Mille volte si convinse che, sì, aveva fatto bene a tenere la bocca chiusa davanti all'ascensore. Avrebbe potuto cadere dall'altra parte e rimettere in gioco… *Che cosa?* Bertrand non aveva risposte. Era un viaggiatore, la sua vita stava in equilibrio grazie a un'organizzazione tutta sua. Nessun sentimento feroce. Nessun pericolo. Nessuna Lola. *Ti manca?*

Sì.

Non era il tipo di cose che gli accadevano di solito e lo sapeva. Così come lo sapeva quando aveva posato il dito sul campanello. Nemmeno per un istante aveva pensato di recuperare il cacciavite. Aveva premuto come quando faceva una foto, perché doveva. E quel 12 giugno, svegliandosi alle 4 e mezzo nella sua camera a Rives-sur-Marne, una sola idea gli passò per la mente: *Perché vado in Tibet?*

Prese le cuffie, tornò a letto, musica a tutto volume. Per non pensare. Passò di canzone in canzone. Si alzò e si mise a lavorare al computer, stravaccato sul letto. Eminem teneva buona compagnia. Certo, non era il massimo per le foto di fiori sulle quali stava lavorando, ma pur sempre abbastanza tonico per infondergli l'energia di partire.

Alle 6.45 Bertrand spalancò la finestra. Il cielo esitava tra nuvole e luminosità. Eminem cantava *Lose yourself*. Il fotografo canticchiava parole che gli si adattavano benissimo: «*If you had one shot... one opportunity... would you capture it, or just let it slip...*», «Se tu avessi una possibilità... un'opportunità... la coglieresti o te la lasceresti sfuggire...»

Non c'erano olmi, nel giardino della sua infanzia. Un melo, un pero, un ciliegio, un prugno giù in fondo. Un gruppo di tre betulle. Delle fragole, una foresta di lamponi. Dei denti di leone a iosa, trasportati lì dal vento. Perché sua madre non aveva piantato fiori? *So di aver già visto un olmo grande come quello sotto il quale ci siamo addormentati.* Chiuse gli occhi, teneva la mano di Lola nella sua, lei l'aveva ritirata piano per posargliela sul cuore a dita larghe. Riaprì gli occhi. Dov'era? In Canada? *Certo. Nel parco del Mont-Royal, in cima a una collina, tutto solo. Come me.*

La canzone finì. Bertrand fece cadere le cuffie, rimase per un attimo davanti alla finestra. *Lasciare il mio numero nella sua cassetta delle lettere?* Il sole faceva scintillare delle gocce di rugiada sul prato. *Aspettare centocinquant'anni?* Afferrò la Canon sul comodino, ingrandì la perla più bella. *Clic.* Un istante dopo, il raggio cadeva già altrove e il bagliore si era attenuato. *Lei ama Franck.* Tolse le lenzuola, «*once in a lifetime...*», le portò in lavanderia due rampe più sotto, non un seminterrato né un piano vero e proprio.

Bertrand aveva sempre considerato quel piano della casa – oltre a quella stanza e al garage – come il suo territorio. Vi aveva organizzato delle feste in assenza dei genitori, che non si erano mai accorti di niente fino alla fatidica serata a cui il ragazzo non pensava mai perché non ne aveva alcun ricordo. La madre l'aveva presa molto male; invece il padre, professore di tecnologia, aveva suggerito di allestire uno studio e un locale dove il figlio avrebbe potuto dedicarsi alla sua passione, a patto di proseguire in parallelo i suoi studi di ingegneria chimica. Bertrand entrava al terzo anno dopo averne saltato uno. Aveva diciannove anni.

Aveva costruito da solo il muro con blocchi di cemento, per creare un locale che ormai chiamava la sua «tana». L'aveva isolato con una doppia porta, così che nessuna luce disturbasse lo sviluppo delle foto. Aveva dipinto l'interno di nero opaco. Suo padre supervisionava i lavori e lo aiutava soltanto quando lo riteneva necessario e, in particolare, per installare l'impianto di aerazione che aveva creato solo complicazioni a Bertrand. In seguito aveva allargato il locale e l'aveva dipinto di bianco, poi uno studio aveva assorbito un terzo del garage, anch'esso dipinto di bianco. E una mattina, d'impulso, il ragazzo aveva deciso di non frequentare più le lezioni per dedicarsi esclusivamente alle foto e ai film. Venuti a saperlo, i genitori non avevano proprio fatto dei salti di gioia. Questa decisione aveva pesato sui loro rapporti e, talvolta, pesava ancora sul legame con sua madre come un dente che si risveglia.

In verità, Bertrand se ne fregava. Non aveva mai rimesso in discussione la sua scelta. Pensava solo a se stesso. Viaggiava e faceva tutti i giorni ciò che gli piaceva, cercando di affermarsi. Alla ricerca della sua vocazione. Si perfezionò con il passare degli anni. Ritratti, paesaggi, luci. Sempre un incontro tra lui e un qualcosa che sentiva il bisogno di immortalare.

Non che quel mattino si stesse letteralmente rimettendo in gioco, ma tra le immagini fluttuavano nuove domande. Alcuni ricordi sconvolgenti. Delle voglie. Una mancanza che animava un'onda strana nell'incavo dello stomaco, risalendogli proprio in mezzo al cuore con pulsioni sorprendenti. Era calda e fredda e inattesa. Era dolce, triste e sorridente. *Verde come i tuoi occhi a mezzogiorno in punto.* L'onda divenne bruciante e Bertrand aprì in fretta la porta sul retro per guardare il giardino da quella prospettiva.

Faceva più fresco del giorno prima. Raso terra, il sole non faceva più brillare niente da quando, in pochi minuti, le nuvole avevano deciso di prendere il sopravvento. Sarebbe stato un matrimonio piovoso. *Come sarà il suo abito?*

Bertrand sbatté la porta e iniziò a rassettare il suo laboratorio.

Il che significava spostare pile di foto da una mensola all'altra, taniche, risme di carta. Aprire e chiudere cassetti, non aprire le buste, non tenere mai la contabilità, guardare l'ora. Andò a prepararsi un caffè e salì per farsi una doccia. Si fece la barba, sistemò nella borsa la trousse da bagno, buttò di traverso sul materasso la sua vecchia tuta sformata. Sapeva che l'avrebbe ritrovata quattro mesi più tardi, in fedele attesa, al profumo di polvere. Era rassicurante.

Poi scese, attratto dall'odore del caffè che assaporò seduto, i piedi sulla sedia della madre. La quale, pur essendo contraria al matrimonio, era la donna più vecchio stile del mondo. Pensò alle fotografie che le aveva fatto. Anno dopo anno, in qualunque stagione, Florence Gianelli indossava una casacca in pile bianca, sia appena alzata sia quando ritornava dalla maternità dove lavorava come infermiera-puericultrice.

Bertrand la incrociava al mattino. Era stanca, ogni tanto sconvolta da un parto difficile e si sfogava con il primo che le capitava sottomano. Ovvero lui, dato che si alzava all'alba. Bertrand restava a guardarla ma in realtà non la ascoltava, pensava ai fatti propri. Per alcuni mesi all'anno condividevano uno spazio, ecco tutto. Lui rispondeva alle sue domande in modo evasivo. La innervosiva, lei lo infastidiva, talvolta si sbattevano le porte in faccia. Ma, per Bertrand, quella era la loro vita.

Stava sbucciando la seconda arancia quando riconobbe il passo della madre sulle scale. Prima di togliere i piedi dalla sua sedia aspettò che lei entrasse in cucina e, soprattutto, che glieli indicasse. Per gioco, per abitudine. Una sorta di rituale che li legava. Quella mattina, Florence sorrideva dentro la sua casacca. Ne aveva quattro. In quel momento indossava la più vecchia, quella con il buco nella tasca destra. Bertrand poteva dare a ciascuna una data in base alle caratteristiche. Quel genere di dettagli avrebbe fatto piacere a sua madre, che non riusciva a sbarazzarsi delle anticaglie, ma non era così per il figlio. Lui era preoccupato da altri dettagli, infinitamente belli, sconvolgenti e... Lei interruppe i suoi pensieri dicendo: «Mi piaci molto, con i capelli corti».

«Ci ha dato dentro, ma almeno sto tranquillo per un po'.»

«Vuoi dell'altro caffè?»

«Sì, grazie.»

Lei gli chiese quando sarebbe ritornato.

«Ancora non lo so.»

Bertrand si alzò e si mise davanti alla finestra. Le nuvole non si erano mosse, come se il tempo si fosse solidificato. Mangiò tre quarti di arancia.

«Vuoi del pane tostato?»

«...»

«Ehi! Bertrand?»

«Cosa?»

«Tostate o no, le tue fette di pane?»

«Come vuoi.»

«Finiscila con le arance a digiuno. Il tuo stomaco si farà sentire prima che...»

«Tostate, per favore.»

Tornò a sedersi e sua madre gli mise sotto il naso un vasetto di marmellata di fragole fatta in casa.

«C'è qualcosa che ti preoccupa?»

«Perché?»

«Soldi?»

«Ma no, mamma.»

«Hai la faccia di chi ha delle preoccupazioni.»

«Passami il miele.»

Lei lo spinse sul tavolo. Il figlio lo afferrò con una mano e le chiese se quel giorno dovesse lavorare.

«Si vede che non stavi proprio a sentire, ieri.»

«Non c'ero.»

«Sì che c'eri.»

«No.»

«Al mattino. Te l'ho detto.»

«Forse sì, allora.»

Per fortuna, Marc, il padre, si unì alla conversazione e si offrì di dargli un passaggio fino a Parigi.

«Non ce n'è bisogno. Non sono in ritardo.»

«Mica male, questo miele di castagno», disse la madre.

Bertrand sorrise. Il seguito della conversazione non si incentrò del tutto sul suo viaggio. I genitori avevano un'idea molto approssimativa dei luoghi in cui aveva previsto di recarsi, perché lui stesso decideva di giorno in giorno, in funzione del tempo, e i suoi itinerari erano flessibili. A volte chiamava, mandava delle brevi e-mail, degli sms, delle cartoline quando ne valeva davvero la pena. E le foto, al ritorno?

Le lasciava nel laboratorio, classificate per spedizioni, date. Ne faceva vedere qualcuna, quando gli veniva in mente.

Tuttavia, quella mattina, avrebbe desiderato scambiare qualche parola in più. Forse a causa di quel pane che non finiva di tostarsi… Di quell'odore che risvegliava una strana fame. Del colore di una custodia nella quale attendeva un abito misterioso. Di quel miele che, anch'esso, suscitò una gran voglia anche se, tra le pareti di quella cucina, non c'era alcun rischio né qualche artificiosa struttura.

Bertrand finì il caffè, sciacquò la tazza e la sistemò nella lavastoviglie. La madre gli chiese se gli servissero delle medicine.

«No. Mio fratello mi ha rifilato il necessario.»

«Hai visto Xavier? Quando?»

«Ieri a mezzogiorno», disse lui, alzandosi.

«Vai già via? Non è troppo presto?» esclamò suo padre.

«Devo passare da *Arte* e recuperare del materiale a Nation.»

Passando, Bertrand acchiappò due arance, baciò la madre e infine il padre.

«Grazie.»

«Divertiti!»

«Vado a lavorare, mamma!»

«È quel che ho detto!»

«Faccelo sapere, quando arrivi!»

«Sì!»

16

NEL primo pomeriggio di quel 12 giugno il cielo era ancora coperto. La temperatura era scesa di una buona decina di gradi rispetto al giorno prima, ma nell'alzarsi Lola non aveva provato agitazione. Il suo abito era perfetto. Non le restava altro che scivolarvi dentro. Fece una palla della custodia dorata, la ficcò nella pattumiera della lavanderia, la guardò espandersi e tentare la fuga. Ma una custodia di plastica possiede risorse limitate. La faccenda si complicò. «Da dove viene questo anello?» «Da un vecchio indiano, nel Montana. Me l'ha dato perché gli ho fatto una foto con il copricapo di suo nonno, in cima a una collina che si raggiungeva a fatica. Mi piace molto. L'indiano e l'anello. C'è tutta una storia, dietro.» «Quale?» aveva chiesto Lola ruotando l'oggetto sotto un lampione per vederne le incisioni. «Quella di chi lo indossa.»

La giovane donna avvertì con precisione il tono di voce di Bertrand e inspirò con lentezza estrema. *Non mi sbaglio. Io sono la mia storia. Matrimonio, casa, bambini. Io amo Franck e Franck ama me. Bertrand è...* «Lola! Lola!» *È partito.* «Arrivo!»

La futura sposa, appena truccata e pettinata con naturalezza, risalì le scale in biancheria intima color crema e gambe nude. Si infilò l'abito e sua madre abbottonò, uno dopo l'altro, i ventun bottoni di madreperla opaca. Provava una grande emozione nel vedere sua figlia così bella. Sistemandole una ciocca, disse: «Ci siamo».

«Sono pronta. Dov'è il mio bouquet?»

«Nell'ingresso. Scattiamo qualche foto in giardino?»

«Finiremo per fare tardi, mamma.»

«Giusto due o tre, soltanto noi. Davanti ai bambù. Dai, che è una bella cosa.»

Sua madre la baciò e aggiunse: «Con Franck ed Elsa, certo». Che, da cinque anni, accettava senza più paura di lasciarsi fotografare, ma solo di spalle e sempre con Lola.

17

Seduto a bordo della linea A del RER, Bertrand non guardava niente e nessuno. Pensava ancora alla scritta sulla partecipazione che Daphné gli aveva sbattuto in faccia. Aveva afferrato al volo il cartoncino e, dopo aver visualizzato l'immagine, gliel'aveva rilanciato. Lei non aveva cercato di riprenderlo, e lui aveva vagamente seguito la sua corsa fino al pavimento, dov'era caduto aperto.

Noisiel brillava in lettere argentate, e lui aveva notato l'ora, pensando: Diciotto chilometri da casa mia, mentre la giornalista era stata colta da una crisi di nervi. Non ne poteva più di aspettare Bertrand, di non sapere mai quando sarebbe arrivato. Se mai sarebbe arrivato! Se avesse voglia di andare a letto con lei o se voleva soltanto che gli fornisse dei contatti. Lei desiderava qualcosa di meglio, di più, una vera vita, costruire «una relazione-con-un-senso, come quella che Lola ha la fortuna di vivere con Franck». Un tipo seducente, per bene, non molto affabile ma «normale». Bertrand non aveva risposto niente, tagliando la corda per starsene in pace.

Quel giorno, nel frastuono circostante, guardò la mappa delle fermate sopra le porte del vagone. Vedeva soltanto due città, su quella stessa linea, collocate in mezzo a biforcazioni diverse. Un tragitto complicato, per i trasporti urbani, poiché in periferia le strade trasversali non sono mai le più veloci. Solo complicazioni. Solo buoni motivi per non perdere tempo.

Tuttavia, a poche centinaia di metri dalla Gare de Lyon, Bertrand guardò l'orologio. Pensò no, ma si sorprese ad afferrare le borse per fare il contrario. *Per curiosità*. Una volta. Una sola volta. *L'ultima.* Perché non vedere com'era fatto il suo abito? E come le aderiva al corpo? *Meglio delle mie mani?*

Il fotografo percorse i corridoi di gran carriera. Le sue valigie erano pesanti. All'improvviso ebbe una voglia pazza di buttare via tutto, di correre, di prendere quella ragazza per mano e fuggire dall'altra parte del mondo. In un luogo in cui non ci fosse nient'altro che l'*Adesso*. Senza sensi di colpa né rimorsi. Sbagliò direzione e si maledisse. *Cazzo! Voglio vedere il suo abito.*

Ma Bertrand ebbe la fortuna di prendere al volo l'autobus 211, che lo condusse al municipio in sette minuti. Arrivò in anticipo. Rimase seduto sulla panchina. In lontananza, all'altra estremità della piazza dove erano parcheggiate delle automobili e il camion di un venditore ambulante ritardatario, circa una trentina di invitati chiacchierava davanti allo splendido municipio in mattoncini crema e ocra. Il giovane osservò i due grossi tigli più in giù, uno per lato. Raggiunse, con il cuore in gola, quello di sinistra. A una cinquantina di metri dal piazzale, là dove gli invitati più anziani si raggruppavano come attratti da una calamita. Un uomo sulla quarantina avanzata si teneva in disparte, muovendo continuamente i piedi. Gli altri telefonavano o si facevano selfie con Tizio, Caio e con la più anziana delle nonne. Bertrand pensò che non c'erano molti bambini in quella famiglia e che il gran ritornello della giornata sarebbe stato: «Allora, a quando il battesimo del bebè?»

Ma certo! Conosceva a menadito l'atmosfera dei *weddings*. Quello di Lola si profilava come tutti quelli dei suoi servizi fotografici. Gli stessi abiti di circostanza, sgargianti, allegri, alcuni di cattivo gusto, ma nessuno vuol restare in ombra a un matrimonio. Una certa atmosfera d'imprevisto regna sempre, anche dopo mesi e mesi di organizzazione. È un classico, figurarsi. C'è sempre chi oppone resistenza, chi arriva in ritardo, chi parla troppo forte o per non dire niente, chi non sa stare allo scherzo, chi ha dimenticato il regalo, che c'era una lista, il timido, la brutta, il fo-to-gra-fo. Quello che guarda senza essere invitato, che non appare mai sulle foto. *Io*… Insomma, un condensato della società, una messa in scena della vita che si vorrebbe vivere. *Quella che ho scelto.*

Bertrand finì la prima arancia e raccolse le bucce che aveva lasciato cadere. Attaccò a mangiare il secondo frutto con la voce di sua madre che cantava al posto di Eminem. Altrettanto forte. Che cosa stava facendo Lola? Era ancora seduta in bagno? *Come sarà? Avrà il sorriso di tutte le spose?*

Bertrand seguì con gli occhi i tre bambini che correvano a destra e a manca. Si mise a guardare in tutte le direzioni, chiedendosi se Lola potesse arrivare a piedi alle sue spalle. Che cosa farebbe, se lo vedesse? Sorriderebbe, lo schiaffeggerebbe, *bacerebbe Franck dicendogli che l'amerà sempre più di me?*

Ma non poteva arrivargli alle spalle, per la semplice ed evidente ragione che una Ford Mustang bianca decappottabile suonò il clacson fermandosi in fondo alla strada, a sinistra del municipio. Il fotografo smise di pensare e di ascoltare. Guardava.

Franck Milan, in abito color grigio medio, girò intorno all'automobile per aprire la portiera. *Lei.* Che gli prese la mano per scendere. Che, a turno, baciò Tizio, Caio e Sempronio. L'abito in pizzo color crema le aderiva perfettamente al corpo, fermandosi sopra le caviglie. Niente velo. Le maniche a tre quarti. Delle ballerine piatte, modello Chanel. Il futuro sposo la cinse alla vita.

Bertrand non mosse un dito per farsi notare da Lola. Rimase tranquillo all'ombra, appoggiato al tronco del tiglio. A cinquanta metri, distanza di sicurezza assoluta. *Persa in mezzo agli invitati.* L'obiettivo nascosto dietro la schiena. Le mani così gelide da essere inondate di sudore. Voleva una foto. Una sola. *La prima e l'ultima.* No. *Vai via. Adesso!* Lola si girò, tre persone si scostarono, il vento le sollevò i capelli. Lei li trattenne con una mano. Bertrand regolò lo zoom. Lei non sorrideva. Le sue spalle nude sotto il pizzo color crema. *Adesso. Clic.* Le dita del fotografo congelate, e il suo cuore in fiamme. Quando una voce infantile gli gridò alle spalle: «Ciao, Signore-che-mangi-un'-arancia!»

Una ragazza alta e bruna con i codini passò alla sua sinistra: sembrava una bambina di dieci anni. Gli sorrise, indicando le bucce d'arancia. Poi saltellò verso gli invitati, vestita di raso color rosa pallido. *Sua sorella, di cui non so nemmeno il nome.* E che, in due secondi, si dileguò nel gruppo. Qualcuno gridò: «Viva la sposa!» Lola, di schiena, prese sottobraccio l'uomo dai capelli grigi e sparì dietro le porte.

Bertrand raccolse le sue borse. Viva la sposa! *Non mi ha visto.* Fuggì a gambe levate. In Tibet avrebbe fatto freddo e forse le mani gli si sarebbero riscaldate… Chissà. Gli sarebbe piaciuto che la ragazza in abito rosa dicesse di aver visto un signore-con-una-macchina-fotografica-appoggiato-contro-un-tiglio-e-che-mangiava-un'-arancia. Il che era vero. «Ha lasciato le bucce per terra.»

Meglio che se ne stia zitta e dimentichi.

Ma chi può sapere che cosa ci si dimentica o che cosa ci si ricorda? Che cosa muore, che cosa vive. Che cosa ricorda Elsa dell'*Adesso*.

18

CAROLINE Grumberg, la fotografa ufficiale, riordinò con molta abilità i mazzi di fiori, richiamandosi al bouquet di rose Pierre de Ronsard di Lola. Nessuno la notò ma, con pochi gesti, mise in risalto tutto l'insieme che prese una bella luce. Poi ricordò ai futuri sposi ciò che aveva già spiegato al loro primo incontro: «Io non esisto. Non guardatemi. Sono io che vi vedo».

Franck sorrise alla fotografa, poi a Lola. Lei lo baciò. Ascoltarono il discorso del sindaco, mano nella mano, si promisero ciò che si erano già promessi a tu per tu. Non c'era nessuna sorpresa, la giovane donna si aspettava quelle parole. Era consenziente, parte in causa di quel matrimonio e di quella vita. Guardava Franck negli occhi, lui non aveva esitazioni. Non nascondeva niente e voleva costruire assieme a lei la loro vita finché morte non li separi. «Giuro di esserti fedele.» La giovane sposa giurò e dimenticò Bertrand.

Sì, nel giro di quei pochi minuti, in quell'atmosfera e con gli occhi di Franck, il fotografo non esisteva più. Perché la Lola che diceva di sì a quell'uomo dagli occhi turchesi come una piscina non era quella che era stata tra le braccia di Bertrand. Quella si nascondeva lontano, nel mondo dell'impossibile. Era colei che si era concessa due o tre passi di danza – da sola – in un appartamento pieno di scatoloni, sentendosi leggera come la brezza dolce e avvolgente di quella mattina di giugno. Correva da una stanza all'altra e, in un lampo, quella Lola si era infilata il vestito rosso che attendeva il suo momento, nascosto nell'armadio.

Franck le infilò l'anello. Lola vi vide un'enorme catena che l'avrebbe protetta. Lui disse un «sì» forte e sicuro di sé. Gli invitati applaudirono. Gli sposi apposero le loro firme, Lola Baratier si sentì trasformare nella signora Lola Milan. Sorrideva, avrebbe giurato di essere felice. Del resto, la zia Élise glielo confermò, così come tutte le persone che la baciarono mentre lei seguiva con gli occhi Elsa che passava dietro al sindaco, poi tra i fiori e gli invitati spalancando le braccia. La giovane sposa incrociò lo sguardo di sua madre, entrambe si sorrisero e Caroline Grumberg dimenticò il divieto e fece una bella foto a quelle tre donne, con Elsa di schiena e di buonumore.

E poi, in un frastuono gioioso, colorato e allegro, gli sposi uscirono dalla sala, sempre mano nella mano. Le nuvole lasciavano scendere gocce grosse come piselli, che andavano a schiantarsi al suolo: Lola sollevò il naso al cielo. «Sposa bagnata, sposa fortunata!» «Viva gli sposi!» E poi così, forse a causa della pioggia e del grigio quasi nero del piazzale, ripensò al giorno in cui delle nuvole informi scaricavano un'acqua gelida.

Era un giorno d'autunno. Non era il primo ricordo della sua infanzia, ma quello del suo primo pensiero cosciente. Visto che non si sa quando nasce un'idea, e neanche perché. Tuttavia, quelle che si presentano in modo chiaro lasciano un segno netto. Un po' come le scie degli aerei in un cielo azzurro acciaio. Sono sottili e dritte, lo attraversano da parte a parte. A poco a poco, si allargano e si schiariscono fino a confondersi con l'immensità dell'azzurro. Poi riappaiono allo stesso modo, così, con una goccia che cade. *Avevo nove anni, mia sorella quattro. Aspettavo che la mamma uscisse dalla panetteria. Cullavo Elsa nella carrozzina, con una mano sola. Un aereo militare ha squarciato il cielo con un rumore assordante e ho avuto paura che lei si fosse spaventata. Invece è scoppiata a ridere vedendo le gocce cadere come un fuoco d'artificio sul grembiule. Ho visto la mamma aprire la porta, preoccupata, ma poi ha visto Elsa ridere dopo un altro* Ploc! Ploc! *Mi ha lanciato uno sguardo, ho sorriso. Il fuoco d'artificio si è spento ed Elsa si era già messa a fissare il nulla.*

Lola rivide i tratti lisci del suo viso, il suo sguardo vuoto, la sua smorfia spettrale. Sua madre le aveva raggiunte di corsa. Aveva infilato il pane dorato sotto il grembiule «per farlo restare croccante». Un altro aereo aveva squarciato il cielo, ma Elsa prestava attenzione soltanto al *Ploc! Ploc! Ploc!* che le aveva strappato una nuova risata.

«È la pioggia che ti diverte?»

«Elsa ride quando le gocce esplodono.»

«Elsa è unica.»

«E io, mamma?»

«Tu? Ma tu sei normale, mia cara.»

Senza una ragione precisa, mi sono sentita triste e gelida come quelle gocce che cadevano sull'asfalto nero senza far sgorgare un bel niente. Niente più fuochi d'artificio. Niente più risate. Ho pensato: Si è un po' tristi quando si è normali. La mamma ha detto di sbrigarmi. Ho allungato il passo per raggiungerle. Ho richiuso la porta del garage, poi ho sistemato gli stivali e appeso l'impermeabile. Sono salita, il pane ancora caldo contro di me. Ne avrei sgranocchiato volentieri un po', ma non ho osato. E venne l'ora della danza. Dei compiti. Del bagno. Della cena. C'erano dell'insalata e del purè. Lola si era lavata i denti. Aveva dato un bacio a suo padre che guardava i notiziari come se volesse entrare nel televisore. Sua madre le aveva detto di andare a letto senza fare rumore, perché Elsa si era finalmente addormentata. La bambina aveva fatto le scale in punta di piedi e si era infilata nel letto freddo. Si era raggomitolata con il suo orsetto nell'incavo del braccio. Le sarebbe piaciuto raccontargli il *ploc-ploc* delle gocce, i fuochi d'artificio e la risata di Elsa. Ma aveva avuto una strana sensazione. Come se, nello spazio di un pensiero, fosse diventata troppo grande per questo.

Ho allontanato il peluche. Il freddo mi ha punto le gambe. Ricordo di aver pensato agli aerei bianchi che filavano senza rumore, molto in alto, in mezzo alle stelle. Non ho creduto che attraversassero il tempo per andare in un altro mondo, ma ho visto distendersi alle loro spalle, nel buio, lunghissimi veli. «Sono unica, io?» «Tu? Ma tu sei normale, mia cara.»

Diciannove anni dopo, il ricordo era rimasto netto come una fotografia. La pioggia. L'asfalto nero. La notte. Elsa. Il pane dorato. E il primo pensiero cosciente di Lola che danzava nel cielo disegnando lunghe linee dietro di lei. Quell'idea cupa era scomparsa, ma quel giorno riappariva disegnando i contorni esatti della trappola che aveva incastrato i membri della sua famiglia. Se Elsa non fosse stata com'era, Lola avrebbe associato la tristezza alla normalità? Suo padre sarebbe stato ancora vivo... E quel giorno, lei sarebbe stata lì in piedi a sorridere e a distribuire baci a destra e a manca?

Lola rivide il mondo che le era passato davanti nell'istante in cui la porta si era aperta su Bertrand in jeans, sorridente e con i capelli arruffati. «È difficile esistere, quando si ha una sorella come la tua.» In poche ore, quell'uomo aveva capito ciò che Lola aveva impiegato anni a intuire. *No, Bertrand, non mi sono trattenuta, fra le tue braccia. È proprio da questo che sono fuggita. Da me.*

Le cose nascoste risalirono in superficie, senza la minima increspatura. La mancanza, la voglia, il bisogno. E il desiderio violento di rivedere lui. A tavola, Lola era pallida. Tutti vi lessero il caldo, lo stress, l'emozione della notte di nozze. Lei disse molto chiaramente che la stavano prendendo in giro, loro ribatterono che avrebbe dovuto mangiare un po' di più per riempire meglio il suo abito di pizzo. Franck affermò che non gli piacevano i rotolini. Che Lola era...

«... Bella così.»

Lei sentì un tale groppo in gola che le parole e le lacrime si spensero per mancanza di ossigeno. Inspirò lentamente e a lungo. Controllo. Accettare. Come se nulla fosse. Qualcuno alzò il bicchiere esclamando un salvifico: «Viva gli sposi!» Qualcun altro gridò: «Quando si beve?»

«Quando si mangia?»

«Quando posso ballare con la sposa?»

«Quando ci daranno dei bei nipotini?»

«Che non terrò mai!» esclamò Reine Milan, fissando la giovane sposa.

I tappi di champagne scatenarono le risate e le voci salirono di un tono. Lola si scolò una terza coppa pensando a suo padre. In quell'istante, capì perché e come lui avesse bevuto. Posò saggiamente il bicchiere sul tavolo. Rifiutò di farselo riempire di nuovo. Guardò la porta. «Tra poco si parte!» udì.

Ho voglia di vederti, Bertrand, adesso.

19

Il fotografo se ne stava seduto a Roissy, su una poltroncina ragionevolmente comoda. Era arrivato in tempo, aveva passato i controlli stando attento a come i funzionari maneggiavano la sua attrezzatura. Aveva lo sguardo cupo. Fuori, pioveva a dirotto. *Sposa molto bagnata, sposa molto fortunata*. Qualcuno era mai stato assunto per effettuare statistiche sull'argomento?

Gli sarebbe piaciuto leggerle nella sala di imbarco. Seguì con gli occhi la hostess che aveva appena preso posto dietro il banco. *Non ti vedrò mai a bordo. Le probabilità sono inesistenti, Lola. Lo so.* Pensò alle divise che aveva visto nel suo armadio tra i vestiti, le camicette, la custodia dorata. *Eri veramente bella, con quel vestito rosso. Non te l'ho detto.* Se lo ricordava bene, come tutto il resto. L'imbarco ebbe inizio. La hostess gli lanciò un'occhiata, come per dirgli che non toccava ancora a lui. Bertrand mise a posto la macchina fotografica. La tirò fuori un istante più tardi per rivedere quella foto. Era perfetta. Lola non sorrideva, non guardava nessuno in particolare, ma sembrava felice. Bertrand ingrandì l'immagine, la ridusse, si avvicinò allo schermo, strizzò gli occhi per vedere quelli di lei. Di che colore? *Nocciola, con quel cielo.*

Quella donna non aveva una bellezza spiccata, eppure c'era qualcosa in lei che gli faceva vacillare ogni certezza. Nel guardarla, Bertrand sorrideva. Non pensava a Franck ma alla spalla arrotondata, proprio lì, sotto quel fiore di pizzo color crema. Lola aveva buon gusto. D'altronde, non si è sbagliata sul tipo da sposare. Suo marito aveva scelto una macchina da sbruffone, però si presentava bene e aveva un certo spessore.

Il fotografo se ne era accorto, anche a cinquanta metri. Le cose essenziali della vita aleggiano, *non c'è bisogno di sbatterci il muso contro*. Risuonò la voce della hostess. Era giunta l'ora.

Sui vetri di quell'immensa sala d'imbarco si infrangevano migliaia di goccioloni di felicità. Bertrand si sarebbe ricordato di quell'immagine. Afferrò le sue borse ed entrò nel lungo budello senza finestre.

Avrei voluto essere io a renderla felice.

«E che cosa fanno queste foglie?» chiese la maestra, abbracciando con lo sguardo tutti i suoi alunni.

«Le porta via il vento!»

1

Lola doveva partire per Mosca. Si alzò di umore strano, gonfia, ma non ci fece caso visto che, come sempre, era di fretta. Era già passato un anno da quella giornata particolare. Momenti belli. Altri meno piacevoli e altri ancora sui quali era meglio non soffermarsi. Il tempo aveva mantenuto la promessa, placando le cose. Anche se «placare» non era il termine che avrebbe scelto lei. Perché tutto quel che riusciva a fare, più o meno, era pensare a Franck – che era adorabile – e alla loro nuova casa che era diventata accogliente.

Dopo il ritorno da Honolulu e una tappa da sua madre, a causa di un ritardo nei lavori, quelle nuove mura avevano tenuto occupata Lola nella fase della ristrutturazione. Era andata in giro per negozi, voleva pensare lei stessa all'arredo. Aveva aspettato e annotato scrupolosamente le mestruazioni, tanto irregolari quanto stravaganti.

«Niente di anormale, quando si interrompe la pillola dopo tanti anni», disse a gennaio la sua ginecologa. «Ci vuole tempo. E lei ne ha ancora!»

«C'è qualcosa che posso fare? Delle vitamine...»

«Innanzitutto niente stress.» Poi, con un sorriso, la ginecologa aggiunse: «Salmone cotto, una volta alla settimana. Calcio, formaggio in quantità ragionevole, lenticchie, noci, carne rossa magra, vitamina C, broccoli e arance. Ripeto: niente in eccesso significa niente di anormale!»

Niente in eccesso significa niente di anormale... Lola si chiedeva se il suo inconscio stesse lavorando in silenzio. Temeva di avere un bambino «non normale»? Voleva un bambino da un altro uomo? *Un bambino cancellerebbe finalmente Bertrand?* L'unica risposta a quella domanda era un'arancia ogni mattina. Che si sforzò di mangiare pensando soltanto alla vitamina C, senza stress, fino al giorno in cui, salendo a bordo, lasciò i colleghi per precipitarsi alla toilette. Ci siamo? Lola prese il cellulare e controllò la data delle ultime mestruazioni. Contò i giorni. Ma con dei cicli come i suoi, come fare previsioni? Una ventata di calore le invase il viso, il cuore e le mani. *E se fosse?*

«Un improvviso virus intestinale?» chiese Axelle, la responsabile di cabina, con uno sguardo preoccupato.

«Non credo.»

«Incinta?»

Lola sorrise: «Magari!»

«Il primo?»

«Sì.»

«Allora felice per forza!»

«Molto.»

«Hai fatto già il test?» chiese Camille, un'altra hostess.

«No. Mi sa che ne acquisterò uno all'arrivo. Sai dov'è la farmacia dell'aeroporto?»

«A memoria! Ti accompagno, se vuoi!»

La responsabile di cabina chiese a Lola se si sentisse di garantire l'assistenza in volo.

«Sì. Prendo subito la mia postazione.»

«La tengo d'occhio io», esclamò Anaïs che era assegnata, anche lei, alla parte posteriore dell'aereo.

Entrambe attraversarono il corridoio vuoto. La sua collega le espresse le «emozioni» della propria esperienza e disse molto gentilmente: «Resta vicino alla toilette, mi occupo io dei passeggeri». Lola si immerse nelle mansioni da svolgere, la mente altrove. Si isolò di nuovo prima e poi subito dopo il decollo. Anaïs le propose un bicchiere di Coca-Cola.

«No, piuttosto un succo di limone. Sai se ce n'è davanti?»

«In teoria, sì.»

«Ti dispiace se faccio un salto?»

«Niente affatto!»

Lola ripercorse il corridoio centrale, fu fermata due volte e incrociò

Camille, che le sussurrò all'orecchio di evitare lo sgradevolissimo passeggero della prima poltrona. «Ha un nome che gli calza a pennello!» La giovane donna sorrise. «Ed è scorbutico di nome e di fatto!» Fu in quell'istante che Lola si sentì morire. In una frazione di secondo, fu bombardata da tre pensieri simultanei: Non ho pensato di guardare l'elenco dei passeggeri, Oggi è il 5 giugno e: Lui è qui.

Guardò la serie di schienali che le stavano davanti e sentì Camille mormorare: «Signor Bourru...» proprio mentre un uomo dalla camicia blu scuro si stava alzando nella fila 16. Più calore, più sangue, uno stomaco rovesciato, un cervello sconvolto e un cuore traditore che spaventarono i milioni di farfalle.

Bertrand si voltò.

Per poi vacillare e posare una mano sulla sua poltrona. Camille si girò a sua volta e Lola disse, con voce assai pacata, che conosceva quel passeggero. «Un ex vicino di casa.» Che camminò zoppicando verso di loro.

«Ah, be'! Che cosa le è successo?» esclamò la hostess indicando i jeans strappati.

«Il mio taxi ha forato. Mi sono messo a correre e sono caduto.»

Prima di qualunque commento o iniziativa, Lola disse che se ne sarebbe occupata lei e, senza scomporsi minimamente, aggiunse: «Vieni».

Bertrand la seguì fino in testa all'aereo. La responsabile di cabina pose la stessa domanda di Camille e Lola diede una risposta efficace: «Il suo taxi ha forato, il mio ex vicino ha corso ed è caduto. Me ne occupo io».

«Grazie! Ho orrore del sangue! Non dovrei dirlo...» sussurrò lei, sorridendo e scappando via.

Lola si sistemò in modo da sorvegliare l'entrata del *galley*. Lei e Bertrand erano soli, a meno di un metro uno dall'altra, e per lunghi, dolci e meravigliosi secondi non dissero niente. I mesi, i giorni, le notti trascorsi, le ore insieme riaffioravano. *Identiche.* Lui non nascose la sua emozione, lei chiese con il più bello dei sorrisi: «Come stai?»

«Sei molto bella, vestita così.»

Un passeggero si intrufolò per chiedere un bicchiere d'acqua, Lola lo servì e aspettò che si girasse per sollevare i lembi dei jeans strappati. Bertrand mostrò il gomito, l'avambraccio sinistro, la mano sulla quale era appiccicato un fazzoletto di carta sporco di sangue. I loro sguardi si incrociarono. Lui avrebbe voluto aggiungere: «Da un anno ho il cuore distrutto.» Ma come dirlo? Non erano i rumori, le sue ferite o i movimenti alle sue spalle che gli avevano rubato la voce. No. Era proprio il fatto di avere Lola davanti a sé. Lì, in quel preciso istante. Quando lei prese una compressa di garza che impregnò di clorexidina, lui le guardò la fede di oro bianco. Lola pensò che Bertrand portava sempre il suo anello e si chinò a pulirgli il ginocchio, delicatamente. Lui ritrovò il preciso ricordo delle dita di lei sulla sua pelle. *Niente è cambiato.* Disse che gli faceva male.

«Così tanto? Esagerato.»

«Mai.»

Lei si rialzò, lui sorrideva. «Solleva un po' il braccio.» Gli tirò su la manica.

«Com'era il Tibet?» gli chiese, disinfettandogli i graffi.

«Desertico e assai bello. Sono rimasto quattro mesi. Ho scattato migliaia di foto.»

Lei incrociò il suo sguardo: «Credevo facessi un reportage per la televisione».

«Le foto sono per dopo.»

Negli occhi di Bertrand, Lola comprese che l'*Adesso* aveva lasciato il posto al *Dopo*. Il che implicava per forza un cambiamento. Allora evitò ogni domanda precisa e scelse un cerotto. Disse che gli avrebbe pulito la mano più tardi. Per guadagnare tempo. Aveva paura di toccarla. Aveva voglia che si richiudesse sulla sua. Aveva paura di parlare, di lasciarsi sfuggire quello che il suo cuore stava provando. Aveva voglia di liberare l'altra donna che era dentro di lei.

Bertrand ne seguiva i gesti. Lola non indossava gioielli, tranne la fede e un orologio dal cinturino in cuoio bordeaux. *Regalo di compleanno? Quando è nata?* Lei incrociò il suo sguardo per un secondo poi si accovacciò per coprire la ferita sul ginocchio. Lui le fissava le dita, lei sentiva ancora la sua voce quando aveva mormorato: «Non dire niente». Si rialzò, prese un altro cerotto, Bertrand sollevò il braccio e lei, applicandogli la medicazione, disse: «Ti sei tagliato i capelli».

«Anche tu. Tre centimetri in meno.»

Lola sorrise senza guardarlo, si fermò una ciocca dietro l'orecchio e gli attaccò con cura un cerotto largo sul gomito. Lui rivide i suoi gesti, quando trecentosessantacinque giorni prima si era sistemata lo chignon.

Era in quel momento che aveva notato il neo nell'incavo della nuca. *Non è cambiato nulla. È sempre lì, a pochi centimetri.* «Fammi vedere la mano.» Bertrand tolse il fazzoletto di carta impregnato di sangue. I tagli sul palmo erano più profondi degli altri. «Non ho avuto il tempo di lavarmela.» Avrebbe potuto aggiungere che qualcosa di strano e potente l'aveva fatto rialzare quando era caduto sul marciapiede mentre correva a rotta di collo. Ma questo Lola lo sapeva, certo.

Lei aprì il rubinetto, lui si sfregò e l'acqua lo pizzicò fino all'osso. Lei preparò altre garze, le impregnò, pensò che gli avrebbe teso la mano perché vi appoggiasse la sua, si preparò a quel momento, poi si vide mentre lo faceva. *La tua pelle sulla mia.* Premette il meno possibile. Parlò del documentario sul monastero di Rongbuk, dove turisti di tutto il mondo appendevano delle bandierine di preghiera, a più di cinquemila metri di altitudine. «Si chiama *lung-ta*, credo.»

«Sono rosse, blu, gialle o verdi.»

Senza alzare gli occhi, Lola disse: «Il fuoco, il cielo, la terra, l'acqua».

«La mia era arancione, e ho pensato a te.»

Lola si soffermò sui tre tagli netti verticali, profondi, e sullo strappo che gli sollevava la pelle sul monte di Venere.

«Guardami, Lola.»

Bertrand era istintivo, audace e rapido. Sapeva che queste qualità davano al suo lavoro un'importanza unica. Tutti sceglievano sempre lui, per la vivacità del suo occhio e per la tecnica. Tuttavia, arrivato in Tibet, aveva capito che in lui era accaduto qualcosa di nuovo.

Lei non si mosse, le dita di Bertrand si richiusero sulle sue. Erano gelide proprio come un anno prima. Un secondo dopo, lei era tra le sue braccia. Trecentosessantacinque giorni per niente. La bandierina arancione. I paesaggi deserti. Il vento. Il freddo. *Il suo calore contro il mio.* Niente più assenza. Niente più mancanza. La vita.

Lola tremava. Lui tremava. Poi lei sussurrò: «Credo di essere incinta».

2

Dopo di che, fuggì. Bertrand ritornò al suo posto, frastornato. «Credo di essere incinta.» Che cosa significava? Rimase con lo sguardo fisso sullo schermo, a poche decine di centimetri. Le cifre attirarono la sua attenzione. L'altitudine, la temperatura esterna, la velocità, l'ora di arrivo. Fissò l'orologio. Ancora due ore e quarantacinque di aria da condividere. Prima di cosa? *Prima di congratularmi con lei? Di confessarle che cosa avrei dovuto avere il fegato di dirle davanti a quell'ascensore?* «Non sposarti.» Due parole. Avrebbero cambiato tutto. *Ma lei avrebbe detto di no. Devi chiederglielo. Vuoi vivere tutta la vita con due parole che ti strangolano? Avrà già fatto il test?*

Dal suo posto, Bertrand non poteva vedere Lola. Si alzò nel momento in cui la responsabile di cabina stava arrivando a proporgli di passare in prima classe. «Starà più comodo con il ginocchio. Abbiamo dei posti liberi e Lola ha fatto molto bene a suggerirmelo.» Il fotografo la ringraziò, la seguì, ma pensò che lo stesse allontanando. Si sedette. Poi si rialzò per percorrere il corridoio. Vide la giovane donna, in lontananza, affaccendata dietro il carrello, sorridente ma nervosa. Un tipo impaziente si alzò. A quanto pareva, il servizio era troppo lento per lui. Infatti si prese la libertà di servirsi da solo del caffè. Lo bevve sul posto e ripeté l'operazione, rifiutando di spostarsi. Uno steward, che Bertrand non aveva ancora visto, cadde dal cielo con il suo metro e novanta e le orecchie a sventola. Riaccompagnò il tipo assetato con educazione e fermezza, poi prese il posto di Lola che sparì in fondo alla carlinga. Bertrand ritornò al suo. *Abbi pazienza. Pensa a ciò che vuoi dirle.* Chiuse gli occhi. Era nel suo laboratorio, immergeva la sua vita in un bagno, l'immagine prendeva forma sotto le sue palpebre.

Anche quella mattina, sul taxi che correva a Roissy, aveva chiuso gli occhi. Aveva dormito poco. La cena in famiglia della sera prima era stata più movimentata del solito. Appena arrivato, suo fratello aveva annunciato alla madre che non sarebbe diventato chirurgo specializzato in pediatria ma medico generico. Senza consultarla, proprio lei, sua madre!

«Abbandonare così! Dopo tanti sacrifici! Insomma, Xavier! Hai riflettuto?»

«Ho riflettuto e deciso», aveva insistito, con la sua voce grave e sicura di sé. «Mi dividerò tra il pronto soccorso e il dottor Calmette. Quando lui andrà in pensione, tra due anni, rileverò il suo studio.» Fece una pausa di un secondo, parve lunga. «Torno a fare quello che desideravo. Sei tu che mi hai spinto a seguire un indirizzo che non fa per me.»

«Mi sembra che fosse il frutto di una riflessione.»

Si erano scrutati. Lui, un metro e novanta, in piedi e inflessibile, lei, un metro e cinquantotto, seduta, frustrata che il figlio non avesse più otto anni e che non le ubbidisse più a bacchetta.

«Non ho la vocazione del chirurgo e non mi voglio occupare solo di bambini. Punto e basta.»

«Rimpiangerai di non avere avuto questo coraggio.»

«Ho trentadue anni, so quel che devo fare. Mi dispiace di non aver deciso in tempo, come Bertrand.»

«Che vive ancora dai suoi genitori.»

Quando Florence Gianelli era stanca, diventava secca e tagliente. Quando Xavier la contraddiceva, era meglio che il fratello fosse fuori dalla sua visuale. La sua presenza faceva respirare aria di tempesta. Non era più l'artista-di-famiglia, ma quello-che-aveva-interrotto-gli-studi-di-ingegneria-fin-dai-primi-giorni-del-suo-terzo-anno-come-un-fannullone. Quel tipo superficiale che si sottrae alle responsabilità «per fare soltanto ciò che gli piace! Che pilucca in casa come un uccello e che non contribuisce a niente. Nemmeno a cambiare una lampadina!»

Sua madre non aveva tutti i torti. Ma Bertrand non aveva potuto trattenersi dal rispondere, un po' troppo gelido: «Quanti giorni all'anno?» Il che aveva reso cupo il seguito della cena e, incrociando le braccia, il fotografo aveva concluso dicendo che il clima famigliare gli offriva il pretesto per affermare che non aveva «i geni per crearsi una famiglia».

«Bella scusa!» aveva risposto la madre.

Bertrand non aveva aggiunto nulla. Tuttavia, nell'aria era rimasta una nuvola di tensioni, di verità e di ricordi intatti di assenza, di mancanza e di domande.

Sì, Bertrand non aveva mai avuto voglia di una famiglia e non lo nascondeva. Alcune ragazze lo accettavano con la sua incostanza. Altre facevano finta di capirlo o mentivano nel tentativo di cambiarlo, o di manovrarlo come Daphné che era in testa. E poi, contro ogni aspettativa – insomma nell'istante esatto in cui la vita decide di coglierti di sorpresa – Lola aveva bussato. Che cosa aveva fatto la differenza? La canicola? I suoi capelli raccolti? Il fatto che un altro uomo sposasse quella donna in canotta rosa, pantaloncini e infradito troppo grandi? Il suo neo? *Dimostrare che non sono uno STRONZO? Oppure la maniglia di una porta che sono davvero capace di riparare, mamma!*

Sul taxi, le stesse domande gli frullavano in testa. Il sole aveva sollevato un angolo di nuvole per raggiungergli la guancia. Vi si era posato come una carezza. Forse per questo Bertrand era mattiniero? Forse voleva essere lì quando spuntava il sole? Per sentirne il calore. *Ecco perché amo così tanto l'Africa*. Il sole c'è sempre. *Non lo si aspetta senza speranza.* Bertrand si era concentrato sui frammenti di parole che gli arrivavano dalla radio. Lo sciopero del personale dei trasporti ferroviari e l'aumento degli affitti per gli studenti. La penuria di bravi chirurghi-pediatri negli anni a venire. Sua madre sarebbe riuscita alla fine a convincere Xavier? No di certo. Suo fratello era testardo tanto quanto lui era cocciuto.

L'autista aveva cambiato stazione e, alla fine, alcune note di musica indiana avevano invaso l'abitacolo. Rilassarsi. Non pensare più. Insomma, sì. Al fatto che fosse il 5 giugno... Bertrand non volava spesso con Air France, Lola viaggiava soltanto su voli a lungo raggio. Non aveva pensato nemmeno per un minuto che avrebbe potuto trovarsi a bordo, *ma forse sarà in cielo nello stesso momento...* Quando una deflagrazione aveva fatto sbandare il taxi. Il fotografo si era tirato su, quasi chiedendosi se fosse stato colpito. Il tipo al volante aveva biascicato con accento indefinibile che «scoppiare gomma». Aveva posteggiato sul ciglio della strada ed esclamato con tono autoritario: «Tuquasiarrivare. Tucorrerecorsagratisssss. Go. Go. Go. Go. A-des-sooooo!» sottolineato da un milione di gesti espliciti.

Talvolta, anche se non siamo più bambini, anche se la persona che sbraita non è nostra madre, ubbidiamo senza riflettere. Bertrand era partito come un razzo. Valigia in mano, borse in spalla e a tracolla. Concentrato sulle lancette del suo orologio, non aveva visto la buca nel bel mezzo della corsia di emergenza. Vi si era piantato con il piede sinistro e, per miracolo, la caviglia aveva incassato lo choc con agilità. Il giovane era rotolato su un fianco per atterrare alla meno peggio. Avrebbe potuto prendere una storta di quelle che mandano direttamente in sala operatoria. Ma no, le articolazioni avevano tenuto duro e qualcosa di divino l'aveva teletrasportato fino a destinazione. L'aereo era decollato. Allora le sue ferite si erano risvegliate. Si era alzato per scoprire che quel giorno era un regalo.

Lola era su quell'aereo e gli aveva medicato le ferite.

Le tessere del suo puzzle personale si erano stranamente ricomposte, l'immagine della sua vita si svelava ai suoi occhi. Vide la sua bravura nell'incassare/ignorare/evitare i colpi, le palpebre chiuse su ciò che voleva schivare e l'obiettivo per scegliere ciò che voleva vedere. Lola sulla soglia della porta e il viso trionfante di sua madre. Sentì in cuor suo l'«abilità» a dire le cose, quando, con il sopracciglio che si alzava e le mani sui fianchi, lei lo obbligava, bambino, ad ammettere i fatti. A raccontarli per filo e per segno. A scusarsi. Poi ad accettare la punizione. *Sono su un aereo con la donna che non ho saputo trattenere.* «Credo di essere incinta.»

Una mano gli si posò sulla spalla e Bertrand sobbalzò. Lola si inginocchiò alla sua altezza. Aveva agito senza riflettere. Aveva fatto il suo dovere pensando soltanto a lui. Lo trovava molto bello, con i capelli più corti. E adesso, senza capire come, era accanto a lui. Incrociò lo sguardo della vicina, che sembrava particolarmente interessata a ciò che avevano da dirsi. Chiese piano: «Che cosa ti porta qui?»

Tu.

Due lettere chiare. Semplici, non insormontabili da pronunciare. Ma che, per il potere malefico del Grande Rompiscatole, si trasformarono in una sfilza di parole insulse: «Vado a fare delle foto in Siberia per *Géo*».

«Dovresti procurarti una pomata per le ferite. C'è una farmacia, all'aeroporto.»

«Hai già fatto il test?»

«Vado a comprarlo appena sbarcati.»

«Ti accompagno.»

Lola sorrise, però si rialzò molto in fretta. Se ne andò, senza riuscire a dire nemmeno una parola. Lui la seguì, lei lo sentiva vicino ma non poteva fare niente se non lasciarsi bloccare da una persona a caso. Bertrand la superò e si diresse verso la coda dell'aereo. Lei lo vide aspettare fissandola e poi chiudersi nella toilette libera. Bertrand si lavò la mano sana, se la passò ancora umida tra i capelli e si guardò allo specchio. Ciò che vide non gli piacque. Era in quel letto d'albergo quando la osservava, lei, distesa, gli occhi fissi nei suoi. *Il ponte era molto bello. E la vista spettacolare, su un mondo meraviglioso.* Invece di parlare, le aveva posato la mano sul sesso.

Ecco, gli era servito un anno per rendersi conto/capire/vedere che si era lasciato sfuggire un primo momento in cui aveva avuto la consapevolezza – nelle viscere – che lei sarebbe stata *la* ragazza giusta, e un secondo, davanti all'ascensore. *Non c'è due senza tre vale per oggi.* No, a Bertrand non piacque il suo riflesso.

Tuttavia, grazie al potere del Grande Artefice di Miracoli, quando Bertrand uscì dal bagno Lola era sola, nel *galley* vuoto.

«Vieni a cena con me.»

«Bertrand...»

«Solo una cena. Ti accompagno in farmacia e poi ti porto dove vuoi. Dimmi di sì.»

Come un attimo prima, Lola non riuscì a rispondere. Lei era nei suoi occhi e tutto era lì. Lui ripeté con la stessa voce: «Dimmi di sì». E il tipo di prima, che aveva già ingollato tre litri di caffè nel corridoio, si piantò tra di loro e disse con tono esigente: «Я хочу кофе!»

«Il signore desidera dell'altro caffè», tradusse Bertrand.

Lola ubbidì. Il russo pretese inoltre della vodka e, con sorriso sicuro, la propose anche a Bertrand che rifiutò molto, ma molto educatamente. Quel giorno aveva già ricevuto la sua dose di esplosivo. Il russo non tolse gli occhi di dosso da Lola mentre lei lo serviva. Diede una pacca sulla spalla di Bertrand, amichevole come lo sguardo ai glutei della ragazza.

«Живая Франция! Viva la Francia!»

Il fotografo non si mosse.

«Devo cenare con i membri dell'equipaggio al *Novotel.*»

«Ho anch'io una camera al *Novotel.*»

Lui sorrideva e Lola si sentì sorridere. Il tempo si fermò, l'aereo si disgregò, il silenzio regnò. Erano in cielo, *insieme*. Vide Bertrand fare un passo, posare la mano sulla sua, accarezzarla leggermente, poi prenderla senza staccarle gli occhi di dosso. Lei avrebbe voluto la sua bocca e fuggire. Dove? In un mondo dove Bertrand non esisteva? No di certo. Poiché fu lei a posare le labbra sulle sue e poi a respingerlo dicendo che si sarebbero visti…

«… Davanti alla farmacia.»

«Promesso?»

«Promesso.»

3

SUPERARE i controlli di frontiera richiede sempre molta pazienza e diplomazia. Bertrand lo fece in modo inaspettatamente veloce, mentre l'equipaggio di Air France fu interrogato e perquisito. Ci sono domande che non si pongono. Bisogna solo dimostrarsi pazienti. Aspettare, aprire le borse, sorridere.

Ci vediamo davanti alla farmacia. Lola sapeva benissimo di aver pronunciato quella frase. Le era sfuggita. Aveva baciato Bertrand perché le cose le sfuggivano. Non si erano più riparlati, era stata fermata mille volte, ma aveva pensato soltanto a lui. Fuggire, fare come se niente fosse mai accaduto, saltare giù dall'aereo non era possibile. Bertrand era lì e tutto era diverso. Tutto era così vivo, così bello. Solo che quell'uomo era pericoloso. La sua vita rischiava di esplodere. *Non posso. Non voglio. Vorrei. Non si deve. Mai. Voglio. No. Sono incinta. È IMPOSSIBILE.* «Un caffè, signore? Torno subito.»

In tutto quel tempo passato in un cielo senza nuvole, Lola non aveva trovato il modo – e ancor meno il coraggio – di dirgli tutto ciò. Quell'impossibilità. Doveva dirglielo, ma non voleva. Rimandava quel momento per avere ancora qualche minuto con lui. *Uno solo. Per la vita.*

Il funzionario dell'immigrazione, una donna enorme con la testa di vitello, dovette avvertire il suo senso di colpa perché pretese, mani sui fianchi, che la hostess svuotasse la borsa, allargasse le braccia e si togliesse le scarpe. L'enorme russa la palpeggiò con molta calma. Lola s'immaginava Bertrand davanti alla farmacia, con i jeans strappati, la camicia macchiata di sangue, gli occhi neri, diretti, *in me*, la sua pelle, i capelli corti. Pensiero proibito. Delizioso. Libero.

LIBERO.

4

Il fotografo, carico di borse, aspettava fissando le ondate di viaggiatori. Li osservava nei dettagli. Che cosa stava facendo Lola? Era andata direttamente in albergo, per sfuggirgli? Senza mantenere la promessa? Guardò l'orologio. *Già venticinque minuti.* Si decise a entrare per chiedere se una hostess dell'Air France avesse acquistato un test di gravidanza.

Lola stava attraversando l'atrio in compagnia di Anaïs e di Camille. Non aveva potuto evitare di farsi accompagnare, non sapeva come giustificare la presenza del suo ex vicino davanti alla farmacia. Non voleva parlare di lui agli altri, sentiva che la voce l'avrebbe tradita. Non vide Bertrand e pensò che, forse, anche lui era stato trattenuto per il visto. Si rilassò, per poi irrigidirsi nel vederlo al banco. Sulla porta, con voce decisa, disse a Camille e Anaïs: «Che fortuna! C'è il mio ex vicino che parla il russo». Bertrand non sorrise quando, nel voltarsi, scorse le due hostess che restarono a chiacchierare fuori, proprio lì davanti. Lola gli si avvicinò e lui, a cinquanta centimetri dalla donna che lo sconvolgeva, ordinò in russo e con facilità una crema antibiotica e un test di gravidanza.

La farmacista aggrottò la fronte, alla ricerca forse di un legame coerente tra le due richieste. Sollevò le medicazioni, scrutò le ferite, gli occhi, Lola. Illustrò poi, con molta professionalità, il prodotto da applicare sulla mano e sulle altre ferite. Quanto al test… la sua spiegazione dovette essere ben dettagliata.

«Ha soltanto questo tipo, più affidabile se lo fai al risveglio. Hai molto ritardo?»

«No.»

«Allora fallo domattina.»

«Lo prendo.»

Lui disse che andava bene e verificò che il foglietto illustrativo avesse una versione inglese. Pagò. Trascinò Lola tra due scaffalature alte. Lei lanciò uno sguardo alle colleghe che chiacchieravano. Si fermò, si mise di spalle e disse che non poteva evitare la cena con l'equipaggio. Uno dei piloti, che giocava nello stesso club di tennis di Franck, avrebbe di certo detto qualcosa se Bertrand fosse venuto al loro tavolo. Lui le rispose che doveva soltanto raggiungerlo più tardi in camera. «Dammi il tuo numero di cellulare, Lola.» Lei trattenne il fiato, poi, con una voce che le fece spavento, mormorò di averci pensato su. «È meglio per entrambi se restiamo lontani.» Lui la fissò negli occhi, lei girò sui tacchi e se ne andò. Senza una parola di più – *senza guardarmi* – scomparve, e lui restò lì come un coglione.

Come un uomo solo.

Lola aveva ragione, certo. Che cosa avrebbe fatto, in mezzo a loro? A sparare un sacco di bugie, una più grossa dell'altra. Non gliene importava nulla di sapere dalla bocca del pilota che Franck giocava a tennis come un dio. Aveva ancor meno voglia di raccontare qualche dettaglio del suo incontro con Lola. O di spiegare in lungo e in largo e di traverso perché gli piaceva la fotografia analogica e quando, invece, lavorava con la digitale. O, ancora, di menzionare l'alchimia, i momenti, le situazioni, le linee grafiche, le curve, le luci, al plurale. Le emozioni che provava. Le marche di moto o di macchine fotografiche.

Lì, in quell'istante, a Bertrand non gliene fregava niente. *Sono un fotografo indipendente. Sono un uomo libero. Sono un uomo solo.* Che voleva soltanto una cosa. *Essere con lei.*

5

Quando andò a recuperare il suo pass alla reception del *Novotel*, Bertrand vide al bar lo steward dalle orecchie a sventola e i piloti dell'Air France. Per un attimo ebbe voglia di spaccargli la faccia, così, perché per colpa loro, Lola non poteva cenare con lui. Non era giusto, anzi, era una stupidaggine, ma quell'idea gli diede sufficiente sicurezza per chiedere all'addetta se Lola Milan fosse arrivata. La donna – di un'età indefinibile, con occhiali Dior – osservò il suo sorriso. Lui non abbassò gli occhi.

Dopo aver consultato il registro, gli disse: «Camera 306». Lui la ringraziò, afferrò le borse e filò in camera sua perché sapeva – per averlo sperimentato – che un equipaggio resta un gruppo, anche a terra. Che tutti i membri hanno l'elenco delle camere degli uni e degli altri e che, molto spesso, si ritrovano in parecchi sullo stesso piano, addirittura fianco a fianco. Il fotografo non aveva la minima voglia che l'amico pilota spuntasse fuori e lo vedesse bussare alla porta di quella donna che gli aveva detto: «Vieni», con una voce che avrebbe voluto sentire tutti i giorni.

Senza togliersi il giubbotto e senza concedersi il tempo di valutare i pro e i contro, compose il numero. Lola era seduta sul letto, accanto al telefono. Teneva in mano il test e sobbalzò al primo squillo. Eppure sapeva benissimo chi la stava chiamando e si sentì... *felice*. Secondo squillo. Fissò il telefono, combattuta tra la voglia di rispondere e quella di cambiare albergo. Terzo squillo. Quarto. *È facile mentire*. Rabbrividì, e Bertrand si convinse che era sotto la doccia. Quinto. *Non vuole risponderti*. Sesto. Lola tolse la mano dalla cornetta. Settimo. Ottavo. Nono. Riusciva a immaginarlo, in piedi in una camera come la sua, con la camicia macchiata di sangue. Decimo. Undicesimo. Quindicesimo. Ventesimo. Bertrand riappese. Lei si nascose il viso tra le mani. *Forse sono incinta.* Guardò l'orologio. Ancora undici ore di attesa.

Rimase seduta a fissare il copriletto di un tetro scozzese blu-beige, la moquette beige, i muri beige. Lola evitava quel colore in tutte le sue declinazioni, e mai un blu le sembrò così sbagliato. E, tuttavia, il blu era il suo colore preferito. Si odiava. *Un anno intero buttato via.* Aveva sognato di Bertrand – anche da sveglia –, l'aveva dimenticato per giorni e, di fronte a un raggio di sole, una nuvola, una pasticceria, un olmo, si era fatta sorprendere dal desiderio delle sue braccia perché i rischi erano inesistenti.

E, adesso, Bertrand è qui.

Era a un piano più alto? Più basso? La sua mano. *La sua pelle.* Anaïs bussò, come previsto. Lola aprì come promesso, mentì come faceva da un anno, si cambiò in fretta come nessuna hostess era capace di fare, si pettinò, sorrise, chiacchierò, attraversò il corridoio, scese tre piani. Lui non era al bar, né al ristorante.

«Di che cosa hai voglia, futura mamma?»

6

Seduto sul copriletto in tinta unita blu, Bertrand guardava l'orologio. Erano passati quindici minuti da quando aveva composto il suo numero. *Sa che sei qui, nello stesso albergo, e non ti chiama.* Il messaggio era chiaro. Lola aveva detto parole semplici, tra le scaffalature della farmacia. E aveva ragione. Più la distanza tra loro si riduceva, più lui perdeva il controllo.

Si alzò ed esaminò la sua attrezzatura. Si infilò dei jeans puliti e cambiò anche la camicia. Preparò una borsa di biancheria da lavare perché, se a casa di sua madre era un tipo incasinato, in viaggio era molto organizzato. Accese il computer. Trentatré e-mail. Cancellò tutte quelle che non gli interessavano (tre erano di Daphné, che intratteneva una corrispondenza alla quale lui rispondeva solo a livello professionale). Aprì quella del caporedattore di *Géo*. Contavano su di lui per «mostrare al meglio il romanticismo che muore». Bertrand si disse che quella e-mail non poteva *capitare in un momento migliore!* Inviò una risposta succinta. Lola non aveva ancora chiamato né bussato alla sua porta. *Non vuole vederti.*

Afferrò il giubbotto e scese al bar. Nonostante la vodka, non aveva ancora il coraggio necessario per alzarsi e raggiungere il ristorante. Guardò i tavoli bianchi, quasi deserti. Sentiva delle voci dietro una cortina di piante. Si piazzò in modo da poter sbirciare tra le foglie. Lola non era nel suo campo visivo, ma era di certo seduta il più lontano possibile, di schiena, per non incrociare il suo sguardo. Un tipo obeso in giubbotto di pelle si piazzò davanti al fotografo e attirò il suo sguardo ostruendogli la vista. Per fortuna, il barista si infilò tra di loro per proporgli una seconda vodka.

«No, grazie. C'è un'altra uscita? Voglio dire, per il ristorante?»

Il cameriere rispose di no in modo molto sobrio, proponendogli un tramezzino.

«Buona idea.»

«Con cosa?»

«Come vuole lei. Più una birra.»

Di pessimo umore, Bertrand finì il suo misero pasto, di fronte a quell'americano che sfogliava il *New York Times* commentando ad alta voce certi articoli, e che il fotografo fece finta di non sentire. Si rivedeva ad appendere quel pezzo di tessuto arancione. Un angolo della sua T-shirt strappata così, a colpi di temperino, davanti al *lung-ta*. Il suo sherpa aveva sorriso. Il fotografo aveva fatto un voto. «Per favore, non chiedermi niente.» «Non sono io a chiedere», aveva ribattuto la guida, con lo stesso sorriso fiducioso. «In ogni caso», aveva affermato Bertrand, «non ci credo.» «Chi viene fin qui, lo fa sempre per implorare qualche cosa.»

Il vento gelido del Tibet soffiava fino a quel bar, gli si avvolgeva attorno alle gambe e gli risaliva sotto la camicia. *Adesso che ho rivisto Lola, tutto è persino peggio.*

L'americano venne a sedersi accanto a lui e, insieme, finirono il pasto in una triste conversazione. Poi Bertrand sentì dei rumori, delle voci che si avvicinavano, e si preparò a vedere l'equipaggio passargli davanti. Lola era in mezzo al gruppo, dal suo lato, in jeans e T-shirt nera. Anaïs lo vide, toccò il braccio della giovane donna che sorrise da lontano, da molto lontano, come si fa a un ex vicino di casa, e poi si girò verso la collega dicendo che di sicuro doveva aver cenato con quel tipo enorme. Bertrand ordinò un'altra vodka. Che ingollò d'un fiato. Erano le otto e mezzo. Il volo di ritorno doveva essere molto presto, visto che l'equipaggio andava a letto con le galline!

L'americano si alzò, invitando Bertrand a proseguire «comodamente seduti in poltrona». Ma lui rifiutò. Il tipo si accasciò su una sedia che riempì tutta e chiuse gli occhi. A quel punto il fotografo pensò che tutto l'equipaggio avrebbe saputo il risultato del test e lui, invece, mai. *Chi è l'imbecille che ha acquistato quel test?* Alzò il braccio per chiedere un altro bicchiere. Tutti quei mesi passati a organizzare il viaggio in Russia... *Tutto quello stupido burocratese.* Quando, infine, le cose si erano sistemate, quando il suo volo era stato prenotato per quel giorno – no, non un altro giorno –, che cosa aveva fatto esplodere la ruota del taxi? Chi? *Chi mi ha dato la forza di correre e chi mi ha fatto inciampare e chi, ancora, mi ha trascinato fino all'aereo di Lola? Chi vuole rovinarmi per sempre?*

Il pianista suonava in modo molto freddo e Bertrand si alzò. Misurò a grandi passi il salone, tra le poltrone di un triste tessuto color sabbia e i tavoli in betulla troppo chiara. Vide l'americano sonnecchiare a bocca aperta e i bicchieri squadrati che alcune mani sollevavano qua e là. C'erano tre uomini e due donne sulla quarantina. Due gemelle, i capelli tagliati a caschetto, i tacchi molto alti. *Delle puttane.* Un altro cialtrone rosso di capelli, dal viso pieno di rughe. Con una camicia gialla. *Non ha una donna.* Bertrand pensò che Lola era tre piani più sopra. Era in collera, arrabbiato, infelice perché perdutamente innamorato. Ripensò alla mano di lei quando gli aveva applicato il cerotto. Una carezza, come un uccello che si posa, un ultimo movimento di ali che scaccia l'aria e poi il delicato contatto di una piuma. Il calore del suo corpo. Il gusto del miele. Bertrand ingollò la sua terza vodka, che gli devastò lo stomaco ma gli spedì un'onda d'urto fino al cervello.

Quante volte, nella tua vita, avrai la fortuna di rivedere questa donna?

Una mano gli si posò sulla spalla, lui sussultò. Non era Lola ma il barista, che gli porgeva un telefono. Bertrand udì: «Camera 306». Si arrampicò su per le scale, corse fino al terzo piano senza neanche sentire il ginocchio e bussò. Una volta. E la porta si aprì. Lola era pallida. Era bella.

7

Lola si rannicchiò fra le sue braccia, lì, contro la porta. «Ti volevo qui.» Per minuti interi, si respirarono, si strinsero, senza osare muoversi, come se il tempo potesse dimenticarli. E poi caddero sul letto, gli occhi negli occhi.

Bertrand trovò le parole giuste per rievocare tutte quelle cose su cui aveva riflettuto in Tibet. Mescolò i paesaggi alla voce dello sherpa. Quando il cielo si schiariva, assumeva un colore così blu che era impossibile credere che le nuvole sarebbero arrivate ancora fino a lui.

«E l'alba... Mi sarebbe piaciuto farti vedere quei colori sulle sponde del lago Tso Moriri. Sono diventato migliore, ho avuto la certezza di essere nel giusto e di scattare la foto necessaria, come si deve. Di colpo ho compreso la montagna e la vita. E poi tutto quel silenzio. Quel vento che non ferma niente e che dà le vertigini. Il tuo neo sulla nuca. Quei paesaggi desertici e la tua assenza.»

Posò le labbra su quelle di lei. Lola non si mosse. Aveva il respiro corto, gli occhi le brillavano. Lo respinse, no, si spostò.

«Non mi sono mai sentito così vuoto e allo stesso tempo così ricco. Non è un caso se sono rimasto lì quattro mesi. Ho appeso quella bandierina per rivederti, Lola.»

E poi, come a Parigi, uno squillo di cellulare ricordò loro qual era la realtà.

«Devo rispondere», disse lei alzandosi.

Bertrand le trattenne la mano: «Gliel'hai detto?»

«Philippe, il suo amico pilota, l'ha chiamato dal taxi davanti a me e prima di me.»

Bertrand lasciò la camera e si chiuse in bagno. Anche lì gli giungevano frammenti di frasi. Si tolse i vestiti e si infilò sotto la doccia per non sentire Lola parlare di «felicità e bambini» con Franck. Non voleva sapere che tono avesse la sua voce. Non avrebbe sopportato di subirla, giorno dopo giorno, come una brutta canzone di cui non ci si può sbarazzare. Fece scorrere l'acqua calda sulle medicazioni. Le ferite si risvegliarono. Non sanguinavano più, ma erano lungi dall'essere cicatrizzate. D'altronde, nessun dizionario al mondo stabilisce che cicatrizzazione è sinonimo di cancellazione. Nessun libro spiega che cosa bisognerebbe dire, né quando.

Aprì la porta appannata nello stesso momento in cui entrava Lola. Con un sorriso tenero, lei gli porse un asciugamano. Rimasero a fissarsi negli occhi.

«Se ti avessi chiesto di sposarmi?»

Lei fece l'altro suo sorriso. Quello malinconico. Mormorò che per prima cosa era meglio occuparsi delle sue ferite. Disse che lui avrebbe dovuto portare la pomata.

«Nella tasca del giubbotto, con i cerotti.»

«Quale?»

«La destra.»

Lola uscì. La condensa spariva a poco a poco dallo specchio e lui si vide con i capelli arruffati, nudo. Non era affatto decoroso. Ma non bisogna mettersi nudi, per chiedere alla persona che si ama di fare altrettanto?

Lola gli ordinò di sollevare il braccio, poi il ginocchio. Gli applicò la pomata sulla mano, in uno spesso strato come suggerito, ricoprì con una garza e incollò i cerotti. Bertrand non aveva ancora detto una parola, non riusciva a liberarsi di quelle che lei si era scambiata con Franck. Non ebbe la forza di chiedere nulla. Come sempre, *ci si deve aspettare di tutto.*

Poi lei gli prese l'altra mano e lo guidò davanti al letto. Si chinò per tracciare una linea divisoria e gli fece giurare di non superare quel confine.

«Fisicamente.»

Lui giurò. Lei si svestì, si infilò una T-shirt che – *grazie, dio dei vestiti* – non c'era verso che appartenesse a Franck. Scivolò sotto le lenzuola. Si girò verso di lui e cominciò a parlare.

«Quando ho bussato da Daphné, ero Lola Baratier che eseguiva alla lettera le procedure in cui tutto è prestabilito. La prima cosa che ci hanno insegnato ai corsi di formazione è che un volo, come la vita, può essere rischioso. Ma a differenza della vita, c'è la possibilità di fare degli stage di aggiornamento e di addestramento. Per gli incidenti meccanici ci spiegano come agire e, per le situazioni con ostaggi, ci ordinano di non reagire mai. Non so in quale misura tutto ciò possa aver contribuito. Non ho mai pensato che potesse capitarmi una cosa simile e non sono in grado di dire se, inconsciamente, lo desideravo. Il rischio, l'imprevisto, la tentazione. Tu. Ma quel che so è che, quando hai aperto, la prima reazione è stata la sorpresa. Eri un'immagine che diventava viva.»

Lola aveva lo stesso sguardo della primissima volta.

«E mi hai sorriso in quel modo... Mi è subito piaciuta la tua presenza, anche se mi sono sentita privata di me stessa, presa in trappola. Ho applicato le consegne alla lettera. Non ho lottato. Se una veggente mi avesse detto che avrei tradito Franck senza la minima esitazione, avrei giurato che era pazza. Ma è proprio ciò che ho fatto e, durante tutte le ore che ho trascorso con te, non ho avuto una sola volta voglia di lasciare le tue braccia. E poi... c'è stato quel momento nel letto.»

Si fissarono. Ciascuno dalla sua parte della linea immaginaria. Lei rivedeva il suo sorriso che si cancellava e il suo sguardo che attendeva. Lui rivide i muscoli tesi del suo viso, gli occhi che provavano voglia, vergogna, paura.

«Ho posato la mia mano sulla tua perché ho pensato che nessuno di noi ne sarebbe uscito senza distruzione né dispiacere. Io demolivo Franck e tu perdevi la tua vita, la tua libertà.»

«E tu?»

Lola fece un altro sorriso. Che sorriso non era.

«Ho sacrificato noi due perché credevo di custodirne solo il meglio. Mi sono convinta che avrei saputo controllare il resto. Ho persino trascorso senza difficoltà la prima settimana ma, il giorno del mio matrimonio, ho capito che mi stavo illudendo.»

Bertrand le posò la mano sulla guancia, *ha gli occhi scuri.*

«Penso a te tutti i giorni, però sono passata sui voli a medio raggio per ridurre il rischio di vederti tra i passeggeri. Ho seguito la vita che mi ero tracciata.»

Lola posò la mano su quella di lui e disse, con voce infinitamente dolce: «Anche se tu mi avessi fatto quella domanda, avrei detto di sì a Franck perché non potevo dire di no. Ho lasciato che tu mi rubassi il matrimonio, la vita, e una parte di me continua a esserne terribilmente felice. Il desiderio di te non mi lascerà mai, non più della mancanza».

«Ti amo, Lola.»

«Stringimi forte.»

Forse lei disse che aveva voglia di lui? Forse lui mormorò: «E io, allora»? Forse dissero di no?

Il seguito, come il resto, fu inevitabile, poiché i corpi ascoltano soltanto se stessi. Confini o no. Parole, promesse o silenzio. Notte con o senza nuvole. Nessuno vi sfugge. Nemmeno le Lola che hanno pregato per rimanere incinte. Ancora meno i Bertrand che hanno scoperto un Paese più deserto del Tibet.

Le parole batterono in ritirata perché nessuno le avrebbe ascoltate. I cerotti si staccarono, si riattaccarono non importa dove, non importa come. Lui li strappò e li lanciò il più lontano possibile. Lui era in lei, lei viveva in lui. E poi… Lola si addormentò come un angelo. La luna emanava un bagliore blu argento sulla sua spalla e le nuvole giocavano a nascondino.

Bertrand aveva la sensazione di lottare come quando, in un incubo, ci si batte contro un mostro invisibile. Si grida aiuto, pur sapendo che niente può venirci in soccorso. *Dovevo imbattermi in lei oggi, e non un mese fa.* Sua sorella non le aveva detto niente. Come confessarle che era andato davanti al municipio, che si era accorto che lei non l'aveva visto? Che non aveva fatto un solo gesto…

No, non è cambiato niente. Allora può bastare la foto in cui, con una mano, Lola si tiene su i capelli e, con l'altra, si appoggia al braccio dell'uomo al quale ha detto sì per la vita. Una foto rubata, come un tesoro. Tra qualche ora farà il test. *Sarà incinta.*

E se non lo fosse?

8

Bertrand si addormentò con quella domanda e con Lola tra le braccia. Si svegliò senza che lei si fosse mossa e la domanda non aveva ancora risposta. Avrebbe voluto restare per tutta la vita in quel letto, con quella donna che non sarebbe mai stata sua. Lei respirava con calma. Il suo petto sollevava il lenzuolo, cacciando alcune ombre e invitandone delle altre. Una luce nascente, lontana, dissolveva la notte, lui richiuse le palpebre per non ricordarsene.

Pensò alla luce delle prime ore in Tibet, azzurrognola e fredda ma che poi si sprigionava di colpo. Se *Géo* gli aveva fatto firmare quel contratto russo, era grazie al suo lavoro sul Tibet. *Perché Lola è in me.* Lei si voltò, lui interruppe i suoi pensieri, il respiro per non farla alzare. Per non dover affrontare la situazione. C'è quel che si pensa e quel che si riesce a esprimere. *Mia madre ha maledettamente ragione. L'audacia e l'incoscienza non sono coraggio. Non si vive con disinvoltura. Si decolla, poi si atterra. Gravité oblige*, non si sfugge alla legge di gravità. I fatti restano i fatti. L'amore era ben ancorato in fondo a lei e in fondo a lui. Era come un mostro. Aveva dei denti, e ogni parola, ogni sguardo, faceva male.

La sveglia avrebbe suonato di lì a quindici minuti esatti, ma Lola si alzò di soprassalto, una mano sulla bocca. Corse in bagno, e Bertrand rimase disteso sulla schiena.

Lei uscì, pallida. Lui la interrogò con lo sguardo e lei mormorò che bisognava aspettare due minuti. Che non aveva la forza di restare accanto a quella cosa di plastica che decideva con comodo se lei aspettasse un bambino o no. Si avvolse nel lenzuolo e si appostò davanti alla vetrata. Orde di nuvole dense sembravano incollate al vetro.

Bertrand chiese, con voce dolce, se voleva che guardasse al posto suo. Lei annuì. Al suo ritorno, lui l'abbracciò e disse che era stata esaudita.

9

«Non voglio essere il tuo amante, Lola. Non posso aspettarti per poi guardarti andare via.»

Lei gli baciò le labbra. Guardò i suoi occhi nerissimi. «Per favore, non dire niente, Bertrand.» Si infilò sotto la doccia. Lui si appostò in bagno, spalle al muro. Il test era lì, sul lavandino dove l'aveva lasciato. No, non riusciva a dire niente senza crollare. Lei non riusciva a guardarlo, tremava truccandosi. Lui abbassò gli occhi ma rimase lì. Fece girare il suo anello e Lola si asciugò i capelli. Si infilò i vestiti a pochi centimetri da lui. Sistemò tutto. Rispose a chissà chi che stava arrivando, che li avrebbe raggiunti nella hall. Le sole parole che pronunciava non erano rivolte a lui. Si baciarono. Lei afferrò il suo bagaglio, lui la trattenne per il braccio. Lei lo baciò a lungo, lo guardò a lungo. Gli accarezzò il viso, senza staccarsi dai suoi occhi. «Per favore, non dire niente, Bertrand.» Poi si allontanò e aprì la porta e non si voltò e sparì nel corridoio trascinando la valigia. Due pensieri in testa: Sono incinta, e: Ti ho perso.

«Sì, ma l'avrete notato, non volano in eterno. Chi di voi sa qual è il loro destino?»

«Cadono per terra, maestra!»

«A causa della gravità!» esclamò una bambina, sorpresa di sentire la propria voce.

1

Bertrand tornò nella sua stanza soltanto dopo che l'equipaggio dell'Air France fu partito per Parigi. Fino a quel momento era rimasto nel letto che li aveva accolti, per non restare da solo, per non perdere la sensazione di avere Lola accanto. Ma poteva essere soltanto uno di quei sogni strani che s'immergono in una realtà così esasperata da farci giurare che sia tangibile. Riaprì gli occhi di soprassalto e vide che il cielo era di un grigio uniforme, piatto. Una giornata priva di luce.

Un'altra prima giornata senza di lei.

Non tornò nel bagno in cui aveva visto materializzarsi la linea rosa verticale, segno che era incinta. Gli dolevano le ferite. Il cuore gli invadeva tutto il corpo. La testa gli esplodeva. Aveva voglia di distruggere tutto, in quella stanza. Avrebbe voluto altri baci d'amore. *E che non dicessero addio.* Prese la pomata, raccolse i cerotti che aveva gettato, li buttò nel cestino assieme al preservativo e scese dritto al ristorante.

Tra la seconda e la terza tazza di caffè, Bertrand si convinse che Lola aveva fatto benissimo a tagliare la corda con un bambino nella pancia. Era la conclusione giusta, che lo metteva nello stato d'animo ideale per il suo reportage. Quel che fa l'anima di un popolo, così dicono, rimane uguale attraverso i secoli, attraverso i regimi politici e le divisioni. Dicono anche che un vero amore supera il tempo e le vite. Allontanò il piatto e si mise a guardare la finestra. In lontananza, le nuvole erano immobili. Non un alito di vento né un raggio di luce. Nessuna speranza. *Vorrei che lei fosse qui.*

Risalì in camera, accese la luce, controllò i documenti, verificò la sua apparecchiatura con tutta la delicatezza del caso. Il suo contatto si fece vivo all'ora stabilita. Anatoli Vassilovitch Ivanov, un uomo sulla cinquantina ingobbito dalla vita. Due millimetri di capelli grigi, tre millimetri di barba nera. Braccia da taglialegna e occhi azzurri come un cielo invernale. I due uomini si strinsero la mano con la sensazione immediata che si sarebbero intesi a meraviglia. La guida tirò fuori le mappe e, assieme, i due misero a punto l'itinerario del reportage per il resto della giornata.

Al calar della sera, scesero al bar per festeggiare la loro nuova amicizia e la vita che avrebbero condiviso nei mesi a venire. Anatoli ordinò una bottiglia di vodka, che si scolarono mangiando cose di cui Bertrand non avrebbe serbato alcun ricordo. Non pensava a niente. A nessuno. La beatitudine istantanea dell'alcol. Sapeva che si sarebbe sentito male, perché…

«… Come tutto il resto, non lo reggo e non so come controllarlo.»

«Non capisco che cosa stai dicendo.»

«Dico: 'Viva la vodka'.»

«E viva la Russia!»

«Viva la Russia!» ripeté lui senza sapere il perché.

2

L'INDOMANI, Bertrand e Anatoli si avviarono in direzione est. Per uscire da Mosca ci volle più tempo del previsto. Quasi un'eternità. I blocchi rettilinei di immobili, tanto alti quanto orribili, sembravano morire di noia in mezzo a gelidi cartelloni pubblicitari. La guida disse che quegli appartamenti erano stati costruiti per annientare i sogni. «La Russia – la mia Russia – non è questa.»

E poi, senza preavviso, appena superate quelle sinistre periferie, ecco la foresta, dritta sull'attenti. Come un esercito pronto a riconquistare un territorio spogliato e massacrato da ordigni mostruosi. Gli abeti svettavano vertiginosi, i tronchi nerissimi. Qualche raggio più convinto degli altri s'intrufolava per cadere al suolo in chiazze circolari, altri restavano aggrappati a un ramo, senza un motivo apparente.

«Fermati», ordinò Bertrand.

Anatoli lo esortò a sbrigarsi. Non era autorizzato a sostare sul bordo della strada e sarebbe stato meglio non farsi beccare dalla polizia.

«Non si sa mai.»

«Mi bastano due secondi.»

Bertrand osservava le linee, la luce, l'insieme, per poi stabilire l'angolazione, l'inquadratura. Era il momento decisivo per ogni fotografo, e lui non lo trascurava mai. *Professionalmente*, almeno. Catturarlo gli dava piacere. Scattare delle foto – se ne rese conto in quell'istante – era anche un gesto di puro piacere egoistico. *Clic.* Via libera, oppure no. *Clic.* La foto gli apparteneva. *Clic. Come con Lola, le ho suonato alla porta perché la volevo tutta per me. Clic.* I pensieri scorrevano alla stessa velocità del dito sul pulsante di scatto. *Clic.* Le immagini erano nitide come il bagliore dorato del fiume sottostante, qualche metro oltre i tronchi scuri. *Clic. Ho pensato soltanto a me. Ecco cosa ho fatto. Clic.* «Dobbiamo ripartire», gridò Anatoli. Bertrand ubbidì.

«Venute bene?» domandò la guida dopo quattro o cinque minuti.

«Perfette.»

«Sicuro?»

«Altroché.»

Anatoli fece un sorrisetto. Bertrand scelse un'altra macchina fotografica e abbassò il finestrino. Scattò diverse foto in movimento, poi si mise l'apparecchio sulle ginocchia.

«Digitali?»

«Queste sì.»

«E neanche le guardi?»

«Non adesso.»

«Perché?»

«Non serve.»

La guida lo scrutò con un sorriso: «Certo che sei un bel tipo».

«Vuoi sapere perché mi piace la fotografia?»

«Perché è il mestiere più figo del mondo?»

«Perché quel che vedo finisce per diventare mio.»

Anatoli ci pensò su.

«Dovrai pur venderle, per campare, no?» disse alla fine.

«Le migliori le vendo, sì.»

«Spero che tu non faccia altrettanto con le donne.»

Bertrand aprì la bocca per poi richiuderla. La guida si concentrò sulla strada. Dopo tre minuti, disse: «Ecco! Ero sicuro che tu avessi qualcosa di russo».

Il silenzio. La strada. La foresta. Una macchina della polizia che li fece fermare in mezzo al nulla. Domande. Controlli. Rubli passati di mano. Altre domande. Ancora una mazzetta. Fine dell'incontro.

Bertrand lanciò uno sguardo ad Anatoli, che alzò gli occhi al cielo. Ripartirono. La foresta non si era diradata affatto. Le poche auto che li incrociavano avevano una velocità e una traiettoria del tutto personali. Dei fiori blu punteggiavano il bordo della strada. A Bertrand non interessava sapere il loro nome né se qualcuno, un tempo, li avesse piantati. Comparivano qua e là, un punto bluastro in mezzo al verde scuro. La luce era molto tenue. Ne furono avvolti, e Anatoli disse che ogni tanto pensava che le donne fossero migliori degli uomini.

«Perché non fanno la guerra?»

«No. Perché il loro corpo può produrre bambini e latte.»

«Hai dei figli?»

«Due. E tu?»

Bertrand fece segno di no, poi chiese: «Maschi o femmine?»

«Maschi ormai grandi, ma mi sarebbe piaciuto veder crescere una bambina.»

La voce gli si ruppe come quando si sta per cadere. «Che cosa c'è?» domandò Bertrand. La guida scosse la testa e rispose: «Un altro giorno».

Sì. Bisogna essere pronti per condividerle, certe cose. Bisogna aspettare la giusta luce, in un certo senso, ed essere cullati dalla fiducia per lasciarsi andare. Bisogna far scorrere il tempo senza trattenerlo. Scordarsi le date, non contare più le ore. *Ieri, tra le mie braccia, la sua pelle. I suoi capelli e la sua bocca. Il mio cuore, il suo. I suoi occhi. Le caviglie, e la mano che afferra la valigia. La sua mano, che ha preso la mia. La sua voce, che non mentiva. La sua voce, che mi amava.* Servirà molto tempo. Aver visto dei fiori spuntare di nuovo, con il loro blu indaco, e non aspettarsi più niente.

«Fermati», ordinò Bertrand.

Scese e s'inginocchiò. Scattò tre foto. Soltanto tre. Il fiume giù in basso era scomparso. Non c'erano fiori. Anatoli non capì cosa stesse fotografando Bertrand. Ma che importa! Mica è necessario sviscerare ogni cosa. Incrociarono gli sguardi. Il giovane scese più in basso e il russo s'incamminò lungo la scarpata per poi risalire in macchina. Il sole pareva allontanarsi dal mondo e per una decina di secondi il silenzio fu assoluto. Meraviglioso.

3

Franck aspettava che Lola sbarcasse dall'aereo. Avrebbe voluto farle una sorpresa, ma lei era già pronta a trovarselo davanti, perché aveva udito quella voce dolce, commossa e orgogliosa quando lei gli aveva dato conferma della notizia in mezzo a due colleghi, a bordo del taxi, alle 5.55 del mattino. Il volo le aveva dato l'impressione di attraversare un buco nero. Aveva parlato, sorriso, però si era sentita completamente prigioniera della sua vita. Le ore erano trascorse in un senso e nell'altro. Una, poi due di distanza da Bertrand. Così come prima di vedere Franck. In cielo, nient'altro aveva senso. E in quel momento, nel camminare con la valigia in mano, cercando con gli occhi il marito, Lola pensava che era appena iniziato un altro conto alla rovescia. *Sono incinta*.

Entrambi si scorsero nel medesimo istante, si sorrisero e la giovane donna si sentì tornare di nuovo la signora Milan.

«Hai preso un giorno libero?» gli chiese tra le sue braccia.

«Guarda che è domenica, tesoro! Ed è anche una splendida giornata!»

Franck le diede un bacio, e fu allora che nel suo sguardo Lola vide tutt'altro. Così fece un passo indietro. Nel bel mezzo dell'atrio di Roissy, tra migliaia di persone che li sfioravano, lui disse: «Ho firmato».

Lola capì subito. La promozione di Franck implicava il trasferimento a Francoforte, e lo sguardo di lui confermava quanto fosse imminente.

* * *

Quattro mesi prima, era tornato a casa più raggiante del solito. Il suo progetto di pannelli solari sarebbe diventato realtà, ma forse...

«... No, di certo. Presso la sede della Bayercom.»

«In che senso?» aveva domandato Lola.

«Francoforte, la città tedesca che preferisci.»

Lei si era seduta sul tavolino del salotto, laccato grigio perla.

«Hai deciso che ci dobbiamo trasferire. Giusto?»

«Non mi sento in grado di rifiutare il lavoro che ho sempre sognato. È l'occasione della mia vita, tesoro. So bene che sconvolgerà la nostra esistenza, ma non posso farmela scappare.»

Poi le si era accovacciato davanti.

«No, non voglio farmela scappare.»

«E io?»

«Ne hai, di colleghi che vivono a Ginevra o a Nizza. Nizza è più lontana da Roissy di Francoforte.»

«E i giorni in cui mi imbarco prestissimo, o in cui atterro la sera? E i ritardi? Le...»

Lola si era zittita, perché Franck aveva già la soluzione negli occhi.

«Potresti dormire da tua madre, potremmo tenere lì una macchina.»

La voce, lo sguardo, i gesti di suo marito tutto volevano fuorché una risposta negativa. Inoltre, aveva aggiunto Franck, la cosa sarebbe durata soltanto tre anni. Lola l'aveva fissato con una grande perplessità negli occhi.

«Sì, è un contratto rinnovabile.»

«E la nostra casa? Abbiamo appena... Tutta questa fatica...»

«La affittiamo. Avrò un alloggio di servizio, un'auto di servizio, un aumento di stipendio che ti consentirà di smettere di lavorare se lo...»

Lola aveva reagito all'istante: «Ma cosa stai dicendo? Io non ho mai avuto l'intenzione di smettere di lavorare. Amo ciò che faccio. Sul mio lavoro, tua nonna può dire tutte le cattiverie che vuole: a me piace. Ne ho bisogno. Proprio come te».

«E se tu restassi subito incinta? Abbiamo sempre detto che volevamo due bambini, uno di seguito all'altro per non farli crescere troppo soli e annoiati com'è capitato a me.»

«Non sono ancora incinta.»

«Però ce la mettiamo tutta, tesoro. Giusto?»

Lola non aveva risposto. Franck ne aveva approfittato per ripetere quel che si erano già immaginati: «Nove mesi di gravidanza più un anno di congedo parentale, moltiplicati per due prima di ricominciare...» Tre anni e mezzo assorbiti in quella vita famigliare che avevano sognato di costruire assieme. Lui aveva sorriso, per poi proporre la sua nuova idea: «E se tu tornassi a viaggiare a lungo raggio e part time?» Lei aveva ribattuto: «E se io restassi in Francia? E se fossi tu a tornare nei fine settimana? Lo fa un sacco di gente».

Si erano scrutati. Lola aveva appena sollevato un'eventualità che Franck non aveva minimamente preso in considerazione. Così lui ci aveva riflettuto sopra, concludendo in maniera definitiva, indiscutibile: «Tu lavori spesso nei weekend, e io non voglio vivere senza di te».

Le aveva preso le mani, e lei non era riuscita ad aggiungere nulla di più tremendo che: «Sembra che in Germania non abbiano asili nido».

«Troveremo una soluzione.»

«Quale? Tua nonna?»

Lui era scoppiato a ridere. «Ti adoro!»

«Mamma ti odierà.»

«Di sicuro passerai più tempo con lei e con tua sorella che restando a Saint-Thibault-des-Vignes.»

«Tra un turno e l'altro?»

«Prima o dopo, Lola, in base a come devi organizzarti.»

Poi, con voce e sguardo il più possibile sinceri e onesti, aveva aggiunto: «Voglio questo lavoro, a qualunque costo».

A qualunque costo.

Quel giorno, la conversazione era terminata così. Perché Lola aveva sentito le mani di Bertrand per poi rispondere: «Okay». «Parli già un ottimo tedesco.» «Di sicuro per via della mia nonna olandese!» «Ti amo, tesoro.»

Quattro mesi più tardi, la giovane donna ebbe un attacco di nausea e si portò la mano alla bocca. Da qualche parte, nel bel mezzo di quel frastuono colossale, Bertrand la stava guardando *come quel mattino e quella notte appena trascorsi*. Franck prese di nuovo Lola tra le braccia e ripeté felice: «Ho il lavoro dei miei sogni, e avremo un bambino». La nausea svanì, ma non Bertrand.

«Quando?» chiese Lola.

«Ci starò due giorni alla settimana, poi fisso dal primo settembre.»

Lei si scostò: «Lo sapevi già».

«No. È successo tutto ieri. Il mio sostituto può iniziare prima. Tu dormivi, e stamattina ero troppo emozionato.»

Lola afferrò la valigia. *Stamattina... Ieri.* Franck gliela tolse di mano.

«Sarò costretto a rinunciare a qualche giorno di ferie, ma tu starai con Nat e gli altri a Oléron. Io...»

Lei alzò di nuovo la testa. Quel che Franck lesse nel suo sguardo gli troncò le parole in bocca. No: lo spinse a pronunciare il suo ritornello preferito: «È la mia occasione». E aggiunse: «Per di più, sei incinta. Un tempismo perfetto. Non potevamo desiderare di meglio». Lola s'incamminò, senza voce. Franck le mise un braccio attorno alle spalle. E, senza che lei se ne rendesse conto, erano già arrivati nel parcheggio, davanti alla sua macchina. Lola aprì la borsa e gli porse le chiavi. Lui sistemò la valigia nel bagagliaio e le disse che quel pomeriggio avrebbero potuto fare una visita virtuale dell'appartamento.

«Tu l'hai già visto?»

«In rete. Enorme. È la soluzione migliore.»

«Nessuna alternativa?»

Franck non disse niente, Lola nemmeno. Evidentemente aveva già deciso lui. Così come lei aveva scelto di telefonare a Bertrand, che aveva visto al bar e nelle cui braccia si era gettata. Suo marito le aprì la portiera. «Già conosco la zona. Si affaccia su un parco che ti piacerà.»

Lola si tormentò nel guardarlo girare attorno alla Nissan. Nei quaranta minuti del tragitto aeroporto-casa, lo ascoltò spiegare il suo entusiasmo per l'idea dell'espatrio. Con voce allegra, schietta e chiara, illustrò i vantaggi e analizzò gli inconvenienti. Già c'era chi si sarebbe occupato di tutta la burocrazia locale, di aiutarla a trovare il miglior ginecologo e la migliore clinica per...

«... Il nostro bambino. Sei rimasta incinta nel momento giusto.»

Lola pensò alle nuvole attaccate alla finestra, a Mosca, e chiuse gli occhi. *È meglio così. È meglio che io sia rimasta incinta, per...* Per cosa? Udì la voce di Bertrand domandarle: «E tu?» *Io non ti ho risposto perché non potevo pensare a me. Avrei lasciato Franck, se il test fosse stato negativo? Non ero in grado di pensarci, Bertrand.*

Franck le prese la mano. L'avrebbe raggiunta a Oléron il più spesso possibile. Era l'occasione per...

«Per cosa?»
«Pensavo tu dormissi.»
«No. Ma sono stanca.»
«Siamo quasi arrivati.»
Lola scese dalla macchina, vide quella di Franck e gli chiese come fosse venuto a Roissy. «Posso permettermi un taxi, tesoro!» rispose lui, prendendola in braccio per entrare in casa. Fecero l'amore sul divano grigio scuro del salotto. Un cielo limpido, costellato di decine di scie d'aereo, s'imbucava dalla vetrata. *Dove vanno? E io, che donna sono?*
«Ti va di pranzare al ristorante?»
«Mica tanto.»
«Allora preparo un'omelette al formaggio. Che ne dici?»
«Sì.»
Franck risistemò i cuscini, per poi guardare Lola negli occhi e dirle: «Grazie».

4

«Buongiorno, mamma.»

Al telefono, dal tono della voce di Lola, Géraldine capì che c'erano novità importanti.

«Sei incinta?»

«Sì, ieri a Mosca ho fatto il test. Positivo.»

«Congratulazioni! Sono tanto felice per voi! Fantastico!» disse la madre, ripensando a com'era rimasta colpita dalle prime due parole della figlia.

«Perché non mi hai chiamato prima? Non ti senti bene?»

«Sono stanca e ho la nausea.»

«Tanta?»

«Ho...»

Lola sospirò e si sedette sul divano, di fronte al prato falciato alla perfezione. Raccontò che Franck era venuto a prenderla a Roissy per annunciarle che aveva ottenuto il posto e che si sarebbero definitivamente trasferiti a Francoforte.

«Quando?»

«Tra pochissimo.»

La madre posò una mano sulla credenza di rovere chiaro. Sapeva ovviamente di «quel» posto, come di tutte le sue implicazioni. E aveva sperato con tutto il cuore che i tedeschi non si mostrassero disponibili, perché quell'espatrio avrebbe sconvolto anche la sua stessa vita. Elsa non poteva salire in autobus, sulla metro, su un treno. Non era in grado di fare più di trenta chilometri in macchina. Se non riconosceva il percorso, si sganciava la cintura di sicurezza, colta da un panico incontrollabile. Aveva già provato a fuggire. Con il passare degli anni, quella fobia non era affatto migliorata, e Géraldine sapeva ormai di non essere più in grado di recuperare Elsa.

Con l'indice dall'unghia rosicchiata seguì le nervature del legno chiaro, mentre Lola spiegava che il contratto triennale era rinnovabile, che avrebbe smesso di volare durante la gravidanza, che aveva sempre detto di volere subito un secondo figlio.

«Capita a proposito», concluse la madre con voce piatta.

«Già.»

«Sei felice?» Si corresse: «Voglio dire, di essere rimasta incinta?»

«Sì.»

«Vedi? Ce l'hai fatta. Ti agitavi per niente.»

Lola non disse nulla e Géraldine voltò le spalle alla credenza, sospirando: «Sono contenta per voi, ma arrabbiata con Franck che ti porta lontano. Non vedrò mai mio nipote».

«Secondo Franck passerò più tempo da te che restando a Saint-Thibault. Non ha torto. Rimarrò lì parecchi giorni di fila.»

«Congratulazioni, allora, e ringrazialo di tutto cuore.»

«Posso fare altrimenti, mamma?»

A sua volta, la madre rimase in silenzio. La voce molto calma della figlia la colpì nel profondo del cuore. Quando Lola assumeva quel tono, era come se Géraldine riuscisse a vederne lo sguardo. *Lontano, riservato, implacabile.* Si girò verso il mobile, posando ancora il dito nel punto da cui l'aveva tolto: «Scusa. È solo che questa notizia non mi fa stare bene».

«Lo so.»

«E tu? Sei contenta di andare?»

Lola abbassò le palpebre. Il riquadro di prato color verde brillante le ballava davanti agli occhi. «Non lo so ancora», disse con sincerità. Poi, senza aspettare la risposta della madre, proseguì a occhi chiusi: «Scusa se non ti ho avvertito ieri, ero...» Non riuscì a proseguire. *Ieri ho abbandonato Bertrand senza dirgli che l'amavo.* Riaprì gli occhi, fu abbagliata dal prato e Géraldine fece scivolare pian piano il dito all'indietro.

«Mica ce l'ho con te. È solo che io ed Elsa non verremo mai.»

Era una voce dolce e triste, lontana e gentile. Fin troppo materna. Lola inspirò lentamente, per poi chiedere dove si trovasse sua sorella.

«In pasticceria.»

«Di mattina?»

«L'hanno chiamata, avevano bisogno urgente di fiori di zucchero. Tra un'ora rientra.»

«Francoforte è a un'ora di volo.»

«Di' al pilota di atterrare nel mio giardino.»

«Mi piacerebbe un sacco.»

«Vuoi venire a pranzo qui?»

«No, aspetto il figlio del vicino, deve tagliare il prato», mentì Lola.

«Non ha lezione?»

«No.»

«Lo sa far bene, oppure è come Elsa?» disse la madre, che voleva udire il sorriso della figlia prima di riagganciare.

Lola si sforzò. «Fa un ottimo lavoro, perché mica lo pago in noccioline.» «E quanto gli dai?» «Un milione di euro, mamma.» «Che bella idea!»

Tre minuti più tardi, la madre stava pensando che avrebbe richiamato in serata o addirittura nel primo pomeriggio, così, per sapere se Lola fosse riuscita a mangiare. Tutto questo raschiando con il dito un nodo del legno della credenza. Invece Lola si era sdraiata sul divano, in pigiama. Non fissava più il riquadro verde brillante del prato ma quello d'infinito circoscritto dagli infissi in alluminio chiaro opaco della vetrata. Bertrand era quel cielo, *e io sono lontana, sull'altro lato di un vetro autopulente.* Lola seguì con lo sguardo il montante destro. Rivederlo, trascorrere qualche ora con lui a Mosca, *sentire la sua pelle contro la mia*, era solo una conferma *del mio amore per Bertrand.* Fece scorrere gli occhi sulla traversa superiore. *Non si è cancellato niente. La situazione è peggiorata.* Lo sguardo scivolò sul montante sinistro. *Pago le conseguenze delle mie azioni.* Poi sulla traversa inferiore. *Non ho il tuo numero né il tuo indirizzo, ma so che... so che con te sarei stata me stessa, davvero me stessa, per centocinquant'anni.*

Richiuse gli occhi. Le girava la testa. Il corpo impone i suoi tempi, le sue sorprese, i suoi centimetri, il colore dei capelli, degli occhi, ciò che prova contro un altro corpo. Sollevò le palpebre, colta da un brutto pensiero. *Perché il cervello non sa decidere le cose giuste?*

Il volto del padre, che si nascondeva da anni e anni, si disegnò su una nuvola. Il destino aveva voluto che Lola ereditasse il colore cangiante dei suoi occhi. *Sono una ragazza incostante, papà, che non ricorda il suono della tua voce e che non pensa mai a te.*

5

Da parecchi anni, Lola andava dalla stessa ginecologa presso l'ospedale di Lagny-sur-Marne, dove l'avevano seguita a causa del ciclo irregolare. Quando chiamò per fissare un appuntamento, la segretaria le disse che la dottoressa stava per entrare in congedo di maternità. Lola fu colta dal panico e chiese di poterle parlare. Per fortuna, la dottoressa Jasmin la richiamò nel giro di un'ora, consigliandole di non avere fretta: i primi due mesi erano sempre «uno scoglio». Lola pensò che le stesse dicendo così perché c'era un problema. La dottoressa se ne accorse e, con voce molto cordiale, le disse: «Siamo in due a iniziare nello stesso periodo. Prenda appuntamento per i primi di luglio. Le verrà fatta una bella ecografia, dalla quale potrà vedere il cuore del suo bambino. È il momento più bello». «Mi fido di lei.» «Lola, stia tranquilla, cerchi di vivere con la massima normalità. È la cosa migliore, e veda di essere contenta di questo disagio.»

Lola ascoltò i suoi consigli e, quando effettuò la sua prima visita, il sostituto della ginecologa rilesse la sua cartella clinica con un solo commento: «È tutto chiarissimo». Lola fece menzione della sorella handicappata e del suo prossimo trasferimento all'estero. Il medico annotò tutti i punti significativi, prescrisse gli esami di routine e lei non poté fare a meno di fissare la camicia a motivi geometrici color giallo senape e verde orrendo che l'uomo indossava sotto un camice sbottonato. «Okay. Adesso facciamo l'ecografia.» Dopo lunghi minuti di manipolazione silenziosa, lo sentì rivelare con voce completamente neutra: «Lei sta aspettando due gemelli eterozigoti».

Lola lo fissò. «Nessun dubbio», fece lui, mostrando i due cuoricini che battevano sullo schermo. Lei provò una gioia doppia, forte e pura, che accolse prendendosi il tempo di sorridere. Il medico, impassibile, le porse un pezzo di carta assorbente per poi alzarsi e accendere la luce. I raggi del neon si posarono sui motivi sgargianti della camicia e Lola disse, senza riuscire a staccare lo sguardo: «Per quando?»

Lui ficcò le mani nelle tasche del camice e allargò le braccia. Lola ebbe un capogiro.

«In teoria ai primi di marzo, ma una gravidanza gemellare è spesso più breve.»

Lola rimase seduta sul lettino, le gambe penzoloni. Fissò sbalordita il ginecologo davanti a lei.

«Per me, lei è rimasta incinta il 7 giugno, e non il 23 maggio come mi ha detto.»

Al ritorno da Mosca.

«Perché quel test era positivo, allora?» sbottò lei senza riuscire a nascondere la rabbia.

«Cosa vuole che dica su una cosa di cui non so niente e che lei ha acquistato a Mosca? Era un test di gravidanza o di ovulazione?»

«So leggere!»

Il ginecologo reagì bruscamente al tono di Lola. Le spiegò che la sua ecografia era attendibile e che anche lui sapeva leggere i dati su uno schermo. Le tenne un corso approfondito, la bombardò di termini che le provocarono le vertigini e concluse: «Ci rivediamo fra tre giorni».

Lola aprì la porta di casa e si gettò sul divano, senza piangere né alzare gli occhi al cielo. Scombussolata. Non ricordava già più la gioia di Franck, la sua voce commossa e quasi trionfale, quando lei l'aveva chiamato uscendo dallo studio medico. «È la nostra doppia felicità!» Stava per decollare da Francoforte. Lola aveva riso senza far cenno alle date.

E in quel momento si ricordava solo delle due linee rosa dietro la minuscola vetrata, di quella barretta in plastica bianca. Bertrand le aveva viste. Un solo pensiero la lacerava: *Non ero incinta e adesso lo sono.*

Faceva molto caldo, eppure si avvolse in una coperta. La mente vuota, confusa, distrutta. Vedeva gli occhi tristi da morire di Bertrand nel bagno di Mosca. Quegli occhi la tenevano avvinta e, pian piano, si trovò in balìa di immagini e pensieri, saltando sopra le frontiere per ricadere davanti a lui, dentro quell'ultimo sguardo della loro vita. *Meglio che tu non lo sappia.* Fu inondata dalle lacrime, improvvise e brucianti. Ma non attenuarono niente, neanche quando si esaurirono. *A cosa pensavi, papà, quando hai perduto il controllo?*

«Tesoro? Hai pianto?»

Accovacciato, Franck le teneva le mani nelle sue. Lola non l'aveva sentito entrare, e nemmeno l'aveva visto accostarsi a lei. Non era in grado di dirgli da quanto tempo si trovasse su quel divano.

«Cosa c'è che non va?»

«...»

«Che cos'hai?»

Lei non reagì. Franck afferrò i fogli gettati sul tappeto, li lesse con attenzione e Lola riassunse – con una voce che fece paura al marito – la conversazione con il medico. «Se lui dice che i dati sono buoni, che importanza ha il 23 o il 7?» Lei tacque. Per lunghi istanti, Franck esplorò gli occhi verde bottiglia di Lola, che le lacrime avevano fatto diventare traslucidi. Ebbe l'impressione che fossero taglienti. «Non vuoi dei gemelli?» le sussurrò.

Nuove lacrime le sommersero lo sguardo. «No. Sì, certo. Li voglio.»

È per colpa mia, disse Franck tra sé, ma cancellò all'istante quel pensiero nel timore che potesse degenerare o contagiare la moglie. In altre circostanze non si sarebbe defilato in quel modo; ma, allora più che mai, voleva quella carriera. Prese tra le mani il volto di Lola e lei sussurrò, con voce strozzata: «Perdo il controllo, come papà. Non smetto di pensare a lui». Era distante, lontana, alla deriva. Franck non staccò le mani né distolse lo sguardo.

«Aggrappati a me, Lola.»

Poi la strinse a sé, o forse fu lei a farlo. Perché quel poco di coraggio che aveva le consentiva soltanto la menzogna. Lui disse che le succedeva tutto questo perché era sconvolta. «Andrà meglio quando saremo entrambi a Francoforte. Non significa niente, questo test russo di merda. Sono soltanto un paio di settimane in più, per avere due bei bambini. Che cosa sono quattordici giorni, in una vita? Eh, tesoro?»

«Niente.»
Tutto.

Ma la vita riprese il suo corso e i tre giorni seguenti non ebbero niente in comune con quello, visto che Lola li trascorse dalla madre. Era stato Franck a suggerire l'idea e lei non si era opposta. «Certe volte, starsene da sola è insopportabile.» Pericoloso, aveva pensato in realtà. Poi: *Perché non ho mai pensato a te, papà? Perché adesso? Perché ti sto usando in questo modo? Perché ti sei messo a bere? Quando hai iniziato?*

Lola si sottopose agli esami e ne lesse i risultati senza capirli. Internet le portò soltanto confusione e angosce. Il medico, che indossava una camicia troppo rossa, confermò misure e date con la stessa impassibilità: «Ciò che vedo corrisponde a quel che le avevo detto». Lola fissava soltanto i due piccoli cuori che battevano dentro le bolle che sarebbero diventati due bambini. *I miei bambini.*

Al suo ritorno, Elsa la aspettava con un vestito azzurro pallido e le braccia penzoloni, al cancello che aveva già aperto. Senza una parola, Elsa prese la sorella per mano e la condusse nel giardino, là dove si coricavano da bambine. Sull'erba aveva steso una tovaglia rosa. «Torno subito, Lola-Lola!» disse, correndo verso la casa. Lei la seguì con gli occhi, ma pensava alla Marna che scorreva oltre il cancelletto, calma, dolce, avvolgente. Le foglie dei pioppi frusciavano sul fiume come farfalle in gabbia. Lola avrebbe voluto gettarsi in acqua e lasciarsi trasportare dalla corrente fino al mare; poi scorse la madre con un vassoio in mano e, a ruota, Elsa con una torta gelato alle fragole che soltanto lei era capace di preparare. Fece un sorriso. Il dolce era divino e fu condiviso con il padre, visto che sua sorella non si scordava mai di apparecchiare anche per lui. Il posto rimase vuoto, ma Elsa pensava al padre canticchiando una musichetta lieve. *No, per niente al mondo avrei voluto una sorella diversa.*

E poi, nel fine settimana, Franck e Lola partirono per Oléron, dove lei trascorse le vacanze all'ombra chiacchierando di tutto – soprattutto di Francoforte – con Diane, Robin, Natacha e il suo eterno Matthieu, appena riapparso nella vita della sua amica mora. La quale, nonostante ridesse, lo baciasse, facesse l'amore con lui sulla spiaggia al chiaro di luna, celava a fatica l'inquietudine per la nuova, imminente separazione.

Anche Lola la sentiva arrivare. Mentiva ancora, *per vigliaccheria.* Due o tre volte, pensò di parlare a quel tipo che, per quanto infedele come Bertrand Roy, non poteva vantare né i suoi occhi né il suo sguardo. Ma non lo fece, perché neppure lei era così immacolata. Infine, soprattutto perché fu il suo corpo a prendere il sopravvento, lasciandole scoprire che tutto ciò che ingurgitava la faceva stare male.

Nel tempo restante si addormentava alla maniera di Bertrand, ovvero in un batter d'occhio. Quando era sveglia, doveva nutrirsi. Il ginecologo, che Franck chiamò di persona, le consigliò di non preoccuparsi, di fare pasti piccoli e frequenti e di consumarli sdraiata.

Lola ubbidì. Al loro ritorno aveva messo su trecento grammi. E a Franck, che aveva voluto interpellarlo di persona, il medico non diede nessun chiarimento sulle analisi e ancor meno sul test. Le nuove misure erano buone, la crescita regolare. «È l'unico aspetto da considerare.» I gemelli erano stati concepiti ai primi di giugno, sul divano grigio antracite del salotto, sotto un cielo screpolato dagli aerei. «Con il tempo, le cose andranno a posto.» Quali cose? pensò Lola, gli occhi fissi sulle righe troppo larghe, troppo azzurre e fin troppo rosa della camicia del medico. Avrebbe voluto che le firmasse un documento in grado di spiegare nel dettaglio tutto quanto, in particolare quelle schifezze di «cose», di metterle in chiaro una volta per tutte, invece di dire che era tornato a esaminare a fondo la documentazione su Elsa che lei gli aveva lasciato. Il medico confermò quel che lei già sapeva. «Nessuna causa genetica o cromosomica, di conseguenza nessuna causa di preoccupazione. Come le ho già detto, il resto seguirà il suo corso.» Lola stabilì che la camicia di quel tipo aveva dieci righe per ogni colore, *solo sul davanti.*

Uscendo nel corridoio, sbottò con voce tagliente: «Per pietà, che almeno si chiuda il camice!» Era di cattivo umore, e Franck glielo fece notare. Lola lo fissò dritto negli occhi.

«Adesso troviamo un medico che conosca l'utilità dei bottoni e che sappia rispondere alle domande!»

6

Il cinquantesimo giorno, Lola si alzò in forma. *Dov'è Bertrand?* Il cinquantunesimo, lo passò debole e spossata. Era *più opportuno.*

Aveva interrotto i voli e il suo stipendio ne aveva risentito alla grande, ma davvero voleva vivere una vita pericolosa? In quel momento, in quella situazione? *Con Bertrand?*

Meglio ricevere i traslocatori e valutare i preventivi più vantaggiosi. Non scorse i giornali, non guardò la replica del documentario *L'acqua in Tibet* firmato Bertrand Roy. Eppure, per quattro volte si piazzò davanti al computer ad aspettare che si concludesse il download, gli occhi fissi sul cerchietto azzurro che continuava a girare. Per due volte si bloccò da solo, un'altra fu lei a interromperlo e l'ultima – quando apparve il titolo – Lola schiacciò il pulsante di spegnimento per poi alzarsi. Le mani congelate.

Era di un anno più giovane e di un anno più spensierata, più libera, più stupida, più *irragionevole.* Aveva appena aperto gli occhi, era buio in quella camera rococò. Aveva voluto controllare che ora fosse, Bertrand glielo'aveva impedito e il telecomando era caduto, accendendo la tv. Si erano entrambi voltati in direzione di un uomo vestito in tela kaki, in piedi nel bel mezzo di un torrente, subito. Maneggiava la canna da pesca con gesto ampio e aggraziato. Lola si era seduta, Bertrand le era scivolato alle spalle, le aveva sollevato i capelli per baciarle il neo. Guardarsi negli occhi diventava pericoloso. «Appari anche tu, nei tuoi film?» «No. Soltanto quel che vedo io.» «E scrivi tu i testi?»

«Un calvario che non posso delegare. Non ho assistenti.» «Ne vorresti una?» Lui non aveva risposto subito. Non aveva risposto affatto. O, meglio, sì, ma con una carezza lieve sotto il seno destro. Il pescatore stava spiegando la sua tecnica e Lola aveva tolto il volume.

«Mio padre pescava, dev'essere lì che ha iniziato a bere.»

Poi aveva spento il televisore e si era allungata a posare il telecomando sul comodino. Le era tornato in mente l'esatto tono di voce di suo padre, quando le diceva: «Sei soltanto un'ingrata». Lei era tornata tra le braccia di Bertrand. Lui, al gesto lento.

«Non avrei dovuto smettere di accompagnarlo.»

Bertrand aveva sollevato la mano, Lola gliel'aveva rimessa nello stesso punto ed era stata infinitamente grata che lui non sciupasse quell'istante con delle parole, con uno sguardo o con altre carezze che non l'avrebbero fatta sentire meglio. Ancor più quando, un lunghissimo istante più tardi, lui le aveva detto che, in fase di montaggio del suo film, avrebbe fatto...

«... Largo al silenzio, almeno credo. Ci metterò un po' di musica, qualche indicazione geografica e degli aneddoti del luogo. Un attore registrerà al posto mio.»

Poi, con la stessa identica voce, aveva detto di «non essere mai venuto in quest'albergo, prima». Lola aveva sorriso, lui aveva pensato: Mai così. E nessuno dei due si era mosso, *perché il silenzio è inebriante.*

Come l'alcol, pensò Lola uscendo in tutta fretta per poi percorrere a passi lenti la strada di casa senza neanche aver chiuso a chiave. Ma chi poteva perdersi in quella strada senza uscita, fuori Saint-Thibault-des-Vignes? La sua proprietà era l'ultima, ed era stata un acquisto indovinato e un regalo prezioso del padre. Il sole stava calando, le quattro case erano di costruzione recente, con dei giardini ancora in fase di sviluppo. Ci sarebbero voluti anni prima che i rami potessero evadere da lì. *Non voglio andare a vivere a Francoforte, papà. Non voglio più salire su un aereo. Non voglio mai più rivedere Bertrand. Dormire con lui. Sentirlo dire che cos'ha dentro. No, voglio la sua voce tutti i giorni.* Dei bambini giocavano in una piscina che occupava tutto il terreno antistante la terza villa, e la loro madre la salutò. *Franck, ti amo. Non sai fino a che punto.* Si intravedeva l'ultima casa, isolata, molto più grande delle altre. Lola lanciò un'occhiata al lotto vuoto che la divideva dalle altre case. Suo padre avrebbe cercato di acquistarlo in tutti i modi. Di questo, Lola si ricordava perfettamente. *Perché non ti allacciavi la cintura? Perché hai sorpassato su una striscia continua?* Superò quell'imponente costruzione dalle imposte chiuse. *Perché bevevi? Hai mai pensato che potevi morire?* In lontananza stava arrivando una Range Rover bianca, che entrò nella rotonda. *A che cosa pensavi, quando l'automobile si è ribaltata?* La Range Rover fece un giro completo, per fermarsi all'altezza di Lola. La donna che si era appena trasferita nella casa a destra della sua abbassò il finestrino: «Buongiorno! Vuole un passaggio fino a casa?»

«Grazie.»

«Che caldo!» disse la donna non appena Lola ebbe richiuso la portiera. «Sono Anne Baxter, la sua vicina.»

«Lola Milan. L'ho vista traslocare la settimana scorsa.»

«Che inferno, con i figli tra i piedi e un marito via per lavoro!» sbottò la donna, sulla quarantina, molto alta di statura e dai capelli scuri, la pelle chiara e lo sguardo aperto.

«Devo trasferirmi a Francoforte», rivelò Lola.

«Perbacco! Non la invidio affatto, anche se mi piacciono moltissimo i crauti.» Un istante più tardi, eccola aggrottare la fronte. «Ma come le è venuto in mente Francoforte?»

Erano parcheggiate sul vialetto di Lola, che spiegò come Franck avesse ottenuto un impiego da sogno. Anne la stette ad ascoltare, annuendo. Scesero assieme e, in un battibaleno, si ritrovarono in casa, dove la vicina rimase subito colpita dal fascino dell'enorme vetrata.

«Di chi è stata l'idea?»

«Mia. Ma è Franck che ha disegnato il progetto.»

«Architetto?»

«No, ingegnere; ma si occupa di tutto.»

Anne sorrise. «Escluso il giardino», disse. Aveva un gran fascino, gesti rapidi, dei tacchi vertiginosi che confessò di indossare tutti i giorni fin dal mattino.

«Non lavoro, ma non c'è motivo per cui non debba piacere a me stessa, dato che i miei bambini non hanno ancora compreso gli effetti positivi di un solo complimento.»

«Tre maschietti?»

«Che avrà certamente sentito strillare e che quando si svegliano mi sembrano dieci!»

«Io sono incinta», disse Lola. «Gemelli.»

«Mi spiace per te.»

Il «tu» la colse di sorpresa come una buona notizia. Si scambiarono un sorriso.

«Per quando è fissato il trasloco?»

«La seconda metà di settembre. I lavori a Francoforte sono in ritardo.»

«Ma se sono appena arrivata! Dobbiamo assolutamente organizzare un barbecue di 'benvenuto-commiato'!»

«Quando vuoi.»

«Vieni, quando ti annoi! Ma lavori?»

«Non in questo periodo. Faccio la hostess di volo, però adesso sono a terra.»

Anne piegò la testa.

«Io non ho superato il concorso alle preselezioni. Eppure ci avevo dato dentro come una matta; però, tutto sommato, è stata una buona cosa. La rabbia della sconfitta mi ha spinto a partire come ragazza alla pari nelle campagne del Wyoming; e laggiù, pensa un po', sei mesi dopo ho finito per sposare il fratello della madre dell'insopportabile bambina che accudivo. L'amore della mia vita.»

Poi, con una voce e uno sguardo che Lola trovò deliziosi, aggiunse: «Come te. Lo vedo».

Lola si richiuse la porta alle spalle e si addossò alla parete. L'idea di quella vetrata era stata sua. *Per vedere le stelle in ogni momento.* Franck ne era rimasto entusiasta, come Anne. Aveva messo in opera il progetto, senza chiedere il perché di quel desiderio. Lola sapeva che, invece, Bertrand l'avrebbe chiesto. Sapeva che sguardo avrebbe avuto, nel porle la domanda. E, nel tempo di un furtivo istante, il naso rivolto al cielo azzurro senza una nuvola, senza un aereo a squarciarlo, Lola si sentì meglio.

Qualche giorno dopo, proprio durante il barbecue *next door* al quale si era recata senza Franck, avvertì un movimento che in seguito definì come un calcio. Capitava a fagiolo. Anne le rivelò che si trattava dell'aspetto più interessante in una gravidanza, «perché, sinceramente... Senza parlare del capitolo finale...» Suo marito ritenne opportuno puntualizzare, con un accento americano appena percettibile, che la moglie era «sempre esagerata». Lola rise e disse che per prepararsi all'idea aveva ancora del tempo.

Il ginecologo, al quale – durante la sua ultima visita prima della partenza – riferì di aver sentito dei movimenti, spiegò, con lo sguardo-di-chi-sa-tutto, che si trattava di movimenti intestinali.

«Dottore, lei si sbaglia. Non può sentire certe cose.»

Il medico, che quel giorno aveva abbottonato il camice sopra una maglietta bianca, il cui disegno frontale Lola moriva dalla voglia di vedere, le rivolse un bel sorriso. Lei ribadì, fissandolo dritto negli occhi: «Si sono mossi».

«Tanto meglio. Ecco il suo fascicolo, in inglese.»

«Grazie.»

Sulla via del ritorno, ebbe la certezza di avvertire un nuovo movimento. Bene. *Soltanto io e i miei bambini.* Rimase seduta in macchina, in attesa. Ma non successe niente. Le foglie delle due betulle che aveva piantato l'una accanto all'altra, in mezzo al prato, cominciavano a ingiallire. I rami dei due alberi si sfioravano, le radici si intrecciavano. Aveva pensato a Bertrand, *ti penso in ogni istante.* Chiuse gli occhi. In Germania non avrebbe trovato la stampa francese nelle sale d'aspetto. Non avrebbe visto ciò che lui aveva visto in Russia. Roba pericolosa. Sarebbe stato come incontrarlo, *così per caso, durante una passeggiata, vicino a un olmo.*

Sotto la vetrata, il furtivo benessere dei giorni appena passati iniziò a svanire, lasciandosi alle spalle soltanto il folle desiderio di gettarsi tra le braccia di Bertrand. Quella voglia, che le fuggiva dal cuore come un lapsus incontrollabile, libero e ricorrente, confermava una sola cosa: *Non potrò mai smettere di amarlo.*

7

I PAESAGGI che Bertrand e Anatoli attraversavano giorno dopo giorno erano in totale contrasto con tutte le strutture comuniste. La vita che ne sortiva era mozzafiato. Come se ogni specie vegetale o animale sapesse di godere di tutto lo spazio necessario per vivere, di tutta l'acqua, di tutta quella terra grassa e ricca. Sembrava che i villaggi fossero sempre esistiti nella stessa, identica condizione, qualunque fosse il regime al potere. Con ogni probabilità, avevano negoziato e patteggiato il loro posto con la natura. Bertrand lo trovava rassicurante. Una pericolosa vocina interiore gli confermava che le cose buone, quelle autentiche, quelle solide non cambiano mai, ma attraversano il tempo, lo spazio. Rivedere Lola ne era la prova dolorosa.

Vorrei che tu vedessi con me queste foreste.

Il fotografo si rendeva conto di aver avuto fortuna a trovare una guida come Anatoli, un uomo di sostanza che conosceva bene il suo Paese. Grazie a lui, Bertrand era sempre accolto con lo stesso calore e la stessa vodka, sia negli alberghi sia presso gli abitanti dei singoli luoghi. Il suo corpo si era abituato all'alcol ma con prudenza; Bertrand evitava gli eccessi. Le settimane passavano, non sarebbe rimasto in Russia in eterno. Aveva l'assoluta necessità di fare molti scatti e già sapeva quali avrebbe stampato.

Si alzava sempre prima del sorgere del sole. Osservava con attenzione il cielo, bevendo un caffè ogni volta aspro, poi selezionava il materiale. Lola era a migliaia di chilometri di distanza eppure era lì. Dentro di lui.

Non lo lasciava mai. L'assenza era sempre presente, e la speranza non creava illusioni. Stavano sull'attenti come gli abeti che circondavano Mosca. Comunque Bertrand lavorava con concentrazione. Sapeva ciò che andava fotografato. Bisognava agire in fretta. Non c'erano seconde opportunità. Fotografare in esterni non è come farlo in studio. La luce non si può regolare. Non esistono allestimenti e la prima volta dev'essere quella buona. Come nella vita. Non si ripete niente. Salvo le cazzate. *Quante se ne fanno, prima di agire nella maniera giusta?*

Si stava facendo sera quando arrivarono da una conoscente di Anatoli a Kalinski, un villaggio di una decina di case in piena campagna. Appena Bertrand scese dalla macchina, un odore che non era quello del borsch gli fece venire l'acquolina in bocca. Disse Anatoli: «Zuppa di acetosa, patate, uova, pancetta e salsicce». Da quant'era ricca, agra e appetitosa, Bertrand dovette tirar fuori una macchina fotografica. Voleva immortalare il momento in cui avrebbe scoperchiato la pentola. Camminando, mise in funzione l'apparecchio. «In fondo a destra», disse Anatoli spingendo la porta. Il pentolone aspettava su una stufa a legna, proprio come se l'era immaginata, di ghisa nera, vecchia, senza fumo, rassicurante. Il suo scatto era già pronto così. Anatoli fece le presentazioni e Bertrand sollevò il coperchio. Si mise perpendicolare per tre altri scatti, poi ne fece una decina alle mani della donna che serviva i piatti. Lei aveva cinquant'anni buoni, era gioviale, rotonda, con due incisivi d'oro, ma non indossava un foulard a fiori come la suocera, seduta a tavola. Fu quest'ultima a rivolgere la parola a Bertrand per chiedergli se le foto fossero a colori o in bianco e nero.

«Bianco e nero.»

L'anziana donna annuì senza commentare, poi scomparve per andare a letto mentre i «giovani» ridevano, parlavano dei bei tempi andati, del caldo troppo secco per il grano, della casa di Bertrand.

«Non ho una casa di proprietà, abito ancora con i miei.»

«Come noi!» esclamò la sua ospite.

Tutti scoppiarono a ridere. Poi il marito chiese al fotografo di descrivere in dettaglio la sua *izba*. «È in mattoni, intonacata di bianco, con il tetto in ardesia e delle pietre grigie in evidenza agli angoli di ciascuna facciata. Ha tre piani e una soffitta che non serve a niente.» I russi scossero il capo. «Al piano terra: salotto, cucina, corridoio, la camera dei miei genitori, lo studio di mio padre. Tre stanze al primo piano, tre bagni, gabinetti a ogni piano.» I russi annuirono. «In basso, il mio laboratorio e il mio ufficio.» «In cantina?» «No, non proprio. Si tratta di un seminterrato, perché il terreno non è in piano ma più alto di fronte che sul retro. Dà su un altro giardino.» «Grande?» «Parecchio. C'è anche un orto.» «Quali verdure?» «Due file d'insalate e di erbe aromatiche.» «Allora è piccolo.» «Un sacco di prato e di alberi da frutto.» La conversazione ebbe termine sull'ennesimo movimento di testa, accompagnato da un: «Be', questo è quanto».

Era tardi e Bertrand dormì quattro ore e mezzo, che ne valevano dodici. Si mise a lavorare a letto per non andare alla deriva. Trascrisse la ricetta della zuppa e si rese conto di non averne chiesto il nome. *Non dico mai la cosa giusta al momento giusto.* Quando udì dei rumori dabbasso si decise ad alzarsi, ma nello scendere vide che la stanza principale era vuota. Il caffè già pronto. Ne bevve una tazza, in piedi, cercando di individuare chi stesse russando e come. Fece quattro scatti del tavolo in legno nero, identico a quello delle pareti, pensando a Lola che dormiva *chissà dove...*

Quel pensiero lo spinse a recarsi in giardino sotto un cielo basso, di un grigio piuttosto allegro, ampio. La temperatura era gradevole. Le galline che raspavano il suolo del cortile lo ignorarono, mentre lui si arrampicava su una staccionata fatta con il medesimo legno. Fotografò gli enormi cavoli dell'orto. Si accovacciò per cogliere l'allineamento delle cime di carote in un tenue controluce. Le galline gli chiocciavano accanto. Si rialzò senza farle scappare, ma quando un cane abbaiò in lontananza voltarono la testa tutte assieme. Fu uno scatto che non perse.

«Mica sono sorde!» esclamò la vecchia, sistemandosi con una mano il foulard a fiori. «E tu ti alzi presto proprio come loro! Tua madre dev'essere fiera di te!»

Bertrand si lasciò sfuggire un sorriso, pensando che non fosse il caso di mettersi a discutere su ciò che sua madre pensava di lui. La *babushka* gli ficcò tra le mani il cestino pieno di uova. «Le ho appena raccolte nel pollaio sul retro», disse sganciando una spilla da balia dal suo cardigan marrone, lavorato a maglia – e probabilmente lavato – nel secolo precedente. «Vacci pure, basta che non tocchi le cassette.» Bertrand sorrise al pensiero che, forse, quella vecchia signora gli scattava una foto a ogni battito di ciglia. La donna scelse l'uovo più grosso e, con gesto ben studiato, ne forò le estremità prima di porgerglielo.

Infine gli mise una mano sulla spalla, tastandogli le ossa: «Se tu fossi mio figlio, ti farei mangiare a quattro palmenti».

«Il suo caffè è delizioso.»

«È la vita a essere deliziosa, qui, e spero che le foto vengano così male da tener lontana la massa dei turisti.»

«Mica lo faccio per questo.»

«E perché lo fai?»

«...»

«Perché lo fai?» insistette lei.

«Perché non bisogna scordare la bellezza del mondo.»

La vecchia continuò a scrutarlo, senza sorridere. Il suo sguardo, limpido come una lama di ghiaccio, si fece più distante. Rimase immobile: aspettava *di meglio*.

«Perché non so fare altro.»

8

La Russia è un Paese pericoloso, dicono. Chissà, pensò Bertrand, potrei lasciarmi intrappolare. La luce è dolce, anche d'estate. Ti cattura quando appare e si attende la sera con una certa impazienza perché l'angolazione dei suoi raggi riveli delle sorprese.

Ai piedi dei monti Urali, i due uomini salirono su un aereo diretto a Omsk per poi infilarsi di nuovo nelle foreste e raggiungere pian piano il lago Bajkal. Giugno e luglio erano scomparsi in un batter d'occhio. Bertrand andò a letto con quattro ragazze bionde, belle e dolci. Nessuna immagine.

Quando scorse per la prima volta il lago, oltre una curva e senza che Anatoli l'avesse avvertito, il fotografo ne rimase affascinato. Setacciò gli argini per ore e ore. Seduti sull'erba, mangiarono cibi che lui non seppe distinguere; guardava i colori, i riflessi, il modo in cui vi danzavano sopra le nuvole. Ascoltava le storie e le leggende che gli venivano narrate. Pensò che per conoscerle tutte avrebbe dovuto passare più tempo da quelle parti.

«Ce n'è una che nessuno ti ha ancora raccontato», disse una sera Anatoli, quando Bertrand lo raggiunse sul bordo dell'acqua.

«Ah, sì? E quale?»

«Quella di Vadalia.»

«E chi è Vadalia?»

«La più bella ragazza del lago Bajkal.»

Anatoli guardò fisso Bertrand e aggiunse, senza abbassare lo sguardo: «Secondo me tu hai proprio bisogno di incontrare una gran bella ragazza».

Bertrand si sedette accanto alla sua guida. Il sole rosseggiante si fermò a pochi centimetri dalla superficie del lago, liscio come l'olio, e rimase come sospeso, senza riflettere nulla. Era come se una luce argentea danzasse contemporaneamente sopra e sotto il pelo dell'acqua. Per tutta la larghezza. Avanzava rapida, e quando toccò la riva, nel preciso istante in cui il sole affondò, l'acqua divenne nera. Fu allora che Anatoli tese il braccio.

«È il momento in cui Vadalia esce dalla sua grotta. Quando il sole e il lago si abbracciano. La ragazza cammina fino al Bajkal e vi immerge le labbra. Si dice che l'acqua le racconti le gioie e le miserie degli uomini. Le loro lacrime. A volte, quando è la gioia a prevalere, lei lascia cadere l'abito per gettarsi tra le onde. Nuota per tutta la notte, fa sogni di pace e di dolcezza. Allora si leva un sole limpido come la speranza.»

Anatoli rimase immobile. Teneva le mani sulle ginocchia, le onde morivano ai suoi piedi, senza sciabordare. Nere. Poi riattaccò con lo stesso tono di un istante prima: «Ma, quando l'odio ha invaso gli uomini, l'acqua ha il sapore della tristezza. Quelle notti, Vadalia non fa il bagno. Cade in ginocchio e piange per tutta la notte, in silenzio. Le sue lacrime cadono come un torrente in piena verso il lago, e si racconta che abbiano il potere di attenuare le sofferenze del mondo. Alle prime luci dell'alba, spossata, la ragazza si ritira nella sua grotta, lasciando spuntare un giorno dalle nuvole così basse che si potrebbe bucarle con la mano. Il vento le porta via e le disperde su tutti i continenti, affinché riversino sugli uomini un'acqua piena di magia».

Bertrand si alzò e immerse le mani nel lago. Anatoli gli suggerì di fare il bagno.

«A volte la speranza è una buona medicina», aggiunse.

«Non ne sono sicuro.»

«Tu ne hai bisogno.»

«E tu? Non hai bisogno di speranza?»

Il russo trattenne il respiro e si alzò a sua volta. Poi sorrise, scuotendo la testa.

«Questa sera ho bisogno di un altro tipo d'acqua. Ho bisogno di vodka e di solitudine. È una compagna fedele e non spiacevole», disse girando sui tacchi. «Cioè, quando si sa amarla.»

Quando si sa amarla, continuò a ripetersi Bertrand seguendolo con lo sguardo. La sua sagoma imponente risaliva pian piano verso Hasnik, il villaggio dov'erano ospiti. Bertrand lo osservò mentre tagliava per i campi, in mezzo all'erba bassa e ad alti fiori bianchi che crescevano altrettanto solitari. In lontananza, colline tondeggianti, spoglie, su cui la notte sembrava scivolare. Con un solo gesto, eccola assorbire Anatoli; o forse fu lui a infilarvisi dentro. Un istante dopo, il buio avvolse il fotografo e fluttuò sul lago.

Bertrand si spogliò. Lontano dalla riva, l'acqua gli parve più calda, e si mise a galleggiare sulla schiena. Non c'erano ancora stelle. Era curioso di vedere dove sarebbe apparso Venere. Avvenne molto più lontano e molto più tardi del previsto. Ma era sicuro di averlo visto appena spuntato. Rimase solitario per un'eternità, come se si stessero osservando, poi – in un batter d'occhio – il cielo si riempì di stelle. Sembrava respirare, vivere. Bertrand provò un'impressione strana, o per meglio dire fu colto da una misteriosa sensazione a livello fisico. *Lola mi sta pensando.* La notte esercitava la sua magia. Le distanze non esistono più quando non si possono vedere, le percezioni sono altre. Lola stava pensando a lui. *Lo so. Sei qui.*

L'acqua del Bajkal non doveva essere estranea a tutto questo. Il fotografo ripensò alla bandierina arancione che aveva appeso in Tibet. Ripensò al suo voto, ma non lo rifece. Decise d'un tratto di non includere tutte le foto di quel lago. Tra quelle che aveva scattato, ne avrebbe proposte due. Una per ogni estremità. Avrebbe suggerito a *Géo* un altro reportage sugli straordinari laghi della Terra. Avrebbe detto che il Bajkal aveva reso necessario parlare degli altri. Che tutte le acque del mondo confluiscono assieme, prima o poi, e che bisogna sottolinearlo all'infinito. Che una goccia che spicca il volo a Dunkerque ricade poi a Tampa, riparte per Reykjavík, nuota fino al Polo Sud, evapora e attraversa l'altra metà del globo portata da venti freddi per poi ricadere lì sotto forma di pioggia e raccontare tutto quanto a Vadalia. Uscì dall'acqua. La temperatura era bassa, ma rimase in piedi per un istante a fissare l'onda. No, certo, non avrebbe detto tutte quelle cose. L'avrebbe spiegato con delle foto. *Soltanto delle belle foto.*

* * *

Il mattino dopo, Bertrand si svegliò con una certa serenità e tornò al lago. Le acque erano grigie, trasparenti a riva. Il cielo, uno specchio. Anatoli lo raggiunse: aveva un'aria stanca, però anche lui sembrava in pace.

«Non è difficile considerarlo il più grande bacino del mondo», disse, posando la mano sulla spalla del fotografo.

«No. È... è maestoso.»

«Alla vista delle tue foto, diranno che per far vedere il re dei laghi bisogna proprio chiamarsi Roy.»

Bertrand si lasciò sfuggire un sorriso. Anatoli aggiunse che però serviva qualcos'altro. I due uomini non si mossero.

«Ignoravo che tu parlassi francese.»

«Due o tre parole. Forse venti.»

9

A FINE agosto, il fotografo e la sua guida avevano percorso le vertiginose pendici dell'Altaj, utilizzato parecchi aerei di ogni dimensione per raggiungere Vladivostok e passare quattro giorni nella penisola di Kamchatka, dove Bertrand aveva deciso, alla foce del fiume, di ritornare a Jakutsk.

Con la consueta pazienza, Anatoli spiegava le piante e le montagne, gli alberi del bosco, il nome dei venti e dei ruscelli. Il suo mestiere di boscaiolo l'aveva portato ai quattro angoli della Siberia. Bertrand non ne dubitava: in certi villaggi, in certe case, Anatoli entrava senza bussare e la gente rideva per poi riempirgli un piatto, una tazza, come se quei due oggetti fossero stati suoi. Venivano sfamati e ospitati. Anatoli era il suo miglior ambasciatore e rispondeva a tutte le sue domande. Camminava proprio come guidava, senza fretta e cogliendo ogni dettaglio.

In certi momenti cambiava tono di voce, in certi aggiungeva: «Un altro giorno», per poi allontanarsi. Per qualche ora diventava un uomo cupo e non voleva farsi vedere. Bertrand rispettava questa necessità. Capiva la volontà di non spiegare i momenti in cui staccava la spina: in certi frangenti la luce si ritira e bisogna assecondarla.

Per quanti fossero i chilometri fatti in una giornata, il percorso affrontato da Anatoli in quella regione attraversava i vari luoghi senza effettivamente tagliarli. Nell'ultima settimana piegarono un po' verso sud. Fu allora che il russo divenne più silenzioso e Bertrand si mise a contare i giorni che mancavano al rientro in Francia. Aveva concluso il suo lavoro e aveva fretta di affidarlo alla carta patinata. Quanto al ritorno a una vita normale, poi…

Se la sua guida glielo avesse chiesto, Bertrand avrebbe risposto: «Un altro giorno», per poi alzarsi e scomparire con la luce. Sì, ben presto sarebbe rientrato in Francia e si sarebbe riavvicinato geograficamente a Lola, il cui corpo doveva ormai essere cambiato. Allora, a sua volta, divenne più silenzioso. Poi giunse l'ultima sera del loro viaggio assieme.

Gli ultimi chilometri li avevano portati a Mirko. Cinque *izba* lungo la Krapova, tutte in legno più chiaro con le imposte azzurre e cesellature lavorate attorno alle finestre. Cenò senza molto appetito da certi amici di Anatoli. A fine pasto si scusò e uscì a fare una passeggiata, senza macchine fotografiche. *Domani sarò a Mosca e dopodomani a Parigi. A pochi chilometri da te, Lola.*

Bertrand si fermò e si sedette sul bordo del fiume. Con lo sguardo seguì la corrente, tanto viva quanto liscia. L'aria era straordinariamente mite, nugoli di moscerini turbinavano a sciami sul pelo dell'acqua. Niente increspava la superficie. Non ripensò ai paesaggi ma ai volti e alle figure. Ai sorrisi e alle mani impossibili da dimenticare. A quegli sguardi che afferrano la vita con tutta la forza. Ripensò all'Africa. A tutti quei villaggi in cui gli uomini sanno vivere assieme. In Russia o in Africa aveva provato quella sensazione di pace. Ma una pericolosa vocina gli confermò che non ne avrebbe goduto a lungo. Perché nel mondo degli uomini, come in quello di un singolo individuo, le cose finiscono inevitabilmente per offuscarsi. Sì, quel ritorno sarebbe stato più difficile degli altri. Ciò che era riuscito a controllare da giugno – grazie ad Anatoli e al viaggio – l'avrebbe assalito. Come evitarlo? *Come impedire al vuoto di ripresentarsi?* E il russo si sedette al suo fianco.

Aveva in mano una bottiglia di vodka, che si scolò per un quarto senza battere ciglio. Sempre fissando la superficie del fiume, disse di avere una moglie con cui la vita era…

«… Dolce come quest'acqua. Con lei, tutto scorreva e i giorni sono passati in fretta. Aveva degli occhi capaci di spezzare le pietre. Mi ha dato due maschi. Era un periodo nero e stavamo aspettando il terzo figlio. Lei avrebbe voluto una femmina e io pure. 'Una femmina è come il latte', diceva mia moglie. In quella vita, abitavamo in una casa in fondo a un villaggio vagamente simile a questo… ma a est di Mosca. C'erano due ettari di bosco. Il mio orgoglio. Avevo lavorato come un matto per acquistarli. Dicevano che quella terra valesse come oro, e che il fiume che la attraversava fosse un autentico tesoro. I miei figli ci facevano il bagno estate e inverno.»

La guida ingollò un altro quarto di vodka e allungò le gambe. Gli stivali affondarono in acqua. Dalla superficie calma eruppe una moltitudine di mulinelli.

«La mia vita assomigliava a questo fiume. E poi, con violenza, qualcuno vi ha affondato gli stivali.»

Anatoli si girò verso Bertrand. Con voce chiara spiegò che, nel tardo pomeriggio di un lunedì di quindici anni addietro, un'automobile nera si era fermata davanti alla sua porta. Prima che lui uscisse, due uomini avevano bussato. L'avevano spinto con forza all'interno, per poi aprire sul tavolo una valigia stracolma di denaro.

«Volevano la mia terra, il mio bosco, il mio fiume. Nessuna trattativa, mi dissero. Io li mandai a farsi fottere, urlando, ma nel frattempo ne entrarono altri due trascinando i miei figli per i capelli. Ancora ricordo quei guanti neri sulla loro nuca. Firmai le carte e quelli ci diedero ventiquattr'ore per andarcene. Raccogliemmo le nostre cose e, di notte, caricai il più possibile la macchina. Mariotchka era incinta di quasi sette mesi e io cercai di convincerla a riposarsi… però lei aveva il suo carattere. Guidammo per ore. La M7 non era l'autostrada che hai visto tu.»

Ingurgitò un'altra sorsata. La voce gli divenne confusa. Come i pensieri.

«Gli stronzi sono capaci di viaggiare nel tempo, dev'essere così. Comunisti, capitalisti, tutti quanti mentono nello stesso modo. Manipolano ed eliminano chiunque si metta di mezzo. Secondo Mariotchka non andavo abbastanza veloce. Voleva mettere tutta la distanza possibile tra… Poi mi gridò di fermarci. Non ebbi neanche il tempo di girare attorno alla macchina, che lei era già caduta in terra e gridava di dolore.»

Vuotò la bottiglia in un sol colpo e raccontò di aver tenuto la moglie tra le braccia fino al suo ultimo respiro. La bambina, invece, non aveva mai respirato.

Anatoli si alzò, entrando in acqua fino al centro del fiume. Ne fu inghiottito, e l'onda ebbe il tempo di placarsi. Poi riemerse.

«Adesso capisci perché ti ho lasciato immortalare la Russia. Quella di Mariotchka. A lei sarebbe piaciuto che tu le dessi la parola. Se vedesse che centro commerciale hanno costruito dove c'era la nostra casa, morirebbe di vergogna.»

Bertrand allungò la mano per aiutarlo a salire a riva. Anatoli aggiunse che quelli avevano fatto fuori anche il suo torrente. Gettò indietro la testa e proruppe in un lungo ululato.

In che altro modo descrivere il dolore di tutti quegli anni? Che cosa sarebbe successo se lui, Anatoli, avesse potuto cambiare le cose e non incontrare quella donna?

Mio Dio, sono stato così felice con lei.

10

Quando Bertrand toccò il suolo francese, Lola era a meno di venti chilometri di distanza, senza che nessuno dei due sapesse niente. Dopo aver sovrinteso al trasloco e passato qualche giorno da sua madre ed Elsa, la ragazza prese il treno per Francoforte. *Non voglio salire mai più su un aereo. Parto per allontanarmi da te.*

Il presentimento che Bertrand aveva avuto in Russia, sulla riva del fiume, finì per realizzarsi. Essere di nuovo in Francia si annunciava difficile. Il fotografo navigò tra obblighi e appuntamenti professionali, scrisse i suoi testi con maggiore o minore concentrazione, dormì malissimo e uscì ogni tanto con degli amici, senza Daphné. Condivise i pasti in famiglia, senza sorprese. Anzi, furono piuttosto tranquilli.

Un martedì sera, Xavier venne a cena con la sua compagna Jennifer, che nel corso degli anni si era scavata un solco nella casa di famiglia: si alzava da tavola per servire le portate e apriva gli armadietti della cucina. Parlava poco, perché già le toccava farlo tutto il giorno a scuola, davanti ad allievi più o meno attenti e ben poco interessati alla letteratura.

Al contrario, Xavier parlava un sacco. E non per citare un libro o una poesia. Gli piaceva soltanto la medicina. La sua specializzazione interrotta era ormai dimenticata, così come si dimentica la persona con cui si è condiviso la vita se chi la riempie in quel momento sa colmare ogni mancanza. Il medico ricordò, uno a uno, tutti i casi di cui si era occupato nel corso della settimana, e Bertrand seguì lo sguardo ammirato di sua madre nei confronti del fratello, il quale se ne rese conto: «E tu, racconta! Cos'è che ti ha più colpito, nella steppa?»

«La quantità di minuscoli villaggi. Quasi impossibile sentirsi soli.»

«Anche nel bel mezzo di una foresta?»

«La foresta è viva.»

«Intendi abitata?»

«No, proprio viva», ripeté Bertrand. «Si sente che il Paese vive. Le case fumano. Voglio dire, i camini. Peraltro, con il fumo, la gente ci dà dentro. Senza parlare della quantità di ceneri nei giardini.»

«Si avverte, camminando?» chiese il padre.

«A volte è acre. Sì. Dovrò farne cenno nei miei testi, dubito che le foto possano bastare.»

«Alla fine avevo fatto bene a spingerti a scegliere la Russia», precisò la madre.

Bertrand annuì, avvertendo che quella puntualizzazione gli sollevava una serie di ricordi che non aveva voglia di stuzzicare. Quindi sorrise; la madre continuò a guardarlo e Jennifer ricordò il legno grigio chiaro di un'*izba* descritta in *Anna Karenina*, con le imposte rosse, la tettoia intagliata, il tetto di paglia.

«Proprio così», disse Bertrand. «Ma di solito il tetto è in lamiera o in legno. Tre finestre sul davanti, per portare felicità. Ogni villaggio ha il suo stile, la sua gamma di colori o la loro mancanza. Certi posti sono davvero armoniosi. Non tutti, però.»

Poi promise che dopo cena avrebbe mostrato delle foto. La conversazione si disperse nell'architettura, nelle ricette di cucina, nella chimica e nella fluttuazione delle molecole. Scivolò nei confronti tra le due culture, poi si ancorò nel quotidiano. A Bertrand passò la voglia di prendervi parte. Portò in cucina la pila di piatti sporchi, evitando lo sguardo di sua madre per il resto della serata.

«Quanto pensi di rimanere, stavolta?» chiese Jennifer.

«Due o tre mesi. Due. Poi torno in Africa.»

Vi fu un attimo di silenzio, pensieri e cucchiaini a mezz'aria.

«Ma se non mi hai detto niente!» s'indignò Florence.

«Di già!» sbottò il fratello.

«Per sfuggire all'inverno?» aggiunse Jennifer.

Per fuggire e basta. Perché trovarsi in Francia, vicino a Lola, senza sapere dove sia, è una tortura. Ma, con il suo più bel sorriso, Bertrand gettò lì la sua predilezione per il caldo, dicendo di aver ricevuto giusto quel pomeriggio la conferma di *Géo* per il reportage sui più bei laghi del mondo che si era ripromesso di fare. «In effetti, ho già un bel po' di foto dell'Asia.»

«Un numero speciale?» domandò Xavier.

«Sì.»

«Bravo.»

«Sì, congratulazioni», dissero contemporaneamente il padre, Jennifer e la madre.

Un istante dopo, però, fu Marc a chiedere: «Perché non ce ne hai parlato?»

«Perché era soltanto un'idea.»

«Sarebbe bello che tu ci tenessi al corrente», sbottò la madre. «L'impressione è che in questa casa tu non faccia altro che aprire e chiudere la porta.»

Parole e tono spinsero Bertrand a spiegare, con voce moderata/calma/decisa: «Questo contratto è una grossa opportunità e sono infinitamente grato a *Géo* di aver approvato il mio progetto».

Cadde di nuovo il silenzio, durante il quale Bertrand pensò soltanto a Lola incinta. Si accorse che sua madre lo stava guardando. Alzò la testa e disse a voce alta, forse anche per farsi sentire da se stesso: «Il mio lavoro non mi concede una vita stabile. Ancora meno di mettere su famiglia».

Florence Gianelli non fece commenti ma registrò il tono, le parole, i pensieri del figlio. Disse che Daphné le aveva fatto gli auguri di buon compleanno e le aveva chiesto notizie di lui, dal momento che non si faceva più vivo.

«L'ho vista una volta sola, ma ha una memoria di ferro. Ha costanza, è cortese, una persona di mondo. Ha un sacco di qualità.»

«Forse troppe», esclamò Xavier con voce in parte punzecchiante e in parte invidiosa.

Bertrand alzò gli occhi al cielo. Jennifer squadrò tutti in successione.

«Non è molto elegante prendere in giro la propria ex.»

«Daphné non è quel che si definisce una ex», puntualizzò Bertrand. «E non la sto prendendo in giro. Non lo faccio con nessuno.»

La madre tacque ma fissò Bertrand, che rispose in tutta onestà: «Sai perfettamente che tipo di rapporto ho avuto con lei. E se ci tieni tanto, ti dico che non la vedo da mesi».

Poi aggiunse, prendendo ancora del vino, di voler cambiare argomento. Xavier reagì all'istante, proponendo di scommettere a quante gare di ciclismo si fosse iscritto il padre. Bertrand accettò e rise, pensando però ai giorni trascorsi dal 5 giugno. Alla rotondità che doveva avere la pancia di Lola.

No, non mentiva dicendo di non aver mai avuto il desiderio di metter su famiglia. Ma la voglia di essere con lei, quella sì. Di sapere che potevano ritrovarsi da qualche parte, senza pensare agli attimi fuggenti. Bevve d'un fiato il caffè, si alzò, disse che andava a fare due passi, diede la buonanotte con tono deciso. Xavier lo raggiunse in cortile e gli chiese se volesse compagnia.

«No, preferisco stare da solo.»

«È una ragazza?»

Bertrand sorrise. Udì la voce di Lola che diceva, davanti alla porta della sua camera a Mosca, le mani a coprire il viso: «Per favore, non dire niente, Bertrand».

«Stai male?»

È lei che mi fa star male. Ma rispose: «No, è solo l'effetto del ritorno. In questo posto».

«Mamma è sempre così irritante.»

«Non m'importa. Dove vuoi che vada? Il mio laboratorio è qui.»

«Passa a trovarci. Quando parti?»

«Dicembre. No, fine novembre. Forse anche prima. Spero. Il più presto possibile.»

«Ti chiamo.»

«Torna dentro, fa freddo.»

Xavier, in camicia bianca, seguì con lo sguardo il fratello che varcava il cancello. No, non era convinto che fosse solo il ritorno dal viaggio a conferirgli quell'aria. Ma lo conosceva, visto che a sua volta l'aveva provocato quand'erano ragazzini. Suo fratello non avrebbe aperto bocca, non avrebbe gridato, non avrebbe pronunciato né una parola né tantomeno un lamento.

E la stessa cosa ripeté quando la madre lo interrogò, appena rientrato. «No, non sta male. Ha bisogno di restare da solo e di essere lasciato in pace. Da te per prima, mamma.»

La notte era buia, le nuvole erano come una coperta ben tesa agli angoli. A Bertrand sarebbe piaciuto vedere la luna, anche l'ultima falce agonizzante, ma solo i pallidi riflessi proiettavano la sua ombra che saltava dall'uno all'altro. Per andare dove? *Per andare dove?* Ecco, suonava come un rimprovero. Sollevò il collo del giubbotto di camoscio. L'autunno era ormai arrivato, con il suo vento umido e gelido che rinchiude la gente in casa. Al caldo. Spinse la porta del bar *Chez Clémence* e ordinò una vodka. Poi una seconda.

Pensò alla notte tibetana. Alla vicinanza lontana delle stelle. La memoria si gettò in contorsioni e giravolte da illusionista, e gli lanciò le parole scritte da Maupassant in *Bel-Ami*: «Una notte fredda, una di quelle notti che si direbbero più infinite delle altre, in cui le stelle sono più distanti e l'aria pare trattenere nei suoi gelidi aliti qualcosa venuto da più lontano degli astri». Perché? *Perché è quella notte che cerco disperatamente di ritrovare. È Lola che voglio.*

«Vodka, per cortesia.»

11

ERANO passati dodici giorni da quando era tornato, e tre dall'ultima cena in famiglia. Bertrand era rimasto nella sua tana. Usciva di sera, passando per il giardino. Camminava lentamente, senza la compagnia di una guida, la mente altrove. Pensando soltanto a Lola. Anche quando immergeva le pellicole nella loro soluzione, in attesa di sorprese e ricordi. Le foto erano buone. Alcune più che buone. Altre gli restituivano intatta l'emozione provata nello scattare.

Bertrand non aveva la minima idea di come lavorassero gli altri artisti, ma si riteneva fortunato. La sua arte aveva il potere di sorprenderlo, quando guardava attraverso l'obiettivo; e a volte, quando tutte le impostazioni erano corrette, provava una certa, unica gioia interiore nel vedere materializzarsi l'immagine. Ciò che vedeva diventava una realtà tangibile. Fisica. Era emozionante come una cosa che avesse rubato senza premeditazione e che, per una strana magia, non volesse appartenere che a lui.

«Bertrand!»

«Non posso aprire, mamma!»

«C'è una lettera per te.»

«Mettila sulla scrivania.»

«Non sono faccende burocratiche.»

«Da quand'è che ti occupi della mia posta? Ho trent'anni!»

La madre esitò, il pretesto per avviare una discussione era maldestro, però da quando il figlio era tornato anche lei dormiva male. Quindi proseguì e disse che la busta era azzurra.

«Il mittente?»

«Niente nomi. Terzo *arrondissement*, dice il timbro.»

Lui ci pensò su.

«Non conosco nessuno, in quella zona. Lasciamela sulla scrivania!»

«Dal profumo, dev'essere di sicuro una donna che ti sta pensando.»

Una donna che mi sta pensando? Bertrand fissò la foto che galleggiava. Gli batté forte il cuore. Appese i negativi, si asciugò le mani e uscì dal laboratorio richiudendo le doppie porte. Prese la busta.

«Non la apri?»

«È Daphné.»

«Sicuro?»

«È il suo profumo.»

Gettò la busta nel cestino di fianco alla scrivania e fece dietrofront. Sua madre lo prese per un braccio e lo bombardò di domande silenziose. Che lui interruppe, scuotendo il capo.

«Allora parlale una volta per tutte», disse lei con il sorriso dei giorni buoni.

«Sarebbe inutile.»

«Allora dalle il benservito, una volta per tutte.»

«Stessa risposta.»

Bertrand recuperò la busta dal cestino. La aprì e lesse l'invito ad alta voce: «Vi aspetto per inaugurare la mia nuova *Home…*» A mano, in inchiostro rosa, erano state aggiunte tre parole: «Restiamo buoni amici». Porse alla madre il cartoncino e la busta: «Pensaci tu, te la caverai meglio!» Si sbatté alle spalle la prima porta e poi quella del laboratorio. Lei lo udì armeggiare con qualche oggetto metallico. Bertrand pensava che Daphné avesse esitato a mandargli l'invito, poiché la festa era per l'indomani sera. Poi si ricredette e concluse che no, non si trattava di esitazione ma di un abile calcolo da parte della ragazza, che sperava – e ci contava – che la curiosità avrebbe sconfitto il raziocinio.

La madre rilesse il biglietto e lo infilò nella busta. Poi si mise a fissare con pazienza il sottile spazio tra la porta e il pavimento, fin quando non si riaccese la luce.

«Hai intenzione di andarci?»

«Non ci posso credere! Sei ancora qui!»

«Dovresti farlo. Prendere una boccata d'aria... Da quando sei tornato, o sei rimasto a respirare i tuoi acidi, oppure...»

«Mamma! Non ho la minima voglia di rivedere Daphné.»

«Tu lavori troppo.»

«Ma se mi hai sempre rimproverato del contrario!»

«Bertrand!»

«Cazzo!»

«Perché dà una festa d'inaugurazione il mercoledì sera?»

Lui non rispose. Aspettava, di fronte alla porta. Sospettava che, cocciuta com'era, sua madre non si sarebbe mossa per l'intera giornata. «Non so se è così chic dare una festa di mercoledì, ma un biglietto del genere è più elegante di una e-mail.» Bertrand sollevò gli occhi al cielo. La voce calma della madre, invece di placarlo, gli alzò la pressione. «Non trovi?»

«Perché non riesci a lasciarmi in pace?»

«Lo so che ti sei messo a bere vodka!» esclamò lei con un tono che intendeva essere distaccato, neutro, comprensivo e un po' indagatore.

La porta si riaprì di scatto e riapparve Bertrand, con le occhiaie, abbronzato ma pallido: «Chi te l'ha detto?»

«Clémence. L'ho incon...»

Lui sbatté la prima porta, poi la seconda. Sua madre ebbe comunque il tempo di scorgere, nella sua espressione, ciò che continuava a punzecchiarla da quando era tornato dalla Russia. In quell'istante ne fu convinta: nella vita del figlio era cambiato qualcosa. E, per come lo conosceva lei, doveva trattarsi di qualcosa di serio. *Quanto basta per spedirlo al bar.* Inspirò a lungo. E, con il tono più naturale possibile, disse di non aver voglia né bisogno di bisticciare con lui ma di essere certa che, in Russia, avesse incontrato una ragazza che l'aveva scombussolato. Altrimenti, una faccia del genere non si spiegava.

«Com'è che si chiama?»

Bertrand uscì di nuovo dalla sua tana, con tanta energia da far sobbalzare la madre. Afferrò il giubbotto di camoscio dall'appendiabiti e salì i gradini a quattro a quattro.

«Ma dove vai?»

Lui non rispose. Lei gli corse dietro.

«Bertrand! Bertrand! Sei... Sei...»

D'un tratto, gli tornarono alla mente la voce e il volto dell'anziana russa che gli aveva regalato un uovo da bere. In cima alle scale, si voltò: «Cos'è che sono?»

Florence Gianelli si irrigidì. Madre e figlio si guardarono e lui lanciò il giubbotto dalle scale, facendolo cadere ai piedi della donna. Lei non si mosse. Lui fece dietrofront ed entrò nella sua stanza. Lei raccolse il giubbotto, tornò ad appenderlo e risalì piano le due rampe. Bussò. Non ottenne risposta ma aprì lo stesso. Bertrand era sdraiato, le mani dietro la testa, e non la perse di vista un solo istante mentre lei aggirava le calze, i jeans e le T-shirt sparpagliati per terra. Le pile di riviste, i cavi, i caricabatteria e le bottiglie d'acqua più o meno recenti. Le tazze. Si fermò ai piedi del letto.

«Ci siamo rinchiusi in un rapporto di rimproveri. Ci osserviamo, invece di parlarci.»

Bertrand non rispose. Lei si sedette da una parte, non troppo in cima.

«Io non sono senza colpe e non ho mai preteso di essere la migliore delle madri. Eppure», riprese, «ti parlo di me invece di rispondere alla tua domanda.»

Si sistemò con gesto rapido lo chignon. Quando chinò la testa, Bertrand scorse qualche capello grigio. Sua madre aveva una capigliatura folta, assai crespa, di un nero intenso, una pelle chiara e sottile, ben poco segnata per la sua età. *Cinquantaquattro anni lo scorso 14 luglio.* Daphné l'aveva chiamata, *io ho mandato un sms.*

Sorrise come Bertrand non le aveva mai visto fare, poi disse che sarebbe stato meglio che parlasse lei per prima, così da fornire la sua versione e le sue sensazioni. E che poi avrebbe ascoltato quelle del figlio... Bertrand acconsentì con un'occhiata.

«Tu non hai mai fatto una notte intera di sonno, e in seguito non hai mai dormito. Mi hai sfiancato, ma le cose si sono calmate nell'istante in cui ti ho comprato una videocamera. Forse avrei dovuto prenderti la macchina fotografica che pretendevi, però insomma... Ero davanti allo scaffale, ho guardato solo i prezzi.»

Suo figlio non sorrise, ma qualcosa lo commosse. Lei proseguì: «Devo ammettere che da quel momento, a casa, le cose sono andate meglio, ma immagino che ti sarebbe piaciuto fare riprese a scuola...» Lui rimase immobile. «Quando il tuo professore di matematica, in prima media, ci ha detto che eri un bambino precoce e che nessuno se n'era accorto, ti confesso che ci sono cadute le braccia. Aveva ragione, ha visto ciò che tuo padre insegnante, e io infermiera, non eravamo stati in grado di notare... Diciamo che i tuoi voti non superavano mai il 5. Insomma...» Bertrand fece il suo sorriso di bambino. «Hai saltato una classe. Forse avremmo dovuto fartene saltare due, da piccolo.» Scosse la testa. «Sai anche tu quante volte hai impedito agli altri di lavorare.»

«Maturità scientifica, valutazione 100/100.»

La madre riprese fiato.

«Vero. Ma dubito che farsi le canne sia stata una grande idea. Così come andare in overdose.»

«È stato un malore.»

«Visto in che condizioni eri, credo bene che non ti ricordi di niente. Mi fido più del medico che di quel deficiente di Lucas.»

«Che adesso fa l'avvocato.»

«Non m'importa un accidente!» tagliò corto lei. «Non voglio sapere altro, delle vostre cazzate, ma», e qui inspirò profondamente, «gradirei che tu mi dicessi se eri arrivato a tanto per piegarci. Perché ti lasciassimo interrompere gli studi d'ingegneria.»

Bertrand non distolse lo sguardo.

«Non era una cosa voluta. È successo così. Lo facevano tutti, un giorno mi sono sentito male, tutto qui.»

«Tutto qui...» sospirò la madre. «Mettiti nei nostri panni...»

«Lasciarmi allestire il mio laboratorio, a patto che non toccassi più niente, è stata una buona idea. Ho mantenuto la parola.»

Rimasero a guardarsi negli occhi, a leggersi a vicenda. Bertrand aggiunse: «Non mi sorprende che tu abbia pensato queste cose».

«È vero, mi sarebbe piaciuto che tu ti laureassi perché ne avevi le capacità. Nella vita non si sa mai.»

«È stato più forte di me. Non m'interessava niente. Non ne potevo più di sentirmi in trappola.»

Lei lasciò passare una manciata di secondi.

«Non l'ho mai pensata in questi termini. Ho sempre e solo visto superficialità e debolezza.»

Fu allora che lo sguardo del figlio divenne ferito, addolorato. La madre si alzò, accostandosi alla finestra per poi spalancarla. Nella stanza si riversò l'aria fredda dell'autunno. Un minuto dopo, rivolta verso il giardino, la donna disse con voce diversa, priva di difese: «Avverto le madri che mi capita di vedere di non farsi trascinare in una spirale negativa e conflittuale, perché poi tutto diventa sempre più difficile da cambiare. Con te ho fatto il contrario. Ero convinta che fossimo noi due a non funzionare assieme. Non ti ho mai parlato.» Le ultime frasi le erano uscite dalla bocca a gran velocità. Voltandogli le spalle, perché altrimenti non sarebbe stata certa di riuscire a pronunciarle.

Bertrand fissava il soffitto. Sua madre aveva ragione, la forza della spirale è tremenda. Avrebbe voluto che Lola fosse lì, in quel momento. Non c'era stato un solo millimetro di distanza tra lei e lui. Tutto era così chiaro/pacifico/nitido/bello. *Possibile.* Ma lui era stato vile. Adesso, in quel preciso istante, avrebbe dato qualunque cosa per portarla in Russia a fare il bagno nel Bajkal. Le avrebbe detto che l'amore è una cosa rara, unica, che esige dei sacrifici. E poi fu colto da una paura. La stessa che riversava i suoi orrori su Anatoli. Una paura che gli serrò il petto con lunghe e scarne dita, per poi salirgli fino alla gola. Quella stronza si era tenuta nascosta nell'ombra fino a quel momento, aspettando un varco per lanciare le sue spaventose orde. *E se condannassi Lola?*

Florence tornò a sedersi sul letto. Vide che il petto di Bertrand si alzava e si abbassava, vide il figlio che a sua volta si alzava precipitosamente per andare alla finestra. Aveva un'andatura rigida, le spalle assai rigide nel maglione nero. Lo vide schiacciare le mani sulla parte di muro sottostante. Erano mani forti, anche se non grandi. Nel guardarle, la madre non si chiese da quanti anni non si sfilasse quell'anello, ma avvertì tutta l'energia che navigava in lui. *Mani da vita all'aperto.* Capì subito perché non riusciva mai a farlo rientrare o andare a letto. Che aveva passato la sua infanzia fuori di casa. Per poco non glielo confessò, poi esitò... E, in maniera inaspettata, Bertrand disse con voce commovente che lei aveva ragione.

«In quel momento di abbandono c'era della vigliaccheria. Mi sono comportato spesso da vile.»

Tornò a voltarsi.

«Hai visto giusto. Ho conosciuto una donna, sedici mesi fa. Una mattina presto, ha suonato alla porta di Daphné, che non c'era, con in mano la maniglia della porta della sua cucina. Gliel'ho riparata. È andata...» Sorrise, felice e triste. «È andata così. All'improvviso, eravamo noi e nessun altro. Io ho provato questa sensazione ma non ho detto niente.» Il suo sguardo si irrigidì. «Non solo perché stava per traslocare e sposarsi.»

Sua madre ascoltava e lo guardava. Gli chiese se poi si fosse davvero sposata.

«La settimana dopo. Sono andato davanti al municipio. Lei è entrata senza vedermi.»

Bertrand tornò verso il letto, si sedette accanto alla madre e infine si distese. Si sfregò il viso con le mani, piantò gli occhi in quelli di lei. Che ci vide tutto. L'amore, la disperazione, la necessità di quella donna. «E quando è stato?» «Si è sposata il giorno in cui partivo per il Tibet. Ho passato i giorni precedenti a convincermi di doverla dimenticare, e a bordo del RER ho corso come un pazzo. Non ho fatto niente perché mi notasse. Eppure avrei voluto che si gettasse tra le mie braccia.»

«E l'hai rivista di recente, vero?» disse lei dopo un istante.

«Sull'aereo che mi portava in Russia. Fa la hostess.»

«Quindi?»

«Mi ha abbracciato dicendomi che forse era incinta. Le ho acquistato io il test di gravidanza. Ho visto il risultato positivo.»

Si tirò su e la madre lo squadrò ben bene. «Ama suo marito?» Bertrand non abbassò gli occhi: «Se solo fosse così semplice...» Si lasciò nuovamente cadere sulla schiena, a occhi chiusi. «La cosa è stata ancora più forte.» Gli si spezzò la voce. Il torace si sollevava lentamente.

«Non dirmi che passerà. So già che non passerà mai.»

«Conoscendoti, no.»

Bertrand non si mosse. Tenne gli occhi chiusi. A Florence il figlio parve assai bello, assai infelice, assai maschio. «Ancora adesso preferirei essere il suo amante, anziché vivere ciò che ho vissuto da quando mi ha lasciato, il 6 giugno», disse, sempre a occhi chiusi. «Eppure le ho detto il contrario.» «Allora vedi di parlarle.» Bertrand si tirò su. La madre proseguì: «Restare in queste condizioni ti rovina l'esistenza. Dovete parlarvi». «E come? Neanche so come rintracciarla», sbottò lui.

La madre lo fissò. Lui scosse il capo: «Non volevamo ritrovarci». Lei ribatté subito: «Si direbbe che la vita abbia deciso altrimenti». Lui non smise di guardarla e lei aggiunse: «Non sai proprio niente?»

«Sì, il recapito del municipio in cui si è sposata.» Si passò una mano tra i capelli. «Sono stato un idiota a non leggere quella partecipazione che Daphné mi ha sbattuto in faccia, ma potrei ridisegnare a memoria quel biglietto romantico.»

«È su Facebook?»

«Né io né lei.»

«Bah... Un fotografo senza Facebook e neanche un sito professionale.»

«Io lavoro in altro modo», disse lui, in maniera così sincera da strapparle un sorriso.

«Lo so come lavori. Ti piacciono gli incontri, le strette di mano. Impegnarti di persona. Essere scelto per le tue qualità. Fare le cose a modo tuo, senza dipendere da nessuno. Tu non dai notizie, arrivi e riparti senza dire niente, sei incasinato, neanche apri la posta.» Raccolse una serie di buste chiuse, gliele porse. «E non devi tenere la contabilità...»

«Io non spendo niente. Non ho il tempo di fare niente.» Le gettò sul letto. «Non dico mai la cosa giusta al momento giusto.» Si bloccò negli occhi di sua madre. «Non conosco la sua età e neanche il giorno del suo compleanno. E poi, cazzo, non sono un mago dell'intuizione!»

Si voltò verso la finestra, fissò i rami più alti del melo e l'unica nuvola che sembrava essersi incastrata sull'albero, poi si gettò di nuovo sulla schiena. «Non sai quanto mi fa incazzare tutto questo...» La madre gli prese la mano. «Neanche mi hai detto come si chiama.» «Lola», rispose lui con voce passionale.

«Carino.»

«Mi mette sottosopra.»

«Lola, e poi?»

«Baratier, da sposata Milan», chiarì Bertrand con tono più secco. «Se penso che ho fatto di tutto per non vivere queste situazioni...»

La madre avvertì un gonfiore nel palmo del figlio. Gli girò la mano. Lui non diede spiegazioni. «Che municipio?» «Noisiel.»

«Ma... Non è neppure a venti chilometri!»

«Lo so dov'è. Quindicimila abitanti. Nessun Baratier né Milan nell'elenco del telefono», rispose lui con lo sguardo fisso nel suo. «E poi no, non ho intenzione di chiamare il municipio. Mi ci vedi a dire che amo una donna sposata e che mi serve il suo indirizzo?»

«Piuttosto va' all'inaugurazione di Daphné.»

Bertrand ritrasse la mano. Si mise seduto. Rifletté un istante: «Erano vicine di casa, non amiche».

«Conosci qualcun altro che potrebbe avere i suoi recapiti? Air France?»

Lui si alzò. Era cupo. *Ha paura.*

«Ma non vuoi capire? Mosca era un addio. Non un arrivederci.»

«Soltanto la morte è un addio», disse la madre alzandosi a sua volta.

E, prima che lui dicesse altro, aggiunse: «La vita è meravigliosa, ingiusta, incredibile, a volte orribile ma *assai* rapida. Lo sai come lo so io, a volte si dice il contrario di ciò che si pensa».

Lui fissò il parquet bianco. «Aver paura non serve a niente.»

Bertrand fece tre passi verso la porta. Fuori, la nuvola era svanita, di soppiatto e senza rumore, e la madre esclamò: «Hai ricevuto il biglietto di Daphné, è un segnale». Bertrand si fermò e lei lo raggiunse.

«Hai idea di cosa stai dicendo?»

Lei fece spallucce. «Perché? Perché oggi?» domandò lui. Lei sospirò, guardando di nuovo fuori.

«Stamattina stavo sparecchiando con la radio accesa. Discutevano sul desiderio... Insomma, lo sai, non quello cui gli uomini non sanno resistere.»

Si strinse nella casacca. Ascoltava senza davvero ascoltare, guardava il sole nascondersi dietro le nuvole e spuntare dietro altre. Tornò a fissare il figlio: «Ho pensato a te. Alle tue foto. Alle tue puntate da Clémence... E poi, il conduttore ha citato...» Aggrottò la fronte. «Ah, non ricordo più chi, ma sono certa di aver sentito pronunciare 'desiderio, paura e pestilenza'. Ci giurerei. Pestilenza... Capisci, pestilenza.»

Sorrise, come aveva sorriso all'inizio di quella conversazione.

«Non so perché sia capitato proprio oggi. Ma so che, a volte, cose come questa ci colgono alla sprovvista e ci risvegliano.»

Poi, bruscamente, proseguì: «Meglio di un cancro o di un incidente. Quel tizio ha ragione. La peste deriva dalla paura. Fa marcire, distrugge».

A Bertrand girava la testa.

«Va' da Daphné. Cerca di capire se lei sa qualcosa, così, in mezzo agli altri, senza parlarle a quattr'occhi. Tira fuori un po' d'inventiva.»

«Vieni con me!»

«Devo lavorare. E poi», aggiunse con voce più dolce, «magari ci sarà anche Lola, non si sa mai.»

12

LOLA *non ci sarà.*

Per arrivare a casa di Daphné c'era un gran traffico, e Bertrand rimase fermo su rue de Rivoli per dieci minuti buoni. Non ripensava alla conversazione con sua madre ma osservava la marea di passanti nella luce gialla carica, sotto i portici. Seguì con lo sguardo quelli che camminavano mano nella mano. «Magari ci sarà anche Lola, non si sa mai.» Com'era venuta in mente, a sua madre, una cavolata del genere? Una coppia gli attraversò la strada proprio sotto il naso, senza neanche preoccuparsi di vedere se arrivasse qualche auto dalla parte opposta. Erano fortunati, non avevano ostacoli davanti a sé. *Lola non ci sarà.* Bertrand avanzò per una decina di metri. *Ma che cosa le dico?* Le idee non fioccavano di certo. Si muoveva a passo d'uomo. Mise la freccia e girò in rue des Mauvais-Garçons, i quali tennero fede al loro nome non fornendogli neanche un suggerimento valido, ma furono gentili a sufficienza facendogli trovare parcheggio in una via non lontana da quella di Daphné. Si convinse che sua madre aveva ragione. E che magari, per una meravigliosa magia, Lola sarebbe stata presente in quell'appartamento.

Alle due, quando prese la via del ritorno, Bertrand continuò a pensare a una sola cosa. Lola non c'era. Circa mezz'ora più tardi infilò la chiave nella serratura della casa di famiglia, ma non ebbe neanche il tempo di girarla che sua madre aprì la porta e lo interrogò con lo sguardo. Lui disse, ad alta voce: «Non ho saputo nulla e, ovviamente, Lola non c'era».

Troncò subito l'imminente risposta della madre. Daphné non aveva il suo numero di cellulare perché lui le aveva raccontato una sciocchezza a proposito delle hostess di Air France e lei aveva risposto: «Questo mi fa venire in mente che non so cosa sia successo alla mia vicina di casa, quella che si è sposata». «Allora non ti resta che chiamarla!» «Non ho il suo numero e non mi spiego proprio come ho fatto a non chiederglielo. Chissà se...» Maxence era sbottato: «Perché non hai bisogno di lei».

«Fine della storia.» Bertrand si lasciò cadere su una sedia. «Ancora non capisco perché ci sono andato e perché mi sono lasciato convincere da te.»

La guardò asciutto.

«È stata una fesseria. Colpa tua. Adesso Daphné non mi mollerà più.»

«E questo cambia qualcosa?»

Lui si alzò.

«Non avevo alcuna voglia di rivederla, e adesso me ne vado a letto perché sono stracarico di lavoro.»

«In questo caso, farò meglio ad aspettare.»

Bertrand tornò sui suoi passi. Sua madre stava sorridendo come se fosse la moglie di Babbo Natale. Dalla tasca della casacca in pile tirò fuori un foglio di carta verde. Lui glielo strappò dalle mani, lo aprì e lesse un indirizzo scritto in rosso. Ad alta voce.

«... 12, allée des Contrevents...»

«... A Saint-Thibault-des-Vignes.»

«Come... com'è che hai fatto?»

«Be', mi sono detta che magari Lola era registrata nella mia clinica di Parigi, visto che è incinta. Ho passato in rassegna le nostre ultime registrazioni e poi mi è venuta in mente una collega cui volevo un gran bene e che si è trasferita a Lagny-sur-Marne. È un posto vicino a Noisiel, e a una distanza ragionevole per chi lavora a Roissy. Sylvie faceva anche le notti.»

«Perspicace!»

Sua madre aveva semplicemente detto di aver bisogno di una cortesia. Una sua amica, la segretaria del dottor Chavannes, aveva smarrito il nuovo indirizzo di una paziente, Lola Baratier coniugata Milan e da poco trasferita a Lagny-sur-Marne. Sylvie sapeva che tipo fosse Chavannes.

«Per fortuna mi sono ricordata che Daphné aveva abitato in rue Hector, a Parigi. In men che non si dica mi ha dato il suo indirizzo.»

«Davvero?» esclamò Bertrand, stupefatto.

«Perché sono io. Non l'avrebbe certo dato a chiunque. Non preoccuparti, sono cose che succedono.»

Lui ricadde sulla sedia. Le gambe non lo reggevano più. Per un istante, si chiese se stesse dormendo in piedi e se la madre, in quella vecchia casacca bianca, sarebbe diventata l'eroina di un futuro e ricorrente incubo. Lei aggiunse di non aver fatto in tempo a chiedere il numero di telefono perché l'avevano chiamata.

Bertrand scosse il capo.

«Il tuo turno non finiva a mezzanotte?»

«C'è stato un incidente stradale che ha coinvolto due donne incinte. Serviva una mano per i piccoli. Che comunque stanno bene.»

Gli porse una ciotola di latte.

«Per aiutarti a prendere sonno.»

Lui alzò lo sguardo sulla madre. «Non mi addormenterò mai.»

«Ma sì. E quando ti svegli ti presto la mia macchina, così vai a parlare con Lola. Sul serio.»

«Non mi addormenterò», ripeté Bertrand.

La madre gli posò una mano sulla spalla, più dolcemente di quanto avesse fatto l'anziana russa. I suoi occhi erano tanto neri quanto quelli della *babushka* erano chiari. Ma entrambe avevano un bel po' di vita alle spalle. Parole giuste, vigorose, che non lasciavano spazio all'incertezza o alla mediocrità.

«Rivedere Lola non sarà certo peggio che sognarla.»

«Ma che cosa le dico?»

Florence Gianelli sorrise: «Lascia parlare il tuo cuore».

La vita è meravigliosa, ingiusta, incredibile, a volte orribile ma molto rapida. Nel coricarsi, Bertrand aggiunse alla lista «sorprendente» e… *Ho il suo indirizzo.* Per la prima volta dopo interi lustri, si addormentò immediatamente, e dormì fino alle 6.32. Un'impresa. *Oggi.* In mano stringeva ancora il foglietto verde. 12, allée des Contrevents, 77400, Saint-Thibault-des-Vignes.

13

Il sole splendeva con vigore ma un vento gelido di fine settembre ghermì Bertrand, che scendeva dall'automobile davanti al cartello AFFITTASI. Dopo aver cercato il campanello sul cancello, suonò una volta, due, cinque, dieci. E intravide una donna alta, imbacuccata in un cappotto rosso, uscire dalla casa attigua e dirigersi verso di lui.

«È lei il signore dell'agenzia che è venuto a recuperare le chiavi?»

«No, io sto solo cercando una casa più o meno come questa. Ho visto il cartello.»

Anne Baxter arrivò fino al cancello e guardò fisso Bertrand, che non riuscì neanche a porre una semplice domanda. Anzi, farfugliò qualcosa prima di dire: «Se lei ha le chiavi, magari potrei dare un'occhiata».

Lei fece le sue valutazioni. Non era possibile che quel giovanotto, anche abbastanza carino, l'avrebbe trucidata appena oltre la soglia? Ma, prima che lui aprisse la bocca, la vicina decise che era comunque più alta di lui e che un serial killer non avrebbe certo suonato a una casa dalle imposte chiuse.

«Perché no? Se poi le interessa, può tornare a visitarla con l'agenzia ma, beninteso», piegò la testa, «senza dir loro che…»

«Ovviamente.»

Bertrand aspettò che la signora Baxter andasse a chiudere la propria casa. Poi la donna aprì il cancello.

«Lei abita in zona?»

«Non ancora. Sono appena tornato dalla Russia.»

«E di cosa si occupa?»

Bertrand esitò quanto bastava a non farsi scambiare per un agente segreto.

«Faccio il fotografo.»

«Ah, sì? Un reporter di guerra?»

«No. No. Paesaggi, ritratti.»

Anne Baxter aveva un bel sorriso. Attraversarono il giardino di Lola e lei trovò subito la chiave giusta. Accese anche le luci con la disinvoltura di chi conosce il posto, spiegando che era diventata amica di Lola, «certo, per troppo poco tempo».

«Per me ha avuto un gran coraggio a seguire suo marito a Francoforte. Ma sa anche lei come funzionano le cose. Puoi scegliere tra due alternative: sì oppure sì!»

Bertrand sorrise. *Francoforte, cazzo.* Poi le chiese se potesse tirare su l'avvolgibile...

«... Di questa vetrata.»

«E io parlo! Mio marito le direbbe che parlo troppo!»

S'impadronì del telecomando posato sul bancone in cemento bordeaux e lo agitò a mezz'aria, come una bacchetta magica, in direzione del riquadro di vetro. Bertrand non riuscì a trattenere un sorriso davvero divertito. La signora Baxter, con sguardo insistente e sorridendo, rispose che le sembrava...

«... Un gesto aggraziato.»

«Ben detto!» disse lui, sorridendo a sua volta e piazzandosi sotto la vetrata, il naso rivolto al cielo.

La stanza fu inondata di luce. Anne rivelò che si era trattato di un'idea di Lola, in base alla quale il marito aveva disegnato il progetto. Bertrand disse che la signora aveva buon gusto ma pensava alle stelle, proprio in quell'istante più che presenti, sopra di *noi. Dimmi che le volevi vedere.*

«Ha visto questi caloriferi? Sarebbe il mio sogno averli uguali!»

Lanciò un'occhiata là dove Anne stava puntando il dito. Mai avrebbe pensato che esistessero caloriferi del genere, ma si limitò a passare in rassegna con un solo sguardo il pavimento grigio, le pareti bianche, il bordino color perla dei battiscopa. *È stata lei a dipingerlo.*

«Per quanto tempo rimangono in Germania?»

«Il marito ha firmato un contratto triennale. È un cervellone, sa.»

Non lo voglio sapere. Tuttavia domandò: «In quale settore?»

«Chimico e ambientale. Un progetto segreto del quale non so dirle altro.»

«E anche qui il contratto d'affitto è triennale?»

«Glielo confermerà l'agenzia. Le piace la casa?»

«Mi sembra luminosa.»

«Se lei ha dei bambini, sappia che la scuola del paese è eccezionale.»

«Non ancora, ma mia moglie sarà lieta di saperlo.»

«Di cosa si occupa?»

«Lavora in banca.»

Perché si fosse inventato una moglie con un lavoro del genere, tra tutti quelli disponibili sulla faccia della Terra, Bertrand non lo sapeva. Forse per non uscirsene con un: «Fa la hostess...» Eppure riuscì a mentire con disinvoltura perché, sì, raccontare bugie è facile. Ma è anche pericoloso, perché tutti sanno che i bugiardi si fanno inevitabilmente incastrare. Così il fotografo pensò bene di dirigersi al piano superiore, dove finse d'interessarsi agli armadi e alle prese di corrente restando ad ascoltare Anne che raccontava come fosse stata la donna delle pulizie a lasciarle le chiavi dopo il trasloco, così che l'agenzia potesse recuperarle in seguito. «Ha annullato un primo appuntamento, e io ero, diciamo così, assente ai successivi...» Bertrand sorrise, guardando il prato sul retro, al centro del quale si stagliavano due vecchi ciliegi, un boschetto di noccioli e due susini. «È un frutteto antico?» «No, credo che si tratti di alberi spontanei che Lola ha voluto conservare.» Due secondi più tardi, Anne Baxter si disse stupita che la sua vicina avesse potuto lasciare una così bella abitazione.

«Lei non crede, signor...?»

«Bertrand Roy», disse lui con sincerità.

«Andrò a guardare i suoi lavori su Internet.»

«Non ho ancora un sito.»

«Ah, no?»

«È in allestimento», proseguì lui con un sorriso. «Ha una vaga idea del prezzo?»

«Lola aveva parlato di 1700 o 1800 euro al mese. Ma, per quanto riguarda l'agenzia, faccia conto che io non le abbia detto niente.»

Bertrand la rassicurò, ringraziandola. Scesero dabbasso, tra le chiacchiere di Anne. La donna richiuse a chiave. *Tanta fatica per nulla.* Il fotografo si fermò davanti alle due giovani betulle dai rami intrecciati. *Davvero ti accontenti così?*

«Sa per caso se i proprietari sono disposti a trattare sul prezzo, escludendo gli intermediari?»

«Lo ignoro.»

«Se mi lascia chiamare la proprietaria...»

«Mi lasci lei, piuttosto, i suoi recapiti. Preferisco spiegare a voce a Lola che sono stata io a farle visitare la casa.»

Bertrand recitò il suo numero, che la vicina memorizzò subito sul cellulare. Poi, senza alzare gli occhi, si definì un'autentica sciocca. «Non vedo perché aspettare e non chiamarla subito!» Bertrand impallidì, si sentì tremare le mani.

«Buongiorno, Lola, sono Anne Baxter, ho appena fatto vedere casa tua a un affascinante giovanotto che è davvero molto interessato. Richiamami il prima possibile, grazie, così ti passo il suo numero.»

Anne sorrise, mentre Bertrand avrebbe voluto strapparle di mano il telefono.

«Messaggio trasmesso! Non le resta che attendere!»

«Grazie.»

Nel percorrere il viale, lei aggiunse che era un peccato che lui non fosse passato prima da quelle parti.

«I proprietari sono andati via da poco?»

«Saranno...» Ci pensò su. «Neanche tre settimane.»

14

Anne Baxter non ha fatto il mio nome. E se è Franck a richiamare... Quanto ci sarà da attendere? Suo marito è un genio della chimica. Chi è stato ad abbandonare la chimica per la fotografia? Lola era qui, quando sono tornato. Il cellulare gli vibrò sulla coscia mentre parcheggiava nel cortile dei genitori. Le mani gli iniziarono a sudare, il cuore salì a centocinquanta battiti al minuto e il telefono scivolò via per cadergli tra i piedi, sotto i pedali. *Caz-zo! Caz-zo!* Per recuperarlo dovette fare il contorsionista.

«Pronto!»

«Ciao! Sono Tristan, di *Géo*! Hai presente? Quello che dovevi richiamare stamattina presto e che ti paga per andare a zonzo!» esclamò una voce assai cordiale.

«Scusami, ho…»

«Ti ho disturbato? Sei un po' in affanno?»

«Ho appena fatto una corsa…» Bugia più bugia tanto valeva abbondare. «Si capisce così tanto?»

«Mica sono tua madre, Bertrand! M'interessa solo la tua bravura e sono impaziente di vedere a che punto sei.»

«Non preoccuparti, posso passare nel tardo pomeriggio. Anzi, passerò di sicuro.»

«Alle 18.»

«Ci sarò.»

Stava per chiudere la comunicazione, quando Tristan esclamò: «E lei, che tipo è?»

Senza esitare, e con un delizioso piacere nella voce, Bertrand chiuse gli occhi: «Un metro e settanta, capelli biondo oro, occhi color sottobosco».

«Sì, Anya, proprio così. Le foglie volano via e poi si posano per terra a causa della forza di gravità. Ma che cosa succede dopo?» chiese la maestra con uno sguardo e un tono che gelarono gli allievi.

«Non lo so.»

1

L'APPARTAMENTO al secondo piano era provvisto di una vetrata gigantesca che dava sul parco descritto da Franck e che era molto più bello dal vero: si stendeva per ettari. La loro abitazione era ampia, tranquilla, pulita, ben riscaldata, ristrutturata da cima a fondo. I mobili della cucina, di colore bianco, si abbinavano con discrezione al soggiorno e gli elettrodomestici erano nascosti. Anche le piastre elettriche scomparivano premendo un pulsante, cosa che divertiva molto Franck. Per lui c'era solo un difetto: il pavimento scivoloso del bagno. «Mi raccomando, stacci attenta quando esci dalla doccia.»

Così attenta che, quando udì la suoneria del cellulare, Lola se la prese comoda. Chiuse l'acqua, si strizzò bene i capelli. Mise un piede e poi l'altro sul tappetino. Nello specchio intravide l'alta curvatura del suo ventre, il rigonfiamento accentuato dei seni. Ebbe un brivido e si avvolse nell'accappatoio. Si annodò un asciugamano sulla testa. *Voglio un caffè.* Nel tragitto afferrò il cellulare, lo infilò nella tasca destra e scaldò nel microonde una tazza piena di caffè, restando a fissarne il manico. Lo sportello si aprì con un segnale sonoro che lei non sopportava. Lola si voltò in direzione del parco. Chi l'aveva chiamata? Tornò a infilare la mano nella tasca e, contemporaneamente, la tazza le scivolò dall'altra.

Guardandola rotolare quasi al rallentatore sul pavimento bianco nella cucina nuova, si convinse che al rimbalzo successivo avrebbe finito per spaccarsi, e rimase stupefatta nel vederla fermarsi intatta.

Poco importava che il liquido nero si spandesse seguendo le fughe rettilinee delle piastrelle bianche... Perché in quell'istante Lola rivide il pavimento della casa di rue Hector e le tracce che vi lasciavano i piedi nudi di Bertrand. I suoi passi decisi verso di lei. Capì, nel profondo di sé, che il messaggio registrato mentre si stava facendo la doccia riguardava proprio lui, in un modo o nell'altro.

Lola richiamò subito e ascoltò Anne Baxter spiegare la sua piccola stupidaggine. Provò un senso di vertigine, una vampata di calore, di emozione, *d'amore*, e appoggiò una mano sul bordo del lavandino. Vide Bertrand risalire con passo deciso il vialetto che attraversava il suo vecchio giardino. E sorrise, come se lui fosse lì. Attese, fissando sullo schermo l'sms di Anne. Come aveva fatto a trovare il suo numero? *Quando l'aveva saputo?* Che cosa stava facendo la sua vicina? L'aveva già rimbecillito di chiacchiere? L'sms continuò a scorrere e Lola segnò le dieci cifre su un foglio per poi memorizzarle. Posò la penna, pensando alle distanze di sicurezza, alle sensazioni che non capitano mai quando dovrebbero. Le sarebbe piaciuto provare quella sensazione, prima di partire? Per non partire? Si lasciò andare su una sedia, tremando. Il fiato corto.

Non ce l'ho avuta.

Non più del presentimento di essere sul punto di incontrare di nuovo quell'uomo, cedergli, amarlo senza poter interrompere/rifiutare/negare/volere/dimenticare quell'amore. No, niente l'aveva preparata a quello sguardo straordinario che avrebbe fatto di lei un'altra donna. Incinta o no, a Francoforte o a Saint-Thibault-des-Vignes, sulla terraferma o in volo, le era impossibile non pensarci. Gli ultimi quattro mesi non avevano cancellato niente, anzi. Si sentiva in trappola e mentiva con la certezza passiva che, alla fine, sarebbe stata evidente la sua volontà di non vivere in Germania né continuare a essere quella che aveva detto di sì a Franck, anche per amore. *Questo non significa che io non lo ami più o che lo ami di meno.* Ma come dirlo a Natacha? A sua madre? Come dirlo a suo marito, che, ogni volta che rientrava tardi, le ripeteva – piantando gli occhi azzurri, limpidi, nei suoi – che «le cose non vanno sempre come previsto»? Le parve, in quell'istante, che soltanto Elsa avrebbe potuto capire.

Il caffè aveva finito la sua corsa, la tazza non rimbalzava più e il cellulare squillò di nuovo, annunciando *Mamma*.

«Ti sembra migliore, quell'appartamento? Ti senti meglio, oggi?» Lola rispose soltanto alla prima domanda, pensando solo a Bertrand. «Questo salone resta luminoso per tutto il giorno, il divano è di fronte alla vetrata.» Seguì con lo sguardo la macchia informe disegnata dal caffè ormai freddo, poi alzò gli occhi sugli alberi del parco. Le chiazze di giallo, di rosso e di arancione sembravano opera di un pittore che avesse scagliato i colori a occhi chiusi. Ben presto si sarebbero allargate per infiammare il bosco.

«Ti manderò delle foto.»

«Non sei mica troppo stanca?»

«Un po'. Ma sto bene.»

«E la pancia?»

«Meno dura di ieri. Ho dormito bene. Adesso svuoto qualche scatolone.»

«Se penso al tempo che hai passato con quei traslocatori… Ti rimborseranno qualcosa?»

«Non m'importa, mamma. È la Bayercom che paga.»

«E tu lavori…»

Le foglie sarebbero diventate marroni per poi cadere con il vento. Solo gli abeti sarebbero rimasti impassibili, dritti, decisi, scuri. Lola ebbe voglia delle braccia di Bertrand. Il caffè non era uscito del tutto dal percorso tracciato dalle fughe. Elsa s'impadronì del telefono. Aveva sognato Lucifero, il gatto di Cenerentola, che saltava per afferrare delle grosse arance attaccate al soffitto della sua stanza. *Le cose non vanno mai come previsto.*

«Ne hai mangiate, ieri?»

«No. A te piacciono le arance, Lola-Lola?»

Lei non disse niente. La sorella ripeté la domanda, perché non tollerava che non le si rispondesse.

«Sì.»

«Più del gelato alla fragola?»

«Molto di più.»

«Mamma si è messa delle pantofole verdi.»

Géraldine riprese il telefono. Quella lontananza le pesava già. «Temo il momento in cui capirà davvero che non sei più a Saint-Thibault.» Lola tacque. La madre sospirò. «Scusa. Non so far altro che lamentarmi, mentre sei tu a stare laggiù tutta sola.» Sua figlia chiuse gli occhi.

Bertrand mi ha ritrovato. L'attimo divenne delizioso. Sorrise e disse: «Troverò le parole per dirlo a Elsa».

L'odore freddo del caffè era inebriante, gli alberi del parco si stendevano a perdita d'occhio. Lola aveva riagganciato pochi minuti prima. Passava da una cosa all'altra. *Da una vita all'altra.* Da una foglia rossa a una arancione. Quante erano, esattamente, in tutto il bosco? Abbassò gli occhi sul foglio su cui danzavano dei numeri neri.

Un foglio, non una foglia. L'unica cosa che conta.

2

+336…

Premette il tasto di chiamata. Era sicura di sé. La voglia e la sicurezza. La necessità che coincide con ciò che è necessario fare. Non tremava. Non vi furono squilli, ma solo la voce chiara di Bertrand.

«Pronto?»

«Sono Lola.»

E poi cadde il silenzio. Un silenzio di gioia. Un silenzio come un ponte. Ascoltarono i loro passi corrersi incontro. Si vedevano. Si sentivano. Le parole ebbero la cortesia di non offuscare la bellezza dell'Adesso. Qualcosa di magico aveva preso – o ripreso – il suo posto. Dettava legge. Perché lo sa. Perché lo fa. Allora tutto si trasforma. Cadono le corazze, portando via le paure e i limiti. Quel qualcosa ha il potere di liberare. Niente più vita. Niente più morte. Niente più parole per ciò che è impossibile dire. Solo il coraggio che serve per la meraviglia. Elsa aveva ragione: spazio e tempo non contano. Solo i pensieri formano una verità. E furono i pensieri a riportarli in quella camera d'albergo a Mosca.

«In Germania…» riuscì infine a dire Bertrand.

«Se solo avessi saputo…»

«Ho bisogno di vederti. Prendo un aereo e ci vediamo dove vuoi.»

«C'è un volo Air France da Roissy, domattina alle 8.40.»

«Prendo quello.»

«Ti aspetto all'aeroporto.»

3

In preda all'agitazione, Lola trascorse gran parte della giornata a riordinare gli ultimi scatoloni, che almeno le tenevano occupati le mani e il corpo. La testa, invece, era inafferrabile. Galleggiava in un mondo di emozioni nel quale era impossibile decidere qualsiasi cosa e le sue idee si aggrovigliavano e si confondevano in una sola: *Domani vedo Bertrand.*

Più tardi, nel pomeriggio, si spinse fino al minimarket sotto la strada che costeggiava il parco. Camminava senza chiedersi quanto sarebbe riuscita ancora a resistere, se amava quell'uomo fino al punto di abbandonare tutto. La risposta a quelle domande la conosceva. *Ho già lasciato la vita che avrei dovuto avere.* Il sole si rifletteva sulle foglie gialle e arancione. *Domani, Bertrand mi prende tra le braccia.* Colpita, rimase a guardarle. *Non più in alto. Non guardare le scie degli aerei. Non oggi.* Allora fissò un punto invisibile davanti a sé. Affascinante, inevitabile. Innamorato.

Al minimarket fece compere seguendo l'impulso del momento, ovvero patatine al curry e delle tavolette di cioccolato fondente bio. Un litro di latte e dei porri, due arance. Niente carne. *Danke schön.* Quando uscì, il sole era scomparso dietro gli alberi e la luce stava calando come la marea. Forza di gravità. La luna nascente si muoveva tra gli alberi allo stesso ritmo in cui i suoi stivali colpivano i marciapiedi. *Vorrei che fosse domani.* Ma le ore rallentarono con l'oscurità, e l'appartamento le parve più vuoto e fin troppo caldo. Aprì di un quarto la vetrata, lasciando entrare il vento e la notte. *Domani.* L'aria del bosco servì solo a far aumentare l'odore degli scatoloni. Lola li appiattì a uno a uno e li impilò nell'atrio. Li avrebbe gettati volentieri sul pianerottolo, ma con un'uscita del genere non si sarebbe certo mostrata una vicina per bene. Li coprì quindi con un grosso telo bianco. Qualche goccia di lavanda, prima di capire come si stava a finestra chiusa.

Si aggirò per la stanza, inspirando ogni due passi. Le parve quasi di sentire quelli di Bertrand che risuonavano al ritmo dei suoi, tra quelle pareti che la osservavano. Non erano ostili, ma avevano udito la sua voce quando al mattino aveva chiamato Bertrand, e avrebbero sentito ciò che stava per dire a Franck.

Richiuse la finestra e mandò un sms al marito per sapere se avrebbero cenato assieme. Lui rispose subito: *Sono incastrato.* Lei pensò con forza: Parlerò, stasera? E rimase immobile, lo sguardo fisso, contenta e terrorizzata. *Non posso farci nulla.* Le pareti assorbirono i suoi pensieri ma rimandarono l'odore dei porri. Lola si chinò a raccoglierli. Sentì la pancia contrarsi. Ancor più all'idea delle verdure in cottura. A tal punto che le gettò sul balcone. Magari i vicini non ci avrebbero visto nulla di male.

Si sdraiò sul divano. Respirò lentamente per distendere i muscoli. A poco a poco, le contrazioni diminuirono e i suoi piccoli ripresero vigore, suscitandole il bisogno immediato di mangiare. Una zuppa cinese, del formaggio, un'arancia e due quadretti di cioccolato. Cenò sotto una luce soffusa e in un silenzio che sarebbe piaciuto a Bertrand. Fissò le pareti e disse loro, senza emettere un suono, che se quell'uomo fosse stato lì le avrebbe fatte diventare il più bel posto del mondo. *Mi ha offerto una nuova vita.* Spuntarono altri pensieri, briciole di frasi, di parole. Quel che avrebbe dovuto dire a Franck. *Quando? Stasera, domani?*

Lola rimase sul divano, di fronte al bosco buio. Quell'amore inebriante soffocava il resto. I piccoli dormivano dentro di lei, in un mondo caldo. Il sonno saliva incontrollabile, e decise di coricarsi nel preciso istante in cui il marito apriva la porta gettando il cappotto sulla montagna di scatoloni.

Lei gli chiese se avvertisse odore di magazzino. Franck rispose di avere il naso chiuso.

«A proposito, abbiamo dei fazzoletti di carta?»

«In cucina.»

Baciò Lola, si girò con il dito teso verso la massa informe e bianca, sollevò il lenzuolo e disse che ignorava dove si trovasse la discarica, ma che ci avrebbe pensato domenica. Lei lo fissò, aggrottò la fronte e riuscì a dire soltanto: «Mancano ancora tre giorni!»

«Mettili sul balcone», disse Franck togliendosi il maglione blu a collo alto e gettandolo sopra il cappotto.

«Dubito che sia consentito dal regolamento condominiale. E non abbiamo ancora la chiave della cantina...»

«Lola! Non ce l'ho, una soluzione! A meno di non portarli giù e metterli nella tua auto», esclamò lui avvicinandosi.

Lei gli guardò la barba che da due giorni non aveva tempo di farsi, gli occhi che sembravano ancora più azzurri, il colorito pallido. Non rispose e scaldò la minestra. Franck andò a infilarsi la tuta. Al ritorno si mise alle spalle di Lola, le accarezzò la pancia, le infilò le mani sotto il maglione. Lei si irrigidì, sussurrò che erano fredde. «Com'è andata, oggi?» Nel vetro, si riflettevano abbracciati. Lola se ne accorse. Franck la guardò, sorrise.

«Ho messo a posto in casa e fatto qualche compera al minimarket. Dei porri, che quando sono tornata non avevo più voglia di cucinare.»

Franck la baciò sul collo.

«Dormono già?»

«Sì.»

«Si sono agitati, oggi?»

«No, si sono mossi tranquillamente», disse lei sedendosi a tavola.

Il marito mangiò la zuppa direttamente dalla pentola, in piedi, senza smettere di sorridere, poi inghiottì un pezzo di formaggio. «Ho perso la cognizione del tempo.» Addentò una banana chinandosi a tirare fuori il computer portatile, che avviò di fronte a Lola. Consultò la posta e rispose a diverse e-mail senza guardare la moglie. Lei notò che aveva le occhiaie. Certe parole che le erano ronzate per la testa saltarono fuori alla rinfusa. Provò un senso di nausea. Si rese conto che era per via della menzogna. Si alzò per aprire la finestra. Franck le chiese di richiuderla.

«Ho il raffreddore!»

«Vuoi una tisana?»

«Piuttosto del vino caldo con un po' di miele. E della cannella, per favore.»

Lola aprì il cassetto delle spezie. *Della cannella? Ho conosciuto un uomo, Franck.*

«Senza cannella, va bene?»

Nessuna risposta. Lola gli posò una tazza fumante accanto alla mano. Gli si sedette davanti e disse – calma e fragile – che aveva bisogno di parlargli.

«Ti ascolto», rispose il marito senza alzare gli occhi dallo schermo.

«Così no.»

«Lola! Domattina ho una riunione con Johan Heiss.»

«Chi?»

«Il grande capo.»

«Ma quanti sono, 'sti grandi capi?»

Franck piantò gli occhi chiari in quelli della giovane moglie. *Si chiama Bertrand Roy. Ha gli occhi neri, non ce l'ho fatta a sfuggirgli.*

«È la pancia? Sono i bambini?»

«No… C'è… Ho…»

Non ho fatto niente per sfuggirgli. Ho riaperto, quando ha suonato.

«Cosa?»

Non fu la voce di Franck a zittirla ma il suo sguardo azzurro, aperto, senza difetti. Senza bugie. Lola aprì la bocca e l'aria le raschiò la trachea quando lui si intrufolò tra quelle frasi storpiate, sconnesse, terribili. Le vennero le lacrime agli occhi, si alzò, lui le prese la mano.

Ah, se Franck non avesse avuto quello sguardo, se si fosse mostrato freddo, se le avesse rimproverato qualsiasi cosa, Lola non avrebbe certo detto, con voce arrochita dalla vergogna: «È la ragazza che è venuta ad aiutarmi e che non riesce a far funzionare Internet».

«Tesoro, Internet ce l'hai sul cellulare.»

«Lo voglio sul computer.»

Il marito sorrise e girò attorno al tavolo. Poi la strinse a sé, si scusò di infliggerle «questi piccoli casini», le portò di nuovo la mano sulla nuca. Lola non fremette: la mano che voleva era quella di Bertrand. Franck afferrò la sua e la portò in camera da letto. Si sdraiarono senza accendere la luce, e lui rivide Lola sotto la vetrata. Quel giorno in cui non l'aveva sentito entrare. Poi le chiese seriamente se lei avesse pensato al padre.

«No.»
«Ne hai parlato con tua madre?»
«No.»
Allora Lola seppe che quella sera non avrebbe parlato di Bertrand. Quando tornava dalla pesca, suo padre non apriva bocca. Barcollava, nel togliersi gli stivali. Lei correva nella stanza di Elsa richiudendo quante più porte possibili. *Mi sedevo dando le spalle alla sua*. Le grida restavano dabbasso. Lola non voleva che arrivassero fino alla sorella, che canticchiava riempiendo fogli e fogli di ghirigori…
«Quando ti capita di pensare a lui, devi dirmelo», disse Franck con delicatezza.
«Sì.»
Le chiese di prometterlo. Nel buio di quella stanza, Lola si udì mentire. Poi disse che l'indomani avrebbe pranzato all'aeroporto con dei colleghi che avevano uno scalo lungo. «Ti farà bene.» Lola non aggiunse niente, neanche un sospiro, e Franck si disse dispiaciuto del fatto che la stesse lasciando sola in quell'appartamento per raggiungere i vertici della carriera. «Anche per i nostri figli. Soprattutto.» Poi si corresse: «Per me. Ne ho bisogno». Nessuno dei due si mosse. Dopo un minuto, Franck disse che, dopo la nascita dei bambini, avrebbe chiesto «una casa in un quartiere vivo, dove potrai vedere della gente». La baciò sulle labbra e poi sulla pancia, infine uscì dalla camera chiudendo la porta.
«Vigliaccheria.» Ecco la parola che si nascondeva dietro il padre di Lola. La soffocava, tanto da non farle accendere la luce per paura di vederla danzare sulle pareti e anche sotto la sua pelle. Si spogliò nell'oscurità, per poi infilarsi tra le lenzuola gelide che tirò fin sopra il volto. Nessuno vuol essere considerato un vigliacco, una donna, poi… Ma chi, a parte Elsa, fa davvero ciò che vuole? Un bambino? I due che si erano sistemati dentro di lei e che la lasciarono dormire così profondamente da dare a Franck tutto il tempo di mettere a posto la sua relazione?
Lola non lo udì rileggere sottovoce, né venire a letto e tantomeno svegliarsi all'alba. Gli ormoni della gravidanza esercitano un potere miracoloso sul sonno. Delle donne sole. Perché, a cinquecento chilometri di distanza, Bertrand si stava aggirando per tutta la casa. Aveva acquistato il biglietto, fatto il pieno di carburante, controllato l'olio

e preparato gli abiti. Proprio come alla vigilia della partenza per un lungo viaggio. Cenò alle ventitré in compagnia di se stesso, visto che suo padre era in gita scolastica anche se Bertrand non aveva la minima idea di dove fosse andato. Salì in camera, guardò la notte dalla finestra, decise di non chiudere le imposte. *Cambio vita. Cazzo! Il passaporto!* Scese di corsa a recuperarlo nella scrivania, due piani più in basso, e s'imbatté nella madre che stava rientrando dal reparto maternità e che gli chiese se fosse pronto.

«Stavo dimenticando il passaporto.»

Aveva lo sguardo fragile. Lei lo prese per un braccio e lo condusse su per le scale. Lui disse: «Sarà doloroso».

«Perdere del tempo farà ancora più male. È necessario che vi parliate.» Lei non abbassò lo sguardo. «Cosa si merita questo amore? La paura?»

«No.»

Sul pianerottolo, Bertrand le chiese perché non avesse dubitato delle sue parole. La madre sorrise. «È abbastanza forte, questo amore, da galleggiare nell'aria che butti fuori.» Giunsero davanti alla stanza di Bertrand, e lei volle sapere – per semplice curiosità materna – che aspetto avesse Lola. «Alta più o meno come me, magra, capelli castani quasi biondi, un po' come i miei, tre centimetri sopra le spalle, ciglia nere e corte, una bocca carnosa, un sorriso che mi uccide, la pelle chiara, caviglie sottili.» «Occhi?» Lui esitò: come descrivere la profondità di quello sguardo? «Nocciola, che tendono al verde.» «Capisco», sorrise lei.

Bertrand si chinò a baciare sua madre. «Grazie.» Lei rispose che era cresciuto, e lui disse che era un metro e settantaquattro da quando aveva sedici anni. «Non mi riferivo alla statura.» Lui sorrise e la fece girare su se stessa, le sollevò i capelli. «Hai quattro casacche identiche. Questa è la terza. Si riconosce perché ha un tratto di pennarello indelebile in mezzo al colletto, eccolo qui.» Prima che lei potesse rispondere, aggiunse: «Chi te l'ha fatto?» «Una collega che mi stava inseguendo nello spogliatoio.»

Bertrand si ficcò a letto. *Domani prenderò Lola tra le braccia.*

4

Sul tavolo della cucina, appoggiato alla confezione di cereali, troneggiava un biglietto scarabocchiato in pennarello blu: *Prendo la tua macchina e il tuo caricabatteria. Non ho tempo di fare benzina e, se non ti spiace, vedi di ritrovare il mio. Baci. Vigliaccheria.* Lola pensò che una tale parola poteva adattarsi anche agli ormoni perché, in quel preciso istante, i suddetti non esibirono alcun potere magico che la aiutasse a dominare il panico che si era impadronito di lei.

Con una sola occhiata, vide l'ora e notò che le chiavi dell'auto di servizio di Franck non erano sul mobile dell'ingresso. L'istinto le disse subito che gli erano rimaste nella tasca del cappotto. Che doveva essere stato gettato sopra o sotto la sua scrivania. Afferrò il cellulare, che non si accese perché Franck l'aveva staccato dalla presa di corrente per collegarvi il computer. *Le 8.15!* Niente Internet, nessun computer funzionante, neanche il tempo di cercare l'altra schifezza di caricabatteria che Franck doveva aver sicuramente dimenticato in ufficio.

Lola inspirò a lungo. *Bertrand si è appena seduto a bordo. Mi serve un taxi.* Alzò la cornetta del fisso. *Quale compagnia?* Cercò per tutta la casa l'elenco del telefono. E il numero dell'ufficio informazioni, in Germania? S'infilò il cappotto sopra il pigiama e andò a bussare alla porta del vicino. Della vicina, anzi. Che, per fortuna, era ancora in casa e che le chiamò gentilmente un taxi senza farle domande. Lola la ringraziò e andò a prepararsi. Il taxi giunse puntuale, il viaggio scorse via liscio. *Posso farcela.*

«Arriveremo in tempo», esclamò il conducente guardando nello specchietto.

«Grazie.»

Entro mezz'ora, avrebbe visto l'uomo che stava volando verso di lei. *Tra mezz'ora stringerò Bertrand tra le braccia.*

Alle 9.49, il taxi lasciò Lola davanti al terminal. Il conducente girò attorno alla macchina per aprirle la portiera e lei trotterellò come una donna incinta. Il tabellone indicava che il volo Air France AF 123 era già arrivato. Lola calcolò i minuti e i passi. Conosceva bene gli annunci delle hostess e le abitudini dei passeggeri. Bertrand si sarebbe infilato tra i più impazienti: famiglie e anziani. Avrebbe sorriso per passare avanti, ma sarebbe stato apostrofato con un «*fuck you*» assai scortese perché, nel mondo attuale, nel XXI secolo, nessuno cede più il posto a nessuno. E non certo un tipo dagli sfavillanti occhi neri, giovane e nemmeno incinto! Bertrand, in realtà, stava andando fuori di testa. Lola non aveva risposto al suo messaggio. Né alla telefonata. Si convinse che stesse ancora guidando o che fosse finita da qualche parte, in un parcheggio senza ricezione. Gli aveva parlato con quella voce. *Mi ha richiamato.* Scalpitava nel corridoio dell'aereo dietro una montagna di lardo con due valigette e dei lacci da scarpe che si scioglievano ogni tre metri. *Sta arrivando.*

Il fotografo esasperato scavalcò con un salto i sedili, sorpassò sulla destra e non rispose agli insulti in mille lingue né agli ordini delle hostess. Camminò il più rapidamente possibile, come un pesce che risale la corrente una volta all'anno per... sopravvivere? Evitò le rocce e balzò sopra le cascate. Scivolò su un giocattolo e si aggrappò all'interminabile parete del corridoio. Sapeva, quella parete, che quando un uomo si comporta in quel modo è perché vuole entrare dentro il suo sogno? Nessun dubbio, su questo. I muri degli aeroporti sono degli esperti. Sono allenati a tutte le situazioni così come a tutte le lingue. Riconoscono le mani che aspettano un sostegno. In verità, amano quelle mani più di tutte le altre. E, se avessero la facoltà di reincarnarsi, vorrebbero essere quell'uomo che corre verso la donna amata.

E che la vede, proprio lei. In piedi nel cappotto grigio chiaro, i capelli a sfiorarle le spalle e il neo sulla nuca. Lola non poteva scorgerlo nella marea dei passeggeri, ma lo stava cercando con lo sguardo. Bertrand ringraziò il cielo e tutti i suoi emissari di avergli concesso di vedere quello sguardo. Era la risposta alla domanda che l'aveva tenuto con gli occhi sbarrati per tutta la notte. Infine, lei lo vide. Non sorrise. Meglio così.

La prese tra le braccia. Quelle di Lola gli scivolarono sotto il giubbotto in velluto, sotto il maglione, sulla pelle. Le tremavano le mani. Lui percepì le sue nuove forme, le accarezzò. «Baciami», sussurrò lei. *Adesso. La forza dell'Adesso è incredibile*, si dissero ancora e ancora, molto tempo dopo che gli ultimi passeggeri avevano lasciato quel luogo. E poi, la forza dell'Adesso impose loro di rivolgersi la parola. «Quanto tempo hai?» «Tutta la giornata. Ho detto che avrei pranzato con dei colleghi di Air France.» Si diressero, abbracciati, verso un bar, continuando a guardarsi, dicendosi che erano finalmente assieme. Lui le sussurrò all'orecchio: «Non faccio che pensare a te.» «Pure io.» Le falde del cappotto di Lola danzavano, scoprendole il ventre rotondo come un bel palloncino che aderiva al vestito di lana color porpora. «Sono dei gemelli.» Bertrand fece un gran sorriso e le posò la mano sul ventre, a dita allargate. Lola gli sfiorò l'anello, ne tracciò la curvatura. «Sei bellissima.» Sì, Lola era bella, sorrideva. Era felice. «Hai i capelli molto più corti.» «È la vendetta della mia parrucchiera.» Poi lui disse che sarebbe ripartito presto per fotografare i grandi laghi. «È un ottimo contratto, spero di volare via a fine novembre. Si comincia con l'Africa.» Lei gli guardò gli occhi. Lui la baciò sulla bocca, continuando a camminare. Superarono il caffè, dovettero tornare indietro. Bertrand le descrisse il suo viaggio per *Géo* indicando alcune tappe. «E quando torni?» Lui colse il suo sguardo e non lo mollò più: «Farò di tutto per rientrare prima della fine di febbraio». Lei rispose, con gli occhi fissi in quelli di Bertrand: «Quando torni ti voglio vedere». Sorrise e proseguì: «Appena torni». E poi si piegò in due.

Si raggomitolò sul pavimento, e Bertrand inorridì nel vedere il sottile rivolo che le scendeva giù per la gamba.

5

Bertrand iniziò a gridare in tedesco, chiedendo aiuto. Lola stava male, aveva le ginocchia piegate e tra le gambe le scorreva un liquido caldo, vischioso e scuro. Lui si chinò a sollevarla un po' da terra, parlandole. Le sembrava che il ventre si stesse strappando. Cercava di arginare il dolore. Respirava a scatti. Piangeva. «Non voglio perdere i miei bambini», disse sottovoce. «No, Lola. No.»

Giunsero i soccorsi. Un medico le misurò la pressione. La bombardarono di domande. Lei rispose in un misto di tedesco, di francese e di inglese. Fu Bertrand a tradurre al medico. Lola aveva il volto contratto. Provava dolore, e anche molta paura. Le iniettarono qualcosa. «Un sedativo leggero, sentirà meno dolore.» La sollevarono da terra per sistemarla su una lettiga. Attraversarono l'atrio dell'aeroporto. Aveva la vista annebbiata. Riusciva a scorgere Bertrand ma era molto lontano, molto grande, sfocato, infine vicinissimo.

«Sto perdendo i miei bambini?»

Il medico del pronto soccorso non alzò neanche la testa. La lettiga proseguiva la sua corsa. Bertrand le stringeva la mano. «Non ti agitare, Lola.» Superarono delle porte. Il dolore scese più in basso e la trasportò in una sorta di magma incandescente come il cuore di un vulcano.

Poi, di colpo, tutto sparì per diventare nero.

6

Quando Lola riuscì finalmente ad aprire le palpebre, si ritrovò sdraiata sul lettino di un ambulatorio, in camice ospedaliero. L'effetto del sedativo stava svanendo rapidamente. La luce soffusa, bluastra, rischiarava uno schermo davanti al quale era seduto un uomo di circa sessant'anni, dai capelli bianchi e crespi. Al suo fianco un'infermiera che attendeva, seguendone lo sguardo, che Lola riprendesse coscienza. Una coscienza che riapparve fulminea.

Lola si posò le mani sul ventre. L'infermiera le chiese se dovesse parlare in inglese o in tedesco. Con voce rotta, Lola rispose in quest'ultima lingua: «Ho perduto i miei bambini?»

«No, no, signora», disse il medico con calma. «Guardi.»

Con la freccia del mouse indicò delle sagome sullo schermo.

«Stia tranquilla, i suoi due bambini si muovono e il doppler è a posto. Uno è più piccolo dell'altro e le dimensioni di entrambi sono inferiori alla media, ma nelle gravidanze gemellari non è certo una sorpresa.»

Poi si girò verso di lei: «Come si sente?»

Lola sbarrò gli occhi, senza capire, senza riuscire a dire che non avrebbe voluto essere lì, in quel modo.

«Prova ancora dolore?»

«Molto meno. Perdo ancora sangue?»

«Sì.»

«C'è da preoccuparsi?»

«Serve un controllo accurato. La terremo qui per un po'», rispose lui con voce il più rassicurante possibile. «Quanto basta per essere sicuri che tutto proceda per il meglio. L'ho già detto al suo amico.»

«Sta aspettando in corridoio», disse sottovoce l'infermiera. Lola guardò entrambi in successione, si sentiva strana, lontana e incredibilmente presente. «Ma cos'è successo?» Il medico spiegò che, in base al violento dolore descritto dal suo collega del pronto soccorso e in base a ciò che vedeva sullo schermo...

«... E, tenendo conto del colore del sangue che sta perdendo, si è verificato un distacco di placenta. Non grave. Le due placente sono, nel suo caso, inserite in maniera corretta. Si tratta, secondo me, di un ematoma benigno causato dalla rottura di una piccola vena. Ecco.»

«E che cosa lo ha provocato?»

«Difficile da capire. Non è una patologia frequente; diciamo che mi capita di osservarla all'incirca nel quindici per cento delle mie pazienti. Il suo amico mi ha detto che lei ha traslocato da poco. Non avrà mica fatto sforzi eccessivi?»

«Ho svuotato degli scatoloni, nulla di pesante.»

Poi in tutta fretta, prima che il medico riprendesse a parlare, Lola domandò se il distacco potesse rivelarsi dannoso. Il medico fece un sorriso più che paterno. «L'aggravarsi della situazione non può essere escluso a priori. Proprio per questo lei dovrà restare sotto osservazione, a letto e senza fare il minimo sforzo.» Il suo sguardo era aperto, diretto. La voce, sincera. Ma al momento, disse lui, non c'era motivo di pensare al peggio, soltanto a rimettersi in sesto. E continuò a indicare...

«... Gli effetti benefici del riposo, la necessità di un controllo costante e il mantenimento di una visione positiva delle cose. Dico sul serio, non sa quanto. Noi possiamo aiutarla, ma è importante che sia lei ad aiutare i suoi bambini. Offriamo sedute di meditazione e rilassamento, alle quali partecipano gestanti nella sua stessa condizione, e tutto questo ha la sua utilità. Lei ha già visto un medico in Germania?»

«Dovevo incontrarne uno domani mattina, in città. Non ricordo come si chiama.»

«In questo caso, il sottoscritto Conrad Schmidt sarà felice di seguirla di persona. Qui abbiamo il miglior reparto di neonatologia d'Europa.»

Lola ripeté «neonatologia» con una certa angoscia. Il medico scosse la testa. «Facciamo miracoli», disse, chiedendole in francese se si sentisse «bene quanto basta» da rispondere alle domande di routine. «Sì.» L'infermiera trascrisse la data di concepimento, quella delle ultime mestruazioni, niente fumo, sostanze stupefacenti, altre cure in corso, precedenti casi di aborto… L'unico «problema» in famiglia era Elsa. Niente di genetico né cromosomico. Il medico le chiese se avesse avuto difficoltà a restare incinta. «Un anno.» «E il suo ciclo?» «Senza pillola, dalle due alle quattro settimane. Nessuna donna della mia famiglia ha questo problema, io ho fatto degli esami e non è stato trovato niente di anomalo.»

Lola esitò un attimo e Conrad ne approfittò per dire: «Tutto questo non mi stupisce e neanche mi preoccupa».

«Secondo il medico che ho consultato in Francia», ripeté lei con sguardo sincero, «sono rimasta incinta il 7 giugno.»

Il dottor Schmidt non staccò gli occhi da Lola, chiedendole poi di descrivere nel dettaglio le sue preoccupazioni. Lei citò il test positivo fatto a Mosca la mattina del 6 e la risposta del ginecologo francese che non lo aveva considerato attendibile.

«Ho bisogno di vedere i suoi esami», disse il medico tedesco dopo averci pensato su. «Può anche darsi che un uovo chiaro si sia staccato da solo, creando una lesione. Sa di cosa si tratta?»

Lola scosse il capo. Guardò il medico.

«Vorrebbe dire che ho avuto delle ovulazioni ritardate?»

Lui sorrise e incrociò le braccia su un camice immacolato e abbottonato con cura. Poi le rivelò, con un fantastico tono di voce, che il corpo umano – soprattutto quello delle donne – racchiude ancora delle autentiche sorprese…

«… Dopo trent'anni passati a studiare gravidanze. Con il passare del tempo ho imparato a non dare giudizi categorici. Osservo, verifico e a volte rimango esterrefatto. I prossimi esami ci chiariranno le idee, forse…» Fece un sorriso sincero. «A dirgliela tutta, preferisco l'idea di ovulazioni multiple e ritardate a quella di un test russo di scarsa qualità.»

Il sorriso si allargò: «Le belle storie non sono mai inutili e la vita resta, in ogni modo, la più bella delle magie».

Poi, con uno sguardo che non perdeva un grammo di freschezza, puntualizzò con decisione che la magia in oggetto non aveva bisogno…

«… Di nessuno sforzo. E», insistette, «di nessuna preoccupazione da parte sua. Ascolti il suo corpo come se le stesse parlando. Abbiamo un cuoco niente male, e non lasciamo mai da sole in una stanza le madri come lei. Avere compagnia fa bene al morale.»

7

Quando la porta si aprì per lasciar entrare il barelliere, Lola scorse Bertrand in attesa, proprio lì davanti. Aveva un'espressione molto seria. Teneva in mano gli abiti macchiati di sangue e la borsa, e le prese la mano che strinse per un istante. Il portantino spinse la lettiga come se Bertrand neanche esistesse, e il fotografo fu costretto a seguirlo.

«Come ti senti?»

«Stordita. I bambini stanno bene.»

«E questo sangue?»

«Un distacco della placenta da tenere sotto controllo. Devo restare a letto.»

«Hai ancora perdite?»

«Sì.»

Lola spostò la testa per guardarlo e lui le accarezzò il viso.

«Ti fa male?»

«Di meno.»

Svoltarono davanti al cartello che indicava GINECOLOGIA, a destra del reparto maternità. I corridoi erano color malva da una parte e viola dall'altra. Il barelliere spinse la porta della camera 2204, vuota. Un'infermiera sorridente era già lì ad aspettarla, e le rivolse la parola in un inglese fluido, senza neanche chiedere a Lola se capisse il tedesco. «Laetitia, prego», si presentò, spiegando poi il funzionamento del letto, delle luci, dei pulsanti di chiamata. Era prassi di quell'ospedale ridurre al minimo le onde elettromagnetiche, il che si traduceva in «Niente wi-fi, niente Internet, niente cellulari». L'infermiera chiese il rispetto rigoroso del regolamento interno, così come si raccomandò che Lola non si alzasse mai da sola senza autorizzazione, per niente al mondo.

«Le visite sono consentite dalle 14 alle 21, senza eccezione. Non più di tre persone alla volta. Le piacciono il pollo e il purè?»

«Sì.»

«Bene. Allora è tutto a posto. Se ha qualche domanda, mi trova qui accanto.»

La porta si richiuse spingendo via l'aria, senza rumore, e Bertrand la bloccò con una sedia. Poi si sedette sul letto e prese le mani gelide di Lola tra le sue. Sotto la luce al neon, la ragazza era pallida, assai provata.

«Ho solo pochi minuti. Un'infermiera è venuta a farmi delle domande per il tuo ricovero. Ho utilizzato il documento del municipio che ho trovato nella borsa. Ho fatto registrare il tuo telefono fisso e il tuo indirizzo.»

Bertrand sorrise e Lola gli strinse con forza la mano.

«Ho un nuovo numero di telefono. Ti chiamerò su questo.» Posò una mano sull'apparecchio bianco al centro del comodino. «06… Lo so a memoria.» Bertrand le prese il volto tra le mani e la baciò sulle labbra. «Ho chiamato Franck», disse a bassa voce.

Lola si irrigidì. Lui sorrise, per tranquillizzarla.

«Una segretaria mi ha chiesto se fossi tuo marito, se lo conoscessi. Nella tua borsa c'era il suo biglietto da visita. Come facevo a non avvisarlo?»

Lei gli riprese la mano.

«Mi ha risposto una sua collaboratrice, ma lui ha richiamato subito sul numero che avevo utilizzato. Ho spiegato che ero un tuo collega di Air France e che ti trovavi in ambulatorio. Sarà qui da un momento all'altro.»

Lola aprì la bocca per dire che forse non era rimasta incinta a Mosca, ma rivide gli occhi luminosi di Conrad Schmidt. *Nessuna preoccupazione da parte sua.* Pensò con forza ai suoi bambini e gettò le braccia al collo di Bertrand.

«Ho bisogno del tuo amore.»

Si udì sbattere una porta e Bertrand si immerse negli occhi di lei. «Ti amo, Lola.» Passi precipitosi superarono la camera.

«Posso rimandare l'Africa. Restare…»

«No. Parti e torna il prima possibile.»

Si guardarono. Erano tesi, sospesi, *insieme*. Qualcuno si avvicinò, si fermò davanti alla porta.

«Ti chiamerò tutti i giorni.»

La maniglia si abbassò. Bertrand baciò Lola e si alzò. Lei gli tenne la mano.

«Abbiamo perduto la nostra occasione», sussurrò lei tra l'affermazione e la domanda.

Bussarono alla porta. Bertrand le accarezzò il viso.

«No, non dire così», rispose, nel modo più convinto possibile.

Bussarono con forza. «Non ho detto il mio nome.» Spostò la sedia e si scusò con il barelliere che, impassibile, spinse la lettiga con la compagna di stanza. Lo seguiva Laetitia, che si dava da fare parlottando a mezza voce. Bertrand guardò Lola, sorrise e si girò verso l'infermiera, che gli chiese di uscire nel preciso istante in cui Franck apparve nel vano della porta. I due uomini si incrociarono e l'infermiera invitò l'ingegnere a trattenersi nel corridoio. Lui fece un gesto con la mano a Lola e si appoggiò alla parete. Seguì con lo sguardo il tizio in jeans e giubbotto di velluto marrone scuro che risaliva il corridoio a passo lento. Aveva la testa bassa e le spalle curve. Comprendo la sua tristezza, si disse Franck. E non avrebbe mai saputo fino a che punto la sua sensazione fosse giusta, né vide quell'uomo appoggiarsi al muro subito dopo aver superato l'uscita del reparto.

Entrambi erano sconvolti. Entrambi si sentivano schiacciati da ciò che era piombato loro addosso, e avvertivano la sofferenza di Lola. Tre persone straziate.

Le pareti avrebbero voluto mettersi a piangere, anche se in quell'ospedale ne avevano viste e sentite di tutti i colori. Avrebbero voluto fare altro anziché sostenere quei due uomini, avrebbero voluto rispondere alla domanda che li stava tormentando e correva dall'uno all'altro. Ma non avevano la risposta. «È colpa mia?» «È colpa mia?» «È colpa mia?» «È colpa mia?» «È colpa mia?» «È colpa mia?» «È colpa mia?» Come un vento d'autunno pungente e sibilante al calar della notte.

E non riuscirono a impedire a quella domanda di raggiungere il letto della camera 2204 e di posarsi sul cuore di Lola.

8

Franck stette ad ascoltare sua moglie e, soprattutto, il dottor Schmidt, che era venuto a controllare la situazione. Lola era così stanca che finì per addormentarsi mentre i due uomini continuavano a parlare. Il medico descrisse nei particolari gli esami, l'ecografia e l'esito del doppler.

«È molto pallida.»

«Hanno necessità di un controllo costante, tutti e tre. Ho detto a sua moglie che la nostra clinica ha il miglior reparto di neonatologia d'Europa. Non ci piove.»

I due si guardarono negli occhi e Franck domandò cosa rischiassero Lola e i bambini. Il ginecologo dai capelli bianchi e crespi rispose a tutti i dubbi e alle angosce con grande sincerità. Ma aveva comunque un atteggiamento positivo, convinto di poter indirizzare le cose nel verso giusto, e colpì favorevolmente l'ingegnere. *È un tipo in gamba, si capisce.*

Il futuro padre si concentrò su quel pensiero nel viaggio verso casa, una capatina per riempire un borsone con il pigiama di Lola, qualche indumento intimo, maglie e magliette, le pantofole. Stava girando nell'appartamento come una trottola quando lo sguardo gli cadde sulla montagna di scatoloni smontati. *Si sarà sforzata troppo? È così amareggiata di essere qui?* Rimase scioccato da quel pensiero, che preferì soffocare per non farlo uscire di casa. *Dove saranno i suoi libri?*

Preparò un beauty-case. No, niente trucchi. *Sì, lei li vorrà. Cazzo, ho scordato gli asciugamani. Che altro?* Franck si soffermò per un istante nel bel mezzo di quel salotto bianchissimo. Qualcosa gli disse che avrebbe finito per trascorrere i mesi invernali da solo, lì, a lavorare.

Una vocina continuò a ripetergli che si trovavano in quel Paese perché lui doveva mettere a punto i suoi pannelli... L'ingegnere sbatté la porta e scese le scale di corsa.

All'aeroporto, gli occhi fissi sul suolo grigio, Bertrand si aggirò senza sosta in quello stesso atrio dove, poche ore prima, lui e Lola si erano abbracciati. Vedeva solo i suoi occhi pieni di lacrime e quel sangue scuro che le colava tra le gambe. Pensò di restare e tornare a trovarla l'indomani. Il problema era che non l'avrebbero fatto passare prima del pomeriggio. *E se ci trovo Franck? E se la situazione peggiora proprio perché io sono lì?*

Quel pensiero lo spinse verso il bancone di un bar. Aveva avuto paura che Lola non si facesse vedere, ma in quell'istante era angosciato dal fatto che le potesse succedere qualcosa di ben più tremendo. Non soltanto il rischio di perdere i bambini, ma una morte per emorragia.

Da bambino, Bertrand non aveva ascoltato le dettagliatissime storie di cui sua madre infermiera si era liberata il prima possibile, eppure se le ricordava ancora tutte. E, in quel momento, lo stavano schiacciando.

9

L'INDOMANI, alle dieci, Franck chiese notizie per la seconda volta nella mattinata. Lola aveva passato una notte complicata, tra spasmi e angosce. E aveva appena rivisto il dottor Schmidt. «Credo che mi terranno qua dentro per un bel pezzo.» Suo marito si mostrò ottimista e prese nota, uno a uno, degli indumenti che lei desiderava.

«Faccio un salto oggi pomeriggio.»

«Portami il caricabatteria.»

«Non ti è permesso, Lola. Bisogna rispettare...»

«La linea non funziona bene. Non riesco a chiamare e non posso allontanarmi dalla camera né dal piano. Ma ho il diritto di ascoltare della musica.»

Lui riprese fiato e le domandò se ci fosse qualcos'altro che...

«... Ti farebbe piacere?»

Lola lanciò un'occhiata alla compagna di stanza che, da un paio d'ore, si limava le unghie chiusa in un cupo silenzio. Fece un profondo respiro e ascoltò il marito dire, con voce convinta: «Avremo dei bambini fantastici, tesoro. Ce la puoi fare. Sei forte, ci riuscirai».

E io lo so, di cosa sono capace? Il termine «vigliaccheria» si mise a galleggiare tra le pareti azzurre della stanza 2204. Lola chiuse gli occhi e, per qualche arcano motivo, si mise a chiedere il suo lavoro a maglia. «Voglio finire il mio cardigan irlandese.» Franck rispose all'istante: «Mi sembra un'ottima idea. Dove lo trovo?»

Lola esitò per un istante.

«In uno degli ultimi scatoloni.»

«Che cosa ci hai scritto sopra?»

«Cianfrusaglie non urgenti.»

Gli scatoloni che recavano la scritta CNU erano quelli già aperti e allineati contro la parete del corridoio. Franck saltò il pranzo, tornò a casa e si mise a contare. *Sette. Alla faccia della roba non indispensabile!* Gli venne in mente l'immagine della cantina di sua nonna, che spedì subito nel dimenticatoio. *Niente pensieri negativi.* Taglierino e ispezione. Uno, due, sei scatoloni più tardi, scovò – avvolti in fogli di carta velina – i sei gomitoli di lana vergine color bianco sporco acquistati in Irlanda, i ferri da maglia di diverse misure, la foto del cardigan indossato da una ragazza che somigliava a Elsa. Più le istruzioni e il dietro iniziato da Lola con grande entusiasmo una sera d'estate, su una sedia a sdraio a casa dei suoi genitori a Besançon. *Indossava dei pantaloncini neri e mia madre la rimbecilliva di stupidaggini.*

Scese ancora una volta le scale di corsa e fece una deviazione per lasciare tutto quanto presso la clinica. In realtà fu costretto a depositare il pacco alla reception, perché il cerbero di sesso femminile che la presidiava si mostrò intrattabile, inespugnabile e, mostrando l'orologio, incapace di dire altro che: «*Nein. Nein. Nein*».

Alle quindici, Lola lo ringraziò al telefono e Franck rispose che avrebbe voluto lo stesso cardigan in versione maschile.

«Ordina dei gomitoli.»

«Di che colore?»

«È per te, Franck. Scegli tu.»

L'ingegnere non raccolse, Lola si irrigidì. Trovarsi lontana dai suoi occhi, dal suo sguardo, apriva la porta all'altra donna dentro di lei. Quella che parlava con un'altra voce a un altro uomo nella sua vita.

Quando Lola telefonò a Bertrand, la sua compagna di stanza non si accorse della differenza. E non ci avrebbe fatto caso neanche se la ragazza l'avesse chiamato per nome ad alta voce. E non perché Astrid Klein non capiva il francese o perché era sorda. No, a distanza di qualche giorno Lola disse che la sua vicina di letto era semplicemente sprovvista di un software in grado di captare simili variazioni di tono.

Non era stupida bensì istruita, e occupava un posto di rilievo presso un ufficio pubblico del quale Lola non riuscì a farsi un'idea, anche se la signora Klein tentò di spiegarglielo in francese. Peraltro, se Lola avesse dovuto scegliere un'immagine su un catalogo per definire quella donna, si sarebbe orientata su un rullo compressore simile a quei mastodonti che livellano le autostrade.

Gli occhi di Astrid si ravvivavano soltanto davanti ai dessert che Lola abbandonava sul vassoio, a tal punto che quando la ragazza se ne rese conto, dopo qualche giorno, non si fece più scrupolo di controllare il tono della voce con Bertrand ma soltanto il contenuto delle sue frasi.

«Non posso ancora alzarmi quando mi pare, ma mi sento meglio.»

«Non mi serve sapere altro.»

«E tu? Soddisfatto di come ti vanno le cose?»

«Le mie foto non mi tradiscono mai. È questo testo di tremila parole che… che… Insomma, sono bloccato.»

Lola gli chiese a che punto fosse.

«Agli inizi. A est di Mosca…»

«E adesso dove sei?»

«Davanti allo schermo, seduto alla scrivania.»

La sera prima, Lola aveva saputo che si trattava di un tavolo bianco e stretto, assai lungo, completamente sgombro in basso. «Mi muovo e ci navigo sopra, lì è tutto alla rinfusa, ma mi ci ritrovo. Ho una memoria visiva e temporale infallibile, spacca il secondo», aveva spiegato Bertrand. «E tu?» Lola non aveva avuto modo di rispondere perché erano venuti a visitarla. Quel giorno, nell'immaginarselo a casa sua, gli disse con grande serietà: «Penso di sapere cosa ti impedisce di scrivere. Però vorrei che tu me lo dicessi».

«Ho voglia di vederti. Ma ho paura che, se torno da te, la situazione possa peggiorare.» Inspirò a fondo. «Credo che verrò a farti visita soltanto quando non avrai più perdite di sangue.»

Lola sospirò e ammise: «Penso la stessa cosa». Poi, con una voce che Bertrand trovò fantastica, aggiunse: «In ogni modo, sarebbe impossibile: i miei suoceri arrivano questa sera».

«Si tratterranno qualche giorno, voglio sperare», disse lui sorridendo.

«Credo di sì.»

«Sono in pensione?»

«No, però possono gestire il loro tempo come meglio credono.

Penseranno loro alle cose che non ho avuto il tempo di fare o che non avrò forse il tempo di acquistare.»

Bertrand proseguì, dolce ma fermo: «Che ci pensino loro, mi raccomando. Queste cose non sono importanti. Tu devi solo pensare a stare bene per far stare bene i tuoi bambini. È l'unica cosa che conta, *adesso*».

«Allora parlami di qualcosa di bello, subito.»

«Del tuo vestito rosso», disse lui senza esitare. «Non certo dentro l'armadio. Ma sulla metro, quando ti reggevi alla sbarra verticale con la mano destra e facevi finta di non vedermi riflesso nel finestrino. Non si sollevava più di tanto, quel vestito, ma a sufficienza per mettere in risalto la tua figura. Mi sarebbe piaciuto scattarti una foto. Mi sarei focalizzato sul tuo sguardo, perché stavi pensando a me.»

«È molto bello... E...»

Si aprì la porta.

«E?» fece Bertrand, con voce più intima.

«È stato molto bello.»

«Sì, davvero molto bello.»

L'aveva detto con lo stesso tono di Lola, lentamente, così come si gustano le ultime cucchiaiate di un dessert. Poi udì dei rumori.

«È un barelliere, quello che sento?»

«Venuto per me. Ecocardiografia fetale, lunga.»

«Andrà tutto bene.»

Lola riappese. Sulle ultime sei parole, la sua voce aveva perduto freschezza. Bertrand si alzò, mettendosi a girare per l'ufficio con le mani sulla nuca, poi in tasca, poi tra i capelli. A ogni passo, un pensiero. *Ecografia, doppler, quel testo, quel sangue... Il mio viaggio. Intere settimane bloccate, per lei e per me...* «Ho bisogno del tuo amore.» Bertrand era tornato a sedersi davanti allo schermo. *Anch'io ho bisogno del tuo amore, Lola.* «A est di Mosca...» Tremila parole da completare. Per dire cosa? *Che lei è la donna che amo, che non ho mai provato niente del genere, che ignoravo che tutto questo potesse esistere. Esisteva, con ogni evidenza. Non sono stupido. Ma è proprio da questo che fuggivo e che adesso voglio... La sua voce, quando lei mi parla. Quella voce, quando lei ha gridato. Quel sangue sulle sue gambe...* Anche se Lola non dicesse niente, se non gli rimproverasse niente, *cos'è che ha provocato quel distacco? E perché quando c'ero io?*

Il fotografo si rialzò e si mise davanti alla finestra. Di sopra, sua madre si muoveva in cucina, la sentiva aprire e richiudere gli armadietti. Aveva cercato di tranquillizzarlo, di pessimo umore com'era al suo ritorno da Francoforte. Gli aveva portato dei controesempi, degli autentici miracoli che Bertrand aveva registrato e che avrebbe inoltrato a Lola al momento opportuno.

Tuttavia, nonostante la madre continuasse a garantirgli che «cose del genere capitano fin dalla notte dei tempi», e nonostante lui ci credesse e continuasse ad assicurare a Lola «andrà tutto bene» a ogni esame, Bertrand non riusciva a togliersi dalla testa quei momenti a Parigi davanti all'ascensore e dentro un letto, momenti in cui non aveva avuto il coraggio di parlare... *È colpa MIA.*

I suoceri di Lola si fiondarono a scegliere il passeggino, i letti, le cose necessarie... Il fotografo voltò le spalle al giardino. La vita imponeva la sua legge. Lola doveva attraversare quel periodo difficile limitando i danni, e a lui toccava guadagnarsi da vivere, *priorità assoluta. Devo andare avanti, devo lavorare.* Le parole iniziarono a venire giù, dapprima uno, poi due paragrafi. Che decise di conservare. Quattrocentododici parole.

10

QUEL giorno, Bertrand non era riuscito a mettersi in contatto con Lola: la chiamò soltanto alla fine del suo appuntamento, sul marciapiede di avenue du Maine. La situazione era la stessa del giorno prima, disse lei, assicurandogli di sentirsi bene. «I tuoi suoceri sono lì.» «Cerca di richiamarmi domani, presto.» «Ti bacio.» «Anch'io.»

Per quanto Astrid non fosse dotata di un software in grado di captare le differenze di tono nella voce di Lola, la suocera di quest'ultima, invece, scoppiava dalla curiosità e le lanciò un'occhiata anche se era impegnata a parlare con la compagna di stanza. Marie-Ange Milan non era affatto priva di sensibilità, né stupida come si compiaceva di far notare Reine. Aveva il vero spirito dell'estetista, le piaceva far diventare belle le altre donne e ci riusciva senz'altro perché sapeva ascoltare. Più persone alla volta, dato che non le sfuggiva niente di quel che suo marito, Claude, stava raccontando a Lola. Se la sua azienda gliene avesse dato l'opportunità, anche lui avrebbe colto la palla al balzo come Franck…

«… Tanto più che ho la fortuna di sapere il tedesco, come te, e che mi piacciono un sacco le patate.»

«Fin troppo», interloquì la moglie riprendendo il filo della conversazione. «Con chi stavi parlando?»

«Un'amica, Diane. Spero che possa venire a trovarmi.»

«C'era, al matrimonio?» riprese Marie-Ange.

«Sì, è arrivata tardi, al pranzo. Aveva perso il treno.»

«Ah, sì! Quella con il vestito verde acceso, che le stava molto bene. Fa la hostess?»

«No. È un avvocato esperto in diritto bancario», spiegò Lola.

«E tu perché non hai fatto l'avvocato?»

«Non glielo saprei dire, Marie-Ange.»

La conversazione si trascinò a lungo, mentre Lola andava avanti con il suo lavoro a maglia e dava risposte brevi e prudenti. Per fortuna, Astrid cercò di esprimersi il più possibile in francese. Con un sorriso, disse che lavorare a maglia le sembrava comunque «un po' sciocco, antiquato e non certo artistico». Lola chiuse gli occhi e, per una volta, fu lieta che venissero a prenderla per la seduta quotidiana di doppler. Ma, al suo ritorno, il faccia a faccia con Astrid ricominciò: «I genitori di tuo marito sono simpatici».

«Molto.»

«Ti aiutano più loro di tua madre.»

«Per loro è più facile», ribatté Lola in maniera assai brusca.

«Io avevo già preparato e acquistato tutto quanto, dato che la faccenda si era complicata fin dai primi mesi», confessò Astrid fissandosi il ventre. «Sapevo che sarei rimasta un bel po' qua dentro e che mi sarei annoiata.»

Lola riprese il lavoro a maglia. Conrad Schmidt aveva ragione su un punto, a proposito dell'avere compagnia. Era una situazione che consentiva di non dare troppo peso alle cose, di lagnarsi, di fare paragoni. Ma non certo di far trascorrere le ore. Il tempo passava solo con Bertrand che, nei due giorni seguenti, riuscì soltanto a dire: «A est di Mosca...» prima di venire interrotto. Quattro parole. *Ecco cosa voglio: voglio i miei bambini. Tra le braccia, tutti e due. Il vostro cuore è forte. È una buona notizia. Non è vostra la colpa di tutto questo sangue che continua a uscire. Lo dice Conrad.*

Mamma, perché tu non dici niente? Hai paura di venire? Hai paura di veder riaffiorare orribili ricordi?

11

«Grosso quanto?» domandò Lola.

Sua madre si era rammaricata, il mattino dopo, di non poter andare a trovarla prima di qualche giorno perché Elsa era stata colta da un attacco di panico la sera prima, nel trovarsi faccia a faccia, in corridoio, con un grosso ragno marrone.

«Da una zampa all'altra, sei centimetri. Fa freddo, cercano di entrare in casa. Tua sorella non passerà più di lì per parecchio tempo, perché me lo sono lasciato scappare come un'idiota!» si sfogò Géraldine, cercando di non sembrare allarmata.

Tuttavia, Lola sapeva che in sua madre c'era ben altro. Avrebbe potuto scriverlo come si fa con le ricette: un pizzico d'ironia, un cucchiaio di autocontrollo, un mestolo di potrebbe-andare-peggio, uno spruzzo di come-al-solito. Senza scordare il tocco degli ultimi tempi: un imponente velo di paura-degli-ospedali.

«Vieni quando puoi, mamma.»

«Sono una cattiva madre.»

«Sono molto impegnata», ribatté sua figlia. «Trabocco di appuntamenti!»

«Come stanno i bambini?»

«Si muovono, io continuo a perdere sangue ma loro sono cresciuti di qualche millimetro.»

Prima che Géraldine potesse rispondere, Lola le chiese che cosa stesse facendo sua sorella in quel momento. Sua madre disse, con una bella dose di sei-una-figlia-meravigliosa: «È caduta dal pero».

Allora Lola sorrise. Quando Elsa cadeva dal pero, era la cosa più bella del mondo. Géraldine riprese: «Sta pulendo le otto pere gialle e rosse che ha scelto dall'albero».

Lola s'immaginò lo strofinaccio a scacchi verdi e bianchi che danzava sui frutti allineati da sua sorella sul bordo del bancone, di fronte al tavolo su cui era posato in orizzontale il coltello. Non ne sarebbe mancato neanche uno spicchio. E nemmeno avanzato. Elsa possedeva il dono della magia riguardo alla precisione delle quantità e delle capacità. Non si sbagliava mai con gli ingredienti. A Lola salì l'acquolina in bocca, tanto da chiedere a Franck di acquistare una crostata. Lui ne portò due, che tagliò spiegando le difficoltà incontrate la sera precedente nel montaggio della prima culla. «Perché qualche buono a nulla ha praticato alcuni fori troppo in basso. Ma per la seconda farò dieci volte più in fretta. Ho controllato, è tutto a posto.»

Franck sorrise, i suoi genitori lo guardarono come il padre che stava per diventare e Lola si sentì un groppo in gola. Nel vederlo, da solo, nella loro coppia che lei stava demolendo pian piano, sotto il suo naso, *senza che io possa fare altrimenti.* Lasciò metà della sua fetta. *Non voglio tornare in quell'appartamento. Non voglio che tu ci venga, mamma. Ho paura che tu veda dentro di me.*

12

QUANDO a Franck venne in mente di portare la cartella clinica francese che il dottor Conrad Schmidt neanche aveva chiesto, non vi furono rivelazioni eclatanti. Il ginecologo tedesco non aggiunse ulteriori spiegazioni a quelle già fornite. Le analisi erano confuse perché fatte nel momento sbagliato. Il medico riaccompagnò Lola nella sua stanza, tenendola per un braccio per il quotidiano esercizio autorizzato. Confermò le proprie opinioni con un sorriso bonario e rassicurante: «A mio avviso si è staccato un uovo chiaro, provocando la lesione che stiamo tenendo sotto controllo». Come ogni volta, non parlò di eventuali rischi ma si disse meravigliato dalla forza della vita, «di quei bambini che crescono lentamente ma con decisione». Aiutò Lola a rimettersi a letto e lei sorrise. Ma, non appena lui uscì dalla stanza, fu colpita dalla consueta ondata di rimpianti e di angosce. *Le cose sarebbero state così diverse se...*

E Bertrand chiamò. Sarebbe andato qualche giorno a Chamonix...

«... A realizzare un reportage sulla città e scattare delle foto del Monte Bianco dall'elicottero, per far piacere a mio padre che ha ritenuto opportuno raccomandarmi a un tizio, un amico del sindaco. Mi pagano molto bene.»

«Sono contenta per te.»

Bertrand avvertì all'istante che nella voce di Lola c'era un non so che di turbato/nascosto/doloroso. Le chiese se provasse dolore, se perdesse più sangue.

«No.»

«Hai visite?»

«No», rispose lei lanciando un'occhiata ad Astrid, che stava guardando un gioco in tv con le cuffie sulle orecchie.

In poche parole, Bertrand spiegò che suo padre, ciclista convinto, stringeva un sacco di legami proprio grazie alle corse.

«Andavi in bici con lui, da piccolo?»

«No. E Xavier ancora meno.»

Lola pensò segretamente a suo padre, ma in maniera assai piacevole, e Bertrand le chiese: «Stai bene?»

«Promettimi che ci andrai, in futuro.»

«Te lo prometto.»

Poi, con rapidità, lui aggiunse: «Che cos'hai, Lola?»

Lei non rispose. Il fotografo si sedette sul letto. Astrid era immersa nel suo gioco. Alla fine Bertrand svelò, con voce grave, ciò che lo turbava: «C'è qualcosa che non mi dici. Non vuoi vedermi più?» «Lo voglio ancora.» Quelle parole non dissolsero niente. «Sento che c'è qualcosa, Lola.»

«Ho delle perdite perché si è staccato un uovo chiaro. A Mosca non ero incinta. I gemelli sono stati concepiti il 7 giugno. Comunque pesano pochissimo.»

Bertrand rifletté a lungo e poi sorrise. Quel che avvertiva nella voce di Lola prese finalmente forma.

«Se hai perduto un uovo chiaro significa che eri incinta. Quel test era positivo, l'ho visto io.»

La ragazza si gettò i capelli all'indietro: «Giusto, sì. Io... Sto perdendo il controllo».

«No. Non credo. Che cosa dice il tuo medico?»

Lola spiegò e Bertrand ascoltò con grande attenzione. Le misure che lei gli aveva fornito erano meno catastrofiche di quanto sembrasse. Ma non disse niente. Non poteva confessare di essersi informato dal fratello e dalla madre, perché voleva applicare alla lettera le «zero preoccupazioni» del dottor Schmidt. A Lola parlava solo di cose belle. Non tirava mai in ballo ospedali, medicina, cifre. La conduceva altrove, con la sola forza della voce. In quell'istante disse, con tono più lieve e con la massima lentezza: «Allora lo possiamo considerare un incidente meccanico». Lola proseguì sottovoce: «Forse non è per colpa nostra». Bertrand si lasciò cadere sul letto. Chiuse gli occhi.

«No. Non è per colpa nostra.» E, all'istante, aggiunse con sicurezza: «Tutto andrà meglio, Lola».

«Ne sei convinto?»

«Sì.»

Lei sorrise, e il telefono trasmise quel sorriso senza perderne un solo grammo.

«Quando vai a Chamonix?»

«Parto domani. Sarò più tranquillo. E al mio ritorno non perderai più sangue.»

«Lo spero.»

«Verrò a baciarti.»

«Sì.»

Bertrand partì, meno cupo, dovette vedersela con un fronte nuvoloso, rimase bloccato a terra ma riuscì a ottenere ritratti delle guide e degli istruttori. Il sole giocò a nascondino. «Posso rialzarmi in volo, finalmente!» Lola terminò il dietro del cardigan dopo aver affrontato e risolto qualche problema nelle diminuzioni del collo, mentre Natacha fece scalo a Francoforte per due giorni.

La collega di Lola rimase in estasi davanti al lavoro a maglia, e soprattutto davanti alla foto di «questa ragazza che somiglia in modo pazzesco a Elsa». Astrid lanciò un'occhiata in lontananza poi tornò a contarsi le dita. Nat le voltò le spalle, sollevò le sopracciglia e disse ad alta voce che le sarebbe parso un sogno avere quello stesso cardigan e nello stesso colore, quando Bertrand telefonò. Fu Natacha a rispondere come se fosse a casa di Lola, in rue Hector. Lui ebbe la presenza di spirito di fingere di chiamare dall'ospedale di Lagny per sapere se la signora Milan pensava di far nascere i bambini in Francia.

«Gliela passo.»

Lola lo trovò perfetto nella sua bugia. Era uno che mentiva? Non una volta le era venuta l'idea di chiedergli delle donne che aveva conosciuto dopo il loro incontro, perché non ci pensava mai. Quando pensava a lui, pensava a loro due. *Adesso.* Legati dalle loro conversazioni, da tutte le parole che li univano. A quella semplice gioia di saperlo rintracciabile. Non erano più perduti, l'uno senza l'altra, si erano ritrovati ed era una cosa meravigliosa. Lola non pensava ad altro. Non chiedeva di più. Perché tutti i suoi desideri riguardavano soltanto i bambini. Che crescevano comunque, con ritmo lento, e bisognava essere stupidi per non capire che non erano certo fuori pericolo.

Quando la futura mamma si ritrovò in un ennesimo faccia a faccia con il dottor Schmidt, esclamò con un tono che cercava di essere responsabile: «Vorrei che lei mi dicesse sinceramente se la loro crescita è davvero troppo lenta». Il medico sorrise: «La curva della crescita è ascendente, ed è questo ciò che voglio». «Per quanto tempo ancora avrò queste perdite scure?» «Si muovono beati. Voglio che li tenga al caldo.»

Lola avrebbe preso volentieri il medico per il bavero del camice, pur di ottenere una risposta sincera. Ma una vocina allegra, con il tono di Elsa, le assicurò che le sue risposte erano «quelle giuste».

Perché i bambini si muovevano con regolarità. Certe volte Lola riusciva anche a distinguere chi dei due si stesse muovendo, o se lo facevano assieme. *Mi piace un sacco quando vi muovete. Muovetevi ancora, non smettete mai. Le vostre misure le so a memoria, riconosco il vostro profilo ma non voglio conoscere il vostro sesso. Credo che possiate concordare con me. Andate d'accordo? Se mi guardi ancora con quella faccia, Astrid, ti faccio ingoiare il gomitolo.*

«Fa chic lavorare a maglia, a Parigi?»

«Non ti interessi di moda?»

«Il lavoro mi prende troppo.»

Poi, con un sorriso tirato, la vicina di letto specificò di essere piuttosto un tipo da tailleur. Lola provò un grande piacere a dire: «Tailleur e tacchi o tailleur alla Merkel?»

«Un grosso cardigan come il tuo non è molto elegante.»

«Non sono d'accordo. Dipende tutto da come si porta.»

«Può essere sexy, certo, in mezzo al fieno, con degli stivali e un intimo in seta.»

«Così non è certo sexy, elegante ancora meno.»

«Siete proprio pedanti, voi francesi.»

«Mentre voi tedesche, siete…»

«Abominevoli», la interruppe Astrid cambiando completamente tono. «Soprattutto perché sono inchiodata a letto ad annoiarmi e stressarmi a morte, mentre quelli non fanno che ripetermi che devo rilassarmi. Questi bambini non vogliono saperne di crescere.»

Si fissarono. Senza sorridere. Lola non aveva intenzione di scendere nel mondo di Astrid, la quale ammise che le dispiaceva di non avere doti manuali.

«Al mio livello, il talento non c'entra. Conti, guardi e non pensi.»

«Funziona?»

«Non ho trovato di meglio.»

Fine della confidenza. *Il mio cardigan è il mio salvagente.* Le maglie da contare impedivano a Lola di invischiarsi in pensieri scivolosi. Ogni ora che passava era un'ora in più per i suoi bambini. E, il mattino seguente, Astrid scoprì un'improvvisa passione per il sudoku, i cui schemi si mise a riempire con pennarelli di diverso colore.

«Proprio carino», esclamò Lola.

«È il mio lavoro. Sto pensando di fare una mostra.»

Lola immaginò Bertrand mentre sciava sulla soleggiata Aiguille du Midi, e intento a scattare mille fantastiche foto, alcune delle quali vendute a buon prezzo e altre «con le quali spero di fare una mostra, un giorno.» *Quando?* Quando tornerà? La sua vicina le chiese come andava.

«Un calcio!»

«Ragazzacci!»

«Li manderò di sicuro a giocare a calcio, maschi o femmine che siano.»

«Io ci ho giocato. Per la divisa.»

«Non voglio proprio vederli, i tuoi tailleur.»

«E tu, perché fai la hostess?»

«Perché il blu è il mio colore preferito.»

«Sei fortunata, le nostre pareti sono blu.»

«Ripetilo un po'.»

«*Bleu*, *blue*, *blau*, *azul*, blu.»

«Fa impressione.»

«Come il tuo tedesco.»

«Qual è il tuo colore preferito?»

«Il beige.»

Lola si mise a ridere. E pure Astrid, senza capirne il motivo. Tre secondi precisi… Allo scadere dei quali il ventre di entrambe ricordò alle rispettive proprietarie dove si trovassero. Ma quella risata fu salutare. Non soffocò né il nervosismo né la paura, piazzandosi invece dall'altro lato della bilancia, con quel non so che di bellicoso che univa pazienti, infermieri e visitatori. Per fare ciò che il mago Conrad non smetteva mai di ripetere: «Spingersi il più lontano possibile in ciò che è meglio per tutti».

13

Lola finì la parte destra del cardigan senza un errore nelle diminuzioni, e il ventisettesimo giorno Franck le chiese, entrando: «Blu o marrone? Oppure rosso?»

«Decidi tu.»

«Te ne freghi?» rispose lui baciandola e consegnandole una pesante busta con il logo di Air France.

Lola la aprì, il marito tirò il paravento e Astrid decise di farsi l'ennesima doccia della giornata. Franck si allungò su un gomito accanto alla moglie e le accarezzò il ventre guardandola passare in rassegna i documenti che doveva compilare.

«Chi stavi andando a vedere all'aeroporto?» le domandò con tono né curioso né indagatore, soltanto quello di un marito che guarda la moglie che ama.

Senza interrompere la lettura, Lola rispose: «Dei colleghi che non conosci».

«Mi sarebbe piaciuto ringraziare quello steward.»

«Anche a me.»

Poi Lola alzò la testa verso Franck. Lui sorrise. Ma cosa sapeva di ciò che era successo all'aeroporto? Da quel momento il trambusto era stato tale che lui non aveva mai più menzionato nulla fino a quel giorno. Per una frazione di secondo, la verità parve a portata di mano. Ma proprio come nel momento del loro ultimo autentico faccia a faccia, fu quel che c'era negli occhi di lui a tapparle la bocca. Suo marito era trasparente, non sottintendeva e nascondeva nulla. Non dubitava per un istante della loro vita assieme. *Non immagina che io possa far entrare un uomo nella mia vita. Non mi conosce. Ama una donna che io non sono più.*

Franck sorrise ancora e prese i documenti dalle mani di Lola, per poi posarli sul comodino. Le passò un braccio attorno alle spalle. «Mi sono spaventato a morte quando mi ha chiamato quel tale, ho avuto paura di perderti», Lola chiuse gli occhi e lui si scusò per averle ricordato quel momento.

«Sono proprio indelicato. Ti ho trascurata quella sera e adesso vado a ripescare ciò che vuoi dimenticare. Sto giusto facendo quel che Conrad mi ha detto di evitare.»

Lola non si mosse. Restarono l'uno contro l'altra, ciascuno dentro il proprio mondo. Erano sempre stati felici assieme, non avevano mai litigato sul serio. Condividevano un sacco di pensieri, amavano le stesse cose. La Germania era stata la loro prima causa di disaccordo. *Non ho mai voluto tradirlo. Non ho mai smesso di amarlo, eppure non ho potuto evitare Bertrand.* Il suo pensiero era chiaro, logico e tuttavia impossibile da esprimere a parole, in quell'istante, in quelle circostanze.

Se Astrid fosse stata più concentrata sulla sua compagna di stanza, più sensibile, più ricettiva, forse Lola le avrebbe confidato, durante le loro notti insonni, di non capire perché le cose fossero andate in quel modo. *Con Bertrand mi si è aperto un mondo di cui neanche sospettavo l'esistenza e nel quale capisco, vivo e sento meglio, tutto. È come raggiungere una vetta e vedere tutta questa immensità, dovunque. La vita è più ampia, più bella. È impervia, pericolosa. Ridiscendere è impossibile e...*

«I miei esperimenti sono un po' balordi», finì per dire Franck. «Ma la novità è che mi sono deciso a sopportare con pazienza e ho tutte le sere libere per mandare avanti il mio lavoro. E per cercare una nuova casa.»

Si tuffò negli occhi di Lola. Confessò di pensare in maniera egoistica a se stesso ma anche «a te, perché Johan Heiss ha appena dato il via libera all'alloggio di servizio che ho richiesto. Una casa grande, in un quartiere molto più vivo dell'allée des Contrevents.» Lei non aprì bocca. Franck aggiunse che adesso dovevano solo trovarla, ma che buona parte delle sue serate era dedicata a questo, visto che lo buttavano fuori dall'ospedale alle ventuno.

E non staccò lo sguardo dal suo. «Per te.» Volle rassicurarla, non sarebbe accaduto niente prima del parto. Pensava che la primavera sarebbe stata ideale, che in estate lei avrebbe potuto sfruttare il giardino con A e B.

«Non mi piace che li chiami così.»

«Potremmo chiamarli con i loro veri nomi, allora.»

«No.»

«Perché?»

«Loro non vogliono.»

Franck sorrise e ripeté lentamente: «Loro non vogliono». Poi aggiunse che quell'idea gli piaceva parecchio.

«E del giardino cosa pensano?»

«Sono contenti.»

«Chissà se i traslocatori tedeschi saranno più affidabili di quelli francesi... Comunque ci starò attento. Tu non farai niente.»

«Non dovevo fare niente neanche a Parigi, e poi le cose non sono certo andate come previsto.»

«Perché non vanno mai come previsto, tesoro», rispose Franck con voce assai dolce, calorosa, *ripugnante*.

Lola richiuse gli occhi nel preciso istante in cui sentì su di sé lo sguardo del marito. Lui le accarezzò il ventre e le chiese come si sentisse. Ma, per come era fatto, la batté sul tempo nel rispondere. «Devi sentirti meglio, hai una bella cera.» Lei pensò, per la primissima volta, *al posto mio*. Lui le infilò la mano tra le gambe.

«No.» Franck non insistette. Mormorò che la casa era morta senza di lei, che c'erano delle sere in cui gli dispiaceva la piega che avevano preso gli avvenimenti, che sapeva bene chi fosse «il responsabile della situazione. Io».

Lola invitò le lacrime a spuntare, ma si opposero con tutta la forza. Suo marito la guardava in viso, passava dagli occhi alla bocca, agli zigomi. Lei fece altrettanto e si rese conto che, da sempre, aveva preso due sole decisioni nella sua vita. *Richiamare Bertrand e volere una vetrata.* Aveva seguito Natacha a giurisprudenza, all'Air France, era stato suo padre ad acquistare l'appartamento di rue Hector, il terreno di allée des Contrevents... Franck aveva aspettato due mesi per richiamarla. Avevano passato una serata deliziosa a chiacchierare e ballare. Si erano baciati. Entrambi erano stati lasciati e cercavano lentamente di riprendersi. Lui si era sistemato a casa di Lola così, con facilità. Gli anni passati assieme erano stati belli. Lui si era dichiarato senza che lei pensasse seriamente al matrimonio, perché attraversava il tempo entrando e uscendo dal mondo di Elsa, lasciandosi trasportare tra cielo e terra, un po' tra le nuvole, guardando che blu avesse il firmamento, scordandosi di pensare, vivendo come una ragazza *normale*... E gli aveva risposto: «Ma sì, certo».

E poi... Era arrivato quel 5 giugno. Quel giorno, con quell'uomo, Lola non si era trattenuta, si era infilata il vestito rosso, aveva dormito in un parco, parlato di sé... Si era sentita... «Ti manco?» domandò Franck. Lola lo baciò. Ma non ebbe la minima sensazione di decollare, perché solo Bertrand aveva quel dono. *Nei suoi occhi, nei suoi baci, dentro di lui.* Franck sorrise. «Mi piace davvero, questo Conrad. Ha dei modi che fanno stare bene.» «Sì, è vero.» «E si abbottona il camice, pure.» «Grazie per la casa.»

«Preparati a tornare comunque in quest'appartamento.»

Astrid uscì dalla doccia, scambiò due o tre parole con Franck. Lola fece un salto in bagno. No, le cose non vanno mai come previsto, la vita si concede delle pazzie, *gli imprevisti e i sentimenti dirottano tutto.* La giovane donna vide Bertrand che sistemava il ventilatore ma non lo sentì parlare. Lo avrebbe fatto, un giorno? Nel suo animo, Lola sapeva che non l'avrebbe fatto mai. Si spazzolò i capelli.

No, non aveva una voglia matta di tornare in quella vita di coppia e tra quelle pareti dalla vista esclusiva su un bosco spoglio. Vi si sarebbe sentita denudata. Franck avrebbe finito per capire che stava fingendo, mentre lì, con o senza paravento, c'era Astrid, le porte che si aprivano senza sosta. E, in effetti, udì i carrelli della cena fare il loro ingresso, seguiti dal marito della sua vicina.

Lola fissò la porta del bagno. Poi si girò verso lo specchio. Si vide con Bertrand, quando si era messo dietro di lei, intrecciando le dita alle sue. Capì perché l'avesse fatto. Per fotografare quell'istante in cui erano assieme. Uno dei suoi bambini si mosse, svegliò l'altro e Lola tornò al presente. Si rifugiò dietro la maschera che si era fabbricata rientrando nel *regno della vigliaccheria*.

La minestra del cuoco era buona, i wurstel sapevano troppo di cumino, l'insalata sciapa. I minuti carichi di apprezzamenti. E, per la prima volta, guardando Franck mangiare con appetito, Lola si chiese se una donna avrebbe potuto entrare nella sua vita senza che lei se ne rendesse conto.

La risposta le piombò ovvia dentro il dessert. Avrebbe potuto entrarci, sì, ma sarebbe stato lui a non farla andare molto lontano. Lola posò il cucchiaio, Franck insistette perché terminasse ciò che i nutrizionisti ritenevano giusto farle ingollare. «Non questa sera.»

14

NEL bel mezzo di quella stessa notte, Astrid attaccò a strillare che si stavano rompendo le acque. Lola suonò per chiamare aiuto e si alzò a tenerle la mano. Trentacinque minuti più tardi nascevano, con parto cesareo, due gemelle assai premature. Alle otto, quando telefonò Bertrand, che era rientrato la notte precedente, Lola gli disse con voce grave che Ashley e Penny pesavano meno di un chilo e cinquecento grammi in due. Lui diede la stessa risposta che avrebbe dato il mondo intero: «Per fortuna che si trovano nella clinica migliore. E tu?» «Sto bene.»

Era una bugia, e lui se ne accorse. «Guarda che non sei Astrid.» «Lo so.» La voce rimbalzava in quella stanza vuota, e la giovane chiuse gli occhi. «Vorrei essere lì, adesso, vorrei stringerti tra le braccia.» Lui la udì inspirare con grande lentezza. «Anch'io», sussurrò lei. Bertrand lasciò passare qualche secondo e riprese: «Se dici di sì, noleggio una macchina». «Non riuscirai ad arrivare prima di Franck, e domani inizia il fine settimana.» «Troverò un giorno la settimana prossima.»

A fine pomeriggio, Bertrand richiamò per dire che purtroppo, negli otto giorni a venire, sarebbe stato bloccato a Parigi. Poi, con voce assai seria, in piedi nel suo studio e il contratto in mano, aggiunse: «Sto pensando molto seriamente di non fare questo viaggio».

D'istinto, Lola si oppose con fermezza. Un'opportunità come quella che Bertrand si stava costruendo era insperata.

«È fuori discussione. Devi rispettare quel contratto, proprio come io devo restare a letto ventidue ore al giorno. No, capisci? No.»

«Mi piace quando ti arrabbi.»

«Questo cardigan mi fa diventare matta.»

Lola lo udì sorridere. Gli disse che era «paziente di natura», poi riprese: «Non l'hai ancora firmato, ecco cosa».

Bertrand esitò, infine disse: «Ce l'ho qui in mano».

«Firmalo subito. Voglio sentire il rumore della penna.»

Lui eseguì.

«E voglio sapere che cosa c'è a est di Mosca.»

Bertrand si piazzò davanti al ritratto di Lola.

«Raccontami che cosa c'è.»

«Niente. Tu sei a ovest e io voglio portarti via.»

La sua voce era ancora più seria. Lola si tirò su e fece dondolare le gambe di lato, di fronte alla finestra. C'erano nuvole che filavano a forte velocità tra gli stipiti d'alluminio liscio.

«L'hai già fatto.»

«Ah, sì?»

«Davanti alla mia porta in rue Hector.»

«No, è stato sulla soglia. In pieno giorno, di fronte alla finestra del tuo salotto. Eravamo soli a quel piano, sotto i tetti. Il cielo entrava in tutte le stanze.»

«Perché hai suonato?»

«Perché ti volevo. Tu, come eri, tutta quanta con la maniglia rotta in pugno e la voce dolce che aveva bisogno...»

Alle spalle di Lola si aprì la porta. Era il passo di Franck.

Prima di riagganciare, Lola disse soltanto: «Di te. È arrivato Franck».

«Chi hai liquidato in quel modo?»

«Diane. Pensa che il suo capo abbia poca considerazione del suo lavoro, mentre in realtà si sta facendo beffe di lei.»

«Se non capisce l'importanza di Diane è un vero coglione.»

Lola barcollò fino al bagno, dove la vergogna e l'amore la fecero cadere in ginocchio. *La mia vita deve esplodere perché qualcosa mi liberi.*

15

In piedi nel suo studio, Bertrand rivedeva tutti i particolari di quel momento in rue Hector. Fin dal suo dito sul campanello rotondo, in ottone, con un pulsante nero con la molla allentata. L'aveva premuto con l'intenzione di continuare fino a quando Lola non avesse aperto. *Sarei ancora lì.* Ma lei l'aveva fatto, *subito.*

E in quel momento non pensava che lei fosse rimasta sola in quella stanza d'ospedale con un Franck arrivato prima del solito. Udì il tono di voce che aveva assunto lei. Né troppo sottile né dolce, inebriante. Che diceva: «Di te».

Sono io.

Il giovane afferrò la sua macchina fotografica preferita e uscì nel giardino sul retro. Si imbatté nella madre, che gli domandò dove andasse. Lui non rispose, era già fuori. Scavalcò il cancelletto come un gatto e si precipitò giù per la strada fino al sentiero che si dipanava tra la casa dei genitori di Lucas e quella dei Maurricet. Continuò a correre sul sinuoso passaggio acciottolato che tagliava le strade, fino al sentiero che costeggiava il bosco in cui aveva trascorso l'infanzia. Era senza fiato e stava cercando un albero, con un'essenza ben precisa. Spoglio, piccolo o giovane. *Non ha importanza.* Gli ci volle un po'. Bertrand s'infilò più giù, il naso rivolto al cielo ogni due minuti. Il sole calava in fretta, in quell'ultimo giorno di ottobre; quando, finalmente, s'imbatté in un olmo alto dieci metri buoni. *Promettente.* E scattò la foto necessaria in quel momento.

Per me.

Rientrò camminando, mentre calava la notte. Sua madre gli fece notare che non era molto intelligente uscire in maniche di camicia con quel freddo. «Quale freddo?» Il figlio sorrise e le mostrò la foto. Lei non fece alcuna domanda perché quella foto era «bella». Ombre, foglie verde scuro e altre marroni, un tronco solido, una chioma rotonda. Rimasero fianco a fianco davanti a quello scatto, poi lei guardò il figlio che scendeva.

Lo sentì gridare dallo studio: «A che ora si mangia la minestra di zucchine?» «Tra... Quando vuoi tu, è pronta!»

Cenarono senza il padre, che era uscito in bicicletta. Bertrand parlò di misure e di settimane. «Il dottor Schmidt sostiene che sarebbe fantastico se Lola resistesse fino a metà gennaio.» «Lo farà. È già nel posto giusto.» La madre non aggiunse niente che rischiasse di degenerare in un: «E cosa avete deciso?» Salì nella sua stanza e ridiscese soltanto quando il figlio si fu chiuso nel suo studio.

Dove scrisse altre mille parole, che poi rilesse. *Okay.*

16

Nel momento in cui Bertrand scriveva il suo testo, Franck era sdraiato con Lola tra le braccia. Avevano compilato una lista accurata degli ultimi acquisti per i genitori di lui, che stavano per tornare. «Mi toccherà sorbirmeli tutte le sere. E va be', non voglio lagnarmi davanti a te.» Lei non si mosse. La coscienza sporca è come i morti: si risveglia e provoca immancabilmente delle ondate mostruose. Lola chiese se i suoceri avessero intenzione di restare per tutta la settimana. «Di sicuro. Ti secca?» «Sono contenta che ci aiutino.»

Dall'altro lato del paravento tirato per metà, Barbara – la nuova vicina di letto – non si era messa gli auricolari. Aveva diciannove anni e leggeva una rivista per i ragazzi della sua età, nonostante si preparasse a una vita da adulta. Franck si addormentò. Lola ne sentiva sui capelli il respiro regolare e ne guardava la mano che le aveva posato sul petto. Seguiva il riflesso del neon, che si aggrappava alla sua fede nuziale per poi svanire. Pensò che Bertrand non sarebbe potuto venire prima di qualche giorno. Che lei non avrebbe potuto dirglielo prima di tarda sera. Sapeva che la sua camera era di «un azzurro quasi identico a quello della tua». Quando lui le aveva detto che abitava a Rives-sur-Marne le era scappato da ridere. «Siamo cresciuti a meno di venti chilometri di distanza, tra le anse dello stesso fiume.» «E perché non ti ho mai incontrato prima?» «Perché prima ero un coglione.» In quale vita? pensò lei tra le braccia di Franck.

Per quale vita?

Suo marito si svegliò di soprassalto. Lola sussurrò che stava per scattare il coprifuoco. Ancora assonnato, lui si infilò il cappotto blu, si avvolse la sciarpa attorno al collo e baciò la moglie. Non dissero una parola; Barbara russava. Franck uscì in punta di piedi. Lei non sapeva se telefonare a Bertrand. Guardò la ragazza, invidiandole la vita semplice, il suo compagno, le mani che potevano tenersi a vicenda senza doversi nascondere. *Senza mentire.* Chiuse gli occhi e fu colta dal pensiero, assai romantico, che Bertrand potesse essere il padre.

Era la prima volta che le veniva quell'idea, ed era così dolce che Lola non vi oppose resistenza e si addormentò cullandola. Per svegliarsi con lo stesso soprassalto di Franck e trovare quell'idea dapprima ridicola, poi triste. Perché sapeva benissimo che Bertrand aveva usato il preservativo e che, quando lei era tornata da Mosca, aveva fatto l'amore con Franck sul divano di pelle color antracite, e il giorno dopo, e quello dopo, e ancora... *Le cose sarebbero state così semplici.*

Lola si girò su un fianco, impettita. Erano le tre del mattino. Bertrand si sarebbe svegliato di lì a novanta minuti. *Fin dal nostro primo incontro siamo stati presi in trappola da questo amore e, da quando ci siamo visti all'aeroporto, siamo intrappolati dalle nostre vite.* Dimenticava Franck, a cui aveva detto sì per la vita. *Si dicono certe cose e poi si fa il contrario. Per amore.* Mise la mano sul ventre e uno dei bambini le venne incontro. Nessuno dei due si mosse. E, in quell'oscurità e quel silenzio, le lacrime che aveva scampato in precedenza spuntarono sovraccariche d'amore e di «è colpa MIA». E continuarono a svuotarla finché non l'ebbero riempita di disperazione e di una meravigliosa speranza.

17

I GIORNI seguenti furono difficili e bombardati da problemi pratici. Lola accettò tutte le decisioni di Marie-Ange perché i bambini rischiavano, come quelli di Astrid, di nascere senza preavviso. Ogni volta che la assaliva questa paura, la ragazza riprendeva il lavoro a maglia. Era molto più efficace degli esercizi di rilassamento e dei risultati delle ecografie. Lola avrebbe voluto che non la visitassero più, che non le misurassero più i bambini, che cessassero le perdite di sangue… Guardava i ferri che si incrociavano e la lana che dava vita a una forma, poco alla volta. Alzò la testa e pensò al gesto del suo bambino in piena notte. La vita dentro di lei era come quel filo. Si sviluppava da sola come un lavoro a maglia, secondo i suoi ritmi, senza preoccuparsi di alcun ostacolo, *è libera*. Così, quando Bertrand telefonò a metà mattinata di quel lunedì di inizio novembre, Lola disse: «I miei bambini se ne infischiano che io perda sangue, hanno preso dei centimetri che non perderanno più, quindi anch'io me ne sbatto alla grande!»

«Sono contento di sentirti parlare così.»

Lei lo udì alzarsi, muoversi, fermarsi. Tacere. Gli chiese che cosa stesse facendo.

«Sto guardando la mia agenda. Vengo a trovarti, anche solo per baciarti cinque minuti nello sgabuzzino delle scope del corridoio.»

«Lo sgabuzzino non c'è proprio, e figurati se mi lasciano oltrepassare le porte del reparto», rispose Lola sorridendo.

«Un buco lo troverò, amore mio.»

Le batté forte il cuore. S'immaginava il gigantesco calendario appeso alla lavagna magnetica di fronte alla scrivania di Bertrand, proprio come lui glielo aveva descritto. Però non era in grado di scorgere le decine di frecce, i luoghi cancellati, altri sovrascritti, i pennarelli multicolore che si mischiavano a seconda delle zone.

«Venire da te questa settimana è escluso. Lunedì prossimo, termine ultimo per le correzioni, martedì mi tolgono 'sto dente del giudizio, mercoledì per fortuna restituisco le foto a quelli di Chamonix, vengono loro a Parigi, mentre giovedì, cazzo, no... Che diamine ho scritto? A meno che non riesca a spostare il dentista...»

«Bertrand?»

«Sì?»

Per la prima volta dal giorno del suo ricovero, Lola era riuscita a chiamarlo per nome e ad alta voce. Il fotografo girò su se stesso come se lei gli fosse alle spalle. Lola lo udì sorridere. Ebbe la sensazione che lui fosse lì, così vicino da potergli sfiorare la spalla. Era una sensazione fantastica. Bertrand disse, con nitidezza/emozione/decisione: «Voglio vivere con te».

Ecco fatto. Quelle parole erano venute fuori. Gli erano appena fuggite dal cuore, erano libere, autentiche. Passarono da Bertrand a Lola. Erano quelle che lei desiderava sentire, avevano la voce melodiosa di lui. Erano la risposta. Quella scelta che galleggiava come un dato di fatto, che entrambi volevano senza neanche avere il coraggio di pensarla. Erano quel legame che li teneva uniti. Nuove lacrime scesero lievi e la giovane Barbara si rinchiuse in bagno. Bertrand – in jeans neri e maglione nero – guardò fisso davanti a sé.

«Sono serio, Lola. Non lo sono mai stato tanto in vita mia. E tu?»

«Anch'io lo voglio.»

«Quando avrò concluso il mio viaggio. Quando avrai partorito.»

«Sì.»

«Ti aiuterò. Sarò lì.»

«Grazie.»

Si aprì la porta della stanza.

«Sono venuti per me.»

Lui non disse: «Te lo giuro, ti amo, ti bacio», ma: «Cerca di non fare sforzi. Neanche uno».

18

Bertrand si diresse alla finestra che dava sul giardino. Senza musica. Eppure, Eminem canticchiava: «*Once in a lifetime...*» «Una volta, nella vita...» Aveva sbagliato a parlare? In quel momento? *No.* Si sentiva infinitamente meglio. E Lola gli aveva parlato con quella voce, senza esitazioni. Il cielo si stendeva grigio pallido, all'estremo limite dell'azzurro, ma era promettente e dolce. «Anch'io lo voglio.» Aveva la voce di quel cielo. *Si sentirà meglio.*

Fu allora che una nuova idea gli passò per la testa. E se avesse modificato il suo itinerario per tornare prima? Si precipitò davanti al calendario. Che cosa si poteva cambiare? *Soprattutto, dov'è che posso cavarmela da solo?* Spostare i giorni del viaggio in Africa, dove avrebbe ritrovato Sadi, una guida stracarica di impegni con la quale aveva già lavorato, sembrava una faccenda complicata. *Perché non partire subito per il Canada?* Dal punto di vista geografico era una scelta insensata, ma era la soluzione giusta per tornare prima del parto di Lola. *Cazzo! Perché non ci avevo pensato?* La chiamò subito, e lei trovò che fosse un'idea perfetta. «Tornerai prima.»

Il suo dentista gli anticipò l'appuntamento. Bertrand trascorse quattro giorni attaccato al telefono, a correre a destra e a manca per ultimare le cose in sospeso, a rinviarne altre a primavera, a navigare su Internet, a riorganizzare gli itinerari. Acquistò un biglietto per il Canada e gli Stati Uniti, antecedente a quello per l'Africa. Poi, l'America del Sud e l'Islanda. *Perché, ma perché non ci avevo pensato?*

«Parto dopodomani. Niagara Falls a novembre invece che a febbraio, la luce è diversa ma le previsioni annunciano un cielo sgombro per i prossimi dieci giorni e ci sono già due metri di neve. Gli altri Grandi Laghi, a seguire. E, dopo, l'Africa. Per fortuna non ho dovuto fare molti cambiamenti. Ci resterò soltanto tre settimane, quattro al massimo. Poi i laghi: il Titicaca, il Nicaragua, il Maracaibo. Perché ho avuto l'idea assurda di scrivere nel contratto che avrei scattato fotografie dalle rive opposte e dal lago aperto?»

«Perché è una bella idea. Ai lettori verrà voglia di navigarci, su quelle acque. E io voglio che le tue foto mi portino fin laggiù.»

«Io ti porto con me», disse Bertrand davanti al ritratto di Lola.

«Quando torni?»

«Sarò in Francia a metà febbraio. Anche prima, se sarò in gamba e il clima mi sorriderà. Il lago di Ginevra e l'Italia sono vicini a Francoforte. Sarò lì ad aiutarti.»

«Ti aspetto, Bertrand.»

19

Una domenica mattina di novembre, Bertrand salì sull'aereo. Le sue foto l'avrebbero aiutato a trascorrere quei mesi, Lola avrebbe potuto vedere ciò che aveva visto lui. Lui avrebbe setacciato piste, strade, sentieri, lei avrebbe alternato le giornate a letto con gli andirivieni nel corridoio. *Voglio vivere con te.* Sì, era proprio quello che desideravano entrambi. Si sentivano meglio. Sotto un certo punto di vista, perché Lola – tra le trecce del suo cardigan che si intersecavano perfettamente – vedeva con chiarezza i muri di menzogne che stava costruendo, giorno dopo giorno, attorno a Franck. E i disastri che il loro crollo avrebbe provocato.

Fitte raffiche di pioggia si stavano abbattendo sui vetri, con l'intenzione di non spostarsi da tutta l'Europa del nord, e Géraldine sentì di odiare quel novembre più di ogni altro. Disse a sua figlia di riferire a Franck che, grazie a lui, quel mese era più lungo e brutto del solito. Lola terminò la prima manica, ma sbagliò a fare la seconda perché l'aveva lavorata sul modello dell'altra. Barbara se ne accorse prima di lei. «Mica hai due braccia sinistre, eh.» Lola sospirò, assai innervosita, e la giovanissima vicina sorrise. «Non è importante.»

La pioggia sferzava le imposte. *Che cosa è importante?* Voler vivere centocinquant'anni? Guardare le stelle, sentire il calore che sa emanare una foto, amare lasciandosi andare, non tradire mai? *Essere se stessi.*

Lola non pensava mai in anticipo a ciò che avrebbe detto a Franck, ma già s'immaginava le sue parole ai bambini. Sì, a loro avrebbe parlato di cose belle. Dei ponti tra le rive. Tra le persone. *Tra Bertrand e me. Era inevitabile.* Come prova, avrebbe mostrato delle fotografie. *Questo amore è dentro di me, credo che passi dentro di voi. Non c'è spiegazione. È qui.* Una brutta contrazione strappò un grido a Barbara, che partorì prima del termine una Melody da quattro chili esatti.

La ragazza andò a metterla tra le braccia di Lola a mo' di addio. Lei ne fu turbata, però si proibì di pensare al fatto che i suoi bambini, messi assieme, non raggiungessero ancora quel peso.

«Ha proprio un buon odore. E com'è bella!»

«Vedi di non sbagliare più la manica», disse la giovanissima mamma posando piano il telefono bianco, così, senza guardare Lola negli occhi e senza aggiungere altro.

Lola avrebbe voluto parlare «di questo» con Bertrand, ma il fuso orario complicava notevolmente i loro contatti. Lui si costrinse a restare sveglio per chiamarla. Lei non era sempre in camera. E la sua nuova vicina, Annelise, non sempre era cordiale o disposta a rispondere.

Un lunedì sera di inizio dicembre, quando in Germania erano le sei e mezzo, Bertrand telefonò. Era finalmente arrivato in Uganda, era contento e il tempo prometteva di collaborare…

«… Ma non riuscirò a parlarti per dieci giorni buoni, perché nel posto in cui devo andare praticamente non c'è campo.»

«Non è un problema, so essere paziente.»

Lei sussurrò che le sarebbe piaciuto che fosse lui il padre dei bambini. *Tic, tac.* «Non m'importa, Lola. Io voglio vivere con te e con i tuoi figli.» *Tic, tac.* Al ritorno, sarebbe venuto subito in Germania. *Tic, Tac.* «Torna presto.» *Tic, tac.* «Dillo ancora.» «È arrivato Franck, mamma, devo lasciarti.»

Lola riappese e Bertrand uscì sbattendo la porta della stanza. In strada c'erano dei bambini che giocavano scalzi a calcio e gridavano. Tempo un quarto d'ora, e il sole sarebbe tramontato. Si diresse al ristorante presso il quale aveva appuntamento con la sua guida. Già sapeva che non si sarebbe trattato di Sadi, bensì di Abouo. Quest'ultimo, un ragazzo di ventidue anni, aveva sostituito su due piedi il padre, la cui gamba si era rotta nel trambusto provocato dalla carica di un elefante, dieci giorni prima, mentre portava in giro dei turisti danesi. Il fotografo era puntuale; gli africani in ritardo. Il proprietario del locale gli offrì una birra. Si scambiarono qualche opinione sulla politica francese e sulle donne.

Un'ora più tardi, gli africani si fecero vivi. Durante la cena, Sadi raccontò per l'ennesima volta e con larghi gesti il modo in cui Edgar Danielson gli era caduto addosso con i suoi centoventi chili. Ripeté che suo figlio, anch'egli guida turistica – «Insomma, come suo padre!» –, conosceva i luoghi migliori. Verificarono tutti assieme l'itinerario. Sadi continuò a insistere sui dettagli e fu, come sua abitudine, assai loquace. Abouo annuiva, silenzioso. Bertrand voleva soltanto una cosa: sbrigarsela in fretta per tornare alla svelta. Sadi gli strinse energicamente la mano: «Mi auguro che avremo un'altra occasione di partire assieme». «Tornerò», disse Bertrand.

Il mattino seguente, molto presto, mentre erano in viaggio già da un'ora, il cellulare gli vibrò contro la coscia, una sola volta. Era lo squillo di Lola. Bertrand compose il numero e, per miracolo, riuscì a trovarla. Aveva una voce nitida e presente come non mai. «Fantastico. Vedi, te l'avevo detto che saresti stata meglio.» Poi, rapidamente, aggiunse: «Torni a casa?» «No. Non ancora.» Lola sorrise, poi disse che si era scordata di avvertirlo che Air France aveva cancellato la sua linea telefonica, invece di sospenderla, e…

«… Mi sono appena resa conto di non avere né il tuo indirizzo e-mail né quello di casa tua a Rives-sur-Marne.»

«Com'è che non ci abbiamo mai pensato?»

Bertrand rise, e pure lei. Tre secondi di gioia pura.

«Perché tu hai il mio cellulare e io ho il tuo indirizzo e il numero del tuo fisso, amore mio. Mi manca soltanto la tua e-mail.»

«Franck ci può accedere. Voglio il tuo indirizzo.»

«… Ue……………rne………………..@…l.com.»

«Non ho capito!»

Bertrand ripeté e Lola continuò a non capire niente. Lui ordinò alla guida di fermare immediatamente la macchina. Ripeté tutto nel silenzio più totale. Anche quando fecero marcia indietro. Lola continuò a comporre il numero di Bertrand per tutta la giornata, fino al punto di infastidire la vicina, che le chiese di darci un taglio. La giovane donna rimase inchiodata a letto, gli occhi fissi sul soffitto alveolare, opaco, orribile. *Lui ha i miei recapiti e io il suo cellulare. Richiamerà.*

20

Sette giorni dopo, Géraldine entrò nella stanza di Lola. Era la prima volta dopo anni e anni che si staccava da Elsa lasciandola a sua cognata per due giorni interi. La voce della figlia maggiore aveva un tono che le aveva fatto infilare in una valigia i cinque bottoni di cuoio marrone per il cardigan, delle quantità industriali di disegni «alla maniera di Elsa» infilati tra le pagine di alcune riviste e tutta una serie di indumenti per i bambini, lavati e divisi per taglia e colore.

Bertrand non si era ancora fatto vivo. Lola non temeva più che le telefonasse, *lì, all'istante,* anche davanti a sua madre. Lo voleva. Era molto agitata. *Se chiama, dico tutto.*

Ciò nonostante, con un'emozione difficile da trattenere, spiegò uno alla volta i pigiamini, le tutine, i golfini. Non trovava le parole per esprimere i suoi sentimenti. La suocera aveva fatto acquisti in base al proprio gusto, mentre Géraldine aveva scelto ciò che sua figlia avrebbe scelto se fosse stata libera di muoversi. Era inconcepibile immaginare i suoi bambini dentro quei pochi centimetri quadrati di stoffa. Ripiegò il tutto con la massima cura, e sua madre rifece i sacchetti che Franck avrebbe poi sistemato negli armadi. Lola non alzò lo sguardo ma si lasciò abbracciare. Géraldine non sapeva come manifestare ciò che provava nel vederla costretta in quel letto, incinta e in quell'attesa.

«Sono così dispiaciuta per te e mi manchi tanto», disse stringendola a sé. «Detesto Franck per averti costretto a espatriare.»

«Se lo dici ancora, mamma, mi metto a piangere.»

«A primavera ti voglio per una settimana intera. Voglio sentire i bambini che mi farfugliano in casa.»

«Com'è andato il volo?»

«Magico, come un battesimo dell'aria. Mi sono sentita una bambina di cinquant'anni.»

«Mi sarebbe piaciuto vederti.»

«Avevo paura di venire», confessò in fretta la madre, con un tono che non nascondeva niente.

«Lo so», rispose Lola senza muoversi dalle sue braccia.

Géraldine pensò con sgomento che non si ricordava più di sua figlia da piccola. *Alla nascita.* E neanche di Elsa. Tuttavia era ancora in grado, volendo, di disegnare i motivi delle prime lenzuola per la culla. Lola pensò con altrettanto sgomento di essere prigioniera. *Il cervello è odioso, la pelle vive solo al presente. Voglio le tue braccia, Bertrand.*

Conrad Schmidt interruppe la loro conversazione muta, si scusò con Géraldine con mille riguardi e annunciò a Lola che le era stato dato il permesso di trascorrere la notte e il giorno seguente a casa, perché...

«... Lei e i suoi bambini state bene. E a maggior ragione perché sua madre è qui di passaggio. È contenta di questo regalo?»

«Molto», rispose Lola, disperata all'idea di doversi allontanare dal telefono bianco.

«Peraltro», disse lui con sguardo cortese ma senza possibilità di equivoco, «dovrà essere molto prudente.»

Non voglio andarmene da questa stanza. Voglio dirti una cosa, mamma.

Per tre volte Lola compose il numero del cellulare di Bertrand, con la madre a due passi. Non ci fu modo di raggiungerlo. Ovviamente Géraldine le chiese chi stesse cercando di chiamare, e Lola rispose senza vergogna: «Natacha. Volevo avvertirla che sto tornando a casa, e la mia compagna di stanza si irrita quando non rispondo abbastanza in fretta».

«Non so proprio come fai a starci assieme!»

Lola piantò i suoi occhi verdi in quelli nocciola della madre: «Soltanto perché non ho scelta».

«Non prendi il tuo lavoro a maglia?»

«No, tanto devo tornare.»

21

QUANDO, il 13 dicembre 2010, Lola lasciò con dispiacere il telefono e le pareti azzurre della stanza 2204, Abouo e Bertrand stavano tornando verso la civiltà, verso un villaggio. Il fotografo avrebbe preferito mille e mille volte che fosse stato Sadi ad accompagnarlo: la sua loquacità non era affatto fastidiosa, mentre i silenzi di Abouo sapevano essere pesanti.

Eppure, Bertrand non era di cattivo umore. Avevano percorso chilometri di piste, navigato tra le ottantaquattro isole dell'arcipelago delle Ssese. Aveva delle belle foto, il cielo aveva collaborato senza mandare troppe nuvole o pioggia. *Ogni giorno una bella luce.* Il lago Vittoria era grandioso. Era stato gentile con lui, anche nel bel mezzo di quella distesa d'acqua con dei riflessi che avevano messo i suoi nervi a dura prova. L'indomani sarebbero partiti per il Kenya alle prime luci dell'alba, per scattare delle foto da quella diramazione orientale prima di scendere in Tanzania. Ancora altri giorni in compagnia del *muto.*

Bertrand sperava di riuscire a mettersi in contatto con Lola. Di sapere se stesse bene, di udire la sua voce anche solo per un minuto. Sentirla dire ancora: «Voglio vivere con te tutti i giorni della mia vita».

22

Davanti alla porta, con palpabile emozione, Franck porse a Lola le chiavi del loro appartamento. Dal giorno in cui aveva rivisto Bertrand all'aeroporto, ovvero circa due mesi prima, lei non ci aveva ancora rimesso piede. Fu come entrarci per la prima volta: tutti gli scatoloni erano spariti. Franck aveva riorganizzato gli spazi del salotto e la descrizione che le aveva fornito si era rivelata attendibile, con il divano grigio messo in diagonale così da migliorare sia l'impiego dello spazio sia la vista sul bosco. Lola attraversò la stanza senza neanche togliersi il cappotto e spinse la porta della camera dei bambini. Due culle se ne stavano l'una accanto all'altra, spoglie. I sacchi nanna, i piumoni, il fasciatoio, mille piccole cose erano sistemate in un angolo, su un comò bianco con quattro cassetti molto grandi.

Lola non si mosse. Aveva paura di toccare quei mobili, quegli indumenti. Non udì arrivare Franck ma si sentì abbracciare. La realtà prendeva una dimensione diversa. *Voglio vivere con te.* Rimase impassibile, non voleva – non poteva – guardarlo negli occhi. Non sarebbe stata capace di mentire, anche se in quel momento non poteva dire o fare niente.

«Adesso c'è anche Internet», sussurrò Franck. Le sfilò il soprabito e Lola chiuse gli occhi. Poi le prese la mano e disse, rientrando nel salotto: «C'è anche la tv francese, via cavo».

«*Wunderbar.*»

«Che cosa vuol dire quell'orrore di parola?» esclamò sua madre con una smorfia.

«Fantastico.»

«Spero che non significhi che le meraviglie sono orribili.»

«Proprio da morir dal ridere, Géraldine!»

«Era solo per fare la spiritosa.»

Lola si diresse alla finestra del soggiorno. Una neve leggera cadeva sul parco, ma la notte le impediva di distinguere gli alberi più vicini. *Un solo foglio conta, non una foglia...* E Franck, molto lontano, in una vita parallela, *in un mondo al quale non appartengo più*, disse di aver comprato la miglior *choucroute* al salmone nella migliore rosticceria, «proprio come mi hai chiesto».

«Grazie.»

A migliaia di chilometri, Bertrand – sul sedile del passeggero – tolse dallo zaino una delle cartoline che aveva acquistato. *Lola vuole il mio indirizzo francese. Glielo spedisco a casa?* Se l'avesse intercettata Franck, quella cartolina, avrebbe fatto delle domande. *Al suo posto, io le farei.* Il fotografo esitò, diede un'occhiata al cellulare. *Ancora niente campo, figurarsi.* «Stiamo arrivando», disse Abouo. Il fotografo si voltò a guardarlo. Era una delle rare volte in cui il figlio di Sadi avesse parlato per primo, senza rispondere a una domanda. A Bertrand venne voglia di scattargli una foto ma non ne ebbe il tempo perché, oltre una curva, spuntò il consueto hotel con bungalow. Bertrand saltò giù dalla Toyota e si diresse alla reception per chiedere al ridicolo e smisurato personaggio dietro il tavolo di plastica verde se potesse cortesemente fargli fare una telefonata in Germania. Il portiere-proprietario si rammaricò di non avere una linea fissa e di non poter chiamare in Europa con il suo contratto telefonico africano. Sì, certo, non c'era motivo perché il cellulare francese non funzionasse. «Tolga la batteria e la SIM, poi le inserisca di nuovo. Desidera una stanza?» «Due, grazie.» «Può farsi una doccia fresca. Mi dica quando, così le metto in funzione il serbatoio dell'acqua.» «Tra cinque minuti.» Il tizio sorrise. Bertrand fece qualche passo e smontò il cellulare. *Mi sta prendendo in giro.* Comunque estrasse batteria e scheda SIM, le installò di nuovo e ottenne – per l'intercessione di qualche angelo – il collegamento con la rete della Orange. Senza spostarsi dal punto in cui si trovava, nel parcheggio, nel timore che saltasse tutto, compose il numero di Lola. Senza successo. In realtà riuscì a prendere la linea, ma non rispose nessuno.

Vista l'ora, stava sicuramente passeggiando lungo il corridoio con Franck. Provò una fitta di gelosia. Poi lanciò un'occhiata al proprietario, che alzò la mano destra aprendo tutte e cinque le dita. Abouo aveva già portato i bagagli nelle loro camere. Bertrand diede un giro di chiave e si tolse i vestiti. La doccia era più che fresca ma *più che benvenuta!* E lo rilassò. Provò a richiamare appena uscito da sotto l'acqua, ancora grondante. Gli squilli risuonarono a vuoto. Si asciugò, prese la cartolina e scrisse: *Kisoli, 13/12/10. Paesaggi magnifici, situazione eccezionale, il cielo è a portata di mano. Ti auguro buona fortuna. Un bacio. B...* Appena vergata la B rimase con la penna a mezz'aria, dubbioso se firmare con un nome di donna, poi decise che l'iniziale poteva bastare. Infilò la cartolina in una busta, la chiuse e scrisse: *B. Roy, 25, rue Haute, 94430 Rives-sur-Marne, Francia*, poi: *Clinica Guersbruck, Signora Lola Milan, stanza 2204, Francoforte sul Meno. Che indirizzo? Che codice postale? Internet non funziona, ovviamente!*

Rimase a fissare la busta per poi aggiungere, facendo forza sulla penna: *Germania*, e infilare il tutto in una tasca interna dello zaino, in mancanza di informazioni e affrancatura adeguati. Si rivestì e risalì in macchina, per andare a cena nell'unico ristorante del luogo, cinquecento metri più giù, in fondo a un agglomerato di quattro case e in compagnia della *guida più simpatica del mondo*.

23

La sala era deserta, ma qualche abitante del luogo chiacchierava e rideva al bar senza prestare la minima attenzione all'unico bianco. Bertrand e la sua guida mangiarono un appetitoso pollo alle arachidi che fu benvenuto allo stesso modo della doccia. Entrarono tre tizi, lasciando la porta aperta. Bertrand alzò la testa. Quelli non lo degnarono di uno sguardo. Uno indossava un pullover verde scuro con la scritta ACAPULCO a caratteri cubitali e aveva in mano un sacchetto di plastica nera. Gli altri due, un'identica felpa beige. L'atmosfera si fece di colpo più gelida e la conversazione tra Abouo e il fotografo finì per incagliarsi.

Tra due belle forchettate di riso e di carne assai tenera, Bertrand tentò di richiamare la stanza 2204. Un attimo prima, aveva chiuso la comunicazione dopo una ventina di squilli. Non pensava più a Franck che teneva la mano di Lola ma a un'infermiera che le stava magari facendo un'iniezione. Se non rispondeva, era perché forse non stava bene. Fu colto dal panico e, al dodicesimo squillo, si alzò per uscire sulla veranda. Il telefono bianco continuava a squillare nel vuoto interstellare. Abouo si diresse al bancone del bar, dove ordinò delle birre, e Bertrand alzò la testa verso le stelle che sembravano venire giù a pioggia. Al ventiduesimo squillo, una voce sgarbata rispose: «Pronto!» Lui chiese di poter parlare con la signora Milan, era agitatissimo. La donna dovette rendersi conto del suo stato d'animo, perché con un tono più cordiale spiegò che la sua compagna di stanza stava bene, tanto che le avevano concesso di tornare a casa per due giorni. «È venuta a trovarla sua madre. Sì, sì, sta meglio.» «Grazie.»

Riattaccò senza lasciare il suo nome e rimase per un istante all'esterno, nella notte, immobile e con lo sguardo rivolto al cielo. Uno dei tizi in felpa beige uscì e lo salutò. Bertrand ricambiò il buonasera e lo guardò attraversare il parcheggio alla destra del ristorante, per poi scendere giù per il sentiero nell'oscurità più totale. Rientrò nel ristorante. I due ultimi arrivati avevano attaccato discorso con la sua guida. Furono raggiunti da altri tre individui. *Lola sta meglio.* Bertrand finì il suo pollo ormai freddo. *Lola è con Franck, nella loro casa. Dormirà tra le sue braccia.* Allontanò il piatto. *Provo a chiamarla al fisso?*

Abouo tornò a sedersi assieme al tizio con il pullover ACAPULCO e a quello con la felpa beige. Si mise un bicchiere di birra davanti al piatto e presentò Buma e Kafi, due pescatori del posto che avevano già preso dei persici del Nilo di oltre ottanta chili. Parlarono nel dettaglio delle loro catture. Bertrand chiese loro di specificarne le dimensioni e indicare i punti esatti, e trascrisse il tutto sul bloc-notes del suo cellulare.

«Che tipo di foto fai?» gli domandò Kafi.

«Dipende.»

«Ragazze? Moda?»

«Prima. Adesso preferisco viaggiare.»

«E guadagna bene, uno come te?» chiese Buma.

«Può andare.»

«È un po' come una battuta di pesca, il guadagno dipende da cosa riesci a catturare», riprese Kafi.

«Soprattutto nel mio caso.»

«Tu vai a pesca, nel tuo Paese?» domandò Buma.

«No.»

«Neanche di donne?»

Bertrand sorrise.

«Ne vuoi una?»

«Grazie, ma vado a dormire.»

«Sicuro?»

«Domani partiamo molto presto», disse Abouo.

«Vado a pagare», disse Bertrand alzandosi.

Il gestore fece il conto con lentezza sovrumana e poi andò a cercare il resto in un retrobottega. Gli africani stavano discutendo davanti alla loro auto e alla Toyota. Stavano evidentemente facendo confronti, perché continuavano a esaminare le gomme e ad aprire e richiudere le portiere. Bertrand prese i suoi soldi. Abouo girò attorno alla Toyota, Buma e Kafi si piazzarono sul sedile a tre posti. Il fotografo rimise a posto il portafoglio quando sentì la vibrazione del cellulare sulla coscia. Gli saltò il cuore in gola. E se fosse stata Lola... Si strappò il telefono dalla tasca e vide i due uomini scendere dalla macchina. Era soltanto un messaggio della banca, che confermava – *cazzo, era ora!* – l'avvenuto bonifico richiesto nove giorni prima. Bertrand fece scorrere i contatti del telefono fino a «Baratier Lola» e lei apparve, con una mano che teneva fermi i capelli. Il fotografo sorrise, chiedendosi – senza smettere di camminare – se chiamare oppure no. Un secondo, due, quattro, e Buma tese la mano, che Bertrand strinse. «Buon viaggio.» «Grazie.» Montò sul sedile, tenendo il cellulare con la sinistra. Si girò verso il conducente, che aveva appena messo in moto, e che non era Abouo. E si bloccò di colpo.

Un'onda gelida risalì da un punto ben preciso sulla destra, tra le costole, fino a raggiungere il cervello. Senza abbassare lo sguardo, Bertrand vide – in 3D – l'oggetto cilindrico che vi era conficcato. Rimase come paralizzato. Buma era già su quel sedile a tre posti e il veicolo si avviò tranquillo per scomparire nel buio della notte. Il fotografo scorse Abouo, con il sacchetto di plastica in mano. La guida non lo guardò neanche, e Bertrand pensò di non essersi accorto proprio di nulla, né del tizio che estraeva la pistola né dell'eventuale rigonfiamento dell'arma sotto il pullover ACAPULCO. Aveva notato il sacchetto, le felpe beige, era salito su quella Toyota senza riflettere. All'improvviso si sentì proprio come ciò che era appena diventato: volgare selvaggina da quattro soldi. Era stato una preda facile. Chiese il suo prezzo. Buma rimase in silenzio e sorrise di nuovo. Aveva un'aria temibile. Abbassò gli occhi sull'anello di Bertrand. *La storia di chi lo indossa.* Tese la mano. Bertrand si sfilò l'anello e glielo porse. *La mia storia finisce qui.* Alzò la testa e si beccò in pieno ventre un colpo che lo fece piegare in due e cadere sul pianale. Il suo rapitore gli mise un piede sul collo.

24

«TUTTO bene?» chiese Franck socchiudendo la porta del bagno.

«Aiutami a rialzarmi.»

«Sei pallida.»

«Vado a letto.»

«Sarebbe meglio riportarla in ospedale.»

«Devo sdraiarmi subito.»

Géraldine e Franck la sostennero fino al letto. Lola chiese al marito di aprire un attimo la finestra.

«È colpa della *choucroute*?» domandò la madre.

«Può darsi. Non lo so.»

«Perdi sangue?»

«No.»

Franck le si sedette accanto, le prese la mano nella sua e disse che gli dispiaceva tanto.

«Questa gravidanza è disumana.»

«Sì. Riportami in clinica, per favore.»

25

AVRÀ *partorito?* Bertrand contava i giorni per non perdere la testa. L'avevano sequestrato ormai da un mese. La sua prigione era una stanzetta dal soffitto molto basso, buia, in cemento e senza finestra. Solo un raggio di luce filtrava da sotto la porta. Prima che lo gettassero dentro, era riuscito a contare sei gradini irregolari e molto alti. Avrebbe potuto trovarsi in un villaggio, o forse in una città. Era una topaia in cui non si sentiva niente. E riguardo alla direzione in cui erano partiti...

La notte del suo sequestro, Buma e Kafi l'avevano consegnato a della gente che l'aveva gettato in un 4X4, tra taniche di gasolio che gli avevano provocato la nausea. Era stato un viaggio senza soste, in un paesaggio del quale Bertrand non aveva visto niente. Le strade erano accidentate e il fotografo si era concentrato sulla luce che filtrava dal suo cappuccio. *Un giorno. Due.* Il terzo, nel buio totale, si erano fermati per ventiquattr'ore in un paesaggio arido, mentre lui lo immaginava umido e paludoso. Poi era stato nuovamente incappucciato e imbavagliato. Trasferito. In Sudan? In Etiopia? *In Somalia?*

Non capiva una parola. Aveva paura, aveva fame, aveva sete. Era solo. Era entrato in un mondo irrazionale in cui niente assomigliava a niente. L'avevano legato come un salame per gettarlo in un bagagliaio. L'avevano spintonato, schiaffeggiato, malmenato, picchiato, minacciato con una pistola. Gliene avevano puntata una alla tempia. Al cuore. Non aveva provato a fare il minimo gesto di reazione: non più, dopo la volta in cui era stato percosso per essersi rifiutato di alzarsi.

Un tale che, in un inglese approssimativo, si era presentato come un medico (e che, con la stessa approssimazione, poteva anche esserlo) gli aveva fatto bere degli infusi di erbe del luogo e l'aveva avvertito che non era il caso di ricominciare. Poi gli aveva liberato le mani ma legato le caviglie. L'unico spostamento possibile era trascinarsi da quella specie di stuoia che fungeva da materasso fino al secchio che serviva da cesso, e soltanto di giorno; perché al calar della notte venivano sempre a legargli i polsi dietro la schiena.

TERRORE: SOLITUDINE. TERRORE. OGNI MINUTO. OGNI ISTANTE. OGNI VOLTA CHE QUALCUNO GLI SI AVVICINAVA.

Bertrand Roy mangiava e beveva a totale discrezione dei suoi carcerieri. Qualcuno era andato a recuperare le sue cose dall'albergo. Il computer, i jeans, le scarpe, il passaporto, il cellulare, le carte di credito, i soldi, tutti i documenti erano scomparsi. Ma gli avevano consegnato un borsone con dentro le sue macchine fotografiche (eccetto le batterie e le pellicole nuove), e c'era ancora qualche indumento così come la cartolina dentro una tasca interna. Aveva infilato dietro un rinforzo la foto di Lola che portava con sé al momento della cattura. E pensava a una sola cosa: Mi sono fatto fregare come un coglione.

I primi giorni. Le prime notti erano state interminabili. I minuti. I secondi si erano sgranati a uno a uno. Nel terrore. E a quel punto, un mese più tardi, Bertrand pensò che fosse stato il suo scarso bisogno di sonno a insegnargli non soltanto la pazienza ma anche la capacità-di-muoversi-senza-fare-rumore. Si chiese se, da piccolo, avesse mai giocato a guardie e ladri con suo fratello, in giardino. Non se lo ricordava affatto. Gli anni si confondevano, scavavano dei vuoti, e Bertrand ebbe paura di perdere il senso delle cose. *Che la paura mi faccia perdere il senso delle cose.*

Così, facendo scorrere la mano sul pavimento ruvido, iniziò a organizzare i suoi pensieri come se aspettasse il mattino per potersi alzare, *libero.* Non se ne rese nemmeno conto, «sopravvivere» non era più un verbo né una condizione, bensì un modo di vivere nel quale gettò ogni pensiero ambiguo, o terribile, o terrificante, o mutilante, o avvilente, o mortale che avrebbe fatto di lui ciò che quegli uomini avrebbero voluto che fosse: *un ostaggio*.

Iniziò a cacciare i dubbi e la paura nel modo in cui si bracca la selvaggina. Non voleva più rivivere l'orrore dei primi giorni. Si allenò a riconoscere ogni anfratto, elaborò una mappa mentale della sua prigione – e di quelle successive –, evidenziò con l'inchiostro invisibile dei punti di riferimento e contò ogni sorgere del sole.

Ascoltava senza capire niente, se non le intonazioni. Decifrava i passi, i ritmi. Dormiva come sempre, molto poco. Aveva imparato a guardare, imparò ad ascoltare. *Sempre davanti a loro.* Sempre pensando a Lola.

Abouo l'aveva tradito, era ovvio. Perché? Per soldi, probabile. Tutti quanti corrono dietro ai soldi. *Anch'io.* Per quanto riguarda Sadi, il padre, Bertrand ripercorse una alla volta le parole di quell'uomo, le intonazioni della voce. I suoi sorrisi... Meglio non pensarci. In ogni modo, la conclusione non mutava da un pensiero all'altro: *Non mi sono accorto di nulla.*

A distanza di ventun giorni, quando Bertrand era stato messo di fronte a una telecamera, seduto e ammanettato ai piedi di cinque uomini armati e incappucciati, aveva visto soltanto una terra rocciosa, senza rilievi veri e propri, color ocra, a perdita d'occhio, *neanche un albero.* Aveva registrato ciò che gli era stato ordinato di dire: «*My name is Bertrand Roy. I'm a French photographer*». Un sorvegliante con il volto coperto aveva letto un testo in inglese nel quale spiegava di far parte di un gruppo di guerriglieri dei quali Bertrand non aveva mai sentito parlare. Chi? Dove? Perché? *Io.*

Quelle immagini erano state diffuse? Quando? I suoi sequestratori avevano richiesto la liberazione di qualche prigioniero oppure un riscatto? Volevano dimostrare la loro forza, esercitare delle pressioni? Perché lui era francese? Bianco? *Nel posto sbagliato al momento sbagliato.*

In fin dei conti, il succo della faccenda era sempre quello, e nessuno gli avrebbe risposto per dirgli quanto tempo gli restava... Allora, Bertrand smise di pensare.

Sì, passava dei momenti squallidi in cui si vedeva *ostaggio, alla mercé*, e altri ancora più cupi in cui si domandava se l'avrebbero mantenuto in vita. Non era affatto convinto di servire a qualcosa. Ma, per fortuna, era un viaggiatore. Aveva attraversato il Tibet. «Chi viene fin qui, lo fa sempre per implorare qualche cosa.» Ringraziò il suo sherpa e lacerò mentalmente migliaia di T-shirt arancione a colpi di coltellino, gli occhi aperti su un muro di pietra al quale, nel vento, si vide appendere i brandelli, in quel Paese vicino alle stelle. Come in un film. *È stato l'ultimo che ho realizzato.*

Quel pensiero segnò una svolta nella sua prigionia, perché Bertrand pensò di aver avuto la possibilità di farlo. Tenne aggiornato il suo calendario, per non impazzire, e pensò e ripensò al Bajkal, ad Anatoli e agli abeti neri, così dritti. Al sole russo che giocava tra i rami per riflettersi sulle acque del primo fiume che aveva immortalato all'uscita da Mosca. Aveva il colore dei riccioli di Lola. I riflessi danzavano sulla superficie come le ciocche amoreggiavano con le spalle di lei. La sua pelle era l'onda, il suo neo, uno scoglio al quale Bertrand si aggrappò con le dita per non colare a picco.

Quelle immagini della sua vita lo riportarono in superficie. Ingollò una grande boccata d'aria, vagamente salmastra e viziata, del luogo in cui era rinchiuso. La sua vista si era abituata alla situazione e Bertrand sapeva che, appena uscito, il sole gli avrebbe potuto bruciare gli occhi. Li avrebbe tenuti bassi, *per rivedere Lola.*

Come sta? Fa' che stia bene. Che non perda più una goccia di sangue. Che pensi a me. No, fa' che non sappia niente.

Perché quell'indiano mi ha regalato quell'anello?

26

Ma Lola aveva saputo. Fin dal Natale 2010. Oh! Non a mezzanotte, nel momento in cui la famiglia di Franck aveva aperto i regali, ma il giorno dopo, poco prima di pranzo. Era la seconda volta che usciva dalla clinica. La famiglia Milan, ignobile nonna compresa, si era spostata fino in Germania per le festività. Andò tutto bene fino a quando la Megera non pretese di accendere la tv per ascoltare la messa. Il nipote disse di no. Lei se la prese. Salirono i toni e Franck stava ancora discutendo quando suo padre, appena uscito dalla doccia, s'impadronì del telecomando sorridendo alla vecchia. Franck fissò la madre, che ritornò in cucina. Assai soddisfatta di sé, Reine Milan supplicò Lola e il suo...

«... Pancione di avere la cortesia di sparire dal mio campo visivo mentre mio figlio trova il canale giusto!»

Claude Milan fece scorrere i programmi a uno a uno, fino alla comparsa del papa con le mani levate al cielo. Una striscia rossa scorreva alla base dello schermo. Lola la lesse automaticamente e udì la nonna pronunciare: «Il fotografo Bertrand Roy, che non dava notizie di sé dallo scorso 13 dicembre, è stato rapito in Uganda».

Comparve una fotografia di Bertrand da uomo libero, di tre quarti, sorridente, bello, capelli lunghi come quel giorno di giugno. La sovrimpressione riprese a scorrere, seguita dalla foto. Con un sospiro, Reine disse: «Eccone un altro. Preghiamo per i suoi famigliari. Franck, alza il volume».

«È abbastanza alto.»

«Io non sento niente. Lola, di' a tuo marito...»

Franck incrociò lo sguardo della nonna. Lei sorrise «come se nulla fosse», poi chiuse gli occhi. Lui filò nel suo studio e lei consultò l'orologio. Il suo regalo di Natale. Era sottile, elegante, misurava il tempo passato e quello futuro. Migliaia di persona cantavano in piazza San Pietro e Reine cantò con loro. *Dov'è Elsa? Canta, per piacere. Per Bertrand, per me. Perché il mondo sia bello.*

Si trasferirono a tavola, foie gras, insalata, cappone e... *non me lo ricordo.* Lola aveva chiacchierato, le ore sul suo orologio avevano seguito le lancette ma lei non le aveva viste. *È stato rapito.* Ebbe un attacco di sete. Cercò la caraffa sul tavolo. «No, lasciate, vado io.»

Raggiunse il lavandino, fece scorrere l'acqua. Il parco era di un bianco immacolato. Gli uccelli non osavano posarvi sopra le zampe. *La T-shirt di Bertrand è...* Lola ebbe la sensazione di perdere la vista, la coscienza e l'equilibrio. Tutto allo stesso tempo. Si sentì scendere in un antro nero, freddo e umido, nel quale fu aggredita da un odore pestilenziale.

La maestra non si mosse. La mano sinistra appoggiata sulla scrivania, gli occhi nel profondo di ciascuno dei suoi alunni.

«Le foglie si decompongono, marciscono e si fanno dimenticare. Non c'è niente di meglio dell'oblio per rinascere.»

1

Lola trascorse le tre settimane seguenti in clinica, immersa in un mondo oscuro. Il sangue riapparve, inquietante. Il cielo poteva pur schiarirsi, il sole far brillare la neve, la luna e le stelle pavoneggiarsi: la giovane donna viveva in una notte perpetua. Non aveva notizie di Bertrand e non poteva ottenerne.

Franck non aveva collegato il malessere di Lola alla sovrimpressione rossa sulla quale s'insinuava il ritratto del fotografo. Quel Bertrand sullo schermo, sorridente, non assomigliava per nulla a quello incrociato davanti alla camera 2204, e Lola non ricordava di aver fatto il suo nome nel raccontare al marito le chiacchierate con Daphné, in rue Hector. Forse Franck si era limitato ad ascoltare.

Le mani della donna continuavano a tremare, ma non per quello. Il motivo era l'angoscia, la paura, l'inconcepibile realtà. L'incomprensione. Il vuoto. La rabbia. I pensieri che non si manifestavano più, o erano confusi, per tutta la notte. *Non ti ho detto che ti amo. Non so in quale ospedale lavora tua madre, in quale scuola insegna tuo padre. Non mi hai mai detto dove ha lo studio tuo fratello. Dove sei, Bertrand? Come stai? Ricordi quei minuti in cui non dicevamo niente? In cui respiravamo insieme? Respiro ancora con te. Tutto il tempo. Non dormo più. Non ti sento più. Attendo che faccia giorno.*

Di prima mattina, Lola impugnava di nuovo il suo lavoro ai ferri. Terminò il collo, la cintura, pensando a ogni maglia: Non ti lascio la mano. Sii forte, resisti, bevi, mangia. Pensa a noi. Attaccò i bottoni, scese dal letto per provarsi il cardigan senza chiuderlo. La sua enorme pancia pesava, bassa. Lo specchio, implacabile, rifletté l'immagine di quei diciotto chili e Annelise, che parlava al telefono, le lanciò uno sguardo dei più offensivi. Lola le si piazzò davanti, la guardò dritto negli occhi. Ma non disse proprio nulla. *Voglio che i miei bambini stiano bene. Voglio uscire di qui.*

In piena notte, quel 15 gennaio, un dolore lancinante sconquassò Lola. Quando uno dei gemelli presentò gravi sintomi di sofferenza fetale, le fu praticato un cesareo d'urgenza.

Eppure Lenny emise, da solo, il primo vagito alle 4.38. Maria, tre minuti dopo. Erano molto prematuri ma vigorosi. «Come me», disse Franck, arrivato in extremis per assistere alla nascita. Lola non era sprofondata nel sonno. Li aveva visti. Aveva teso le mani, li aveva tenuti tra le braccia per dieci secondi a testa e non credeva ai suoi occhi nel vedere i due bambini, caldi, che si muovevano su di lei, che respiravano da soli, anche se lunghezza e peso facevano rabbrividire. Li voleva, con quella pelle rosa troppo grande per loro e il naso arricciato. Voleva che fossero forti.

Lenny pesava 1 chilo e 843; Maria, 1 e 684. Lola non pensò ai grammi o alle settimane che mancavano al termine. Prese atto delle cifre così come aveva ascoltato le misure rilevate durante le numerose ecografie. Solo il presente contava. *Adesso*. Il dottor Schmidt affermò: «Il contatto pelle a pelle è la miglior incubatrice». Lola disse: «Aveva ragione lei, sulla data». «Non volevo che uscissero prima», rispose lui, aggiungendo: «Mi ha dato una buona idea, con il suo lavoro a maglia: proporrò di aprire un nuovo laboratorio». «Non vada mai in pensione, dottore.»

2

QUELLA prima settimana fu interminabile, in quanto decisiva. A Lola fu assegnata una stanza singola, viola chiaro e rosa, che non vide quasi mai poiché visse in neonatologia, accanto alle incubatrici dei suoi neonati. Le infermiere, che si susseguivano a turno, registravano i dati mentre Lola controllava ogni minima contrazione dei loro volti.

Una mattina, al termine della seconda settimana, ben prima dell'alba, una ragazza molto giovane, le cui iridi avevano il blu di un cielo d'inverno, sorprese lo sguardo di Lola seduta in quella sala dai rumori di fabbrica, Maria contro la sua pelle. Per un lungo istante, restarono l'una negli occhi dell'altra, su quel qualcosa di cupo che nasceva in loro. Lola aggrottò la fronte e la giovane infermiera, nell'accarezzare la guancia di Lenny, sorrise e disse: «È veramente difficile aspettare qui. Questo rumore, le cifre, le curve. Sembra di attendere i risultati di un esame».

Lola non riuscì a dire nemmeno una parola. Le giornate avevano mille ore. Lo sguardo le cadde sul badge rosa e gli occhi di Anya si illuminarono.

«Sono tirocinante. E farò di tutto affinché i miei esami finali riescano bene come i suoi bambini.»

«Non potrò averne altri. Il mio utero è andato.»

Anya si sedette sullo sgabello e guardò Lola in volto. «È questo che la rende triste?» «No. Ho paura che smettano di respirare.» «Non succederà. Hanno lottato per vivere.»

Penso a te, Bertrand, tutto il tempo. Lotta per vivere.

3

«Quanto sono belli», ripeteva Franck a ogni visita.

Vedeva soltanto quel che c'era di buono da vedere. Era incantato dai suoi bambini, dalla vita. Nominava il dottor Schmidt, i pediatri, il signor – talvolta la signora – Tal dei tali. Lola ascoltava i nomi senza mandarli a mente, per mancanza di spazio nel cervello.

Eppure registrò quello di Yves Coppens perché lo conosceva già. «Uno scienziato è pronto a ricevere l'imprevisto e l'inaspettato.» Pensò a Bertrand, più che mai. Voleva vederlo. Voleva avere sue notizie. *I suoi occhi*. Voleva dirle, queste cose, non nascondere più niente. Vivere libera con lui che era prigioniero. Aveva paura, no, *sono terrorizzata*. E, per non colare a picco, la giovane mamma si aggrappava agli occhi di Lenny e di Maria.

Come abbandonare quegli sguardi? Come non dimenticare tutto, in loro? No, a dire la verità, Lola non dimenticava nulla, semplicemente le cose urgenti passavano in primo piano. Nutrire, tenere in braccio, cambiare, misurare, pesare, ascoltare, baciare, coccolare, accarezzare, guardare. Prepararsi all'imprevisto e all'inaspettato. *Sperarlo*. Contenere le sue paure. Passare le ore. *Vedere Bertrand camminare al sole, libero*. Annotare i dati dopo il bagnetto e la pesata quotidiana. *Sentire le sue braccia quando mi stringe*. E posare la matita con sollievo nel constatare il lento progresso. Pensare a lui al presente. Ai suoi bambini al presente. Ogni giorno le cose andavano sempre meglio, tuttavia era un giorno in più senza notizie.

* * *

Una mattina, Lola scese all'edicola. Non fu sorpresa che non ci fosse nemmeno un giornale francese. Volle acquistare un cellulare usa e getta ma si rese conto che, da mesi, non aveva né contanti né bancomat. *E chi chiamo? Devo uscire da qui*. Tornò all'ascensore e, nello specchio assai sincero, si vide in pigiama rosa pallido sgualcito, con nove chili di troppo, davvero brutta. Di fronte alla realtà. *Come sono i tuoi capelli? Dove dormi? Hai un materasso? Una coperta?*

Lola si precipitò dai suoi bambini, quattro piani più in alto. Guardava la vita che abitava in loro, che li faceva crescere, per non immaginare/intravedere/capire quella che Bertrand stava sopportando. Lui rischiava di crollare da un momento all'altro. E questo era il pensiero peggiore. Ben più di quanto lei si detestasse. *Fa' che lui resista. Fa' che questa vita possa raggiungerlo*. Tese le mani per prendere in braccio Lenny, pieno di sonno, e se lo strinse al petto. Gli disse che ne aveva bisogno.

Grazie di esistere.

4

Un venerdì pomeriggio, una pediatra consentì anche agli altri famigliari, oltre a Franck, le visite al di fuori degli orari stabiliti. Géraldine fece avanti e indietro e i parenti del marito di Lola arrivarono subito dopo, la Megera per prima. Erano tutti carichi di pacchetti. Franck li contò uno a uno considerando anche quelli che c'erano a casa. «Roba da capogiro», disse, e Marie-Ange, con un tono che lui non aveva mai sentito prima, aggiunse che era...

«... Normale, tanto più che Lenny e Maria saranno gli unici nipoti delle nostre due famiglie.»

Lo sguardo di Lola fu tenero ma implacabile. La verità in tutto il suo splendore. *Elsa non avrà mai bambini, Franck è figlio unico e io non partorirò più.*

«Mi dispiace.»

«Comunque non avrei voluto che Lola rivivesse tutto questo», affermò Franck.

«Potevate dare una sorellina a vostro figlio», buttò lì Reine Milan. «Avrebbe avuto una compagnia migliore della mia.»

«È la prima volta che la sento riconoscere di essere stata una compagnia mediocre», ribatté Marie-Ange, con un sorriso più vivo che mai.

Dopo un bel momento di silenzio Franck sorrise a sua volta, suo padre posò una mano sul braccio della madre e Lola si focalizzò sul cambiamento della voce e dell'atteggiamento di Marie-Ange. Nel diventare nonna, la suocera era migliorata. L'età, come gli anni, aveva un senso. Il trucco era più leggero. «Sono nonna.» Le faceva piacere ripetere quelle due parole come se anche lei avesse superato un esame, e nessuno si indignò. Nemmeno il giovane papà, che era fin troppo emozionato per tutto quello che la nascita di Lenny e Maria aveva provocato. Sperava soltanto una cosa: «Che tutto continui a filare liscio come l'olio!»

I bambini crescevano, sua moglie si stava riprendendo, il lavoro andava «*sehr gut*», il laboratorio gli offriva il posto dei suoi sogni: *allora, perché innervosirsi quando quella strega non aspetta altro?* Lo sguardo di Franck passò dalla Megera ai suoi genitori. Dalla moglie alla figlia, e poi al figlio. *Vedo il tempo che si allunga.* Lola seguì i suoi occhi, sorrise e lui ricambiò. Lei pensò a tutte le forme di amore e alla nuova prospettiva che si apre quando si diventa genitori.

Eppure *non è cambiato niente*, anche se l'essenziale aveva due teste e due bocche aperte, quattro occhi dolci e quattro mani con minuscole e agili dita che non smettevano di avvolgersi alle sue. Lola sentiva la pelle di Bertrand. E sentirla ancora significava che *lui era vivo. No, non è cambiato niente. Ti aspetto, Bertrand.*

5

Dopo che i genitori di Franck se ne furono andati, Natacha aprì la porta della nuova camera dell'amica.

«La trovo molto più piacevole di quella in cui sei...»

«Ingrassata?» interruppe Lola, passando in rassegna le copertine delle riviste in cui Bertrand non figurava. «Stai molto attenta a quel che ti lasci scappare.»

«Non riesco a credere che li avevi in pancia.»

«Io sì.»

«Niente depressione post-partum?»

«Non fare come Reine Milan», rispose la giovane mamma sfogliando *Paris Match*. «Cerca di distrarmi.»

China sulle culle, Natacha fece un resoconto preciso degli ultimi pettegolezzi, intercalati da continui: «Da mangiare!» ogni tre frasi. Lola attendeva un istante di pausa per chiedere se qualcuno al mondo avesse notizie dell'uomo con il quale si addormentava tutte le sere.

«Che dolci! Ma più della loro pelle da neonati invidio il colorito luminoso di Daphné, che ho incontrato ieri a Roissy. Ha chiesto notizie di te.»

Lola trattenne il respiro, e fissò un'artista il cui volto e nome si confondevano.

«Quando ho pronunciato 'Francoforte' ha arricciato il naso, e si è a malapena frenata dal farlo quando le ho svelato i nomi dei tuoi bambini.»

Lola posò da una parte la rivista aperta, tentando di non mettersi a piangere. Se ne fregava del giudizio a zero stelle di Daphné Delatour o del fatto che Natacha trovasse «Lenny e Maria molto dolci». Voleva soltanto sapere se quella donna avesse notizie di Bertrand.

«Che cosa ti ha raccontato?»

«Era appena rientrata dal Mozambico. Sapevi che suo zio fa l'ambasciatore laggiù?»

Lola annuì. *Bertrand. Bertrand. Bertrand. Bertrand. Bertrand. Bertrand. Bertrand.* Natacha la squadrò. «Non lo sai?» «Cosa?» Maria si dimenò e la mamma la prese per attaccarla al seno. Nat disse che evidentemente, non guardando le tv francesi, Lola non poteva sapere che il tipo della foto, «quel Bertrand Roy», era stato rapito in Africa. Lola alzò gli occhi sull'amica: «È vivo?»

«Nessuno lo sa. Neanche l'ambasciatore, che pure è molto introdotto, a sentire Daphné.» Natacha spostò la rivista e si sedette accanto a Lola. «Pare che, oltre a un riscatto, i rapitori vogliano anche la liberazione di alcuni prigionieri. Secondo Daphné le autorità sperano che lui finisca assieme a Charly Dupré e Constance Slak. È certo che loro sono vivi e che si trovano più o meno nella stessa regione.»

Nat accarezzò la mano del neonato. Lola disse: «I suoi genitori saranno preoccupati da morire».

L'amica ribatté che non era più sicura di volere dei bambini.

«Di sicuro Daphné avrà creato un gruppo di sostegno.»

«Con altri colleghi. I suoi genitori sono molto discreti ma, a quanto pare, hanno degli ordini precisi.»

Lola non riuscì più ad articolare neanche una parola. Rimise nella culla trasparente la figlia dai capelli bruni, le pulì la goccia di latte all'angolo della bocca. Lenny, anche lui scuro di capelli, dormiva a pugni chiusi. I bambini respiravano tranquilli, il sole entrava in pieno in quella camera, *il cielo sovrasta tutta la Terra*. Un'inserviente fece capolino per chiedere se volessero del caffè.

«*Bitte, für meine Freundin auch.*»

Lola si alzò per aspettare alla porta, dando le spalle a Natacha. Si appoggiò con la mano allo stipite, fissò la tinta giallo sabbia del corridoio, il leggero segno grigio-marrone lasciato dalle barelle. Senza muoversi, terrorizzata, infelice, sconvolta, disse – respirando con calma – che quindi non c'era ancora nessuna prova della morte del fotografo.

«No, se fosse stato assassinato l'avremmo saputo.»

Lola prese il vassoio che le porgeva l'inserviente. Nel voltarsi captò il suo riflesso pallido nello specchio del minuscolo bagno. Fuori, splendeva il sole di febbraio. Ebbe voglia di partire all'istante, di abbandonare tutto – proprio tutto – per ritrovare quell'uomo. Senza rimorsi. *Per vivere con te il resto dei miei giorni.* Invece di restare bloccata in quella camera, in quella vita, dove anche lei era un ostaggio al punto da sentirsi strappare le viscere. Ma versò con cautela il caffè nelle due tazze di maiolica bianca. Le ultime gocce disegnarono quattro cerchi regolari, poi la superficie tornò liscia, nera.

«Ricordi come la prendevamo in giro quando diceva che avrebbe fatto di tutto per lui», disse Natacha prendendo una tazza.

«Sì.»

«È pazzesco cosa si è capaci di fare per amore.»

Lola bevve il caffè lentamente, senza più ascoltare le parole dell'amica. Aveva mille anni, una vita molto più pesante rispetto a tutte le sue conoscenze. Rivide Elsa che si trascinava per terra urlando, rivide se stessa a quattordici anni quando sua madre le aveva annunciato la morte del padre. Era appena tornata da scuola. Era rimasta in piedi, ad ascoltare. Si era resa conto che da quel momento niente sarebbe stato più come prima. Che gli altri avrebbero continuato a non capire. Che anche lei non avrebbe potuto dire tutto. Quel giorno stava capitando proprio la stessa cosa. Non poteva dire: «Amo Bertrand come non pensavo fosse possibile amare, e non posso fare niente per lui».

In quell'attimo della sua vita, il naso nella tazza di caffè nero, Lola ebbe voglia di urlare, di lasciar uscire il suo grido perché facesse tremare i muri, il tempo, e *che ci liberi, Bertrand, Franck e me.*

6

Gli aerei si incrociano a distanza per non esplodere in volo. Gli aerei si incrociano a distanza per non esplodere in volo. Gli aerei si incrociano a distanza per non esplodere in volo. Gli aerei si incrociano a distanza per non esplodere in volo. Gli aerei si incrociano a distanza per non esplodere in volo. Gli aerei si incrociano a distanza per non esplodere in volo.

Quella notte Lola restò in piedi davanti alla finestra, a guardare l'oscurità. Più nessuna compagna di stanza che russava. Più nessun telefono che squillava, con la voce grave, calda, dolce, affettuosa e diretta di Bertrand. La stanza si trovava a un piano abbastanza alto. Quali erano le possibilità di fallire nel tentativo di suicidio?

La giovane donna si allontanò, non si chinò sulle culle, si mise a letto. No, morire non era un'opzione, una scelta o un possibile desiderio. Morire significava mollare tutto. Lola non pensò a Bertrand ma a sua madre, alla voce di lei quando aveva detto: «La cosa grave è mollare tutto».

7

E POI, un martedì, Lola fu liberata. Ci furono risate e abbracci. E due bottiglie di champagne. Alle 12.40 la donna lasciò le pareti accoglienti della stanza 2307 per ritrovare quelle in cui aveva saputo del rapimento di Bertrand.

Girò la chiave e aprì la porta. Franck disse: «Bentornata a casa!» e Bertrand gridò: «Lola, non dirmi addio proprio adesso!» Le pareti bianche sussurrarono che il fotografo la stava pensando perché ne aveva bisogno. Era una sensazione fisica. Fugace, come le mani gelide di lui che le scorrevano sulle braccia. Il ponte era lì. *Ti amo.*

8

BERTRAND non vedeva niente. Un minuto prima, ridendo, un guardiano gli aveva lanciato il solito passamontagna. Da buon ostaggio, lui se l'era infilato per poi sdraiarsi nel bagagliaio del 4x4. I trasferimenti erano la cosa più orribile, risvegliavano in lui ciò che aveva provato quando si era reso conto di essere stato rapito. Per non morire di paura, li barattava con i ricordi di Lola.

In quel momento lei stava dormendo in quell'albergo di Parigi. Era nuda, alla sua destra, sdraiata a pancia in giù. Bertrand avrebbe potuto disegnare tutte le ombre sul suo corpo e ciascuna delle sue curve. Le seguiva con la punta delle dita, come aveva fatto allora. Dal tallone fino al neo. Al sentire la sua carezza, Lola si era svegliata e lui se ne era accorto. Ma non si era mossa. Era rimasto a guardarla, all'infinito, poi si era disteso su di lei. *Meraviglioso.* Bertrand si soffermò su quell'istante e su tutti gli altri. Li ripercorse e vi si trattenne finché il veicolo si arrestò e gli fu strappato il passamontagna. A quel punto l'ostaggio fece ritorno al presente. *Alla realtà.*

Con i suoi nuovi padroni, i rituali si ripeterono allo stesso modo. PERCOSSE. INTIMIDAZIONI. Il classico universale della dominazione. Bertrand subiva, qualunque impresa era impossibile. Del resto, cosa mai poteva controllare? Niente. Tranne il giocare con la sua memoria e contare alla rovescia i giorni che fuggivano. Non perdere la cognizione del tempo era l'unica cosa che lo aiutava a non perdere la testa.

Ripercorreva domande/riflessioni/ricordi secondo un calendario abituale. Pensare alla tal cosa di mattina e alla talaltra di sera. *Dove dorme? La sua pelle. I suoi occhi.* Catalogare le sue foto. Rivederle tutte. *Com'è andato il parto? Femmine o maschi? Nessuna finestra.* Sorvegliare tutto. Le voci. *Le tue dita che mi fanno ruotare l'anello. Non so perché quell'indiano me l'ha dato. Non ho pensato di chiederglielo. Non si pensa mai a tutto...* La notte. *Parigi, di notte. La luce dei lampioni.* La catena. I lucchetti. Nessuna intimità. *Maschio o femmina? Ho freddo.* Prevedere le percosse. Ascoltare tutto. Registrare tutto. *L'indiano è andato a prenderlo a casa sua, non l'ha pescato tra quelli che vendeva sul ciglio della strada. Ho fame. Le tue gambe sulle scale. TI AMO, LOLA.* Non dimenticare niente. Mai. *Voglio vivere con te.* Non pensare mai che lei sia crollata. *No, mai.*

La nuova cella era una grotta. Piccola, riservata esclusivamente a Bertrand e dalla quale non avrebbe potuto uscire, pur tirando al massimo la catena legata alla caviglia e attaccata all'anello fissato in fondo. Ma riusciva a stare in piedi. Il soffitto era alto un metro e settantacinque. *Mio padre e mio fratello dovrebbero abbassare la testa.* I nuovi sorveglianti lo guardavano. Bertrand si sedette.

Ma, tra i capelli che gli pendevano sugli occhi, osservava i muscoli, i gesti. Il linguaggio del corpo ha qualcosa di universale, più facile da capire delle parole. Eppure, da qualche tempo, era in grado di decifrarne una trentina, da un dialetto all'altro, con alcune variazioni. Sì, era portato per le lingue. No, non se n'era mai vantato. Si inventava un dizionario, non scriveva niente che avrebbe potuto tradirlo. In ogni caso non aveva il tempo di ampliarlo.

Quando gli avevano gettato dei fogli, il fotografo aveva riprodotto ciò che vedeva. Aveva ricevuto in cambio percosse e rari sorrisi. Ombreggiava, tracciava, sfumava un'arma, una mano, una porta. Sassi. Un profilo. Il secchio per cacare... Aveva visto i fogli sgualcirsi o strapparsi e, in ogni caso, atterrarvi dentro. Quel che era necessario trattenere doveva restare segreto. Ciò che lo faceva resistere era la voce di Lola. «Per gli incidenti meccanici ci spiegano come agire e, per le situazioni con ostaggi, ci ordinano di non reagire mai.» *Ti ascolto, Lola. Voglio rivederti. Voglio una vita assieme.*

9

Nell'uscire dalla clinica, Lola non sapeva più quante volte avesse composto il +336..., come se la tetra voce artificiale potesse cambiare il suo messaggio. La linea telefonica era disattivata e nessun «Roy» della regione parigina apparteneva alla famiglia dell'ostaggio. Idem per i medici e le infermiere, puericultrici o no. L'avevano insultata un numero incalcolabile di volte. Lola si era maledetta per non aver mai avuto la prontezza di spirito di prendere per tempo l'e-mail o l'indirizzo di Bertrand. *Non pensiamo mai che tutto possa fermarsi. Non siamo mai pronti per l'orrore, forse perché non lo vogliamo. Eppure ci piomba addosso e ci schiaccia.* Esisteva anche senza diffondere niente.

Lola leggeva tutto, proprio tutto quel che trovava su Google, e fu attraversata da un raggio luminoso soltanto dopo aver visto su Wikipedia che Bertrand era nato il 18 agosto 1979. *Ero certa che tu fossi del Leone, tu sei un leone.* Consultava regolarmente la pagina Facebook di Bertrand Roy creata dal gruppo di sostegno. Scorreva i commenti senza decidersi a pubblicare niente. Pensò di mandare una lettera tramite *Géo* con la speranza che venisse recapitata ai genitori di lui a Rives-sur-Marne. Ne aveva scritte parecchie e continuava a farlo per dire tutto quello che la attraversava. Finivano nella spazzatura, perché *non sei libera*.

Non restava che aspettare e leggere le notizie contraddittorie pubblicate su Internet. Il primo gruppo terrorista affermava, attraverso Facebook, di aver consegnato il prigioniero a un altro gruppo. Le rivendicazioni cambiavano con i nomi, il tono rimaneva sempre orribile. I telegiornali fecero passare nuove immagini di Bertrand nelle quali lui parlava più a lungo, ma l'audio era stato tolto per motivi di sicurezza. Quali? si chiese Lola. A quando risale? Dove? Indossava la stessa T-shirt bianca, sporchissima, aveva una barba imponente e i capelli arruffati sulle spalle. Aveva lo sguardo piatto, era scortato da tipi vestiti di beige, armati, incappucciati. I pareri degli esperti sul nuovo sfondo – un lenzuolo bianchissimo – erano discordanti. Che cosa poteva significare? Che hanno una lavatrice che lava soltanto le lenzuola? Ma non un ferro da stiro, viste le grinze? Che le armi si vendono bene, pensò Lola immaginando quelle che si posavano sul corpo di Bertrand. Che cosa ti stanno facendo? A che cosa stai pensando, adesso, in questo istante?

E poi, un giorno, Lola scoprì un articolo secondo il quale Bertrand Roy era svanito di sua spontanea volontà. «Chi l'ha scritto, questo?» disse a voce alta, sola davanti al computer. Un attimo dopo, pensò: E se fosse davvero così... Quell'idea la colpì come uno schiaffo. La donna si alzò, le mani sudate, e uscì sul balcone. Le foglie erano pronte per spuntare, la temperatura non si decideva a superare i cinque gradi. Eppure alcuni uccelli saltellavano al suolo, in cerca di cibo. Un pettirosso teneva nel becco un filo d'erba. *Si fa il nido, la vita continua.* Lola lo guardò proseguire le sue ricerche con metodo e, davanti al bosco che stava per far nascere milioni di foglie, disse: «Bertrand non l'avrebbe mai fatto».

Giornate intere si consumarono senza che Lola combinasse niente. Si riprendeva soltanto con i bambini, che quando si svegliavano le occupavano gran parte del tempo. Era estenuante ma meraviglioso vederli crescere, giocare, toccarsi l'un l'altra, *chiamarmi «Mama», prendermi per le orecchie, posare la testa nell'incavo del mio collo e addormentarsi lì.* Non cancellavano niente ma erano *la vita. La tengo contro di me. Loro sono caldi. Sorridono tutto il tempo. Li adoro. Una settimana fa, ho trovato Lenny seduto sul letto che grattava la chiusura lampo del sacco nanna. Maria l'ha imitato la sera stessa.*

Siamo appena arrivati tutti e quattro a Noisiel perché i traslocatori stanno sistemando la nuova casa. Non volevo lasciare il mio appar-

tamento. Faccio reindirizzare la posta, Bertrand. Vorrei ricevere una cartolina firmata di tuo pugno. Non ti ho mai sognato perché voglio la vita, vera. Voglio toccarti. La nuova casa è immensa, su due piani, nel centro di Francoforte. Non mi piace. Credo che mi osservi. Piove a dirotto anche in Francia. Ho fatto un giro a Rives-sur-Marne mentre andavo a comprare il pane. Mi piace molto, questa città. C'è il tuo ritratto davanti al municipio. Hai i capelli come il giorno in cui mi hai aperto. Amo il tuo sorriso anche se mi chiedo a chi sorridevi così. Mi manchi. Oggi è il 5 giugno 2011, Bertrand. PENSO A TE CON ME. Voglio ancora vivere con te. Ti aspetto. Piove, a Francoforte. I bambini hanno avuto la febbre molto alta per via dei vaccini. E tu? Come stai? Le foglie del nocciolo sono spuntate tutte. Hanno abbandonato quel verde acerbo e il prugno comincia a fiorire. Preferivo il parco, la strada è rumorosa. DOVE SEI, BERTRAND?

Luglio non portò alcuna notizia. In agosto, tutti e quattro trascorsero due settimane a Noisiel e una a Besançon. Bertrand Roy fu dichiarato morto per poi resuscitare quello stesso giorno. Per fortuna Lola lo seppe dal telegiornale delle venti, quando il padre di Bertrand parlò, con grande dignità, davanti alla telecamera. «Nostro figlio è scomparso il 13 dicembre 2010 e da allora viviamo nell'attesa. Non ho altro da dire.» Marc Roy, molto emozionato, il volto duro, chiuso, svanì dallo schermo.

Franck non aveva staccato gli occhi dal computer, Claude si era concentrato sull'argomento seguente senza fare commenti, Marie-Ange parlottava con Lenny e Maria, e Lola si era chiusa in bagno dove, seduta sul piatto doccia, pianse senza nemmeno sapere dove si trovasse. *Solo con te*. Le gocce le esplodevano sul corpo, dappertutto. Bertrand camminava in un deserto e aveva sete. Lola chiuse l'acqua. Le giunsero alle orecchie delle voci, tra cui, molto lontane, quelle dei suoi bambini. *Noi siamo a Besançon e tu sei perso in quel mondo che detesto. Oggi compi trentadue anni. Buon compleanno, amore mio.*

Settembre passò in un lampo. Franck si dimenticò del compleanno di Lola, che non glielo fece notare. *Non vede che mi sono allontanata da lui, attraversa la vita come se fosse eterna, non faccio nulla per dissuaderlo poiché vivo già con te, Bertrand.* Ottobre non portò alcunché di nuovo, se non le scuse del marito quando si accorse della sua dimenticanza durante il pranzo, nel momento in cui Lola portò in tavola la teglia di lasagne. Franck guardò la moglie, trovò che aveva le guance più scavate e impallidì. Sul serio. Poi divenne rosso. Parecchio. Le andò incontro, la strinse forte tra le braccia e, affranto, disse: «Cazzo! Sono in ritardo di un mese. No, trentatré giorni. Scusami, cara, scusami».

Lola non gli rinfacciò nulla. Accettò la baby-sitter, la cena in un ristorante giapponese, il profumo, le scuse, i «non ascolto niente, non vedo niente, sono un egoista». *Mi detesto ogni giorno di più.* E novembre isolò la giovane mamma, Lenny e Maria fra quelle pareti con le quali lei non aveva ancora fatto amicizia. Eppure, a forza di girare in tondo, le era venuto il capogiro al punto di doversi appoggiare a qualcosa. Ma rimanevano fredde, e lei ascoltava gli aerei passare a quota così bassa che i ponti sospesi oscillavano per lo spostamento d'aria.

Bertrand contava gli aerei senza mai vederli. *PENSA A ME, LOLA.* Lei sognava di essere altrove. Lui voleva essere altrove. E non aveva la minima idea di dove si trovasse, ma si preoccupava per ciò che stavano vivendo i suoi genitori. *Chino il capo per rimanere in vita. Hanno bisogno di me. Li tengo occupati.* Perché oltre alle armi da smontare, lubrificare e rimontare, agli addestramenti al combattimento, alle partite di carte, ai litigi, ai loro rituali, *al loro bisogno di picchiarmi*, quei tipi non facevano niente. *Aspettano di crepare come me, seduti per terra. Ma sono liberi. Be', non so se lo sono veramente. Ubbidiscono. Si rompono le scatole a sorvegliarmi. Io sono il loro lavoro. No, soltanto un animale che devono nutrire.*

Il sole disegnava lunghe ombre all'entrata di quella nuova grotta. Era immensa, molto profonda, la sua forma a cono orizzontale era stata rispettata perché serviva benissimo allo scopo. Bertrand divideva la grotta con quattro uomini, ma dietro sbarre spesse due centimetri e fissate nella roccia. Non smetteva di osservare i rilievi e i colori della pietra, così come i chiaroscuri di cemento colato in tutta fretta. Qualcuno aveva avuto l'idea, qualcun altro l'aveva eseguita. *Chi è il mostro peggiore?* Nelle ultime due settimane il fotografo se lo domandava con una certa frequenza. A volte pensava che fosse colui che vendeva loro le sbarre di ferro... A volte si chiedeva se lui sarebbe stato disposto a venderne. In quelle circostanze...

Le risposte di Bertrand non variavano, come il paesaggio che riusciva a scorgere. *No, non ne venderei e, no, non so cosa c'è dall'altra parte della roccia grigia sulla destra. Ma siamo orientati verso est. Dove imboscano i loro veicoli? Qual è il loro satellite? Di che cosa parlano? Non certo di come cuocere il piatto del giorno, visto che non lo preparano. Non accendono mai il fuoco. Non fumano. Non hanno mai freddo, caldo o sete. Che cos'è importante per loro? Che cosa si aspettano dalla vita? Che io serva da super premio finale? Che ne hanno fatto delle foto e dei video? Che cosa vedono gli altri ostaggi?* Una terra beige e marrone, accidentata?

Bertrand non li aveva mai incrociati, gli altri ostaggi, e neppure avvicinati, ma pensava a loro. Come gli altri pensavano a lui, e non perché sapessero della sua esistenza. No, solo perché un ostaggio sa che da qualche parte ce n'è un altro. Esisteva questo legame. Era un legame di pensiero, di sostegno, di fraternità, di umanità che *mai e poi mai si sarebbe sciolto*. Aiutava a trascorrere le notti, sempre più fredde, respingendo il pensiero: Un'altra giornata. Ma non aveva alcun effetto sulla domanda: Fino a quando?

Così Bertrand rimaneva cupo, in una penombra sporca, con abiti luridi. Ormai non sperava più in un intervento militare. In un miracolo divino, poi... Di quelli, ne conosceva soltanto uno. Ovvero la porta che si era aperta su Lola che aveva bisogno di lui. Le aveva detto: «Vieni». Le diceva «Portami via». Nelle strade, in quel caffè a Parigi, nell'atrio di rue Hector, *nella tua cucina*. Rivedeva la luce assai soffusa dell'ascensore dell'albergo di Parigi. Erano soli, ciascuno in un angolo. *I tuoi capelli avevano un riflesso dorato. Non sorridevi. Mi guardavi.* Anche lui non le aveva staccato gli occhi di dosso per tutti e tre i piani, in silenzio, senza toccarla, le mani sui fianchi.

NON ABBANDONARMI. TORNA PRESTO.

In dicembre, fatto salvo il riepilogo settimanale, si parlò molto meno di Bertrand Roy. Venne sottolineata la data del 13 dicembre. Bertrand pensò: Un anno intero. Lola: Ti aspetto, amore mio. Sola, seduta sul divano grigio antracite, all'inizio del mese guardò in tv uno speciale che parlava degli ostaggi degli ultimi cinquant'anni. Il giornalista aveva svolto un lavoro minuzioso e preciso. Aveva stilato una lista, citato il numero di ostaggi per i quali erano stati diffusi dei video, quando, dove, da chi e quante volte. L'argomento era stato analizzato in modo esauriente. «Si tratta di un fatto sempre attuale, internazionale, e si adatta perfettamente alle nuove tecnologie. Nessun profilo particolare.» Viaggiatori, donne, uomini, gente che viveva sul posto da decenni, impiegati soli, in coppia, a gruppi, famiglie con bambini, religiosi, giornalisti, molti giornalisti...

Alcuni rapimenti avevano avuto un lieto fine dopo anni di prigionia, altri erano finiti male, molto in fretta, con o senza intervento militare, in modo così ignobile da non potersi immaginare. La conclusione fu di una realtà stridente: «Purtroppo ci sono ostaggi che non vengono mai ritrovati, oppure ritrovati senza vita». Sperava forse, quel signore, che «senza vita» fosse meno fatale/sordido/antiumano di morto, assassinato, giustiziato? *Forse, semplicemente, non riesce a pronunciare quelle parole...* Non citava «Bertrand Roy» in particolare, ma com'era possibile non pensare a lui?

In quel preciso istante Lola decise di smetterla di progettare mille cose che non generavano la minima energia positiva. Spense la tv e ordinò della lana vergine d'Irlanda, la stessa che aveva utilizzato per il suo cardigan. *Nera, come la tua camicia.* Avrebbe impiegato il tempo a preparare qualcosa per lui. *Me ne infischio se passano tre anni, o dieci. Voglio che tu ritorni.*

I gomitoli arrivarono due giorni dopo, e Lola si mise subito all'opera senza tenere nascosto nulla.

«È il mio regalo di Natale?» disse Franck vedendola lavorare a maglia davanti alla tv accesa.

«No, è per me.»

«Un altro?»

«Un po' diverso.»

Franck si lasciò cadere sul divano. Lola temette che volesse vedere la foto di quel modello di maglia più corto, più maschile. Invece lui si stiracchiò a lungo, stendendo le braccia il più possibile, e le chiese se avesse cenato.

«Sono le dieci di sera.»

«Di già? Ho perso la cognizione del tempo.»

Lola fece per alzarsi e Franck disse: «Stai qui, me la cavo da solo. Comunque non ho fame». Lo sentì aprire e chiudere il frigo. «Hai trascorso una buona giornata?» le chiese lui dalla cucina. «Sì. E tu? Tutto bene?»

«No. Non proprio. Ma ti risparmio le mie grane e le complicate ore passate a discutere con Kaminsky.» Franck mandò giù un pezzo di formaggio e poi un mandarino. «Il mio partner va troppo in fretta per i miei gusti. E non è abbastanza preciso.»

Lola sorrise. Franck si sedette al suo fianco, le offrì il suo bicchiere di vino. Lei rifiutò.

«Siete riusciti a uscire malgrado la pioggia?»

«Per comprare il pane. Tra l'altro, ho incontrato la nostra vicina, Anna Golberg. Vogliono invitarci a cena.»

«Ah, sì? Quando?»

«Sabato prossimo. Non c'è bisogno della baby-sitter. Suo figlio maggiore si occuperà dei bambini.»

Franck appoggiò il bicchiere sul tavolo ed estrasse un biglietto dalla tasca.

«Un collega mi ha dato l'indirizzo di un'associazione che si occupa di ragazze alla pari.» Sorrise. «Anche se non sono qui, io a te ci penso. So che vuoi riprendere a lavorare.»

Lola sorrise a sua volta, ma dentro si sentì lacerare. Franck le tolse dalle mani il lavoro a maglia e lo posò delicatamente sul tavolino. La fissò negli occhi. Lui era stanco ma bellissimo, sicuro di sé.

«Come sono stati, oggi?»

«Come sempre, bravi, accomodanti e facili da gestire.»

«Come durante la gravidanza», riprese Franck accarezzando la guancia della moglie.

«È il mio corpo che mi ha tradito», rispose lei, sicura di sé, prendendogli la mano.

Lui continuò a guardarla, poi confessò che gli era capitato di chiedersi, quando si ritrovava da solo nel letto coniugale, se davvero lei li desiderasse. «Inconsciamente, intendo.» «Lo so», rispose Lola, per niente sorpresa e senza reprimere l'emozione che la attraversò. Franck non si scusò. Disse semplicemente: «Verde. Voglio un pullover del colore dei tuoi occhi».

Lola ebbe voglia di dirgli che lo amava per la sua franchezza, i suoi modi bruschi, la sua mancanza di tatto. Era vero. Quell'amore che provava per lui non cancellava Bertrand, era Bertrand che cancellava suo marito. Gli accarezzò il viso. Lui promise che l'indomani sarebbe tornato prima di cena. Più tardi, a letto, nell'oscurità di quella camera, mormorò: «So quanto ami i nostri bambini». E Lola disse che, durante le sue assenze, avrebbe preferito una balia con esperienza a una giovane ragazza alla pari.

«Riprenderai a viaggiare a lungo o a medio raggio?»

«A lungo raggio, part-time.»

«Hai valutato il servizio di assistenza a terra, qui a Francoforte?»

«Non ho intenzione di cambiare. Mi piace stare in cielo e mi piace lavorare. L'idea di lavorare.»

«Lo so, tesoro. Hai già pensato a quando?»

«Dopo l'estate prossima. Lenny e Maria avranno più di diciotto mesi.»

«Bene: abbiamo tutto il tempo di trovare una donna esperta, simpatica, non invadente, efficiente e bilingue. E anche esperta di giardinaggio!»

10

24 DICEMBRE 2011. Trecentosessantaquattro giorni dopo aver saputo della scomparsa di Bertrand, Xavier guardava le foto nel laboratorio del fratello, in rue Haute. Passò una mano nelle bacinelle vuote che il padre aveva pulito. Le tre foto, appese al filo ad asciugare, sembravano attendere che lui si decidesse a staccarle. Sempre lo stesso abete, solo in un campo di erba alta, con i rami inferiori perfettamente orizzontali. Tre inquadrature diverse, un'angolazione per ciascuna. Che cosa avrebbe detto uno psicologo, di quella foto? Bertrand in mezzo agli altri, alle donne? Troppo facile, pensò Xavier. E falso. Mio fratello, se si fosse ritratto, si sarebbe messo allo stesso livello dell'erba.

Il giovane medico si chiese dove Bertrand avesse scattato quella foto. In Russia? Non si era mai veramente interessato al lavoro del fratello. Era concentrato sul suo, pensava a studiare… Il suo percorso, le sue ambizioni. Diventare medico, vedere gente cui portare aiuto. Persone di ogni tipo. *Passarti accanto*.

Dopo il rapimento del fotografo, il medico aveva cominciato a leggere un altro genere di libri. La psicologia aveva preso un posto più importante. Le testimonianze, i racconti di ex ostaggi – come pure gli studi di specialisti – avevano risonanze particolari e, in modo uniforme, qualunque fosse l'autore, la famiglia restava quel punto di ancoraggio, di riferimento, di ormeggio e di ritorno. *Perché non voglio dei figli?*

Xavier ci aveva riflettuto seriamente per una buona decina di minuti, i piedi su uno dei cassetti aperti della scrivania, passando in rassegna una ventina di idee. Nessuna si sostituì alla sua convinzione intuitiva. *So che non ne avrò, quindi non ne desidero.* Che cosa potrebbe desiderare Bertrand, a parte il vivere libero? *Perché si è fatto fregare? Come? Da chi?* A che cosa, a chi pensava in quel momento? Alla donna di cui si era innamorato? Per capire, Xavier voleva risalire alla fonte. A che cosa stava pensando quel giorno? Non certo ai regali che doveva comprare ai suoi genitori. *O forse sì...*

«Ti stavo cercando», disse Marc piazzandosi accanto al figlio maggiore. «Sono belle, vero?»

«Dove sono state scattate?»

Il padre si lasciò sfuggire un sospiro, lo sguardo sulle foto.

«Non ne ho la minima idea. Mi piace questo vento nell'erba. Sembra di sentirlo, vero?»

«Ho guardato solo l'abete», disse Xavier.

«È quello che vedevo anch'io, all'inizio. E poi, con il tempo... Io ci vado, in quel campo. So che il vento è freddo.»

Padre e figlio si guardarono negli occhi. Quelli di Marc brillavano, ma non era il genere di debolezza che lo preoccupava. Xavier disse: «Mi manca».

Un minuto più tardi, Florence comparve nel vano della porta e li scrutò, prima l'uno, poi l'altro. Inspirò a lungo e disse: «Non voglio vedervi mai più con quelle facce. Bertrand non è morto, tornerà. Sì... tornerà».

Per la prima volta dopo il rapimento, la videro piangere. Perlomeno, seguirono l'unica lacrima che le scendeva sulla guancia destra. Lei la asciugò con il palmo della mano e ripeté, con perfetto autocontrollo, che era la vigilia di Natale. «Lo champagne è servito, le fette di pane sono calde, venite.» Scomparve sulle scale, la seguirono passo a passo. Quel giorno, Florence Gianelli indossava un vestito blu e sandali lucidi con tacco, vecchi come Matusalemme. Aveva i capelli sciolti. Si sedette accanto al posto di Bertrand, «che questa sera cena con noi. Ho preparato il suo piatto preferito: ostriche, tacchino, purè e ceppo di Natale al Grand Marnier».

«Sarà contento», sussurrò Jennifer.

«Gli conviene dirmi che è buono, mi ha fatto impazzire.»

«Dobbiamo scattare una foto», disse il marito. «Dov'è la macchina?»

«Potremmo prendere questa.»

Xavier si inginocchiò sotto l'albero di Natale. Strappò la carta regalo di un pacco. Disse che aveva letto le istruzioni in lungo, in largo e di traverso.

«Confermo», mormorò Jennifer. «E la batteria è carica.»

«È il modello preferito da Bertrand. Ho chiesto a… a…»

«Lo so a chi.»

11

Lola passava i piatti a sua madre, che li riempiva. I suoceri erano arrivati a Noisiel in macchina, a causa dei pacchetti. Stranamente, la Megera non aveva trovato niente da ridire, il che, secondo Franck, non lasciava presagire nulla di buono. L'aveva fatta sedere davanti a lui, tanto per non avere sorprese. Poi si chinò verso la moglie e le sussurrò all'orecchio una cosa orribile che la fece sorridere.

«Stai parlando di me», strillò Reine.

«No!» mentì lui con un sorriso radioso. «E, per la cronaca, sappi che l'universo non ha un centro.»

«È quel che si dice! Ma c'è Dio!»

«*Prosit!*»

Franck, in piedi, alzò il bicchiere spumeggiante. Qualunque donna al mondo avrebbe terminato in due settimane il pullover che lui sognava e l'avrebbe messo sotto l'albero di Natale. Perché, nonostante un paio di difetti e una personalità invadente, Franck era rassicurante, allegro, positivo, agiva con risolutezza. Rideva, gridava, lavorava con passione. Era quello che tre giorni prima, dopo aver varcato le porte di Noisiel, aveva detto a Lenny: «Ogni volta che metto piede in questa casa, si rompe qualcosa. Vorrei tanto che tu ti preparassi all'idea di sostituirmi».

Aveva ragione. Con un sorriso irresistibile, si divertiva e iniziava a riparare. Metteva le mani nella lavatrice, nel tosaerba, negli scarichi del lavello, nel motore della macchina della suocera.

Proprio prima del dessert, il rubinetto dell'acqua calda sotto il lavandino del bagno al primo piano cominciò a perdere, apposta per lui. In alto, sulle scale, Elsa urlò: «Franck! Franck! Franck!»

«Che cosa succede?» gridò lui di rimando, seduto a tavola, addentando un pezzo di formaggio.

«Il rubinetto!»

«Ti pareva!»

Nel garage recuperò la cassetta degli attrezzi, il secchio, lo strofinaccio e salì. Cinque minuti più tardi chiese: «Champagne!» Lola gli portò la sua coppa e gliela fece bere. Franck era in ginocchio sotto il lavandino e trafficava con il rubinetto smontato. «Nella mia tasca», disse. Lei infilò la mano nella tasca sinistra, perché il marito era mancino, e tirò fuori non una guarnizione ma un astuccio verde scuro. Con dentro un ciondolo, uno splendido zaffiro, moderno, a forma di cuore.

Franck catturò lo sguardo di Lola, disse che si era lasciato sfuggire l'occasione della nascita dei gemelli, *la tua prima Festa della mamma e il tuo compleanno...*

«Baciami, Lola.»

Che cosa fanno quegli dèi venerati dagli uomini? Che cosa ci faccio io, nella vita di quest'uomo che merita una donna migliore di me?

12

Bertrand si era svegliato da poco. Nel buio pesto, fingendo di dormire, ascoltava le voci fuori dalla grotta che parlavano di un altro viaggio notturno. Per aprire gli occhi, attese che la catena si fosse mossa. Come buongiorno, il carceriere dalla cicatrice sulla guancia destra gli tirò un calcio e lo spinse all'esterno senza tanto riguardo, colpendolo ancora. Il fotografo pisciò sotto le stelle e sotto lo sguardo di un altro tipo che gli sfiorò la nuca con la punta della sua arma. È il 25 dicembre, pensò Bertrand. *Tra mezzanotte e le quattro del mattino.* Per un breve istante, si disse che gli sarebbe bastato un gesto maldestro per cadere sotto una raffica di spari. Bastava un movimento azzardato, un rifiuto a ubbidire, una falsa partenza nella corsa... Ma ecco che, tra le lunghe ciocche di capelli sporchi, Bertrand aveva avuto il tempo di intravedere le stelle.

Maupassant ha ragione.

Non era la prima volta che pensava alla morte – a provocare la propria morte. E neanche la prima in cui ripensava alle stelle parigine e alla mano di Lola nella sua. Com'era cambiato, da allora. Come soltanto l'essenziale contava per lui. A.O.L.L. Del resto, non l'aveva previsto? Oh, sì! L'odore dolce delle arance. L'Africa. Un letto. La libertà. Lola. Nient'altro che disordine, e quella libertà che desiderava *tanto quanto te. Ho avuto un'intuizione nella mia vita e non ci ho creduto.* Dove stava festeggiando il Natale? *Stai bene?*

Gli piantarono addosso la canna del fucile. Bertrand si mise le mani dietro la schiena. Un *clic-clac* immaginario. Delle cordicelle ruvide, strette a fondo fino a tagliargli la pelle, se le avesse tirate. I tipi che lo sorvegliavano dovevano avere quindici, forse diciott'anni, ma tenevano un kalashnikov fra le mani. Il primo fece girare Bertrand, che poté così scorgere un gruppo di cinque uomini accanto a un 4x4 chiaro dai vetri oscurati e a una camionetta telonata su ruote giganti. Più lontano, era parcheggiato un terzo veicolo. Il tipo ficcò in bocca al fotografo uno straccio ripugnante. Gli infilò di nuovo il passamontagna-nero-dei-trasferimenti, lo trascinò fino al 4x4 e lo spinse dentro. Bertrand restò disteso sul pavimento del veicolo senza che glielo ordinassero. Gli gettarono la borsa, e lui vi si aggrappò. Gli legarono le caviglie.

Come sempre.

Due nuovi sorveglianti presero posto accanto al fotografo, che non riconobbe le loro voci. Uno dei tipi gli diede un altro calcio nelle gambe. Le portiere anteriori si richiusero. Il conducente avviò il motore e il 4x4 si rifiutò di partire. Dieci, venti, cinquanta volte di seguito. Con cavi o senza. Con grida o senza. La batteria si scaricò, le voci si mescolarono. Una raffica squarciò l'aria. Scese il silenzio e Bertrand pensò: Adesso mi ammazzano.

13

Lola si svegliò di soprassalto nella camera di quand'era ragazza, in preda agli incubi. *Ho gridato?* Si girò verso Franck, che dormiva della grossa.

Sentì lo zaffiro che le scivolava attorno al collo e, sotto lo spesso piumone, fu attraversata da un brivido. Quel presente – non solo quel regalo – era il suo incubo.

Sì, era orribile stare in quella vita che lei tradiva giorno dopo giorno, accanto a quell'uomo che tradiva ancora di più. Franck le aveva donato un gioiello splendido, credeva alla loro bella vita. Era dentro, non accanto. La cingeva alla vita, le sorrideva e faceva progetti. «Voglio andare in vacanza, noi due soli.» Avevano fatto l'amore dopo la cena di Natale. Cioè, Franck aveva fatto l'amore con una donna che era diventata un'altra. E che non aveva trovato il coraggio e ancor meno le parole per dire che cosa la stava affliggendo. O anche per chiedere consiglio. D'altronde, non le avrebbero riso in faccia? Non le avrebbero risposto che la vera vita era quella che aveva la fortuna di avere, con la sua famiglia, che la soluzione sarebbe stata dimenticare quell'uomo invisibile? Ma significava *abbandonarlo*. Condannarlo. Una cosa *impossibile*.

Lola richiuse gli occhi. Il piumone sembrava pesare una tonnellata. *Non voglio più essere la bambina che rifiuta il suo orsacchiotto. Non posso più attraversare questa vita come un'ombra.*

Ma quando parlare? A Natale? In piena riunione di famiglia per distruggere tutto quanto in bellezza? No di certo.

Lola soffocava di nervosismo, di vergogna, di vigliaccheria e di rabbia. Ancor più di amore. Ma sollevò il piumone con infinita cautela e scese dal letto.

14

Da sassosa, la strada si fece tortuosa, tanto che Bertrand fu colto dalla nausea. Sentì delle urla e un'altra raffica di spari; poi alcune mani l'avevano strappato dal 4x4 per gettarlo nella camionetta. O così almeno aveva supposto il fotografo, vista la breve distanza percorsa. Gli avevano poi lanciato lo zaino. Erano saliti in quattro, due davanti e due dietro, e il veicolo era partito in quarta. Avevano gettato sull'ostaggio una spessa coperta che puzzava di benzina e altre cose indefinibili, *leggere*. Viaggiavano da un'eternità. Il motore era probabilmente di fabbricazione giapponese, ma Bertrand non riusciva a capire se fossero preceduti o seguiti da una macchina.

Di solito viaggiavano in colonna. Di solito non restavano in panne. Avrebbero forse cambiato itinerario? Destinazione? A Bertrand sarebbe piaciuto sentire la loro voce per capire quanto fossero stressati. Ma c'era un silenzio soffocante che contraeva i muscoli del fotografo, gli faceva battere il cuore all'impazzata, gli seccava la gola, tanto più che da quando si era svegliato aveva un'incontenibile voglia di bere. No, dalla sera prima, quando aveva inghiottito solo un pezzo di pane secco, duro, troppo salato e una tazza d'acqua. Un lusso: era chiara, quasi deliziosa con quell'eterno gusto di plastica.

Il pezzo di stoffa che aveva in bocca gli assorbiva la saliva e, nel morderlo, Bertrand rischiava ogni volta di ferirsi il palato. Si concentrò sul *tic-tac* dei secondi. *TIC-TAC. Voglio bere. TIC-TAC. Voglio bere. TIC-TAC. Voglio bere. TIC-TAC. Sto per crepare. TIC-TAC.*

15

Senza il minimo rumore, Lola si era seduta sul letto, nella stanza degli ospiti dove dormivano i gemelli. Maria russava e Lenny aveva le braccia lungo il corpo. Da mesi, la giovane mamma non poteva più strapparli al sonno per stringerseli al petto, così li guardava dormire, ascoltava il loro respiro e lo accordava al suo, e la crisi, come quella che l'aveva colta qualche minuto prima, finiva per smorzarsi. Un'altra. *Un'altra ancora.* La lasciò distrutta, lo sguardo fisso sui muri appena tinteggiati da sua madre. Per la prima volta in color verde mela. Davanti alle finestre erano appese spesse tende di velluto scuro, dritte come i giganteschi abeti di Russia. *«Sull'attenti», aveva detto Bertrand. Un secondo anno è iniziato. Lo sai?*

Maria arricciò il naso come un coniglietto e alzò il pugno sinistro, pronto a parare qualsiasi attacco. Lola glielo abbassò e lo fece scivolare sotto il piumone confezionato da sua madre. Quante ore ci aveva messo ad andare per negozi, tagliare e assemblare il tessuto? A tinteggiare. Mentre ascoltava Elsa cantare. *Sarei stata capace di fare quello che fa lei con mia sorella? Avrei dato la mia vita, come ha fatto lei? Ti ha amato, papà, come io amo Franck, o come amo Bertrand?*

Erano vicine, eppure non avevano mai veramente parlato di sé, perché Elsa spiegava le ali per tutta la casa. *Che cosa è importante per te, mamma?* I piccoli iniziarono ad agitarsi, come se i legami invisibili che li univano avessero ricevuto lo stesso impulso, poi ripiombarono nel sonno.

Allora Lola uscì da quella stanza, piano come quando era scesa dal letto, ed entrò nella cucina silenziosa. Le ciotole, le tazze erano pronte sui vassoi. Aggiunse lo zucchero, i cucchiaini, i tovaglioli. Fuori, tra gli alberi del giardino, la notte si ritirava su un cielo d'inverno. Che sarebbe stato molto chiaro, proprio come gli occhi della giovane stagista della clinica Guersbruch.

Lola si chiese se Anya avesse superato gli esami, ma non perché pensasse a lei. Ci sono sguardi che si incrociano nel giro di una frazione di secondo e che tratteniamo per sempre. Qualcosa scaturiva anche da quella ragazza – Lola l'avrebbe giurato –, eppure, quando aveva sorriso, quel qualcosa non aveva più avuto il sopravvento. Quella ragazza aveva di certo superato gli esami. *Riesce bene anche nella sua vita personale?* In ogni caso, combatteva. Aveva coraggio. *Quel giorno, è stata lei a infondermelo.*

Lola si preparò un caffè e uscì sulla terrazza, in pigiama. L'aria secca, pulita, gelata, la trafisse. «Ti va un caffè?» Di colpo, si era fatto caldissimo. Bertrand era lì. *Non ho mai visto nessuno dormire così poco e così profondamente. Erano le sette e il sole entrava nella stanza. Mi sono alzata. Ho fatto rumore, non hai battuto ciglio. Mi sono infilata il vestito rosso. Ho raccolto quello che avevi sparso nel rovesciare la mia borsa. Ti ho osservato a lungo, non russavi e non ti muovevi. E poi mi sono tolta il vestito, l'ho buttato sul letto. Non hai fatto alcun movimento. Mi sono seduta accanto a te e ti ho guardato mentre ti svegliavi.*

Lola sentì il movimento preciso delle braccia di lui che la avvinghiavano. Quando la stringeva a sé. E in quel secondo non le importò nulla che il vento, gli alberi, il suo buon senso, il suo cuore, la sua anima, le pareti di quella casa, le nuvole e tutti gli dèi la trattassero da «bugiarda maledettamente fortunata». Perché un'idea si disegnò netta nel cielo.

Devo lasciare Franck per liberare Bertrand.

16

Lola aggiunse sui vassoi il burro leggermente salato, specialità di Reine Milan. La marmellata alle arance e alle prugne mirabella. Un vasetto di miele di lavanda e uno di limone. Il caffè, il tè. Spremette sei arance. Ne mangiò una a grandi morsi. Sua madre, capelli raccolti, sorridente, distesa, pantofole verdi in tinta con il kimono, entrò in cucina.

«Buon Natale, mia cara.»

«Buon Natale, mamma.»

«Già alzata?»

«Da poco.»

«I piccoli?»

«Dormono, con i pugnetti chiusi.»

La madre notò il lavoro a maglia nero posato sul tavolo. Lo aprì e ammirò il lato destro. «Ci sai fare. Io non ho mai avuto questa pazienza.» Poi spiegò: «Perché non ho mai voluto che mia madre mi insegnasse a lavorare a maglia».

«Perché?»

«Perché… non lo so.»

«Preferivi la danza.»

«Mi piaceva tanto.»

«Non mi hai mai detto perché non hai più ripreso, dopo la caduta.»

«La riabilitazione dopo l'intervento è stata molto difficile. Credo di aver temuto di farmi di nuovo male.»

Con un gesto rapido si sollevò i capelli che non ne avevano proprio bisogno, sorrise e si servì una tazza di tè. Poi, girata di schiena, nell'infilare le fette nel tostapane, disse che aveva sentito un rumore nella stanza degli ospiti e lanciò uno sguardo obliquo a Lola.

«Marie-Ange è deliziosa, ma sinceramente non so come faccia a sopportare sua... quella odiosa...»

«Fa come tutti, non ha scelta.»

Le due donne si irrigidirono. La Megera, in vestaglia di raso marrone-ocra era ferma sulla soglia. Avrebbe preso il caffè in salotto. Con fette di pane tostate e dorate, burro leggermente salato e miele, senza «per favore»...

«... Perché...» sospirò con la sua espressione preferita di stanchezza e di superiorità, «oggi è Natale e tutti devono fare uno sforzo affinché...»

«... Questa giornata rimanga una festa!» intervenne Franck, prendendola sottobraccio per trascinarla a passo di marcia dall'altra parte della casa.

17

In quel periodo dell'anno c'erano due ore di differenza tra il mondo di Lola e quello di Bertrand. Il sole era lo stesso, ma cambiava la sua inclinazione. Il fotografo non poteva vederlo da sotto tutto quel che lo ricopriva, e neanche poteva sentirlo, ma immaginava che fosse spuntato.

L'idea gli fece aumentare la sete. Era certo che i tipi accanto a lui non avessero ancora bevuto, visto che non li aveva sentiti deglutire. Non aspettava altro, il rumore dell'acqua in una borraccia che si passavano l'un l'altro, e non si era ancora reso conto che la pista era diventata una strada liscia. La camionetta andava più veloce, incrociavano qualche veicolo ma Bertrand voleva *BERE.* Sarebbe andato bene anche l'olio rancido del motore, il cui tanfo riusciva ad attraversare lo spesso tessuto nero del suo passamontagna. Stava per perdere il senno e il suo corpo emise, spontaneamente, un lungo rantolo. Al quale risposero delle risatine.

Eppure, un istante più tardi, sentì che gli toglievano le cose che aveva addosso, poi gli sollevarono il passamontagna. Incrociò lo sguardo di un africano che non aveva mai visto prima. Scorse un altro guardiano seduto a sinistra, su una cassetta davanti al telone beige. Rantolò più forte. Il tipo più vicino gli tirò giù il cappuccio e un clacson suonò in lontananza.

Bertrand si irrigidì. Era da tanto che non sentiva più quel suono. Un attimo dopo, il tizio gli tolse il passamontagna e il fazzoletto, e gli ficcò una bottiglia tra le labbra screpolate. L'acqua inondò la pelle e il collo del fotografo, e gli occhi si riempirono di lacrime. Ma bevve. «*More, please.*» E, forse perché era Natale, gli furono concessi altri due lunghi e deliziosi sorsi, come un regalo. Era meraviglioso. Meritava due calci. Tanto per fare. E Bertrand urtò con la schiena la parete metallica della camionetta.

Per riflesso, si accovacciò. Nello stesso momento, qualcosa gli graffiò una mano e gli fu ficcato di nuovo in bocca, più in fondo possibile, quel ripugnante pezzo di stoffa. La coperta gli ricadde addosso, seguita *da piccole cassette vuote* che aveva avuto il tempo di distinguere. Ascoltò con attenzione. Circolavano alcune macchine e il sole era ormai spuntato.

Sono in città, sono legato. Quanto tempo manca alla mia esecuzione?

Il sangue gli pulsava nelle orecchie e Bertrand si sentì invaso da una collera folgorante/potente/padrona. Non ne poteva più. Davvero. Lola non diceva più di non lottare, lui sentì: «Che cosa è importante per te?» La vide, nella sua canotta rosa pallido, con quell'aria seria, mentre lo guardava fisso negli occhi. *Il mio lavoro, viaggiare, andare lì dove le cose mi sorprendono. L'istante.*

Lei mi guida. Oggi.

Allora Bertrand si concentrò su ciò che l'aveva graffiato. Era proprio la parete della camionetta. Non gli importava nulla di sapere se si fosse staccata una maniglia o se una vite avesse deciso di allentarsi: cominciò a sfregare lentamente i polsi contro quella lama insperata. Millimetro dopo millimetro. Attento a ogni minimo movimento dei suoi guardiani. Era facile. Non potevano vedere i suoi gesti *sotto tutto quel casino!* La cordicella resistette, ma lui era testardo di natura. A forza di insistere, il legaccio si ruppe. Bertrand stava per portarsi una mano fino al viso per togliere *quel cazzo di fazzoletto*, ma esitò. Sentì i giovani carcerieri che parlavano. Non si mosse. Contò i secondi. Un cane guaì chissà dove. *Libero.*

18

Lola si mise comoda per allattare il figlio. Maria attendeva paziente il suo turno. Aveva bisogno di dolcezza, per uscire dal sonno. Incrociò lo sguardo della mamma e si stiracchiò. Le mani le risalirono sopra i capelli scuri che le coprirono gli occhi. *Presto sarò costretta a tagliarle le ciocche. L'anno prossimo cammineranno da soli. Sotto quale albero di Natale correranno?*

Lola non era più nel buio della sua camera a lasciar scorrere i pensieri in fondo al letto, né sulla terrazza davanti a un sole d'inverno, no, era seduta – in piena luce – con uno dei due bambini in braccio e l'altra aggrappata ai suoi occhi. Era nel presente, e la realtà emerse in tutta la sua verità. La vita che voleva segnava la fine di quella vita per tutti loro. Suo figlio si raddrizzò, fece il ruttino e scoppiò a ridere. Maria lo imitò, strisciando poi fino alle sbarre del lettino. Franck, che stava entrando, si chinò a prenderla e si stese di traverso sul letto, accanto a Lola. Poi si girò verso di lei, serio: «Sento che si sta tramando qualcosa!»

Lola rimase in silenzio, interdetta. Suo marito la fissava, ma era altrove. Il suo pensiero divagava in quel mondo in cui le percezioni prendono un'altra inclinazione per chiarire la realtà. Franck era geniale, accanito, intuitivo dal punto di vista professionale. Quel giorno, tutto questo voleva riversarsi nella sua vita privata. Tornò nello sguardo di Lola, poi, molto calmo e convinto, disse che sì, lo sentiva.

«La Megera sta architettando qualcosa.»

«Evitala», rispose Lola.

«Come? Siamo bloccati nella stessa casa e passeremo la giornata a tavola.»

Maria che, come suo fratello, era interessata al nuovo ciondolo, si contorse per afferrarlo. Il papà le si avvicinò. Tutti e quattro avrebbero potuto stare in uno spazio molto più ristretto del fondo della camionetta su cui Bertrand era rannicchiato, come un cane, ai piedi dei suoi carcerieri.

Franck sorrise, a Lola venne da piangere, ma lo abbracciò. *Sto per lasciarti Franck. Perdonami.* Ovviamente non furono queste le parole ma altre, terribilmente patetiche: «C'è da cambiare il pannolino a Lenny».

Il piccolo prese fra le mani il viso del papà. «So bene che mi tocca», disse Franck. E, fissando il figlio, annunciò che dopo il progetto di pannelli solari stava per dedicarsi a rifiuti organici di tutt'altro genere. Lenny scoppiò a ridere e Franck lo imitò dicendo che, prima di tutto, ne avrebbe spalmato le fette biscottate della vecchia...

«... Sssstrooonza.»

Lola lo fissò. Lui ricambiò con quel sorriso radioso e con ciò che aveva di più franco – e di più Franck – negli occhi: «Merita di meglio?»

Lola aveva le mani umide, la gola strozzata per la tristezza. Lui si chinò per darle un bacio sul collo e le sussurrò all'orecchio che lei non aveva idea di quanto avesse voglia di trucidare con le proprie mani quella terrorista famigliare.

I muri si sgretolavano. Il vento e l'inverno vi si infilavano. Eppure a Lola l'aria parve diventare soffocante. Vide il deserto che teneva prigioniero Bertrand. Vide Franck che lei rinchiudeva dietro delle sbarre e vide se stessa, come una ballerina meccanica sotto una campana di vetro. *Muta.* La mancanza d'aria le bruciava la gola ma, come sapeva farlo così bene a bordo, nella vita, in quell'istante, Lola sorrise come se nulla fosse.

19

BERTRAND non aveva bisogno di contorcersi per arrivare ai piedi. Sul laccio che gli legava le caviglie c'era un nodo che trovò al terzo tentativo.

Il veicolo procedeva di nuovo più veloce. Altri viaggiavano in senso inverso. Il fotografo riuscì a inserire l'indice tra le asole, che si allentarono per restringersi non appena tirò il nodo. Il clacson suonò ancora. *Sto attraversando un agglomerato e non posso urlare.*

Bertrand cambiò tattica. Muovendo i piedi, riuscì a sfilare il laccio sotto il tallone sinistro. *Sono staccato.* Chiuse gli occhi. Rimase in ascolto. «Adesso» risuonava in tutto il suo essere. A che velocità stavano andando? C'erano delle case? L'altro veicolo del convoglio era davanti? Dietro? *Loro sono in quattro, io sono solo. Loro sono armati. Io ho soltanto... LA MIA VITA.*

Bertrand si avvolse al braccio destro una bretella dello zaino, si strappò il passamontagna, si rialzò con un balzo e picchiò i due tipi con il suo bagaglio. Con tutta la sua rabbia. Più veloce e forte possibile. Due volte. Si buttò sul telone, che lo ingoiò e lo trattenne con gli elastici che lui vide divaricarsi. Si udirono delle grida, il veicolo frenò facendo stridere le gomme, gli elastici cedettero e Bertrand cadde sulla carreggiata. Si rialzò e corse via, infilandosi lo zaino.

In una strada.

A destra. Poi a sinistra. Dritto davanti a sé. Il sole lo abbagliava, alcuni spari squarciarono l'aria. Sopra. Accanto. Sul braccio. Sulla spalla. Nella schiena. Bertrand corse ancora e ancora *e ancora...*

Poi si accasciò.

20

«CHE cos'è?» chiese Franck afferrando il regalo che sua nonna aveva fatto a Lenny.

Seduto per terra, il piccolo era riuscito a strappare la carta, ma non arrivava a sollevare l'oggetto, da quant'era pesante.

«Una bibbia?» si stupì Lola.

Un silenzio piombò loro addosso. Era pesante e misto a sorpresa, stupore, incredulità e collera.

«Perché?» chiese Franck alzandosi. «Non certo per fargli imparare il latino, visto che è in francese.»

Reine Milan, piazzata in poltrona, squadrò il nipote, ricordandogli con uno sguardo che sarebbe rimasto per sempre quel bambino cui leggeva delle belle storie. Forse un collegio di specialisti in psichiatria avrebbe trovato un motivo... Un gene, una frustrazione. Franck, invece, poteva garantire che per lei schiacciare gli altri era un bisogno. La religione era il suo tema preferito perché il più semplice. Del resto, dentro di sé, la Megera non era del tutto convinta dell'esistenza di un dio qualunque, ma era lei ad avere il sopravvento su quello che si era scelto, poiché niente poteva essere più grande e più alto. E quello era il posto supremo, incontestabile, al quale era destinata.

Franck aveva detto a Lola che la vecchia non aveva motivo né scuse per essere così cattiva. Reine pensava: Io regno. Incrociò sulle ginocchia le mani nodose, con unghie dallo smalto rosso vivo, e sorrise.

«Suvvia, Franck! Perché Lenny e Maria conservino un ricordo eterno della loro bisnonna.»

«Devo dirti una cosa. Ti garantisco che nel preciso istante in cui finalmente sarai morta, smetterai di esistere per i miei bambini e anche per me.»

«Non si getta via una bibbia, piccolo mio.»

Franck lanciò subito il libro ai piedi della nonna.

«Ti attirerai i fulmini divini.»

«Tu non sei Dio. Non sei amore, carità e compassione. Sei come quelle foglie che il vento strappa dagli alberi e incolla al suolo! Si decompongono, marciscono e si fanno dimenticare. Non c'è niente di meglio dell'oblio per rinascere!»

Sotto gli occhi di tutti, Reine sorrise e terminò il caffè. Poi si alzò con gran dignità, ma finì per inciampare nella carta regalo strappata da Lenny e cadere carponi.

21

DA quanto l'anziana donna si stava lamentando per il forte dolore ai polsi e alle ginocchia, Lola finì per chiamare la guardia medica. Dopo mezz'ora di grande confusione, il medico ritenne di far ricoverare l'infortunata. Claude lanciò uno sguardo sferzante al figlio, che ricambiò.

«Se tu non le avessi permesso di soffocarti, non saremmo arrivati a questo punto, papà!»

«È mia madre! E ti proibisco di parlare con questo tono!»

«Franck, per favore», supplicò Marie-Ange. «Oh! Mi dispiace... e sono imbarazzata... e...»

Scappò a rifugiarsi nella camera degli ospiti, mentre padre e figlio litigavano in giardino per decidere quale macchina prendere. Géraldine chiuse la porta e incrociò lo sguardo di Lola, che disse: «Franck ha ragione».

«Lo so. Ma dovrebbe imparare a tenere a freno la lingua. Reine non è eterna.»

«Mamma! Chi le ha dato il diritto di permettersi qualunque cosa, e noi zitti?»

Géraldine fissò la figlia e sospirò guardando lontano, dalla porta-finestra. Lola si chiese se le parole che le erano appena uscite dalla bocca non fossero piuttosto rivolte a se stessa.

«Quella vecchia cattiva è abbastanza abile da portare tuo marito dove vuole lei, e lui è abbastanza stupido da darle questa soddisfazione», riprese la madre, interrompendo il pensiero della figlia.

«Dici così perché manda all'aria i tuoi programmi!»

Géraldine si mise le mani sui fianchi.

«Non posso credere che tu la pensi così!»

«Nemmeno io», rispose Lola girandosi verso il televisore.

Il papa diceva la messa, lontano, a Roma, per interposto schermo, in un milione di lingue davanti a milioni di fedeli dall'aria beata anche con un tempo da lupi. Géraldine si inserì tra la figlia e il religioso.

«Hai ragione. Franck è forse il solo a dirgliene quattro, ma avrei preferito che ci lasciasse godere questa giornata. Allora, per favore», la strinse, «sii buona e chiudi il becco anche tu!»

Géraldine uscì e Lola rimase nel salotto, in piedi. *Ne ho abbastanza, di tutto questo circo!* Afferrò il telecomando, stizzita. La messa di Natale fu sostituita da canzoni interpretate da un Topolino saltellante. Lenny e Maria arrivarono davanti allo schermo gattonando, dopo aver abbandonato i loro giocattoli. Si alzarono in piedi in contemporanea, appoggiandosi l'uno all'altra, e ricaddero seduti. Poi risero. Elsa scese a precipizio le scale per fare come loro. Rise più forte, cantò, li imitò.

Lola chiuse gli occhi e pensò a Bertrand. *All'inferno dal quale starai sognando di fuggire.*

22

Claude e Franck Milan varcarono il cancello nel momento in cui il forno segnalava che la cottura era terminata, e gridarono dalla soglia che in casa c'era «un profumo delizioso!» Si precipitarono in cucina, ancora con il cappotto addosso, di umore quasi gioviale. Avevano fame, avevano sete. L'anziana signora Milan stava meglio, ma l'avrebbero trattenuta in ospedale per la notte. Marie-Ange chiese se ci fosse da preoccuparsi. Prendendo il piatto, Franck rispose: «Non abbastanza da farci perdere quest'oca!»

«Non iniziamo con un'insalata?» chiese Géraldine.

Lola propose di mangiarla alla tedesca, come contorno. Contò e ricontò le ciotole pur di restare sola in cucina. Si mise davanti alla porta-finestra a osservare la danza degli aerei.

Buon Natale, amore mio... Più lontano, nella sala da pranzo, tutti i commensali erano in estasi davanti alla pelle dell'oca. Di colpo, Lola aveva sentito svuotarsi la mente. Sentì che sua madre la chiamava. Si avviò come un automa, gli occhi fissi sulle piastrelle grezze, e alzò la testa solo quando Claude Milan pizzicò il braccio della moglie: «Sembra Marie-Ange quando si fa la lampada!»

Franck non rincarò la dose sulla battuta del padre, troppo occupato a scorticare il volatile. Distribuì le porzioni, che bagnò con la salsa man mano che la suocera gli passava i piatti. Per sé tenne le ali che prese con le mani, imitato subito dai piccoli. Elsa si mise a canticchiare mangiando, come sempre. Lola non distoglieva lo sguardo dai bambini.

Marie-Ange continuava a ripetere che quell'oca era sublime e cucinata in modo fantastico.

«Questi funghi nel ripieno, il cognac… L'anno prossimo, quando festeggeremo Natale a Besançon, rifarò la vostra ricetta alla lettera, e mi direte che cosa ne pensate!»

Lola si irrigidì e Géraldine disse: «Non credo che potremo venire da voi il prossimo Nata…»

Si interruppe per guardare Elsa, che continuò: «… la divina creatura. Suonate oboi e cornamuse! È nata la divina creatura! Cantiamo tutti questo avvento!' Che cosa vuol dire 'avvento'?»

«È la venuta di un re o di Gesù nella Bibbia», disse Franck, il naso nel piatto.

«Nella Bibbia della Megera!» esclamò Elsa, sorridendo.

Calò un breve silenzio. Nessuno ci fece caso, e Géraldine si stupì non tanto che la figlia avesse associato la Bibbia alla Megera quanto che avesse collegato la parola «Natale» a una canzone diversa da quella che stava canticchiando, per una continuità perfetta. Aveva isolato il termine «avvento» per chiederne il significato. Non l'avrebbe memorizzato, ma intanto aveva posto la domanda. L'anno precedente, non l'avrebbe mai notato. E neppure sei mesi prima. Elsa non capiva tutto – *talvolta niente* –, ma trovava le rime giuste e sentiva *tutto. Più di quanto io possa immaginare…*

Allora Géraldine si sentì attraversare da qualcosa di delizioso. Non udì gli altri invitati che scoppiavano a ridere. Non staccò gli occhi dalla figlia bruna che continuava a canticchiare e a mangiare. Lola incrociò il suo sguardo, lei le sorrise.

Quel che contava era lì, nei progressi di Elsa, e Lola non pensò più a niente.

Più tardi, nessuno ebbe il coraggio di affrontare il freddo per una passeggiata digestiva tra il formaggio e il dessert. Strisciando sotto l'albero di Natale, Lenny tirò fuori due pacchetti dimenticati nell'«attività» della mattina. Marie-Ange chiese quanto costasse il ciondolo di Lola. «Splendido!» esclamò Franck, precisando che la bicicletta che gli aveva regalato Lola era una «splendida» idea per eliminare ciò che aveva appena ingurgitato.

«No, papà, non valuto il successo della mia carriera sulla base del girovita. Per fortuna, la mia mensa è mediocre.»

Claude si guardò la pancia. Sì, era troppo tardi. Si capiva dal suo sguardo, che però rivelava anche quanto avesse amato la sua vita di rappresentante, sempre in giro per le strade. «Conosco migliaia di ristorantini di ottima qualità.» Géraldine gli chiese se temesse la pensione imminente.

«Conto di godermi il mio ultimo mese», rispose lui, appoggiandosi le grosse mani sulla pancia.

Lola pensò che temeva l'anno a venire. E poi Elsa, trionfale, portò il dolce. Ebbe cura di tagliare la sua meravigliosa creazione con accuratezza millimetrica e distribuì le porzioni contando sulle dita. Mise «un bel pezzo da parte per la Megera». Nessuno sentì. Lei si sedette e disse ancora: «Buon appetito, amici miei!»

Tutti si meravigliarono al primo boccone e tacquero al secondo, soggiogati da quel ceppo così originale. Géraldine insistette sull'eccezionale talento da pasticcera della figlia. Era creativa e audace. Quell'anno aveva scelto una ricetta alle arance, sovrapponendo una serie di fette tagliate sottili. Alcune erano candite, altre erano state immerse in uno sciroppo al lampone, senza una ragione vera e propria.

«Che idea deliziosa, queste arance!» disse Marie-Ange. «Dove hai preso la ricetta?»

«Chissà...» rispose Géraldine dopo un silenzio.

«Arrivano dalla Spagna?» chiese Claude.

«No, dall'Africa. In aereo, come Lola nel cielo!» gridò Elsa, guardando la sorella che l'abbracciò.

«Poi mi fai vedere?» chiese la madre di Franck.

«L'Africa?»

«No. Le arance. Come fai a incollare le fette? Ci metti dello zucchero?»

Il cellulare di Claude attaccò a vibrare, squillando poi con una marcia militare nel bel mezzo della tavola. L'uomo uscì in corridoio. Chiuse la porta, e i cucchiai rimasero sospesi a mezz'aria. Ognuno deglutì a fatica il proprio boccone. Marie-Ange non aveva ascoltato la risposta di Elsa che, in ogni caso, era rimasta zitta. La ragazza non spiegava mai niente, faceva le cose, era concentrata su quel preciso istante. Assaggiava il suo dolce, provava tutti gli ingredienti. Valutava il suo lavoro alla sua maniera, canticchiando e fregandosene di sapere se la Megera stesse bene o male.

L'anziana signora Milan moriva dal sonno e non voleva visite. Inviava però la «buonasera».

«E tu non ci vai?»

«Te l'ho appena detto, Marie-Ange! La mamma preferisce riposarsi. Andrò a prenderla domani. Non vede l'ora di assaggiare il ceppo stra-or-di-na-rio di Elsa.»

Tutti pensarono: Fantastico! Uff! Favoloso! Grazie, mamma… Che sollievo! Crepa! Miele di lavanda.

23

Al numero 25 di rue Haute, come da tradizione, il pranzo di Natale andava per le lunghe. Stavano tutti ancora mangiando il cappone quando squillò il telefono che raggelò Florence, Xavier, Jennifer, come sempre dal rapimento di Bertrand, e fu Marc – che stava uscendo dalla cucina con i fagiolini – a rispondere, gli occhi fissi sul ritratto del figlio e trattenendo il fiato. «Signor Roy, sono lieto di annunciarle che suo figlio è evaso. È in sala operatoria.» Il padre si voltò, fece volar via il piatto e si mise a gridare, alzando le braccia al cielo: «È LIBERO!»

Nel giro di tre secondi i fagiolini furono calpestati, schiacciati, incollati a tutte le scarpe. Ma non importava niente a nessuno. Xavier si fece dare il numero dell'ospedale e prese il telefono per chiedere informazioni precise, intendeva capire in prima persona per poi spiegare a tutti che cosa stessero facendo a suo fratello. «Quanti colpi? Dove? Quali analisi? I risultati?»

Anche se la conversazione era in inglese, Florence e Marc capirono che il figlio pesava cinquantadue chili. Florence guardò Xavier e disse: «Ha perso diciotto chili. Non doveva perderne così tanti».

«Non fa niente, mamma. Non fa niente. Li riprenderà.»

Florence si stava immaginando Bertrand molto più magro di come se l'era già figurato. Marc, invece, si sedette al computer. Consultò le e-mail che le autorità francesi gli avevano appena inviato. «Possiamo partire stanotte.»

«Partiamo stanotte», risposero Florence e Xavier.

Jennifer disse che si sarebbe occupata lei della casa.

Marc annotò sul cellulare il recapito dell'ospedale, dell'albergo, dei contatti, poi li trascrisse sull'agendina. Imballò il computer dello studio di Bertrand, il suo, quello che lui gli aveva comprato, e Florence scelse tra i vestiti del figlio. Quante taglie aveva perso? Il marito la sorprese a fissare un paio di jeans di Bertrand, le braccia tese.

«Prendi una cintura.»

«Prendo anche la tuta. Ma perché non gliene ho comprata una nuova?»

«Lo sai che mette solo questa», disse lui abbracciandola.

Trascorsero parecchi minuti, imprimendo nella loro carne quel momento meraviglioso. L'uno contro l'altra, insieme, pensarono molto al figlio e poco a se stessi. Poi, tantissimo, a quell'anno di angosce e di pensieri impossibili da riferire. A quelle quattro ore in cui le autorità non avevano detto loro niente. Perché? Forse Bertrand era stato tra la vita e la morte? Per quanto tempo?

Florence alzò gli occhi su Marc: «Cinquantadue chili… Ma di che cosa è campato?»

«Li riprenderà, mangia come un bue.» Lui le accarezzò il viso e sorrise. «L'ha fatto. L'avevi detto.»

D'un tratto, Florence si sentì stringere/seccare/strappare la gola. Tutte le emozioni si aggrovigliarono là dentro. Suo marito – che in realtà non lo era ufficialmente – aveva lo stesso sorriso che l'aveva travolta trentacinque anni prima. Lei continuò a fissarlo e, appena possibile, gli disse: «Voglio che tu mi sposi».

24

Calò la notte senza che nessuno se ne accorgesse. Géraldine chiuse le imposte, lasciando filare le stelle dove meglio credevano. Una neve pesante iniziò a coprire il giardino, la strada, la Francia intera e l'Europa del Nord. Gli ospiti chiacchieravano in salotto e in cucina. Lola rassettò, Franck si occupò del fuoco e le ore passarono goccia a goccia, come le flebo nelle stanze d'ospedale. Una goccia. Poi un'altra. Il progresso dei gemelli, quello di Elsa.

Una sonnolenza da digestione spinse Claude su una poltrona, Franck chiuse gli occhi sull'altra. Lenny e Maria, che avevano evitato la siesta, bisticciarono per il telecomando. Elsa balzò come un gatto. Se ne impossessò per fare zapping e si fermò di colpo proprio sulla foto di Bertrand, a tutto schermo. In piedi, in mezzo al salotto, Lola trattenne il respiro, i gesti, lo sguardo, il corso della vita. S'imporporò in volto, lo sentì. Una voce fuori campo annunciò: «Ci è appena giunta la notizia che il fotografo Bertrand Roy, rapito in Uganda lo scorso anno, è libero ma gravemente ferito. Non è stato reso noto come sia avvenuta la liberazione né se...» Elsa si mise a saltare davanti allo schermo: «Il signore del matrimonio che mangia le arance! Il signore del matrimonio che mangia le arance!»

Ci furono dei lunghissimi secondi durante i quali Lola avrebbe giurato che il tempo si fosse davvero fermato e poi vide sua madre avanzare verso la sorella, che gridò ancora: «Il signore del matrimonio che mangia le arance!»

«Quale matrimonio? Lui non era al matrimonio di Lola, tesoro.»

La figlia, con lo sguardo rivolto alla tv, rispose: «Sì! Sì! Sì! L'ho visto! L'ho visto!»

«Dove?» chiese Marie-Ange.

«Dietro l'albero! Dietro l'albero!»

Claude e Franck si tirarono su, girandosi verso Lola in contemporanea con la madre e la suocera. Lei alzò le spalle e si chinò per prendere Maria, che era appena caduta sbattendo il naso sul pavimento. Poi si precipitò in bagno. *Bertrand è libero.* Sua figlia piangeva. A Lola salirono le lacrime agli occhi. *Oggi. Bertrand è libero oggi.* Contò i secondi che la separavano dal vedersi apparire Franck alle spalle, ma il telefono di Claude squillò ancora una volta.

La sua voce prese un tono che non lasciava alcun dubbio e che dichiarava che la Megera era passata a miglior vita.

25

Il «crepa!» era stato esaudito. Franck giurò di non aver augurato niente. Marie-Ange invece pianse a comando senza riuscire a calmarsi, senza trovare la forza di andare a trovare la defunta che aveva ceduto a un imprevedibile ictus e Lola pensò solo a Bertrand. *Gravemente ferito. Gravemente ferito. Gravemente ferito. Gravemente quanto?*

Non appena suo marito ebbe accompagnato il padre in ospedale, Lola si precipitò al computer, ma non riuscì a sapere niente di più di quanto non avesse già annunciato la televisione. La notizia della liberazione di Bertrand continuava a scorrere, con le stesse parole, decuplicando la sua angoscia. L'ostaggio era libero e ferito. Tutte le ipotesi venivano prese in considerazione ed enunciate allo stesso modo da un canale all'altro. Quando l'immagine di Bertrand ricomparve sullo schermo, Elsa non reagì neppure quando Géraldine la interrogò di nuovo. Scrutando a turno la madre e la suocera, Lola affermò: «Sapete anche voi che non era invitato al matrimonio».

E tale fu il suo aplomb che la conversazione si concentrò sui funerali. Quando sentì aprirsi il cancello, filò a letto. Ma finse di dormire così maldestramente da permettere a Franck di fare l'amore con lei. Aveva un solo pensiero: Bertrand è libero e ferito.

Si alzò all'alba. I telegiornali si perdevano nelle ipotesi. Ascoltava tenendo il volume molto basso, attenta ai rumori della casa. Non pensava più, sentiva soltanto il cuore che batteva lentamente. Ci furono dei passi nel corridoio e Lola si precipitò ad aprire le imposte. Provò sollievo, un enorme sollievo nel constatare che la neve ricopriva in abbondanza tutto il giardino. Franck, che stava entrando, si piazzò davanti alla porta-finestra e le passò un braccio attorno alle spalle. Lola, senza distogliere lo sguardo da quella perfetta distesa bianca, disse: «Ho appena visto le previsioni, dicono che durerà parecchi giorni. Con queste condizioni non me la sento di mettermi in viaggio con i bambini per andare al funerale, e neanche mi va di lasciarli qui».

«Infatti non puoi. Hanno ancora bisogno di te. E poi, che cosa cambia? Tanto più che hanno ciascuno la propria bibbia, se mai dovessero pensare a lei.»

All'inizio del pomeriggio, Franck e Lola si ritrovarono immobili davanti ai due volumi posati sul piumone spesso e bianco come lo strato di neve, in tranquilla attesa che si decidesse la loro sorte. Le bibbie erano passate di mano in mano. Qualche minuto prima, Géraldine le aveva messe bene in vista, senza dire una parola. Franck chiuse la valigia ed esclamò: «Gettale nel fuoco!»

«Fallo tu!»

Lui la fissò negli occhi e Lola ripeté: «Fanne ciò che vuoi, ma non chiedere a me di farlo».

Le buttò nella valigia dicendo che sapeva bene – «Cazzo!» – che si stava tramando qualcosa.

«Non te l'avevo detto?»

Lola non trovò niente da ribattere. Lui proseguì mentre si infilava il cappotto blu scuro: «Ha passato la vita a spargere merda, e continua anche da morta. Non serve andare in Africa per farsi prendere in ostaggio!»

Franck faceva allusioni per semplice intuizione, oppure le cose trasudavano dai muri a tal punto che, per forza, lui le aveva assorbite? Lola restò con lo sguardo fisso. La verità voleva essere smascherata e aveva scelto suo marito come cavalier servente.

«A cosa stai pensando? Ho forse torto?»

«No. Hai ragione. Ma dovresti togliertela dalla testa.»

Franck la strinse fra le braccia e la tenne contro di sé. «Hai ragione, ci devo riuscire.» Poi la guardò e disse: «Da' un bacio ai piccoli da parte mia. Non vorrei svegliarli». Imbacuccata nella sua pelliccia, comparve Marie-Ange. Se la prese con la neve che si era messa a cadere in abbondanza e non era proprio il caso. Le sarebbe tanto piaciuto che le cose fossero andate diversamente perché...

«... Vi abbiamo rovinato il Natale.»

«Non preoccupatevi», rispose Géraldine. «Siate prudenti.»

«Ho le catene nel bagagliaio e, se necessario, la mamma spingerà la macchina.»

Marie-Ange si perse ancora in scuse e complimenti, Franck tagliò corto, la spinse sotto i fiocchi di neve e baciò Lola sulla bocca. Elsa si nascose gli occhi con le mani e, tirando fuori la lingua, gridò un «bleah!» che nessuno interpretò male.

«Torno in treno prima possibile.»

Franck scese la scalinata, poi fece dietrofront: «Ecco, prendi, la seconda chiave della tua macchina. Non è il caso che io la dimentichi chissà dove!»

Baciò Lola ancora una volta e le chiese se avesse il mazzo di chiavi di Francoforte.

«No, l'ho lasciato sul mobile nell'ingresso.»

«Non devo perdere le mie per strada!»

«No.»

S'incamminò sotto la neve, si voltò, guardò Lola che sorrise sotto gli occhi di sua madre, delle nuvole bianche, grigie e infinite, e di Elsa che alzava il naso verso il cielo. L'automobile risalì sul viale diventato quasi invisibile in un silenzio assoluto. Eppure, la giovane donna aveva la sensazione di udire l'impatto dei fiocchi di neve che cadevano a tonnellate.

«Non preoccuparti, Franck tornerà presto. È questione di pochi giorni, passeranno in fretta.»

26

La tormenta di neve aumentò, occupando una buona parte dei telegiornali. Lola tenne un basso profilo, giocò con i bambini ed evitò lo sguardo e la conversazione di sua madre per raggranellare – il più discretamente possibile – notizie su Bertrand. In poche ore, circolarono nuove informazioni. «L'ostaggio è riuscito a sfuggire ai suoi carcerieri ed è stato colpito da parecchi proiettili. Al momento non può essere rimpatriato in Francia. È ricoverato in un luogo segreto. I suoi genitori sono partiti prima della tormenta...»

Internet non aggiungeva altro, il numero che lei conosceva a memoria non esisteva più. Lola era terrorizzata e sollevata, colta dal panico e da una dolce ondata di felicità cui seguiva una marea di angosce. Non pensava a se stessa, bensì a lui. Bertrand era libero, ma in quali condizioni fisiche, psicologiche? Che cosa aveva passato, per l'esattezza? Tutte quelle terribili domande, che erano rimaste a mezz'aria in un mondo che Lola aveva tenuto in disparte, precipitavano come quella neve.

Come ha vissuto quell'orrore, un uomo come lui?

Alle 19.30, Franck aveva finalmente varcato la porta della casa di Besançon. Il viaggio era stato un «calvario», il funerale avrebbe avuto luogo il 28. Lola si perse nelle chiacchiere del marito, sconvolta dalle risposte che gli dava e dalla confusione dei fiocchi che guardava cadere. Ciascuno di essi le ricordava che la verità aveva presentato il conto.

Franck promise di tornare l'indomani, Géraldine strillò dalla cucina di chiudere le imposte del salotto.

Lola uscì in terrazza. Fu colta dal silenzio glaciale. Il futuro, la morte, la sofferenza si confondevano nella notte. Spazzò via la neve con i piedi per liberare la persiana. La tirò così forte che il battente le schiacciò il dito, strappandole un grido. Sua madre accorse.

«Ma sei uscita senza nemmeno coprirti?»

«Sì, e mi sono incastrata l'indice.»

«Ma sanguina! Muovilo. Tutto a posto?»

Géraldine guardò il taglio, Lola aveva le lacrime agli occhi. Aveva nove anni, quattordici, trentuno. Era la bambina che respingeva il suo orsacchiotto, l'adolescente che sentiva che suo padre era morto e la donna che si era lasciata sfuggire l'uomo della sua vita, che aveva fallito nel matrimonio… I suoi bambini piangevano da qualche parte, in casa. Scappò a gambe levate.

In piena notte, quando Lenny si svegliò con più di quaranta di febbre, fu colta dall'angoscia. Un altro medico di guardia diagnosticò una bella influenza.

«Quest'anno il virus è molto attivo e violento. Si aspetti che tocchi pure alla sorella. E anche lei, inutile che si faccia illusioni, visto che, a suo dire, non la prende da molto tempo. Il veglione di Capodanno rischia di saltare, e le sconsiglio vivamente di anticipare il rientro in Germania», disse compilando le scartoffie per il rimborso. «Non è il caso di affrontare un lungo viaggio con dei bambini influenzati, soprattutto sotto questa neve che, a sentire il meteo, non ha intenzione di smettere.»

«Ma certo, dottore.»

«Sono pronto a scommettere che anche suo marito la beccherà», affermò lui con sicurezza irremovibile. «Gli toccherà venirvi a prendere più avanti.»

Mise in ordine le ricette con scarsa attenzione, ma sorrise con zelo prima di aggiungere: «Qualche giorno di separazione, per una coppia, è sempre un dono del cielo!»

Lola guardò gli occhi grigi del medico, poi le pareti della camera. *Che siano traditrici proprio come me?*

27

Lenny voleva stare soltanto tra le braccia della mamma, scottava e frignava. Lola passò tutta la giornata con lui sul divano, nel suo letto, davanti al computer, alla tv, a guardare quello che voleva Elsa. A chiudere più o meno gli occhi quando li chiudeva il piccolo e quando Géraldine era nelle vicinanze. Alle diciassette sentì una vampata di caldo e, subito dopo, un gran freddo. Le girava la testa, si sentiva le gambe a pezzi. *Adesso tocca a me.*

L'influenza la spedì dritta a letto in un sonno tormentato e con una febbre da cavallo. Ebbe degli incubi, senza Franck, senza Bertrand, ma con sangue nero e denso che si riversava sulla neve come un torrente di lava. Si svegliò mille volte, con la sconcertante sensazione di non aver dormito. Non oppose la minima resistenza e si fece curare da sua madre o da Elsa, che non erano ancora state contagiate. Lenny le stava addosso, senza forza. Le sue ciglia lunghe e nere si stiravano all'infinito sugli occhi pieni di febbre. Lola ebbe voglia di piangere, ma aprì le braccia quando Géraldine entrò con Maria, spostò il computer e si sedette: «Ti vuole».

La piccola le si rannicchiò nell'incavo del braccio e Géraldine si sedette sul letto. Accarezzò i capelli della figlia maggiore, le misurò la temperatura. «Hai più di 40.» «Lenny?» «39,9.» Sostituì i bicchieri d'acqua, chiuse le imposte, rimboccò le coperte prima di uscire. «Lascio la porta aperta?» Lola disse di sì, ma chiuse gli occhi. Qualcosa di sordo tuonava sotto quella neve, sua madre lo sentiva. Ma che cosa fa una mamma quando il figlio è ammalato? *Niente, tranne vegliarlo.*

Eppure Elsa non si era ammalata. Quando Géraldine tornò a chiederle, in modo indiretto, spiegazioni sul «signore del matrimonio», la figlia minore non disse niente e continuò a disegnare. «Tre maialini verdi.» Che sua madre sarebbe stata incapace di riconoscere. E aggiunse, con un sorriso luminoso, che erano «verdi come le tue pantofole». *Dove va Elsa? Vede e sente tutto? Che cosa ricorda? Dove andrà quando ci sarò io al posto della Megera?*

Géraldine aveva così tante domande alle quali non sapeva rispondere, che avrebbe voluto sparire nella neve. Fondersi con essa e andarsene lontano... Elsa sollevò il naso, sorrise ancora e disse: «Lo so». Insomma, non lo pronunciò così, ma fu proprio quello che capì sua mamma.

Géraldine sapeva dell'esistenza di un mondo in cui poteva leggere negli occhi della figlia. Non le era sempre accessibile, ma talvolta – *sì, talvolta* – si scambiavano molto più di quanto la medicina avrebbe mai potuto immaginare. No, non era stupita. Solo attraversata da un lampo, tanto breve quanto delizioso, delicato e raro di una gioia purissima.

28

Quando Lola si svegliò, sola, nel suo letto, le tende verde scuro erano spalancate e la luna piena spargeva un pallido riflesso sui cristalli gelati. Da quanti giorni aveva l'influenza? Due? Tre? Da quando Bertrand l'aveva lasciata a Francoforte?

Aveva il vago ricordo di sua madre che veniva a prendere i bambini per farli dormire nella camera accanto. Non tremava più, ma soltanto perché la febbre era scesa nel punto più basso del grafico a V della temperatura. *V come verità.* Le sue idee ripresero vita da dove erano rimaste in sospeso con un'acutezza rigenerata e misero in evidenza soltanto le sue bugie.

Lola prese il computer in stand-by sul comodino. In tutti quei giorni, Internet aveva scovato una sola notizia fresca. «Bertrand Roy è in terapia intensiva.» Per quanto tempo? E quali terapie, per l'esattezza? *Sei cosciente? In coma?* Lola tremava, e si soffermò su una foto di lui. Le sembrò stranamente lontana. *Come sono i tuoi occhi, adesso?*

Ricordi di avermi preso tra le tue braccia, un giorno di giugno?

Lola si alzò e si diresse alla finestra, a piedi nudi. Il cielo era privo di nuvole, con stelle sparse all'infinito. Le tremavano un po' le gambe come a Mosca, quando aspettava che Bertrand le comunicasse il risultato del test; e, per un lungo momento, rimase a guardare la notte. Quel giardino. Da bambina non si era mai arrampicata sugli alberi e non sapeva nemmeno perché. Ma, in quell'istante, ebbe una tremenda voglia di arrivare fino alla cima del grande abete per toccare gli astri con la punta delle dita. Sembrava così facile. *Nove anni, quattordici, trentuno*. Avrebbe aperto le braccia, avrebbe planato come un uccello libero e si sarebbe lasciata cadere in quella neve spessa, non contaminata da nessun'orma. Ce l'avrebbe impressa lei, la prima. Sarebbe scesa lungo il viale ascoltando lo scricchiolio vivo dei suoi passi. Avrebbe girato la chiave, aperto il cancello e *tutto* sarebbe ricominciato.

La febbre risalì di colpo, le idee volarono via troppo presto perché Lola le potesse afferrare. Soltanto le bugie rimasero a portata di mano. Sfidavano la gravità, affrontavano qualunque condizione meteorologica e le si piantarono di fronte, pronte a combattere.

29

Il funerale di Reine Milan era stato faticoso poiché molto lungo, sotto una neve sferzante. Il giorno dopo, al risveglio, Franck cedette alla febbre. Tornò subito a letto e suo padre, come al solito, ripeté a voce molto alta tutto tutti i commenti dei giornalisti.

L'ingegnere urlò di chiudere «tutte le porte». Aveva dolori alla testa, alle gambe, alla pancia. Non sopportava la febbre a quaranta, che però carbonizzava tutti i pensieri prima che lasciassero delle tracce visibili. Se ne fregava alla grande del veglione di Capodanno o delle strade impraticabili. Non si preoccupava del suo rivestimento perché ciò che contava era il profitto di un anno. Di una vita. Per tre giorni si girò e rigirò in un letto disfatto. Che lasciò per accasciarsi dieci metri più lontano, sul divano, le gambe spezzate dalla fatica.

Uno sguardo e il padre tacque. I telegiornali non davano alcuna nuova notizia. La neve, Bertrand Roy e ancora l'influenza. Che talvolta aveva complicazioni e si portava via gli anziani. *La Megera avrebbe resistito a questo flagello, se la sua mente non si fosse fermata da sé, soffocata dalla cattiveria?*

«Se solo penso che non sanno dirmi il perché!» esclamò allora il padre

Franck si alzò e si diresse verso la sua stanza. *Neanche all'inferno volevano saperne di lei*. Diede un calcio alla porta e si accasciò sul letto. Piombò in un sonno agitato. In un anno che avrebbe concluso da solo e ammalato. *In una casa con una conversazione a senso unico!*

Pensando soltanto a risolvere le sue equazioni per dimostrare che, a –25 gradi, il suo rivestimento non si sarebbe più microfessurato. Era un punto d'onore, e *sarà il mio primo buon proposito dell'anno!*

30

Bertrand non aveva potuto essere rimpatriato. Le sue condizioni si erano improvvisamente aggravate, nella tarda giornata del 26 dicembre, a tal punto da far sospendere qualsiasi decisione e pensiero. Riprese conoscenza solo tre giorni più tardi e delirò per altri due, madido di sudore e in preda alla febbre. Il sole brillava dietro la spessa coperta tesa davanti alla finestra. La luce era lì, a portata di mano, eppure così lontana. Il fotografo sentiva le parole del medico che gli proibiva di alzarsi. La sua voce si perdeva, aveva le mani fredde e le sue parole si mescolavano con quelle degli altri. Bertrand richiuse gli occhi. *Sono libero e sono vivo.*

Da qualche parte, nella camera, una voce maschile disse che, a breve, delle tende di tela bianca avrebbero sostituito la coperta. E poi, all'improvviso, ecco di nuovo i suoi genitori nella stanza. Sorridevano, sfoderando milioni di banalità per mascherare la preoccupazione. Bertrand ascoltò le loro voci: non riconosceva la sua e si aggrappava ai rumori, al ritmo dei passi delle infermiere. Il tempo scorreva in modo strano, ma lui avrebbe potuto affermare che quel ritmo, come quello dei suoi carcerieri, si accordava alle voci. Come se fosse una verità universalmente accettabile. Più delle parole. D'altronde, lui stesso rispondeva: «Sto bene». Invece non era vero.

Non era il dolore fisico delle ferite a torturarlo, e neppure la febbre. No. Assieme alla sua coscienza si era appena risvegliata quella cosa infame che gli avevano servito, giorno dopo giorno, per mesi interi.

Che lui aveva spiato e tenuto in disparte per sopravvivere. Avvertì nel profondo che la sua libertà non avrebbe cacciato via quella mostruosità vivente destinata a innalzarsi nell'ombra in ogni istante della sua vita, a diventare minacciosa e terrificante, a stendere le sue lunghe braccia nodose per prenderlo alla gola schiacciandola lentamente fra le dita. A pretendere che lui la riconoscesse e la chiamasse con il suo nome. «Tu sei la paura.» E lei avrebbe risposto: «Sono la tua paura. Sono eterna perché vivo in te».

Che avesse gli incubi o no, in quel letto, Bertrand era ancora un ostaggio. Si sentiva sulla pelle quella sporgenza nel metallo – *il mio regalo* – che non riusciva a visualizzare. Rivedeva quell'istantanea dall'interno della camionetta, nei secondi furtivi in cui quel carceriere gli aveva dato da bere. Sentiva ancora la sete. Il telone. L'odore dell'olio. La coperta. I piedi nudi sull'asfalto, che si stiravano all'infinito. E poi il sole, come un'idea di libertà che gli danzava davanti. Una pura bellezza, che guidava i suoi passi tra i proiettili.

Era stato colpito più volte, ma la libertà aveva continuato a tenerlo per mano. La vista gli si era offuscata di colpo, era caduto in mezzo a una strada. Ancor prima di rendersi conto di cosa stesse succedendo, delle mani l'avevano afferrato per le braccia. Avrebbe voluto urlare, ma aveva guardato in silenzio chi lo stava tirando. *Dei bambini.* Poi c'era stato uno schieramento di donne, avvolte nei loro veli neri come il catrame, che l'avevano trascinato in una baracca. Altre mani, enormi e insanguinate, l'avevano gettato in un antro in mezzo a carcasse appese a uncini lungo le quattro mura. La porta si era richiusa con lo stesso rumore di quella di un frigorifero, semplicemente perché era quella di un congelatore gigante. Un vento glaciale si era abbattuto come una tempesta di neve. Gli bruciavano gli occhi. Non aveva più udito niente né visto niente. Soltanto freddo. Il sangue gli aveva abbandonato le estremità come in quella notte di giugno, quando aveva tenuto la mano di Lola. Il cuore gli era stato risparmiato. Era stato invaso da nuvole nere, quando aveva tentato di rialzarsi, fiocchi di neve avevano iniziato a vorticare. Le carcasse gli danzavano e gridavano attorno. Aveva avvertito la morte. Aveva sentito dei passi avvicinarsi e… e poi, più niente.

* * *

Bertrand delirava in mezzo alle pozze di sangue. Era nell'appartamento di Lola? Lei era una nuova carceriera? Per riflesso, si era disperatamente attaccato al suo zaino e quel giorno, nel suo letto di ospedale, si sentiva perduto. Non riusciva a pensare che si fosse tirato fuori da solo dal suo inferno, credeva che la lotta fosse soltanto all'inizio.

Delle tende nascondevano la notte, lui sprofondava in un materasso troppo molle e troppo caldo. No, i pensieri non erano più gli stessi di tutti quei giorni in cui aveva atteso, ubbidito, sfogliato una a una le sue foto, immaginato migliaia di cose delle quali aveva fatto una drastica cernita. Perso la speranza e sperato fino al punto da attaccare delle bandierine invisibili, elaborando dei piani. Pensando a Lola, a ogni istante, fino a dimenticare tutto il resto. Qual era il nome della sua via a Francoforte? Il numero del telefono fisso? *I miei codici del bancomat. Le mie password.* E quel giorno non era *più sicuro di niente.*

31

AVVOLTA in una coperta, sul divano scamosciato color cioccolato di sua madre, Lola guardava alla tv il conto alla rovescia degli ultimi secondi del 2011. La spense a mezzanotte e qualche minuto, dopo aver ammirato i fuochi d'artificio del mondo intero. Un ceppo di colore rosso intenso si consumava senza fiamma, e la donna rimase a fissarlo. Era guarita, ma le sue domande erano sempre le stesse, sempre senza risposta. Bertrand non era più in terapia intensiva, ma restava ricoverato in un luogo sconosciuto. Probabilmente «in Africa», poiché le condizioni meteorologiche rendevano la vita difficile a tutti i trasporti aerei, ferroviari e terrestri. Compresi quelli militari. Soprattutto perché nessuna notizia dava per certo il suo rientro in Francia. *So che stai molto male*. Lola non osò muoversi, per paura di risvegliare i pensieri più orribili. Si addormentò senza rendersene conto e si precipitò verso Maria quando, in preda a un incubo, la piccola si mise a urlare alle tre. Aveva la febbre molto alta e stava appiccicata a sua mamma, che non si muoveva dal letto e che non riusciva a prendere sonno. Le ore si trascinavano all'infinito su un nuovo, lunghissimo anno. Lola pensò a Franck, malato, al quale non avrebbe potuto dire ciò che aveva da dire come augurio di felice anno nuovo. Non avrebbe mentito nel fargli gli auguri, mentiva nella vita. Non mentiva a Bertrand, non poteva vederlo. *Felice anno nuovo, amore mio. Guarisci, ti prego. Scrivimi appena puoi. Aspetto tue nuove. Ho traslocato, ma la posta mi viene inoltrata.*

* * *

A metà pomeriggio, quel 1° gennaio, dopo essersi seduta di nuovo sul divano, Lola si rese conto che era in Francia, a cinquecento chilometri dalla sua cassetta delle lettere. Che, dopo essersi augurati le cose migliori, lei e Franck avevano deciso che lui sarebbe venuto a prenderla non prima del 13 gennaio. Lola non aveva voglia di fare la strada da sola con i gemelli. Voleva parlare al marito a quattr'occhi. D'un tratto pensò: E se nel frattempo trova una busta di Bertrand? L'avrebbe aperta? No, l'avrebbe avvisata e poi avrebbe chiesto: «Chi è?»

Lola prese il lavoro a maglia sul tavolino del salotto, fece due ferri in tutta fretta e poi lo ripose, con le mani di colpo tremanti. Dov'è che Bertrand si era segnato il suo indirizzo? Di cosa si ricorda?

Che uomo è diventato?

Lola rimase immobile a lungo. Colta da uno spavento freddo/abissale/brutto *perché non sento più niente*. Né le mani, né lo sguardo, né il respiro, né il braccio che sfiorava il suo. Fuori, un sole discreto e pallido faceva brillare i cristalli. Mai sullo stesso punto, a farci attenzione. Il sole corre nel cielo, il tempo passa, le ombre si spostano. *Bertrand è cambiato? Come non essere diversi, dopo una simile prova?*

Qualcosa di abbagliante e, allo stesso tempo, molto scuro cadde sul giardino immacolato. Come se quella neve spessa e ghiacciata cancellasse tutto, come se niente più esistesse. Lola si sentì colpita con forza da uno di quei pensieri indimenticabili, che lasciò una lunghissima eco poiché mise in evidenza le negligenze, le leggerezze, le assenze, gli errori. Spiegò/disegnò/impresse le conseguenze su quel mondo bianco. *Non sono uscita dall'ascensore, ho insistito affinché tu te ne andassi. Sono responsabile di quello che hai vissuto.*

La conclusione era quel presente. Un vuoto bianco che brillava qua e là come un'illusione di felicità, ma che si sarebbe ghiacciato fino alla morte se la donna avesse ceduto alla tentazione di passeggiarvi sopra.

Alle sue spalle, nel salotto, sentì Elsa che correva, cantava, ballava e giocava con i suoi bambini. E non ebbe altra idea cui aggrapparsi che: *L'influenza ha risparmiato mia sorella per paura di contrarre il suo strano male.*

32

BERTRAND guardava la foto di Lola. Non gliel'avevano mai tolta, poiché nessuno dei suoi carcerieri l'aveva sorpreso a guardarla. Lui l'aveva ficcata dietro un rinforzo dello zaino, ma era sempre rimasta a portata di mano.

Quel mattino, quando Florence aprì la porta della stanza di ospedale a Khartum, sorprese il figlio con le lacrime agli occhi. Se fosse entrata per caso, di primo acchito non avrebbe riconosciuto il suo bambino. Del resto, quando l'avevano scoperto dopo l'operazione, la sua prima reazione era stata di chiedere: «Dov'è Bertrand?» Non per via dei capelli, della barba, delle guance scavate, della pelle secca e cerea o delle braccia molli. Dei tubi o della mascherina. No, era quello che emanava da lui. Xavier aveva sollevato il lenzuolo per palpargli la pancia. Marc aveva guardato, lei no. *E quella voce*. Nemmeno allora – erano passati alcuni giorni – lei la riconosceva.

«Ho dimenticato il suo indirizzo, il suo numero di telefono. Non avevo salvato niente.»

La madre non rispose, perché già lo sapeva. Gli affari, le pratiche del figlio, il *cloud* erano stati spulciati dagli agenti dei servizi segreti. La sua vita era stata messa a nudo, Florence aveva fatto fatica ad accettarlo; quel giorno, vedere suo figlio in quelle condizioni la devastava, e la sola cosa che riusciva a pensare era: Sei vivo. Lo sguardo di Bertrand la fece sedere e rialzare di colpo; poi tornò a sedersi vicino a lui. Gli prese la mano e la tenne stretta, come se stesse per volare via. La pelle di suo figlio sembrava incollata alle ossa. E lei si sentiva in quello stesso stato.

«Avrei voluto che dicessero in che ospedale mi trovo. Lei avrebbe potuto chiamare. Forse.»

«Sei stato molto male. Sei ancora troppo debole.»

Lui fissò sua madre negli occhi. *Mio Dio, quello sguardo*. Allora le lacrime di Florence portarono con sé delle parole, alla rinfusa.

«Abbiamo fatto quel che ci hanno detto. Ci hanno dato lunghe istruzioni, prima e dopo il nostro arrivo. Mentre eri in rianimazione...» Si asciugò le guance con un gesto secco. «Quando sei sparito, non so nemmeno più quando... Un agente ci ha mostrato la lista delle tue ultime chiamate. Ha detto che il numero in Germania corrispondeva alla camera di Lola Milan. Che il suo cellulare aveva composto il tuo numero una sola volta. Sapevano in che giorno avevi preso il volo andata-ritorno Parigi-Francoforte. Io ho detto che si trattava di un'amica incinta che stava molto male e... che non avresti voluto che si preoccupasse. Non ho più chiesto niente dopo. Eri...»

Le si incrinò la voce. Bertrand continuava a fissarla. Non pensava più. Che importanza aveva se l'esercito, i servizi segreti, il presidente stesso indagavano su di lui? Lui era *la* vittima. *No, sono colui che è salito di sua spontanea volontà su quella Toyota.*

Lei riprese: «Ti chiedo scusa. Eravamo smarriti. Le decisioni che abbiamo preso non sempre sono state giuste né tantomeno ragionate. Eravamo invasi dalla paura di perderti. Di non ritrovarti mai più. Abbiamo sentito un sacco di persone, tante... Forse lei non sa che sei libero. Il tempo resta un alleato, Bertrand. Non tutto è perduto».

Lui scottava ma non batteva ciglio. Florence gli accarezzò il viso e disse: «Mi vergogno di dire questa cosa», ma, nel vedere cosa c'era negli occhi del figlio, pensò davvero che Lola avrebbe potuto ucciderlo. Un attimo dopo, Bertrand mormorò, con voce straziata, che voleva il numero della clinica.

«Xavier ha già chiamato. Non ha potuto ottenere informazioni al telefono, gli hanno detto di mandare una e-mail... Pensa a te stesso. Ti devi rimettere in sesto. Devi recuperare peso.»

Bertrand ascoltò senza reagire. Non aggiunse altro, quella mattina. Non poteva parlare di tutto, così, a voce alta. Ma pensava. Contattare Air France, chiedere se Lola avesse ripreso a volare, *no, si era presa un anno per occuparsi dei bambini, per poter... aveva detto che avrebbero traslocato di nuovo...* Seguire suo marito dalla Bayercom fino a casa loro. Aspettare che lei esca. *Dobbiamo vederci, Lola. Dobbiamo decidere. Parlarci adesso... Avevamo detto... Avevo detto che volevo vivere con te. E tu? Forse camminare... Perché non hai scritto a* Géo*?* La febbre si rifece viva, e anche gli incubi.

Incubi che furono risvegliati, alcuni giorni dopo, dal suo lunghissimo colloquio con i militari. Bertrand ascoltò le loro iniziative e quelli registrarono la sua testimonianza. Riferì i dettagli di cui si ricordava, fu in grado di precisare un colore, una parola, un accento, una marca di automobile, un vestito, un'arma, il loro numero. Seppe che Sadi non aveva mentito sulla gamba rotta. Era andata proprio così. Quell'uomo non sapeva niente degli intrallazzi del figlio, che era stato ingaggiato per soldi e poi aveva raggiunto il Mali. Sadi, invece, era rimasto ucciso in un banale incidente d'auto. Bertrand chiese in quali circostanze. «L'autista di un camion ha perso il controllo e ha saltato la carreggiata, la guida ha cercato di evitarlo ma ha urtato contro un pilone. È morto sul colpo.» «Quando è successo?» «Tre mesi fa.» Bertrand chiuse gli occhi.

Il medico militare, un uomo alto e magro, con i capelli bianchi a spazzola, gli propose di continuare il colloquio più tardi. Il fotografo scosse la testa. Gli chiesero di rimanere «vago con l'esterno». «Non ho voglia di parlarne.» Perché tutto sarebbe stato scritto, trasmesso. Sarebbe esistito per sempre. Bertrand non voleva essere più segnato di quanto già non fosse. Disse: «Voglio vivere libero».

Più tardi, quando il medico che gli aveva parlato a quattr'occhi trovò i termini giusti per definire quello che Bertrand si era «forse trovato a subire», il fotografo rispose: «Sono stato colpito ma ho avuto più fortuna di altri, sono vivo».

Il dottore lo guardò in modo deciso: «Posso farla rimpatriare anche domani. Sarebbe forse il caso che vedesse uno psichiatra. I prossimi mesi saranno carichi di domande». Bertrand rifletté e pensò inevitabilmente al suo anello. *Racconta la storia di chi lo indossa.* Durante la prigionia si era chiesto perché l'indiano gliel'avesse dato. Quella domanda l'aveva tenuto occupato facendogli elaborare mille ipotesi. Avevano rubato la sua storia, avevano rubato la sua vita...

In quell'istante, in quel letto africano, il fotografo si rese conto che la risposta era: *Quell'anello racconta la mia storia. Spetta a me viverla.* Allora, senza più riflettere, chiese di restare a Khartum. «Non so spiegarlo, ma ho bisogno di stare qui. Ho bisogno di recuperare qui. Voglio ripartire da qui.»

Il medico annuì con uno sguardo che incoraggiò Bertrand. Con voce diversa, il fotografo pretese «l'indirizzo di Lola Milan. So che è da qualche parte nel mio dossier». Senza abbassare gli occhi, aggiunse che non avrebbe risposto a nessuna domanda. Il militare promise e mantenne la parola.

La sera del 5 gennaio, fu lui stesso a comunicare l'indirizzo e il numero di telefono di Lola in Germania. Con mani tremanti Bertrand annotò le lettere, le cifre. Il cuore gli batteva in modo strano. Alzò la cornetta e compose il numero, ma non fu sorpreso di sentire che la linea era stata disattivata. Avevano traslocato, era certo. *Lola farà inoltrare la posta*. Poi, un istante dopo, pensò: I tuoi bambini stanno molto male? Tu stai molto male? Prese dal cassetto la cartolina e si diresse fino in corridoio, dove ebbe un malore.

Un'ora più tardi un'infermiera gli portò una busta intonsa. Non modificò niente del testo. Aggiunse la data – 5 gennaio 2012 – e il nuovo numero attribuitogli da Orange. Poi: *Spero di vederti molto presto*, e chiese a suo fratello di spedirla. «Così com'è. Per raccomandata.»

Xavier lo guardò e Bertrand disse, con voce dura: «Voglio ricominciare da dove avevo interrotto».

Xavier sorrise. L'indomani fece quanto richiesto e confidò ai genitori che era «un ottimo segno che il fratello si riprendesse la vita in mano, dal punto in cui gliel'hanno rubata. Deve riappropriarsene».

33

Domenica 8 gennaio 2012, all'inizio della serata, Franck era a casa sua, in Germania, seduto davanti al computer. Incolonnava e correggeva delle cifre per migliorare ciò che il suo partner Kaminsky si era prefissato di sviluppare. Inghiottì un cucchiaio colmo di pessimi cereali. Un piatto di quella roba inzuppata era accanto ai grafici sparsi sul tavolo del soggiorno. Il canale satellitare francese ronzava. Sentì madame Chazal elencare gli argomenti del giorno e annunciare che un aereo avrebbe forse rimpatriato Bertrand Roy. Un'ospite stava per dare notizie di lui. Franck alzò il naso con gesto meccanico. Fissò per un secondo le maniche corte della maglia in angora color corallo della presentatrice, che si scusava di non poter condurre l'intervista successiva. *Maniche corte con un metro di neve?*

L'ingegnere ripiombò nelle curve e nei diagrammi corretti in rosso. Si grattò la nuca. La voce della giornalista salì di un tono nell'annunciare un tempo so-leg-gia-to per il giorno dopo, e Franck tolse il volume con una gran voglia di gridare che, da quella parte del Reno, il cielo rimaneva maledettamente plumbeo! Gli abeti carichi di neve, con i tronchi neri slanciati verso il cielo come le strade rettilinee disegnate sui suoi progetti. Il nero. Il bianco. Il rosso. La luce. La neve. Il sole.

In fondo alla stanza, dietro lo schermo piatto, Franck intravide il rosso scuro del vestito della tipa che parlava. L'asfalto delle strade, delle autostrade e delle piste d'atterraggio. L'ingegnere ebbe una gran voglia di birra. Si alzò, passò rasente alla tv e il suo occhio captò la figura seduta su una poltrona bianca. *Cazzo! L'ex vicina del piano di sotto!* Fece per alzare il volume, ma proprio in quel momento squillò il telefonò. Era Kaminsky.

«Ho ricevuto il tuo messaggio», rispose Franck spegnendo la tv.

«Perché non hai richiamato?»

«Stavo per farlo.»

«Mi fai incazzare!»

«Probabile! Ma forse ho trovato il modo per evitare che il rivestimento si fessuri a –25 gradi.»

«'Forse hai...' Hmm... Non mi piace.»

Franck si riprese.

«Ecco. Bisogna riprovare con un nuovo dato.»

«Mi fai incazzare, ma incazzare sul serio.»

Furono colti da due secondi di irritazione reciproca. Kaminsky alla fine sussurrò un: «Ti ascolto», tanto incuriosito quanto contrariato.

«Non abbiamo inserito una sufficiente flessibilità.»

«Più flessibile? *Nicht möglich!*» esclamò il tedesco con un lievissimo sorriso.

«Sì. *Sehr möglich.* Ho appena rifatto tutti i calcoli con un dato intermedio e credo – no, so – che funzionerà.»

Kaminsky si sedette, mentre si sentiva chiedere: «Più flessibile come?» Qualcosa nel profondo gli diceva che Franck era sul punto di tirargli fuori una teoria che l'avrebbe costretto ad alzarsi all'alba, dopo che durante le pre-ferie natalizie si era preso delle sbronze colossali in seguito alle quali si era evidentemente beccato quella porcheria di influenza.

«0,35.»

«0,35... Mi prendi per i fondelli?»

«0,35 è il margine che aumenta la flessibilità e la resistenza.»

«Queste microfessure non hanno nessun effetto vero e proprio.»

«Per i commerciali, sì. Voglio provare a 0,35.»

«Hai verificato i tuoi calcoli? Non una sola volta, intendo.»

«Ci passerò una buona parte della notte, ma so di aver ragione.»

«Il tuo intuito di francese?»

«Il mio intuito di ingegnere.»

«Stiamo perdendo tempo.»

«Cazzo, Kaminsky! Possiamo fare meglio! Ed è quello che io e te volevamo fin dall'inizio, vero?»

«Facciamo la presentazione dopodomani.»

«Ci resta domani per provare.»

«...»

«Ti chiedo solo...»

«... Un'altra possibilità?»

«Fa' come vuoi», tagliò corto Franck. «Io sarò al laboratorio alle sette.»

34

NELLO stesso istante, nel salotto di Noisiel, davanti a una tv che ronzava, Lola leggeva e rileggeva la notizia dell'evasione di Bertrand alla ricerca di qualcosa che le fosse sfuggito. Si era liberato da solo saltando da una camionetta, gli avevano portato via tutto tranne gli apparecchi fotografici, che l'avevano protetto deviando la pallottola fatale. *Ha rischiato di morire*. Aveva bisogno di riposo, era ancora in Africa e non aveva rilasciato alcuna intervista. Nessuna fotografia era ancora stata diffusa. *E lui non ha detto neanche una parola. Perché?*

Soltanto i genitori e il fratello, medico, erano apparsi sullo schermo via Skype, senza rivelare più del dovuto. Bertrand aveva qualcosa dello sguardo della madre e del fratello, il colore dei capelli del padre. Quali sono le sue condizioni, visto che non si sa ancora niente? pensò Lola non appena udì Claire Chazal pronunciare il suo nome. Alzò gli occhi e si avvicinò al televisore fino a toccarlo. Mise il volume al massimo e impose uno «shhh!» categorico a Elsa, che volteggiava come un'ape. Sullo schermo, Daphné indossava un vestito rosso sangue, con colletto alla Claudine color viola. I capelli erano raccolti in una sobria coda di cavallo. La frangia era perfetta quanto il suo modo di stare seduta sulla poltrona bianca, in mezzo a una stanza che Lola non riconobbe. Daphné aveva un'espressione grave e sorridente allo stesso tempo. La giornalista di moda voleva essere seria e rassicurante. Spiegava di essersi potuta intrattenere per breve tempo con «il suo amico». I telespettatori del mondo intero capirono «il suo amore». Era lieta di annunciare che

Bertrand avrebbe potuto lasciare l'ospedale di lì a poco. *Ha parlato con lui. Sa dov'è.*

«Per rientrare in Francia?» domandò Claire.

Daphné scosse il capo.

«Sa quali sono i suoi progetti?»

«Rimettersi in sesto e lavorare.»

Elsa si piazzò davanti alla tv con il dito puntato: «Il signore del matrimonio! Il signore del matrimonio! Il signore del matrimonio! Il signore...»

«Smettila!» gridò Lola.

«Il signore del matrimonio! Il signore del matrimonio! Il signore...»

«Smettila!»

«Mangiava un'arancia!» urlò Elsa lanciando la pantofola attraverso la stanza. «Mangiava un'arancia! Mangiava un'arancia!»

Géraldine accorse e prese le mani della figlia-che-diceva-sempre-la-verità per girarsi verso quella-che-mentiva-sempre.

«Ti crediamo, tesoro! Vorremmo solo capire perché questo signore-che-mangiava-un'-arancia era al matrimonio di Lola.»

«Come faccio a saperlo?»

Elsa si piazzò davanti alla sorella, con le mani sui fianchi. Gridò che lui aveva «ammucchiato le bucce dell'arancia vicino alle sue scarpe blu. C'erano due borse posate per terra. Indossava una T-shirt verde come le pantofole della mamma. Teneva in mano», afferrò la destra di Lola, «una macchina fotografica. Aveva i capelli corti fino a qui». Appoggiò le mani contro il cranio della sorella, sopra le orecchie, la guardò dritto negli occhi e Lola fuggì di corsa.

Géraldine si sedette sul divano. Elsa rimase in piedi, di fronte a lei. Sorrideva come quando tirava fuori le torte dal forno. La madre le disse: «Ricordi molto più di quanto crediamo».

Elsa non disse niente. Il suo sguardo si allontanava come un'onda che si ritira con la bassa marea. «Sai chi è Bertrand Roy?» La figlia puntò il dito verso la tv, lo sguardo ancora vagante che spaziava nel profondo e, in un battibaleno, la ragazza aveva fatto dietrofront. Mezzo minuto più tardi la porta del freezer si era aperta e chiusa rapidamente. *Un cono alla fragola.*

35

«Tu conosci Bertrand Roy.»

Distesa sul letto, Lola guardava la figura lunga e magra della madre avvicinarsi a lei e sdraiarsi al suo fianco. Le due donne restarono in silenzio, nella penombra. I loro cuori in preda al caos correvano come se volessero fuggire. Géraldine si posò le mani sul petto. Forse per acchiappare al volo il proprio cuore, forse per andarsene con lui in un mondo in cui il tempo non aveva né senso né effetto. La paura crepava le mura che si era costruita con pazienza in tutti quegli anni. Eppure, se proprio doveva parlare, doveva farlo in quel momento. *Dopo, non ne avrò più il coraggio.*

«La prima volta che ho amato un uomo avevo sedici anni. Si chiamava Benoist Delval, era molto più vecchio di me. Era sposato e doveva operarmi al ginocchio.»

Fece una pausa. Rivedeva l'incrociarsi dei loro sguardi al primo appuntamento, a quello successivo. E agli altri. Tutti gli altri, fino all'ultimo.

«Abbiamo capito subito che quell'amore non era un'avventura e l'abbiamo vissuto di nascosto. Facevo finta di andare a dormire da un'amica, e Benoist si inventava delle urgenze. Mi portava in albergo e a Deauville, oppure qualche fine settimana a Cannes. Mi diceva che avrebbe lasciato la moglie non appena avessi terminato il liceo, così mi gettai a studiare con accanimento. Per tutte le vacanze di Pasqua mi barricai in casa a ripassare, mentre lui aveva un congresso negli Stati

Uniti, e quando ripresero le lezioni... quando vidi la sua macchina all'uscita di scuola... La moglie era seduta al volante. Era splendida. Indossava un cappotto in cotone leggero verde scuro su un tailleur verde mela. Aveva un accento americano, e mi disse che sapeva di noi fin dall'inizio. Che aveva lasciato divertire il marito, ma che adesso la partita era finita. Mi diede una lettera di Benoist che fui costretta a leggere a voce alta. Fu umiliante. Era scritta sotto dettatura, lo sapevo, ma non dissi niente per via di quello sguardo... Lei era felice di comunicarmi che in quel preciso istante Benoist stava operando il suo primo paziente a New York. La sua carriera stava decollando e gli offriva una seconda opportunità, il che significava che io dovevo 'riprendere il controllo della mia vita e cancellare gli avanzi di questa passione da adolescente'.»

Sua madre fece una pausa, molto breve.

«Ho applicato alla lettera il consiglio della signora Delval. Volevo la *mia* seconda opportunità, volevo che la vita mi desse quel regalo. E l'ho avuta, poiché ho incontrato tuo padre. Ho murato tutti i miei ricordi e sono rimasta incinta pochi mesi dopo. Per spavalderia ti ho chiamata Lola, per la danza, per il carattere libero della Montez... Ma anche per la passione.»

Si girò verso la figlia.

«Ero contenta che non ci fosse niente di passionale tra me e Jean. Andavo a letto pensando che la vita mi aveva dato un'altra occasione. Volevo una casa bella e grande, dei tailleur eleganti e un altro bambino. E, pur non credendo in Dio, ho acceso dei ceri pensando che non c'era nessun motivo perché non avessi diritto alla mia fetta di torta. Poi è arrivata Elsa...»

Géraldine tacque. A lungo. Anche il suo respiro rimase impercettibile, ma lo sguardo non si staccò da Lola.

«Tua sorella ha cambiato tutto. Ho pensato che la sua vita fosse una tragedia e che la vendetta le fosse caduta addosso perché ero stata orgogliosa, superficiale e presuntuosa. Il giorno in cui mi dissero che Elsa avrebbe dovuto essere ricoverata in una struttura specializzata non ho avuto paura. Avevo soltanto il terrore che me la portassero via. Mi sono battuta contro tutto, ma Elsa ha cominciato a camminare. A dire qualche parola. Vedevo che mia figlia capiva più di quanto si ostinassero a farmi credere e, questa sera, sono profondamente felice di aver avuto questa intuizione. Mi dispiace solo che tuo padre non sia qui a condividere tutto questo.»

Poi socchiuse gli occhi e disse che aveva visto Jean bere, nascondere le bottiglie, ma...

«... Non ho detto niente. Ad aver preso posto tra di noi c'era quella cosa. Non soltanto Elsa... Anche la triste certezza che non avrei mai più amato come avevo amato Benoist. Mai più così tanto.»

Géraldine guardò Lola, aggiunse che era come se stessero precipitando da un ripido pendio ghiacciato senza potersi aggrappare a niente. Ignorava se le cose sarebbero andate in altra maniera se, a quei tempi, i suoi genitori fossero stati ancora vivi. Si sentiva sola. Aveva lasciato Jean da solo.

«E oggi me lo rimprovero, così come ce l'ho con me stessa per averti cresciuto continuando a ripeterti di tenere sotto controllo la tua vita. Non riuscivo a pensare che potesse esserci un'altra strada e ho... Sì», le scappò una risata triste, «ho davvero creduto di esserci arrivata quando mi sono divertita a dipingere di verde mela la camera dove dormono i tuoi bambini. Mi dicevo che questa era finalmente la prova che avevo chiuso con il passato. In realtà, mi stavo sbagliando.»

La voce le si strozzò in gola.

«Mamma...»

Géraldine posò la mano su quella di Lola. Spiegò di aver aperto, a fine novembre, la porta di casa a una donna, la figlia di Benoist Delval.

«Judith mi ha informato che suo padre è malato di Alzheimer e che non smette di ripetere 'Géraldine' e 'perdonami', in francese, nonostante la famiglia abbia passato tutta la vita a New York. Ha frugato tra le sue cose e le è capitata tra le mani una foto di me che esco dal liceo di Noisiel. Benoist vi aveva scritto: 'Géraldine, 11/12/'76'. Per fortuna, tra le cartelle cliniche del padre ero la sola con quel nome. Judith ha trovato l'indirizzo dei miei genitori. Dopo aver esitato per parecchi mesi, alla fine ha preso un volo per Parigi. I nuovi proprietari l'hanno mandata dalla vicina, che non ha mai traslocato. Io sono nata a Noisiel, ho passato la mia vita qui...»

Lola e sua madre rimasero in silenzio, per un lungo istante. Géraldine non si rendeva ancora conto di come tutto ciò fosse possibile, mentre Lola vedeva materializzarsi due lunghe e sottili scie nei propri occhi, sui muri, in tutti i cieli dell'universo.

«Niente scompare del tutto», aggiunse sua madre con voce un po' diversa. «E...»

«E?»

«Judith vorrebbe che lo andassi a trovare a New York.»

«E sua moglie?»

«È morta due anni fa di tumore al pancreas.»

«Posso occuparmi io di Elsa. Per qualche giorno si farà una ragione della tua assenza.»

«Lo so. Ma ho paura. Un amore del genere è spietato.» Accarezzò la guancia di Lola. «Credo che tu lo sappia.»

Géraldine si alzò, e Lola le trattenne la mano. Lei scostò i capelli della figlia: «Non dirmi niente. Qualunque sia la tua decisione, Lola, è affar tuo. Nel mio caso, gli altri hanno deciso per me».

Poi si diresse verso la porta dove, con la mano sulla maniglia e senza voltarsi del tutto, proseguì: «Mi sono costruita una tomba per seppellire i miei segreti, convinta che fosse il modo migliore per impedire alla storia di ripetersi. Ma oggi mi sembra che tutte le cose che non diciamo continuino a esistere. Come se mi impregnassero il corpo. Non so se te le ho trasmesse o se fuggono via, ma ho paura che si ripetano all'infinito. Voglio che tu sia libera, Lola».

36

Lola rimase nella penombra a valutare l'imprevisto e l'inaspettato. Il loro immenso potere e le conseguenze tessute in sordina. Ma che finiscono irrimediabilmente per risalire in superficie, come una goccia d'acqua prigioniera di un iceberg e liberata dal riscaldamento globale. Allo stato solido, poi liquido e infine gassoso. Un aereo che viaggia nel cielo. La trappola di uno sguardo cocente. Particelle in sospensione, brutti ricordi e gioie. Tristezza e batteri. Piccole felicità e polveri di ogni sorta. Avviene la condensazione e si formano le nuvole. E si spostano a seconda dei venti. Ma, se per caso si alzano in modo troppo brusco, le goccioline si trasformano in un ghiaccio pesante che si abbatte e spezza colui – o coloro – che incontra.

Ci spiegano che si tratta del ciclo dell'acqua che subisce i capricci del clima. Bisognerebbe anche considerare l'imprevisto e l'inaspettato, che hanno entrambi il potere di imprigionare o liberare le impurità, i ricordi incandescenti, leggeri o ghiacciati. I segreti, le passioni, come pure le bugie.

Qualunque sia la loro lotta con la gravità, prima o poi, investono le microfessure delle anime, dei cuori o persino quelle dei muri. Allora si mettono a trasudare come un essere mostruoso. Un essere che fa paura. Poiché pone domande e impone degli ultimatum.

Come evitare che la storia si ripeta sui miei bambini?

Lola chiudeva gli occhi. La voce flebile della madre fluttuava nella stanza. L'ultimo sguardo di Franck, prima che salisse in macchina.

Quello che aveva Bertrand nella foto che i media continuavano a diffondere. Sorrideva, non guardava l'obiettivo ma più lontano.

Allora prese il telefono e compose il numero del marito. Occupato. La segreteria telefonica le tolse tutto il coraggio. Non sapeva bene che cosa avrebbe detto se lui avesse risposto, ma di certo non un: «Resto ancora qui. La mamma deve fare un viaggio. Richiamami appena puoi, è importante».

Guardò nell'angolo di fronte a lei. Vi si stagliava un'ombra a braccia conserte e Lola la sentì dire che la vergogna non l'avrebbe più abbandonata.

Alle tre del mattino, Lola si stava ancora girando e rigirando nel letto. Mille volte avrebbe voluto richiamare, mille volte non trovò le parole. Si tirò il lenzuolo sugli occhi. Sulle lacrime. Sapeva di essere patetica e, in quel preciso istante, avrebbe accettato *di tutto* pur di mettere la parola fine a quella cosa.

37

DALL'ALTRA parte del Reno, scuro, largo e profondo, e alla stessa ora, Franck non dormiva. Era appena andato a letto, e da lì fissava la finestra che si stagliava nell'oscurità. Calcoli e linee gli arrovellavano il cervello. Tracciati neri corretti in rosso. La voglia di fare meglio, la volontà di essere migliore. *Di essere all'altezza del mio onore*. L'adrenalina gli scorreva nel sangue come quando aveva voglia di fare l'amore con Lola. Sdraiato sul letto, si concentrò sulle spiagge di Honolulu, sul sole che infiammava il mare al crepuscolo dopo aver abbronzato la schiena della moglie che dormiva da ore. *Sarebbe fantastico portarci i bambini, un giorno.* L'acqua lì è ideale per imparare a nuotare. Per pescare. Avrebbe costruito per loro una capanna con le palme cadute qua e là. Si sarebbe preso del tempo per dedicarlo a loro... *Non appena avrò sistemato la faccenda di questa nuova procedura.*

L'ingegnere verificò mentalmente le correzioni scarlatte, girandosi e rigirandosi nel letto. L'alba avrebbe ben presto tinto di rosso le nuvole. Secondo i suoi nuovi calcoli, era necessario tenere conto già di quei primi raggi. *Nessuna perdita, fino al crepuscolo. Tutta quell'energia...* sarebbe stata assorbita da tutti quei chilometri di strade nere, che l'avrebbero condotta direttamente alle centrali elettriche. Sembrava così logico. Doveva funzionare. *Ma porca di quella puttana!*

Si mise a sghignazzare. Ma non poté impedire che la voce chioccia della Megera gli risuonasse all'orecchio. Come quando, da bambino, gli diceva prima che si addormentasse: «Bisogna essere ingenui per credere che la luce scacci un mostro. Quello, se s'insedia dentro di te, ti segue per la vita. Ed è inutile guardare sotto il letto, a lui piacciono solo gli angoli».

Franck lanciò un'occhiata verso l'angolo sulla sinistra. Le bibbie erano impilate sulla sedia, nell'angolo tra i due muri. Si alzò in fretta e furia, le afferrò con entrambe le mani, si fiondò in cucina per buttarle nella spazzatura. Ma all'ultimo momento cambiò idea. Le mise ben in vista sul bancone, per *non scordarmi di dire ai bambini che il vero mostro è Reine. Sì, devono proprio saperlo.*

Buttò giù un bicchiere di acqua ghiacciata. L'orologio del forno indicava le 3.34. *Ma dove vorrà andare, la mia bellissima suocera? Da sola?* Lei non andava mai da nessuna parte. Franck s'immaginò un viaggio al mare. Maldive. Baleari. Tunisia. *O forse Cabourg*. Poi ci ripensò. *No, non in gennaio*. L'intuito e la logica gli dicevano che sembrava piuttosto un faccia a faccia, *il ritorno di un uomo*. Essendo assai curioso di natura, ebbe una voglia tremenda di avere qualche spiegazione sul sorprendente viaggio di nonna Géraldine. Solo che le cifre sono cifre, e l'orologio segnava le 3.36.

L'ingegnere aprì la finestra per abbassare la tapparella ribelle. Un vento freddo lo congelò, tanto da farlo correre sotto le coperte. Al buio. E si chiese che cosa dovesse cambiare nella sua formula per poter sfruttare anche i raggi di luna...

38

NEANCHE Bertrand dormiva. Non perché avesse parlato con Daphné due giorni prima, ma perché aveva rilasciato la sua prima intervista via Skype, dalla camera dell'ospedale, a un giornalista di *Le Monde*. Ripassava le sue parole una a una: «Sì, è successo in Uganda, a una ventina di chilometri dalla frontiera con il Kenya. Non sono mai riuscito a farmi un'idea precisa dei luoghi in cui mi hanno rinchiuso. Non so più quante volte sono stato trasferito. Sono stato scambiato a più riprese. Non ho mai capito a cosa servissi né a chi potessi essere utile. Credo di essere rimasto nell'Africa orientale. So che le autorità stanno lavorando per capirci qualcosa, ma io non sono certo che tutto questo abbia un senso».

Il fotografo aveva confessato una certa ingenuità, ma anche la volontà di continuare il suo lavoro. No, non era stato in contatto diretto con altri ostaggi. Più volte aveva sentito che era meglio non fare domande. «Ho letto ciò che mi hanno costretto a leggere. Non facevo altro che contare le formiche o catalogare i sassi.» «Le è mai venuto in mente di evadere?» Bertrand aveva pensato a Lola per poi rispondere: «Il giorno in cui sono saltato dal veicolo. Ho perso tutto». Non aveva parlato dei calci gratuiti o del secchio per cacare, delle passeggiate con le corde ai piedi o del passamontagna puzzolente, della mancanza di luce o di quella sete che abbrutisce, e neanche di tutto il resto… Le immagini sorgevano di nuovo, soffocanti.

Quando Michel Dormand gli chiese se a tenerlo in vita fosse stato il desiderio di ritrovare la libertà, Bertrand fu sommerso dalle emozioni. Aveva perso l'abitudine di esprimersi, avrebbe voluto trovare le parole giuste. O, meglio ancora, dire: «Vivere con la donna che amo».

«Lei mi autorizza a scrivere che non ha sopportato che le stessero rubando la libertà e che quindi se l'è ripresa?»

L'ex ostaggio si era di nuovo ammutolito, bloccato dall'invasione dei sentimenti. *È stata Lola a salvarmi*. Ma, adesso che era fuori pericolo, lei gli sembrava inaccessibile.

«Bertrand?»

«È una bella conclusione.»

«Un'ultima domanda, se mi consente. Il suo futuro?»

«Mai parlare di questo passato per dimenticare.»

Dormand aveva redatto l'articolo rispettando le idee di Bertrand. Il pezzo fu pubblicato il 9 gennaio, in prima pagina, con la foto del giovane a cranio rasato, magro, il volto asciutto, lo sguardo fisso, della quale l'ex ostaggio aveva accettato la diffusione poiché l'aveva scattata lui stesso. Il titolo recitava: «Mai parlare del passato per dimenticare».

39

Il 9 gennaio 2012, alle 6.50, squillò il cellulare di Franck. L'ingegnere frenò come un pazzo sull'autostrada che, durante la notte, era stata sgomberata dalla neve e cosparsa di sale, e si fermò sulla corsia di emergenza. Vide subito sul display il volto di Lola, come pure le due tracce nere di pneumatico che non avevano alcuna speranza di cancellarsi a breve. Non pensò che stronzate del genere avrebbero diminuito la resa del suo rivestimento, poiché ne aveva tenuto conto e le aveva integrate nei calcoli. No. Quel che Franck seppe – fin nelle viscere – era ciò che sua moglie stava per dirgli. E che in effetti disse: «Amo un altro».

Franck vide tutte le tessere del puzzle incastrarsi per bene. L'immagine si fece chiara. Inequivocabile. Viva e tridimensionale. *Elsa e il signore-che-mangia-le-arance*. Il rosso delle guance di Lola. Il suo sguardo. Il suo malessere, l'anno precedente. La foto dell'ostaggio in controcampo per mesi interi, che danzava come un'ombra maledetta in un angolo della sua memoria. Quella sensazione persistente di averlo già incrociato da qualche parte. Quel tipo era uscito dalla stanza 2204, e lui l'aveva scambiato per un amico di Astrid. *E quello stronzo mi ha pure fatto un cenno con la testa!*

In quello stesso istante gli tornarono in mente le parole della Megera: «Sposalo! E pregherò Dio che tu gli rovini la vita fino alla fine dei suoi giorni!» Franck udì se stesso dire: «Bertrand Roy».

«Sì.»

«Quando?»

Lola non riuscì a rispondere.

«Quando?» urlò Franck. «Voglio saperlo!»

«Quando sei andato a festeggiare l'addio al celibato. La porta della cucina ha sbattuto e la maniglia è caduta per terra. Ho suonato alla porta di Daphné per chiederle un cacciavite. Mi ha aperto lui, non l'avevo mai visto prima.»

Gli elettrodi crearono un cortocircuito colossale. Franck rimase senza fiato. Lola non trovò alcuna parola per giustificarsi o chiedere scusa. Nessuna spiegazione era possibile, tranne un «è stato imprevisto e inaspettato».

«Franck?»

Lui riattaccò. Non poteva chiederle al telefono ciò che gli bruciava sulle labbra. Voleva vedere la risposta negli occhi di Lola, quando le avrebbe chiesto: «Ti ha scopato meglio di me?» Ripartì con la voglia pazza di fare un'inversione a U e ripercorrere l'autostrada in senso inverso fino all'uscita precedente, per guadagnare tempo e andare a fare quella domanda del cazzo a quella donna del cazzo a cui si era legato per tutta la vita e che… e che…

Il telefono vibrò.

«Troia!» urlò senza guardare chi lo stesse chiamando.

«*Was sagen Sie?*» rispose Metzer, il guardiano notturno, che gli annunciò che c'era stata un'esplosione nel laboratorio e che Kaminsky si trovava all'interno.

Franck non uscì dall'autostrada. Premette sull'acceleratore e vide le fiamme ben prima di arrivare al parcheggio. Per salire, dovette farsi strada tra i pompieri. Proprio allora vi fu un'altra esplosione, che spazzò via l'intero edificio.

40

Lola era in cucina, seduta al tavolo. Non si era più mossa dopo aver confessato e dopo che Franck aveva capito. Guardava il telefono che aveva davanti. Aveva perfettamente chiara la situazione. Sapeva di chi era la colpa, *mia*, come sapeva pure di non aver potuto agire in modo diverso per la semplice e buona ragione che lei – e nessun altro – era rimasta inchiodata in quel letto d'ospedale a portare avanti una gravidanza faticosa.

Le sarebbe piaciuto poter scegliere, avere un'altra vita, un'altra infanzia, il coraggio, il carattere di Daphné o anche quello di Natacha, tornare indietro nel tempo per partire con Bertrand per il Tibet. *Amo quest'uomo senza capire perché, senza potergli sfuggire. Avrei dovuto dirtelo, Franck. L'ho capito subito ma non volevo crederci. No, non ho osato, ho avuto paura di crederci, di abbandonarti, di rompere il nostro matrimonio, tutte quelle cose che si erano concatenate da anni. Ho pensato, con stupida ingenuità, di poterlo dimenticare... L'ho rivisto per caso un anno dopo, su un aereo diretto a Mosca. E mai più dopo l'aeroporto. Non ho sue notizie. E non so quando me ne darà, né se vuole ancora vivere con me. Non ho smesso di amarti, ma non voglio continuare a vivere in questo modo.*

Alle 7.20 le vibrò il cellulare. Il prefisso era tedesco. Un responsabile della Bayercom le annunciò che il marito era rimasto gravemente ferito nell'esplosione del laboratorio.

La maestra, livida, andò verso la finestra e fissò le foglie che volteggiavano, goffe, prima di cadere in un punto qualunque. Senza logica. Senza alcuna possibilità di attutire la caduta. I ragazzini ebbero la sensazione che restasse silenziosa per mille anni e nemmeno uno osò muoversi, per paura di precipitare in un mondo dal quale è impossibile tornare indietro.

1

L'ALBERGO in cui Bertrand stava trascorrendo la convalescenza si trovava a Tumbatu, un'isoletta a poche miglia a nord di Zanzibar, nell'oceano Indiano. Vi era stato invitato assieme alla famiglia. La proposta era venuta da Alexandre Delatour, lo zio di Daphné, con il quale Bertrand aveva un buon rapporto.

«Conosco un posto che ti piacerà, tranquillo e lontano da tutto, con un bel panorama. Il proprietario è un carissimo amico. Potrete starvene in santa pace, tu e i tuoi genitori. Parigi rischia di essere stancante.» «Perché no», aveva risposto Bertrand dal suo letto di ospedale a Khartum, la macchina-fotografica-regalo di Xavier tra le mani. Un istante dopo, aveva ordinato: «Siediti qui, di fronte a me. Sul letto. Guardami».

Giorno dopo giorno, più o meno febbricitante, il fotografo aveva scattato, lì in ospedale, una valanga di foto dei medici, del fratello, degli infermieri, dell'arredamento e dei suoi genitori. Delle tende bianche che si sollevavano mosse dall'aria, a tutte le ore. Della finestra senza tendaggi. Lavorava in digitale, aveva perso la fiducia in ciò che vedeva, aveva necessità di valutare se stesso e non si faceva la minima concessione. Ma la voglia c'era tutta, viva e vegeta. Una voglia che stuzzicava il suo bisogno di aria aperta, di luce, di sole, di spazio, *senza muri né porte né barriere*. Una voglia che lo aiutava a passare il tempo in attesa della guarigione. Nel mentre, Bertrand pensava.

Intanto c'era quell'articolo di *Le Monde* che suo padre gli aveva letto a voce alta quando Dormand l'aveva spedito per e-mail. «Mai parlare del passato per dimenticare.» Bertrand si rendeva conto del meccanismo di quel titolo, ma sapeva di non essersi espresso con chiarezza. Che cosa avrebbe capito Lola? Le sue mani avevano cominciato a tremare, tanto che se le era dovute portare dietro la testa. Ammesso che lei leggesse un giornale francese in Germania... Bertrand aveva chiuso gli occhi e udito voci di bambini. Chissà se Lola aveva imparato a vivere senza di lui. Avrebbe imposto *questa cosa* ai suoi figli? Quando avrebbe risposto? L'idea di rivederla gli metteva paura. E lei, era spaventata come lui?

Mi ami ancora?

E poi, tre sere dopo, il 12 gennaio, Bertrand aveva inserito il codice d'invio. La sua cartolina era ancora «in fase di inoltro». Dopo un sospiro, aveva pensato bene di consultare il sito della Bayercom per vedere se Franck Milan facesse ancora parte dell'organigramma. Così aveva letto che l'intera azienda solidarizzava con l'ingegnere e con la sua famiglia in quei momenti difficili. A causa dell'esplosione del laboratorio, Franck non avrebbe ripreso il lavoro prima di svariati mesi. La stampa tedesca raccontava di come fosse mantenuto in uno stato di coma farmacologico in seguito alle ustioni su larga parte del corpo. Bertrand aveva visto Lola che gli teneva la mano, che si chinava sulle sue ferite. Poi aveva spento il computer. La decisione era presa. All'alba, si era rivolto a Xavier. «Apri il link che ti ho mandato.» Dieci minuti dopo, il fratello aveva risposto: «Prevedo sei mesi». Un istante più tardi, il fotografo si era rimesso in contatto con Alexandre Delatour.

«Il tempo resta un alleato», ripeteva sua madre. E l'oceano Indiano divenne il suo compagno del mattino. Bertrand scattò una gran quantità di fotografie, di buon'ora, su quella spiaggia privata. Camminava a piedi nudi sulla sabbia. I calzoncini gli stavano larghi, stringeva la cintura di qualche foro ma non riusciva a vedersi com'era in realtà. Perdere del peso, riprenderlo... Capelli lunghi, a zero, barba oppure no. Non si era mai davvero osservato bene, lui. Le cose interessanti gli stavano intorno. Le preoccupazioni, altrove. E, ancora una volta, era necessario far trascorrere le giornate.

Diceva a se stesso di essere appena stato allenato alla *competizione!* Un'idea alla volta... Sentire i piedi che segnavano la sabbia, ascoltare il fruscio di quest'ultima all'alba, accovacciarsi per catturare le ombre nelle sue impronte, le bollicine, i riflessi sulle onde morbide. Assaporare la salsedine dell'oceano. Camminare nell'acqua *secondo il mio ritmo.* Ammirare la linea dell'orizzonte. Sentire il lastricato esagonale di rue Hector. Tuffarsi nell'obiettivo della fotocamera per non pensare a quella cartolina che non era ancora stata consegnata. Ogni giorno si aspettava di trovare un messaggio che ne confermasse la spedizione. Ma quella che si stava profilando era l'ennesima angoscia. *Lola mi risponderà?* Ed ecco la risposta: *Franck è ustionato.* Bertrand non era in grado di andare oltre quel pensiero e rientrava a far colazione con la famiglia.

Sua madre gli teneva d'occhio il piatto e sorrideva. Lui aspettava delle conferme per comunicare la sua decisione. Uscendo in barca con Marc, pescando nel bel mezzo di un'acqua turchese, nuotando con la madre. Osservando la luce con il passare delle ore, fotografandola. *Aspettando di rivederti, Lola. Aspettando una tua risposta.*

Per miracolo, la vita aveva fatto di Xavier un medico. Nella penombra della sua stanza, con due o tre buone birre, il fratello di Bertrand aveva rivelato ciò che sapeva della psicologia umana. Bertrand lo ascoltava come un fratello maggiore. Senza contestare una sola opinione, senza che quel fratello maggiore recitasse la sua parte. Il medico, come il militare, aveva le parole, le espressioni idonee alla sua esperienza. A volte si incastravano alla perfezione con ciò che provava Bertrand. E già questo non era poco. «Molto.»

«Per quanto riguarda... l'amore che vive in te», disse Xavier una sera, «non saprei. Non ho imparato niente sui libri né perché l'ho vissuto in prima persona. 'Provato' è forse il termine giusto... L'ho visto con dei pazienti, è assai poco comune. Sarà un caso?»

Si guardarono.

«Non dicono mai chissà cosa, ma nei loro occhi leggo quel che adesso c'è nei tuoi.»

Bertrand si alzò, aprì il frigorifero e passò alla vodka. «Un altro giorno, Xavier», disse dopo un lungo istante.

Quell'altro giorno non venne mai. Parlare di Lola o dell'anno appena passato era intollerabile. Il fotografo ascoltava le conversazioni dei suoi genitori, che avevano il tatto di non porgli domande. Stavano lì, tutti e quattro, assieme. Erano bei momenti famigliari, di cui Bertrand sentiva – in maniera molto piacevole – di far parte. Sì, le cose erano cambiate, per tutti. Infatti, una sera, Florence annunciò una notizia…

«… Che non vi abbiamo ancora detto. Questi pochi giorni sono il nostro viaggio di nozze anticipato, perché ho deciso di sposare vostro padre.»

«Era ora!» disse Marc, e Xavier chiese perché non l'avesse mai fatto.

«Credi che non lo sappia?»

«Io sì che lo so», la corresse il futuro marito. «Ci siamo conosciuti, dopo due mesi siamo andati a convivere e Xavier è arrivato poco dopo, seguito da Bertrand.»

«Vedi, la mancanza di tempo!»

«Non ho finito la mia storia.»

Bertrand fissò il fondo del piatto ma sorrise, cosa che non sfuggì a nessuno. Suo padre spiegò di aver fatto…

«… Proposta formale, anello compreso», – «Ce l'ho ancora», volle precisare Florence –, «ma secondo vostra madre non c'erano vestiti che le stessero bene», – «Ero enorme!» –, «i documenti ufficiali non servivano a niente, la cerimonia era un circo… Punto.»

«Perché adesso?» domandò Bertrand senza alzare lo sguardo dal centro del piatto.

«Per chiamarmi Roy.»

Lui sollevò la testa.

«Mi rincresce di avervi fatto passare tutto questo.»

2

«Non rientrerò con voi», disse Bertrand qualche giorno dopo, al termine della cena.

«Cosa?» rispose suo padre, impallidendo.

Florence non ne era ancora al corrente, ma capì in un batter d'occhio. Tutto quanto. Guardò il figlio. I due si sorrisero.

«Bertrand è caduto da cavallo, ora ci risale.»

«Riprendo la mia vita.»

Il padre si alzò, ripiombando subito a sedere. Non si sentiva più le gambe. Aveva voglia di piangere come un bambino terrorizzato all'idea di attraversare di nuovo il bosco in pieno giorno. Disse che non capiva, cosa che tutti avevano già capito.

«Il mio contratto è ancora valido e voglio rispettarlo. Voglio portare avanti il mio lavoro. Ho bisogno di guadagnare.»

«Bertrand...»

«Sa quel che deve fare», tagliò corto Xavier. «E quel che gli farà bene.»

«Voglio riprendere il mio posto, papà.»

Poi, con voce piatta/controllata, implacabile, aggiunse che la cartolina era arrivata da tre giorni. Si alzò.

«Lola non mi ha chiamato.»

Più tardi, la madre ritrovò Bertrand in camera sua. Seduto sul letto. Lui la guardò attraversare la stanza. Lei non disse niente ma lo prese tra le braccia. Bertrand le rimase aggrappato. «Hai preso la decisione giusta. Il lavoro farà passare il tempo.»

I medici dell'assicurazione non sollevarono obiezioni perché le analisi erano soddisfacenti, *Géo* non ebbe niente da ridire ma pretese una sorveglianza armata in certe destinazioni. Il fotografo aveva convinto Tristan, il caporedattore del mensile, a non allestire un numero speciale sui laghi ma a occuparsi di alcuni di essi su più numeri. «D'accordo. A patto che tu lavori a distanza, in digitale.» «Non sarà un problema.» «Rivedo il contratto e te lo spedisco.» «Grazie.» «Di che?»

La sua decisione non suscitò certo l'esultanza delle autorità, ma Alexandre Delatour era un tipo convincente e mise in moto le sue conoscenze, mentre Bertrand rimetteva su chili e approfittava della sala pesi seguito da un medico che gli faceva da personal trainer.

In primo luogo il Kenya, poi la Tanzania. La Patagonia, il lago Titicaca, il Maracaibo, il Nicaragua, l'Islanda e l'Europa.

Xavier ripeté che, da medico, era costretto ad ammettere «l'idoneità» del fratello. Marc gli tenne il muso, in maniera discreta ma duratura. Un mattino, Bertrand entrò in bagno mentre il padre si faceva la barba e, senza tanti preamboli, gli disse guardandolo nello specchio: «Avevo un anello che mi aveva regalato un indiano dieci anni fa, dicendomi che raccontava la storia di chi lo indossava. L'ho consegnato al tizio che mi ha rapito perché me l'aveva chiesto con lo sguardo. In quel momento ho pensato che la mia storia stava per finire. Invece la continuo. Ho bisogno di sentirmi libero viaggiando, papà. Non voglio aspettare e diventare pazzo».

3

QUALCHE giorno prima che Bertrand partisse, Daphné venne a trovarlo. La cosa non lo sorprese più di tanto. Alla ragazza non passava per la testa di essere nata sotto una buona stella, anzi l'idea non la sfiorava affatto. Approfittava delle circostanze, della gente, di ogni cosa, come se la vita gliele mettesse a disposizione. Fare la giornalista di moda l'appassionava e le riusciva a meraviglia. Aveva gusto, curiosità, faccia tosta, tenacia. Aveva scoperto una stilista africana e la seguiva già da qualche anno. Il servizio fotografico sulle sue creazioni, nella vicina isola di Zanzibar, era fissato ormai da parecchio tempo perché...

«... Sono cose che si definiscono sei mesi prima», spiegò lei a tavola, guardando Xavier. «E Angela Basso la seguo da un pezzo. Infatti indosso uno dei suoi abiti.»

«Proprio un gran bel vestito», commentò Florence.

La ragazza annuì, dilungandosi in spiegazioni sulle stoffe, sulla loro provenienza, sulla coltivazione del cotone, «queste tinture naturali»... Poi si mise a parlare di fotografie e precisò che Chloé Blain stava realizzando il reportage.

«Te la ricordi?»

«Mi piace molto quel che fa», disse Bertrand.

«È un lavoro di sole donne», rilevò Xavier.

«In questo caso sì. E ne vado molto orgogliosa perché lo stile di Angela ha qualcosa di molto delicato, eppure lavora su stoffe che possono essere ruvide. Ero assolutamente convinta che ci volesse una donna per mettere in evidenza quegli abiti. Infatti è per colpa di Chloé che il servizio lo facciamo soltanto adesso: se la contendono tutti.»

Daphné continuò a monopolizzare la conversazione. Ma non perse l'opportunità di lodare il coraggio di Bertrand. Spiegò con franchezza ciò che aveva fatto in Francia con altri giornalisti «per te e per gli altri». «Non se ne parla mai abbastanza. E mai come si deve. Bisogna denunciare senza sosta queste cose, non certo farci l'abitudine.» Florence guardò il figlio, che ascoltava senza dir niente perché non c'era niente da aggiungere.

Bertrand sapeva benissimo del sostegno costante e rispettoso di Daphné, che in sua assenza mai si era piazzata nella casa dei genitori. Durante la loro lunga «relazione» ci era andata soltanto sei volte. Lui non ci pensava mai, ma Daphné aveva un preciso ricordo di che tempo facesse le due volte in cui l'aveva aspettato davanti al cancello. Sapeva com'era la sua camera. Ci avevano fatto l'amore quattro anni addietro, un pomeriggio estivo di grande pioggia. Era in quel giorno che lei aveva incontrato Xavier e Jennifer che stavano arrivando per il compleanno di Florence, al quale Bertrand non aveva preso parte.

In ospedale, la madre era stata chiara sul numero e sul tenore delle conversazioni. «Né inutili né fuori luogo.» Come quella sera, suo figlio non aveva aperto bocca.

Quella sera, mentre Daphné parlava, Xavier non vedeva quel misto di dolore e di felicità negli occhi del fratello. In quelli della ragazza scorgeva l'amore, cioè un'altra forma di amore. Non sarebbe stato capace di descriverlo a parole, ma gli sarebbe piaciuto sentirsi guardato da Jennifer così come quella ragazza dalle gambe muscolose guardava Bertrand.

Non si chiese se fosse la stanchezza dei nove anni di vita in comune, no, era solo quel che li faceva vivere assieme. Un amore tutto sommato tranquillo. Più accomodante, più facile da provare di quello del fratello per quella Lola che lui non aveva mai incontrato. Non gli importava molto di sapere se lei fosse la bomba del secolo, nella realtà le cose non funzionavano in quel modo. L'amore è la combinazione chimica dell'incontro tra due persone. È tutta una faccenda di chimica, il colpo di fulmine non fa eccezione. Vale anche per certi rapporti umani. I neurologi ne sono convinti. Gli psicologi lo spiegano e, una sera al bar, Bertrand aveva detto con il naso nel bicchiere: «Quel guardiano mi dava da bere quando avevo sete, senza che glielo dovessi chiedere».

Xavier pensava a tutto questo ma guardava anche le gambe di Daphné. Che ammirava la volontà di Bertrand nel voler riprendere il proprio posto. «Hai ragione e, d'altronde, sono le cose a darti ragione perché sono andate a posto senza di me!» La ragazza evitò di aggiungere altro. Non voleva irritare Bertrand, fragile, abbronzato, con una camicia bianca e i capelli rasati che gli stavano piuttosto bene. Si gustò la cena in compagnia dell'intera famiglia Roy, prendendola come una faccenda di enorme importanza, un passo in avanti, una piccola vittoria, un qualcosa in più *tra me e lui*... Sorrise con misura. Accavallò le gambe per poi scavallarle, sempre con eleganza.

Nel bel mezzo della cena, Bertrand chiese notizie di questo e quella. Daphné si mostrò precisa.

«La tua via è rue Hector?»

«Rue Daudey. Da un pezzo non abito più in rue Hector.»

«Sì, giusto», disse Bertrand, ma lei proseguì: «Insomma, il droghiere ha avuto un'altra figlia. L'ottava. Soltanto femmine: roba da matti, no?»

Florence spiegò con grande serietà di aver visto famiglie con sole figlie femmine, altre con soli maschi, «senza parlare di quelle composte solo da coglioni, anche se bambini». Xavier approvò con un sorriso molto accattivante, salvo che per suo padre, il quale gli teneva ancora il muso. Guardando Bertrand, Daphné disse di aver incontrato a Roissy, un anno addietro, un'amica della sua vicina di casa, quella Lola che faceva la hostess. «Sai, si è sposata. Ha avuto due gemelli nel gennaio 2011, con dei nomi che non stanno bene assieme. Lenny e Maria. La sua amica mi ha detto che Lola è molto contenta di fare la mamma a Francoforte. Il marito è condirettore di un laboratorio in cui sviluppa il suo progetto.»

La signora Gianelli si accorse, da buona madre, che al figlio stava salendo la tensione. Bertrand non aveva mosso un solo muscolo e aveva lo sguardo fisso nel vuoto, ma qualcosa gli si stava lacerando dentro. Come nulla fosse, la madre disse che le gravidanze gemellari erano spesso a rischio. Daphné spiegò che era stato proprio il caso di Lola, che aveva dovuto trascorrere dei mesi in ospedale prima di partorire anzitempo due figli piccoli ma ben formati: sarebbero stati i primi e gli ultimi, perché non avrebbe potuto averne altri. Con un sorriso,

Daphné rispose a Xavier: «Meno male che Franck è Franck, perché il suo fascino è tale che, in assenza di Lola, chissà quante donne gli avranno ronzato attorno».

Bertrand finì il suo vino. *Non sa che ci è quasi rimasto secco.* Il padre domandò come si chiamasse l'ultima figlia del droghiere, buttando lì che gli sarebbe piaciuto avere una bambina, e Bertrand se la filò in bagno per un bel pezzo. Rimase in piedi a fissare l'acqua in fondo al water. Era limpida. Qualche settimana prima, l'avrebbe bevuta con gusto, anche senza tirare lo sciacquone. Lasciò cadere il copritazza e vi si sedette sopra. Non pensava a niente. Era altrove, come aveva imparato a fare per trecentosettantotto giorni. Quell'altrove, in quel momento, gli provocava un male d'inferno.

Quando tornò in sala da pranzo, scoprì che i genitori si erano già diretti al loro bungalow. Xavier chiacchierava al bar con Daphné. Bertrand si scolò due birre ghiacciate che non gli fecero il minimo effetto e andò a dormire. Un quarto d'ora più tardi, la ragazza guardò l'orologio. L'indomani sarebbe ripartita presto.

«E tu? Quando torni in Francia?»

«Fra tre giorni, con i miei, visto che Bertrand parte la settimana prossima.»

«È in condizioni di farlo?»

«Per me è una cosa che gli farà bene.»

«Sei tu il medico.»

Xavier sorrise e riaccompagnò con calma Daphné alla sua capanna.

«Passa un sacco di tempo a guardare i suoi archivi», riprese lui. «Credo che muoia dalla voglia di fare un libro su quest'idea dell'acqua.»

Erano arrivati davanti alla porta di Daphné. «Capisco...» disse lei. «... Anche se non riesco minimamente a immaginare cosa voglia dire aver sete.» Gli posò una mano sul braccio e si soffermò sul suo sguardo. «Mi ha fatto piacere averti rivisto.» Poi scomparve.

Quando ebbe la certezza che fosse lontano, risalì il vialetto che, tortuoso, collegava un bungalow all'altro. L'uomo che voleva a tutti i costi era a qualche metro, ma lei fece subito dietrofront. Sarebbe stato un errore, in effetti, bussare alla porta di Bertrand in quel momento.

Si sdraiò sul letto, sotto le pale del ventilatore, e si mise a pensare. Il settembre venturo, la loro storia/relazione/amicizia avrebbe doppiato il capo degli undici anni... Certo, con dei buchi grossi come quelli del groviera. Ma sua nonna diceva che «da noi, il groviera senza buchi non esiste». D'altronde, nelle circostanze attuali, quella donna piena di buon senso avrebbe detto: «Se vuoi qualcosa, fa' di tutto per ottenerlo». Quella visita, quella cena, vedere Bertrand in quelle condizioni aveva fatto un gran bene a Daphné, che aveva sfoderato tutta la sua agenda. Un nome dopo l'altro. Non conosceva nessun editore di libri d'arte, ma la vita avrebbe potuto offrirle l'occasione di incontrarne uno, *se gioco bene le mie carte*.

Puntò la sveglia all'alba. Bertrand era uno di quelli che si alzano prestissimo e che non dormono un gran che bene. Se Xavier lo trovava in forma, lei lo aveva visto con delle belle occhiaie. Daphné s'infilò un vestito bianco e leggero come una nuvola, si intrecciò i lunghi capelli scuri e chiuse la valigia. Poi raggiunse la reception, lanciò un'occhiata nella palestra deserta e chiese un caffè. Il portiere glielo servì sulla terrazza affacciata sull'oceano. «Le spiace prenotarmi un taxi tra quarantacinque minuti?» Era ancora buio, ma in lontananza riusciva a scorgere l'uomo che camminava sulla sabbia.

No, Bertrand non aveva dormito bene perché era rimasto a pensare a lungo a Franck Milan. Il marito ideale, il papà gentile, il tipo seducente, dotato, ustionato... *che ha sposato la donna che non ho saputo trattenere.*

Quando Daphné si sedette al suo fianco, Bertrand bevve il caffè che lei gli porgeva, gli occhi sull'oceano. Lei non ebbe la minima esitazione e non fece alcun gesto, perché capì chi doveva chiamare. Disse che Xavier le aveva parlato del progetto del libro sull'acqua. Le nuvole della notte si squarciavano qua e là, il cielo appariva rosato, Bertrand seguì i riflessi del giorno sulle onde e girò la testa verso di lei.

Daphné sorrise: «Sta arrivando il mio taxi». Si chinò a dargli un tenero bacio e gli augurò uno splendido viaggio.

4

AVREI *voluto un'altra opportunità. Avrei voluto migliorare i miei pannelli... Ma ho ricevuto un paio di corna in oro massiccio e, in omaggio, ho avuto salva la vita. Tutto sommato, sì, quest'altra opportunità l'ho ottenuta.*

Non so quando ho fatto casino con Lola. Se mai l'ho fatto. Ma sono io quello inchiodato a letto nel reparto grandi ustionati dell'ospedale di Francoforte. La cosa peggiore è che in certi momenti mi sento percorso da un brivido di gioia che mi lascia, fuggendo via, con uno spaventoso senso di colpa. Ci ho messo giorni e giorni a capire che alcuni mi chiamano «il Miracolato» perché è stato coinvolto solo il mio lato destro, dalla spalla a metà coscia, mentre altri mi definiscono «il Fortunato» perché sono mancino. Ma la buona sorte ha il suo prezzo. Sono rimasto sordo.

Le indagini non hanno portato alla luce atti di sabotaggio. Il tetto, crollando sotto il peso della neve, ha provocato una fuga di gas. Ho un bel po' di calcoli da riprendere per restare a galla. Johan Heiss mi garantisce che avrò tutto il tempo necessario. Secondo i medici, tra non molto mi verrà impiantato un apparecchio acustico. Mi «ripareranno» da qui a qualche mese e, come per magia, si tratta pressappoco del tempo necessario all'installazione del nuovo laboratorio.

Mio padre sostiene con grande difficoltà che andrà tutto bene, e mia madre si mette a piangere ogni volta che entra qui. Dice che Lenny e Maria non devono in nessun modo avere paura di me. E so che ha ragione. Lola? Non la vedo dalla morte della Megera, e sono due giorni che ho in mano l'istanza di divorzio. Sono stato io a non volere che venisse, e sempre io a esigere questo divorzio.

Ho dentro di me la collera, l'odio, il rancore, la ripicca, la tristezza, il senso di colpa. Tutte le sere li piazzo in un angolo della stanza e prego che, al mattino, un mostro li abbia divorati. Ma li ritrovo assopiti e in una forma migliore della mia. Sì, mi piacerebbe dar loro corpo per poterli gettare nel cassonetto dei rifiuti ospedalieri. Forse, in questo caso, avrei la forza di capire? Ma non lo credo. Non credo più nel tempo, bensì nella catastrofe. Volevo un mondo migliore... Un'altra opportunità... Cazzo, se l'ho avuta! Perché, se Lola non mi avesse cornificato, io non mi sarei fermato su quell'autostrada per la sua telefonata, ma nel parcheggio del laboratorio prima di Kaminsky. L'avrei attraversato al buio ascoltando la neve che mi frusciava sotto gli scarponi e avrei avuto il volto ghiacciato nel comporre il codice di accesso. Mi sarebbe stato impossibile sentire l'odore del gas dietro la porta che mi sarei – in senso letterale – beccato in pieno viso con l'esplosione. E, adesso, sarei io sottoterra al posto di Kaminsky. No. Non credo nel tempo, ma nella catastrofe. Volevo essere migliore e ho negoziato il peggio. Ho ripetuto spesso che conta soltanto il risultato. Conosco il peso di ciascuna delle lettere che compongono questa frase del cazzo. Mi schiaccia, e ci convivo. Così come sono costretto a convivere con il fatto che lei mi ha mentito dal 5 giugno 2009 al 9 gennaio 2012. Passo le notti a fare il calcolo senza riuscirci. Mi risveglio vivo e sordo dopo essere stato cieco. È stata lei a salvarmi la vita ed è proprio lei che mi uccide.

So di aver ucciso Kaminsky.

Il mio avvocato verrà domani. Gli affiderò i documenti. Non voglio sapere niente, non voglio capire niente. Perché io, Franck Milan, non potrò dimenticare niente. Farò marcire questo surrogato di vita che proveranno a ricostruire, ammesso che qualcuno lo faccia. Non potrò rinascere. Avevi ragione, nonna, soffrirò. Ma non sono ancora morto. Lavorerò, riprenderò il mio posto e, un giorno, mi occuperò da solo dei miei bambini nel tempo che pretenderò.

Dirò a Lola che le devo la vita. Riprenderò quel che resta della mia.

5

D'UN tratto vi furono rumore, voci, risa. Bertrand staccò gli occhi dallo schermo e si chinò a guardare dalla porta della sua capanna, che dava sulla spiaggia. Almeno trenta persone assalivano la sabbia bianca come formiche sullo zucchero. Da lontano riconobbe Chloé Blain, con i suoi lunghi capelli bianchi. Fischiava come un pastore che raduna il gregge. C'era il personale dell'hotel, c'erano indossatrici, di ogni colore di capelli o di pelle, c'erano addetti che disponevano recinzioni. Lo spettacolo gli stava nascendo sotto il naso. Tornò a tuffarsi nell'esame approfondito delle sue foto.

I due futuri numeri di *Géo* si sarebbero occupati dei laghi africani. Il caporedattore aveva lasciato a lui la scelta. Bertrand avrebbe potuto iniziare dall'America del Sud o dall'Europa, oppure anche dall'Asia, ma voleva continuare. Il che implicava riprendere il viaggio da dove era stato interrotto. Come se non bastasse, la fotocamera che aveva deviato il proiettile – quello che gli stava andando dritto nel cuore – aveva ben conservato nella sua scheda di memoria una serie di ottimi scatti del lago Vittoria che era fermamente convinto di utilizzare per il primo numero. Valutava il proprio lavoro, osservava i ritratti che aveva scattato di recente, le luci di un attimo su un volto, un pensiero.

La gente era molto diversa tra sé, non era disposta a fidarsi completamente di lui. Certi sguardi erano reticenti a causa della timidezza o perché avevano paura di vedere *ciò che sono.* In alcuni momenti certi uomini, donne, bambini, vecchi, offrivano più a lui, rivolti verso l'obiettivo, che a qualunque altra persona nella loro vita. «Ti ho dato tutto ciò che potevo, Bertrand.» *Voglio di più, voglio tutto.* Chiuse gli occhi: sentiva fluttuare dentro di sé lo sguardo di Lola che lo aspettava a Francoforte. Era bello, delizioso, doloroso, tenero, atroce, meraviglioso... Al ritorno in Francia, i suoi genitori non avevano trovato niente tra la posta, neanche una parola da parte di lei. *E adesso, Lola? Hai ancora bisogno di me? Vorrei vedere i tuoi occhi, per saperlo. Perché non mi chiami? Non sei pronta? Hai bisogno di tempo? Non puoi abbandonare Franck in questo modo... Vuoi ancora vivere con me? Aspetto tue notizie, Lola.*

Bertrand si sfregò il volto. Penetrante, gli giungeva la voce di Chloé. Alzò la testa. Il gruppo si stava spostando a passi lenti verso il bordo dell'acqua. Sotto le quattro palme. Bertrand chiuse la porta della capanna e si diresse verso gli alberi. Una ragazza assai giovane dai capelli biondissimi assumeva senza protestare tutte le pose richieste dalla fotografa che indossava, con classe, i pantaloncini più corti del mondo. Chloé si girò verso Bertrand e, con una strizzata d'occhio, lo invitò a unirsi a lei. Gli porse la macchina fotografica e impartì le sue direttive; lui scattò una buona decina di foto e gliela restituì.

«Avanti la prossima!»

«Arriva tra due minuti!»

Chloé esaminò gli scatti, poi lo abbracciò con grande tenerezza.

«Bello, rivederti.»

«Perché siete qui? Cos'è che non andava a Zanzibar?»

«Il colore della sabbia. Troppo bianca per degli abiti bianchi.»

«Non vedo abiti candidi», osservò Bertrand.

«Perché arriveranno a parte, con Daphné e Angela. Detto tra noi, quella rompi... Mi riferisco ad Angela. Mi ha fatto martire per tre giorni, con i suoi vestiti bianchi sulla sabbia bianca. Se Daphné non le avesse detto che questa spiaggia era dorata, credo che sarei rientrata all'istante a Parigi per occuparmi di mia figlia.»

«Quanti anni ha?»

«Lili? Cinque. La mia compagna è una madre meravigliosa.»

«Voglio scattare le foto del vostro matrimonio.»

«Appena passerà la legge, tesoro! Ho ancora fiducia negli esseri umani.»

Bertrand sorrise e Chloé ebbe la prontezza di spirito di cogliere quel sorriso e immortalarlo, prima di girarsi verso la nuova arrivata. Era alta quasi due metri e, in un vestito arancione identico a quello che indossava Daphné, disegnò sulla sabbia un'ombra chiara che si allungava fino alla riva, allargando le braccia secondo l'angolo indicato dalla fotografa.

Gli abiti tanto attesi giunsero un'ora più tardi, con un'imbarcazione apposita. Angela trovò la sabbia «un po' troppo poco *white*», con il risultato che il servizio fu realizzato su una barca che rischiò di capovolgersi più di una volta. Bertrand prese parte alle manovre di stabilizzazione. Daphné se ne stava dall'altro lato, di fronte a lui. Immersa nel suo lavoro di organizzatrice che ci mette tutta la buona volontà affinché le cose vadano come previsto. Angela era «la rompi...» descritta da Chloé, ma aveva la chiara intenzione di mettere in risalto il proprio lavoro. Bertrand chiese alla fotografa di passargli la macchina fotografica. La modella, una giovanissima meticcia dagli occhi azzurri come l'oceano, si bloccò a guardarlo.

«*What do I do?*» chiese sconcertata.

«*Just look at me.*»

Bertrand scattò una sola foto dall'acqua, dopo di che porse la Pentax al tizio che gli stava accanto per issarsi a bordo. Lanciò via la camicia bagnata, senza neanche guardare dove, poi si chinò a riprenderla. Un rapido silenzio calò davanti alle sue ferite. Lo ignorò e fece tutti gli scatti che gli andò di fare.

Più tardi, quando la notte era ormai scesa, si staccò dal gruppo per camminare lungo la spiaggia assieme a Chloé. Chiacchierarono di Parigi, anzi fu lei a tenere la conversazione. Lavoro, tecnica, apparecchiature, novità, pettegolezzi, Lili, «Marina-la-mia-donna», l'appartamento di boulevard Saint-Germain che stava diventando ormai troppo ingombro.

«L'idea è di lasciare Parigi, una casa per nostra figlia. Una strada in cui possa andare di corsa dalle sue amichette.»

«Ti va una birra?»

«Grazie, ma domani lavoro e ho bisogno di vederci bene. Se hai voglia, fatti vivo...» Lo baciò sulla bocca, sorrise. «Domani, dico.»

«Lo so, Chloé.»

«Ti lascio il mio mojito. Troppo dolce per me.»

* * *

Bertrand non aveva alcuna idea di quanto fosse rimasto ad ascoltare l'oceano nel buio più completo. *No moon, no stars*. Franck. *Franck.* Quando riaprì gli occhi, si ricordò di essere stato raggiunto da Daphné. Che si era sdraiata al suo fianco. Lui aveva ingollato il mojito in un solo colpo.

«La donna a cui pensi è sposata, vero?»

«Sì.»

Era caduto un lunghissimo silenzio, doppio su una sola sedia a sdraio. «Mi fa piacere che ti dia del filo da torcere.» Bertrand avrebbe gettato volentieri la giornalista tra le onde, il più lontano possibile, ma non era andata proprio così. Dopo, entrambi avevano ammesso che «questo non cambia niente», prima di addormentarsi. E quando si era svegliato, Daphné era scomparsa.

Il primo pensiero che gli passò per la testa fu, senza sorprese: In che modo Lola guarda Franck?

6

Lola aveva scoperto l'articolo di *Le Monde* soltanto parecchi giorni dopo la pubblicazione. L'incidente di Franck l'aveva gettata in una condizione orribile. E furono tremende anche le giornate successive. Poi divennero cupe e la giovane donna capì che tali sarebbero rimaste. Anche se non mentiva più, anche se una parte del peso che le gravava addosso era scomparsa, ormai si erano alzate delle pareti vuote ai cui angoli si ergeva un mostruoso senso di colpa.

Viaggiava nel tempo, inchiodata al suolo e davanti a uno schermo, continuando le sue ricerche su Google, là dove Bertrand non postava mai niente in prima persona. Rileggeva l'articolo, in diversi momenti del giorno e della notte, con la speranza di veder comparire qualcosa di diverso dal: «Mai parlare del passato per dimenticare». *Vuole dimenticarmi?* Non riusciva più a capire se si trattasse di una domanda o di un'affermazione. Osservava l'immagine di Bertrand, le guance infossate, i capelli rasati, lo sguardo in cui vedeva soltanto l'oscurità. Avrebbe voluto picchiare chi l'aveva ridotto in quel modo. Gridare al mondo intero che lo amava, dirgli: «Scusami di averti spinto a partire. Scusami di tutto». Inevitabilmente, appariva l'ombra di Franck. Lola non aveva più rivisto il marito da poco prima che lo facessero piombare nel coma farmacologico, quando lui aveva preteso che lei portasse via «le sue stronzate». Lo zio di Lola aveva fatto avanti e indietro per trasportare ciò che aveva preparato Marie-Ange. Tutti i vestiti, anche quelli dei bambini. I giocattoli, le scarpe, i gioielli, i profumi, i trucchi, qualche cianfrusaglia. Quintali di libri. Dieci buste, nessuna delle quali era una lettera di Bertrand. Nessuno degli album di fotografie che aveva realizzato lei, perché, come aveva detto la suocera allo zio: «Lola ha gli originali sul computer». Lo zio aveva assicurato che era andato «tutto bene». Lola non aveva chiesto più niente, la posta le giungeva con regolarità.

Ciò nonostante, la suocera chiamava a giorni alterni per avere notizie dei bambini e per darne di suo figlio. Particolareggiate. Franck era stato sottoposto a tre grossi interventi e avrebbe dovuto affrontarne degli altri. Ogni telefonata agghiacciava Lola e, la notte, Géraldine le lasciava la porta aperta. Teneva d'occhio sua figlia, ma chi meglio di lei poteva capire il suo silenzio? Al mattino, controllava l'immondizia. Niente palle di carta sgualcita, nessun foglio ridotto in coriandoli. Sapeva che, quando nessuna parola può essere scritta, bisogna semplicemente essere lì.

Rinviò un primo progetto di viaggio a New York, poi chiese a Lola se a marzo, laggiù, il tempo fosse mite.

«Quasi sicuramente farà freddo. Guarda le previsioni, prima di partire.»

«Giusto. Sono una sciocca.»

Sua figlia, seduta davanti al computer, la fissò.

«Hai paura di rivedere Benoist, mamma?»

Géraldine si fermò i capelli con la molletta e disse, con grande franchezza: «Sì, ho molta paura».

«Ho attraversato Rives-sur-Marne per vedere se riconoscevo la via di Bertrand», disse Lola con una voce che straziò la madre. «È così grande. Non so neanche da che parte del fiume abitano i suoi genitori.»

Géraldine sapeva benissimo dove e quando Lola avesse visto la via di Bertrand, perché erano sedute assieme sul divano scamosciato color cioccolata. La madre di lui, con la casacca bianca in pile, rispondeva a un giornalista con fermezza ineccepibile: «Mio figlio non sarà in Francia per i prossimi mesi. Lavora e viaggia, in piena libertà. Ignoro quando tornerà. Grazie». Géraldine si era accorta del sorriso di Lola che, senza staccare gli occhi dal televisore, aveva detto: «Hanno lo stesso sguardo».

In lontananza, Lenny e Maria si misero a strillare e Lola si alzò. Nel passare davanti a Géraldine, disse che le inquadrature dell'operatore erano tali da impedire di riconoscere la casa. «Non posso avercela con lui. Non ho saputo chiedere ciò che sarebbe stato utile quando ce n'era bisogno.» La madre la seguì con gli occhi mentre usciva dalla stanza e, per la prima volta, pensò a quell'uomo che si era rimesso a lavorare, libero. *Non può affrontare tutto contemporaneamente.*

Si diresse verso la camera dei piccoli per dirlo a Lola. La figlia era seduta sul parquet castano, le ginocchia piegate di lato, e guardava i bambini costruire qualcosa di indefinibile. Géraldine si fermò sulla soglia. Lola non le era mai sembrata così bella, forte e fragile. *È diventata una donna.* E lei interrogò con gli occhi la madre, che tirò un sospiro e chiese: «Mi aiuti a prenotare un volo per New York?»

«Quando, mamma?»

«Be', prima possibile. È da stupide aver ancora paura a cinquantun anni!»

La maestra si voltò bruscamente. Ostentando un gran sorriso, affibbiò agli allievi un compito a sorpresa su dei calcoli di superfici che nessuno avrebbe mai immaginato nella vita reale.

1

Accovacciato su uno spuntone di roccia in Patagonia, preda dei venti e di fronte al lago Argentino, Bertrand fissava la foto di Lola. Gli occhi di lei, la mano sinistra che stringeva una ciocca, il pizzo, ciò che da esso filtrava, il suo movimento. *Mi piace, il vento. E a te?* Era la fine di marzo, e *tu non mi hai ancora chiamato.* Il fotografo aveva ormai fatto l'abitudine a quell'idea. Aveva passato in rassegna una valanga di ipotesi. Che partivano dalla cartolina ricevuta dalla donna di servizio, andata smarrita, letta da Franck, distrutta da Lola. Che forse aspettava che il marito stesse meglio, che i figli fossero più grandi, *di sapere se il nostro amore può superare questa ennesima prova...* Anatoli aveva detto che la speranza è una buona medicina. *Perché sono andato in Russia?*

L'amore che gli si agitava dentro gli torceva il cuore e le budella. *Perché non è morto.* Bertrand mise Lola in caldo e scattò delle foto del cielo a quell'ora del pomeriggio, *per te.* Poi del blocco di ghiaccio che si era staccato e galleggiava a venti metri, dei riflessi del sole che ci stavano giocando. Le sue mani avevano ritrovato la gestualità che gli era propria e lo sguardo possedeva un amore più grande del suo lavoro. E del mondo. Il fotografo osservava ogni cosa, in ogni direzione. Davanti, dietro, negli occhi, sotto la pelle delle persone.

«Dobbiamo rientrare», gridò Alvaro, la sua guida.

«Vengo.»

Il giovane saltò da una roccia all'altra. Xavier avrebbe detto a sua madre che Bertrand stava bene, e lei avrebbe risposto che gli mancavano ancora otto o nove chili, ma che i capelli le piacevano di quella lunghezza.

Si arrampicò sul 4x4 e posò la sacca tra i piedi. La fotografia era girata nella tasca laterale dei pantaloni, contro la coscia destra. Alvaro gli lanciò un'occhiata e gli chiese se, per il giorno dopo, si sentisse pronto per una lunga passeggiata a cavallo.

«Dove?»

«Mi va di sorprenderti e di portarti là dove non passano le automobili.»

«Perfetto.»

Bertrand si mise a guardare la strada, fissando un punto davanti a sé. *Sorprendere... Ho ancora voglia di essere sorpreso?* Si girò verso Alvaro e sorrise. No, quell'uomo non era tipo da imboscate. In lui c'era qualcosa che Bertrand aveva già trovato in Anatoli e in Sadi. *No, non ho mai dubitato di te. Non ti biasimo. Mi dispiace moltissimo per te.* Quanto a suo figlio... Abouo non era ancora stato rintracciato. E neanche Buma e Kafi. Le indagini procedevano, ma come? Al fotografo non importava la verità. Lui era altrove, riprendeva fiducia nelle sue sensazioni. Sorrise e Alvaro si mise a cantare.

Aveva dei capelli corvini che legava solo quando c'era vento. Lavorava nell'azienda di famiglia e faceva la guida «quando me lo sento» e dipingeva «un po', il resto del tempo». Era sposato e, a volte, portava con sé il figlio di cinque anni, per insegnargli «a sentire l'aria». Provava quello stesso amore per la sua terra, quel legame con tutto ciò che lo circondava. Soltanto più lieve. *Forse perché lui è più giovane.*

«Stasera festeggiamo in santa pace il mio compleanno, andiamo a dormire a un'ora ragionevole e, domattina, ci muoviamo a cavallo al levar del sole.»

«Io mi alzo presto.»

«Lo so.»

«Quanti anni hai?»

«Devo compierne trentadue.»

Bertrand pensò che di lì a qualche mese lui ne avrebbe fatti trentatré e chiese: «Che cosa desideri per il tuo compleanno?»

«Sono un uomo appagato. Sono felice qui, a casa mia. Tra questo vento. Tra questi paesaggi. Non sogno una vita migliore.»

Si girò verso il fotografo e aggiunse, con voce tranquilla: «*Soy aquí*». Bertrand scattò un ritratto di quell'uomo al volante, di tre quarti, alla vigilia dei suoi trentadue anni. Un giorno l'avrebbe esposto da qualche parte con il titolo *Soy aquí.*

«Sei fortunato», disse posando la fotocamera sulle ginocchia. «Credo che a me non succederà.»

«Perché?»

«Non so se ne sono capace.»

«Per via di quella foto?»

Bertrand non sorrise ma fu percorso da una sensazione particolare, come ogni volta che pensava a Lola.

«È la donna che amo.»

Alvaro non fece domande. Capiva che il fotografo non gli avrebbe detto altro. D'altronde, con quella voce e quello sguardo, gli aveva appena rivelato più che in un anno di confidenze. Forse a causa del vento che spingeva le nuvole al di là degli oceani, portando nella loro scia gocce di pioggia ed emozioni... Forse erano solo Alvaro e Bertrand, in quell'istante, in quell'abitacolo, davanti a tutta quella immensità...

Il resto del tragitto fu silenzioso, la cena punteggiata da canti. Alla fine del pasto, Bertrand si congedò.

«Era tutto squisito, grazie.»

«Lasciamo la porta aperta.»

Fuori, la notte si era posata dappertutto. Necessaria. *Lei è la mia vita. La mia casa. La persona con cui sarei stato felice.*

2

«SONO felice per te», disse Lola quando Géraldine la chiamò subito dopo essersi ritrovata con Benoist.

La distanza non mutava affatto la voce di sua figlia, al contrario. A Noisiel oppure nelle strade di New York, la tristezza di Lola suonava sempre penosa. Géraldine si fermò davanti a una vetrina e si vide. O, piuttosto, vide l'ombra della sua primogenita aggirarsi da una stanza all'altra della casa, con uno dei bambini che le stringeva un dito; o seduta davanti al computer; oppure, ancora, a tavola, gli occhi fissi sulle mani di Elsa che tagliava una bistecca in pezzi di uguale misura. Lo sguardo mutevole, gli anni ormai passati… *Dov'è la sua risata? Quand'è che hai visto Lola ridere per l'ultima volta?* Géraldine provò un grande spavento, così disse con voce vuota: «È difficile da capire, ma trovarsi accanto a Benoist ha rimesso a posto un sacco di cose. Lui mi ha riconosciuto, poi si è messo davanti alla finestra per guardare il giardino giù di sotto. Tesoro, mi dispiace di essere così imbranata!» Sospirò. «Mi sento sottosopra, un po' stordita per via del fuso orario e non so come dirti le cose, ma credo… No, capisco che il tempo guarisca tutto.»

«Quanto tempo, mamma?»

Géraldine diede le spalle alla vetrina e si guardò gli stivali immersi nella neve grigia che trapassava il cuoio.

«Non lo so. Vorrei potertelo dire.»

Le due donne rimasero in silenzio. Lola udì una sirena dei pompieri come se le stesse passando accanto. Quando il frastuono svanì, chiese che tempo facesse a New York. Géraldine rispose di avere i piedi…

«… *In the snow*. Elsa direbbe che è 'schirabocchiata'.»

Al che Lola sorrise, così come sua madre. Perché Elsa rendeva la loro vita un'esistenza unica. Scorticava certe parole, ne inventava di nuove, abbatteva i muri e gironzolava da un universo all'altro canterellando, preparando i dolci più estrosi. Apriva delle porte, allargava il mondo. Era felice; l'assenza, la mancanza non esistevano e la morte non le toglieva niente. E, dopo una vampata di emozioni, Lola disse: «*Have a nice day*».

Dopo il pisolino di Maria e Lenny, il tempo era troppo uggioso per azzardare una passeggiata in carrozzina lungo la Marna. Meglio accontentarsi del giardino e dei dondoli. Lola scese fino al cancelletto in legno che però non aprì. *Elsa ha visto Bertrand al matrimonio. Io no.* Vi rimase di fronte, a guardare le assi di legno verniciato, la mente ferma su quella porta. *Bertrand mi manca. Bertrand è invisibile. Bertrand mi fa paura. Ho distrutto la vita di Franck.* Fece dietrofront e incrociò lo sguardo di Elsa, che esclamò, i pugni sui fianchi: «Pronte le *crêpes velours*!»

Tempo pochi minuti, tutti e quattro passarono da un cielo carico di nuvole grigie e basse a delle crêpe dorate ricoperte di nuvole di zucchero. Lola decise di segnarsi la ricetta, passo dopo passo. Le sarebbe piaciuto riprendere o fotografare quella scena, ma Elsa non l'avrebbe tollerato. Così la ragazza pensò bene di descrivere con parole scelte la tecnica di sua sorella nel versare la pastella nella padella ben calda, di seguire con gli occhi il tempo necessario a farla caramellare e di capovolgerla con facilità sconcertante. E concluse: «Elsa avrebbe potuto diventare una grande ballerina, ha una gestualità magnifica». Poi Lola rialzò la testa, colta da un pensiero del tutto personale: Riprenderò a lavorare proprio come te, Bertrand. Non tornerò sui voli a lungo raggio. Controllerò la lista dei passeggeri. Non ti rivedrò a bordo ma so cosa sto aspettando. Io e te da soli, faccia a faccia. Voglio vedere i tuoi occhi come a bordo dell'aereo che ci portava a Mosca. Voglio questo momento. Voglio vedere cosa provi nel vedermi.

Elsa fece fare una doppia capriola alla crêpe. Lenny e Maria applaudirono e non fecero smorfie quando lei aggiunse qualche goccia di succo di limone di Nizza «sopra la pioggia di zucchero di canna».

3

AL ritorno da New York, Géraldine non ebbe molto altro da raccontare e Lola non le chiese di scendere nei dettagli, soprattutto per quel che riguardava i sentimenti. La madre aveva una luminosità diversa, era evidente. D'altronde, anche Géraldine non si sentiva più la stessa. Le cose stavano assumendo un altro valore, anche se non avevano ancora trovato una soluzione. Un paio di volte le venne da pensare che Elsa era fortunata. Non avrebbe vissuto l'orrore di un amore assente, dal quale era impossibile scappare. Benoist, Bertrand, Jean, Franck. Tutto si ripete all'infinito? Come sapere se queste cose sono impresse nella mia carne e in quella di Lola? pensava, seduta sul letto. Continuava ad aprire e chiudere un dizionario inglese-francese, cogliendo al volo una parola come se potesse darle una risposta, e sobbalzò quando Lola aprì la porta per annunciare che il giorno dopo sarebbe andata a recuperare le sue divise a Roissy.

«Perfetto! Io non sono a New York!»

«Stai studiando il dizionario?»

«Con grande difficoltà.»

La figlia sorrise.

«Ti piacerebbe abitarci?»

«Meno che a Noisiel. Ma l'appartamento che mi presta Judith è molto luminoso, e le strade hanno qualcosa che mi piace.»

«Anche a me.»

«Mi piacerebbe andarci con te», disse Géraldine continuando a guardarla negli occhi. «Ho sempre pensato che tu avessi scelto questo lavoro perché non siamo mai andati in vacanza dopo Elsa.»

«Era stata un'idea di Natacha. Ma non me ne sono mai pentita.» Poi, dopo qualche secondo: «Buonanotte, mamma».

Girò sui tacchi e sua madre le seguì con lo sguardo dapprima le gambe, poi il pigiama che le ondeggiava attorno al corpo. Sarebbe andata a prendere le sue divise, *ma di quale taglia?* Géraldine dormì male. Si alzò presto, rimase ad ascoltare l'acqua che scorreva nella doccia ed entrò in bagno proprio mentre lo scroscio cessava.

Sua figlia era nuda, bagnata, molto più magra di come si fosse immaginata. Ma Géraldine sorrise, le prese il volto tra le mani, la guardò nel profondo degli occhi e disse, scandendo bene le parole: «Non sei tu la cattiva».

4

L'INGEGNERE sarebbe stato costretto a vivere con un apparecchio acustico. *Be'*... Alcuni bendaggi gli furono tolti. *Bene*... La pelle è un organo eccezionale. Affascinante. Lo avrebbero operato di nuovo entro qualche mese. *D'accordo*... Lasciò la carrozzina, passò alle stampelle e raggiunse lo studio dell'otorino che doveva prenderlo in cura. Entrò zoppicante e strinse la mano alla specialista.

Una seduta dopo l'altra, si concentrò sugli esercizi e sulle regolazioni della protesi. *Udire è prezioso*. Gli piaceva il tono della voce della dottoressa Bettina Hochbach in mezzo al frastuono uditivo nel quale doveva vivere. Lei sfoggiò un vero sorriso quando lui le chiese se poteva chiamarla per nome invece che «con quel cognome-che-scortica-le-orecchie-a-uno-scoiattolo». E gli rispose che i suoi gemelli l'avevano costretta a sviluppare il senso dell'umorismo.

«Anch'io ho due gemelli. Una femmina e un maschio.»

«Età?»

«Quindici mesi, tra poco. E i suoi?»

«Tra poco, quindici anni.»

Franck non capì perché volle confidarle che non li vedeva da tre mesi, con il fatto del divorzio. Lei rispose, con lo stesso tono, di essere vedova. Suo marito era morto di tumore sei mesi prima.

«Mi spiace. La sua tragedia non ha niente a che vedere con la mia. Restare vedova non è certo come essere divorziato.»

«No, è vero», rispose lei. «La sofferenza deve restare una faccenda personale.»

Continuò a fissarlo negli occhi. E, senza minimamente abbassare lo sguardo, gli disse di premere il pulsante rosso quando il suono si fosse fatto insopportabile.

Quel pomeriggio, Franck tornò nella sua camera pensando: La sofferenza è una faccenda personale. Posò le stampelle e, dal cassetto del comodino, prese la busta di carta beige che conteneva i documenti dell'avvenuto divorzio. Ripensò a quello sguardo, il loro ultimo, in mezzo a un giardino imbiancato. *Si ama una donna per tutta una vita? E la nostra vita, che cos'era?*

Lola accettò tutte le condizioni imposte dal suo ex marito. I loro rari contatti avevano luogo per iscritto. Nel migliore dei casi erano complicati, nel peggiore... le parole non svanivano. Galleggiavano, lasciavano sfuggire dei fendenti, ma erano ben più tollerabili del peso della menzogna. «Ha usato il preservativo?» «Sempre.» «Mi auguro che tu ti senta in colpa.» L'ultima frase era partita più in fretta di quanto Franck avrebbe voluto. «Sì», rispose subito lei.

Ciascuno era rimasto a fissare il proprio schermo. «Dobbiamo parlare», aveva scritto lei. «Non voglio sapere niente di ciò che provi per quel tipo. Non voglio vivere con questo peso. Voglio rifarmi una vita. Voglio dimenticarti.»

Due giorni dopo, l'ingegnere pretese di vedere i suoi figli appena dimesso dall'ospedale. «Quando?» scrisse Lola via e-mail. «Te lo farò sapere.»

La donna consultò la posta elettronica con una nuova angoscia. *Di vederlo, lui.* Saliva a bordo con la certezza di non trovare Bertrand tra i passeggeri e tornava dalla madre con il terrore di dover abitare in quella casa per il resto della vita.

Natacha aveva un bel dire che la ruota girava per tutti. «La prova? Io ho conosciuto Théo!» Lola stava a sentire soltanto Elsa, che capiva *tutto* e sapeva *tutto*. Escluso, ovviamente, il momento ideale per accompagnare Lenny e Maria in Germania.

Dopo svariati temporeggiamenti – che non erano affatto da lui –, l'ingegnere decise di trascorrere la settimana prima dell'Ascensione a Parigi, da Philippine, la sua cugina di secondo grado, in compagnia dei genitori. Lola avrebbe accompagnato Lenny e Maria e sarebbe poi venuta a riprenderli. Se fosse scoppiata una tragedia, qualcosa d'insostenibile della serie ho-paura-di-quest'-uomo-che-dice-di-essere-il-mio-papà, lei avrebbe dovuto spiegare in fretta e furia *la situazione di merda in cui li hai ficcati*.

Lola tenne a bada le sue paure e iniziò il conto alla rovescia. Franck temeva le proprie reazioni. Si infiammava subito ed era dispotico, ma aveva anche l'impellente necessità di vedere i suoi figli. In carne e ossa, non solo tramite Skype, che Elsa faceva lavorare a meraviglia e che a lui riempiva gli occhi di lacrime.

Anche lui si mise a contare i giorni. Anche lui dormì male, ma prese una decisione. *Non voglio sembrare patetico per una sola e unica ragione: i miei piccoli.*

Da quante settimane non li vedeva? Una situazione terribile. E ancor più terribile era rivedere *lei*. Il suo medico gli scompigliò i piani rinviando un'operazione. Lo autorizzò a lasciare l'ospedale. I suoi genitori erano pensionati, perché aspettare l'Ascensione, perché non una casa di campagna invece di rinchiudersi nell'appartamento parigino della cugina? Con pochi clic, Franck trovò uno chalet di legno nella foresta di Fontainebleau e compose il numero di Lola senza pensare che avrebbe udito la sua voce.

Lei rispose, lui disse: «Sono Franck», invece di: «Sono io».

«Buongiorno.»

Lei rimase impietrita, il telefono in una mano e lo schiacciapatate nell'altra, in aria, nel bel mezzo della cucina di Noisiel.

«Come stai?»

«Voglio vedere i bambini.»

«Avevamo detto per l'Ascensione.»

«Li voglio dal 26 aprile al 3 maggio. Ho prenotato a cinquanta chilometri da casa tua. Organizzati tu.»

Fece una pausa, giusto per contenere il suo impeto. Lola restò in attesa, immobile, aggrappata all'attrezzo da cucina, gli occhi fissi sulle patate schiacciate che grondavano inesorabili dai fori.

«Voglio sapere che cosa gli hai detto.»

Il purè le si spiaccicò su una delle pantofole.

«Che mamma e papà non vivono più nella stessa casa ma che gli vogliamo un gran bene lo stesso. Ho messo una tua foto sul loro comodino.»

«Una dove sono da solo?»

«Sì. Nel parco a Francoforte.»

Franck sapeva quale, ricordava l'attimo preciso. Lola era in jeans molto chiari e T-shirt bianca. Una foto non è soltanto un'immagine, c'è un momento attorno – al di fuori – impossibile da cancellare. *Quell'altro stronzo è un fotografo. Cazzo!* L'ingegnere riagganciò, per non rischiare di restare senza voce. Lola lanciò lo schiacciapatate nell'acquaio, seguito dalla pantofola.

Elsa aveva ragione, scagliare via le cose dà un gran sollievo. Si precipitò a inoltrare la richiesta di ferie. Non le vennero concesse all'istante ma, a dirla tutta, se ne infischiava.

Franck, invece, la immaginò a letto con «quell'altro stronzo» e si convinse che, se voleva vedere Lenny e Maria senza litigare, era meglio restarsene zitto. Come un avventuriero prima di un viaggio pericoloso, così lui si sarebbe preparato a ritrovarsela davanti, in carne e ossa. Per il resto dei suoi giorni, Lola doveva restare ciò che era diventata: una sconosciuta con la quale aveva due figli. Ma una bella sconosciuta che *mi ha reso felice*.

Anche nella stanza d'ospedale volò in aria qualcosa. Un bastone, che al suo passaggio trascinò via il caffè che l'ingegnere si era scordato di finire. Ma, di tutto questo, a Franck Milan non importava niente.

5

BERTRAND, la fotocamera in mano, aspettava in piedi il momento dell'eruzione del geyser islandese. Fu allora che vide il numero di Daphné apparire sullo schermo del cellulare posato in terra. Non rispose. Scattò delle foto di livello medio, poi l'ultima – *quella buona* – prima di rientrare. Era fradicio dalla testa ai piedi, e pure congelato. Non aveva una guida, viaggiava a tu per tu con le sue migliori idee. Non sempre eccellenti.

In macchina, accese il riscaldamento al massimo e percorse qualche chilometro tremando dal freddo per raggiungere il suo albergo di fronte al mare. Fece una doccia bollente, s'infilò la tuta da ginnastica stinta, si sdraiò sul letto e sgranocchiò patatine, biscotti dolci, salati e insipidi al gusto di vodka.

La cartolina occupava buona parte dei suoi pensieri. In rue Haute non era giunta alcuna risposta. Perlomeno sapeva che la busta non era tornata indietro come «destinatario sconosciuto». Ancor più sapeva di non aver ricevuto chiamate da Lola.

Nelle giornate buone, diceva a se stesso che i sei mesi non erano ancora passati. Nelle giornate come quella, invece, guardava la tv e ascoltava i messaggi. In mezzo a dettagli tecnici, ad appuntamenti programmati e a sua madre, udì la voce di Daphné che proclamava: «Conosco qualcuno che potrebbe essere interessato al libro su cui stai lavorando. Si chiama Max Delorme, si farà vivo lui». Il Max in oggetto chiamò quello stesso giorno, a ora assai tarda.

«Sono un amico d'infanzia di Daphné. Significa che ho passato tutte le vacanze con la sua famiglia, da quando sono nato fino al divorzio dei miei genitori. Avevo tredici anni, la conosco come le mie tasche e voglio precisare che, in seguito, non ci sono neanche mai andato a letto. Ha il suo carattere, ma so che ha delle buone idee.» Sorrise. «Di tanto in tanto. No, molto spesso.»

Fece una pausa. Bertrand non commentò.

«Mio padre pubblicava fumetti, io ho rilevato la sua attività da tre anni. So chi sei, ho già visto il tuo lavoro, e l'idea del tuo libro sull'acqua mi interessa. Non sono ancora in grado di prometterti niente, ma mi piacerebbe sapere come la vedresti tu.»

Senza esitare, il fotografo rispose: «Vorrei qualcosa di scorrevole come una passeggiata. Qualche testo, breve. Vorrei che si sentisse l'acqua. È su questo che sto lavorando. Vorrei un sacco di foto, a tutta pagina. Sarà un libro denso, ricco. Le immagini non devono avere bisogno di spiegazioni. E di fotografie ne ho abbastanza. Ma ne voglio di più».

«Dobbiamo vederci, quando torni.»

«Ti chiamerò io. Non prima di maggio.»

«Fa' con comodo. Nel frattempo, io posso occuparmi della mia parte.»

«Grazie.»

Bertrand sapeva chi doveva ringraziare. E lo fece, con misura. Daphné era seduta nel salotto di casa, su un divano in velluto rasato color lichene. Sorrideva e pensava che il telefono è una meraviglia. Amplifica il sorriso, le lacrime. Avrebbe potuto piangere di gioia, quel giorno, perché aveva ricevuto una chiamata assai favorevole che indicava prospettive molto incoraggianti/attese/insperate. Possedeva l'istinto dell'autocontrollo e di ciò che bisognava dire o fare nell'istante che ti mette davanti a una scelta. Ma per indirizzarla verso il suo obiettivo, il suo scopo personale. Eppure, disse soltanto: «Chloé vorrebbe che ci fossero anche quattro foto tue. Sostiene che con la barca sei stato più bravo di lei».

«Su quale numero?»

«Giugno.»

«Ora la chiamo.»

«Le ho viste, quelle foto, Bertrand, e sono davvero buone. Dovresti prendere più spesso in considerazione la moda.»

«No. Tutto merito di quel momento lì.»

Lei sorrise e volle aggiungere che stava parlando «soltanto di lavoro». Lui riagganciò.

Lola, perché non sento più le tue mani?

6

MARIE-ANGE aprì la porta per dare il benvenuto a Lola e ai gemelli. Franck, un bastone in mano, vestito con pantaloni larghi e un pullover ampio, aspettava in fondo al corridoio e non la guardò neanche per un istante pur sorridendo ai figli. Lenny e Maria non mostrarono timidezza, perché lo vedevano tutti i giorni su uno schermo. Dissero: «Papà!» lo baciarono come se l'avessero lasciato la sera prima e Lola uscì per andare a prendere la valigia e il passeggino. Al paesaggio non fece neanche caso; pensava che i capelli di Franck erano lunghi come a Natale, che il sorriso era lo stesso, così come la voce riservata ai bambini. Ciò nonostante, la sua andatura era molto rigida.

Lola prese i bagagli e fece svariati viaggi avanti e indietro, preparandosi a incrociare gli occhi azzurri di lui. Marie-Ange le indicò la camera ed elencò ciò che aveva portato, i lettini da viaggio... Lola ascoltava solo la voce di Franck in lontananza, la risata che si mescolava a quella dei bambini, i ricordi fioccavano. La suocera disse: «Sono certa che andrà tutto bene». «Le ho fatto una copia dei miei orari.» «È a Franck che la devi dare.»

Lola lo ritrovò in salotto, seduto sul divano, con i piccoli sulle ginocchia. «Ti lascio i libretti sanitari e l'elenco dei miei voli.» Lui si alzò, lei attese che si fosse allontanato per baciare i bambini. «Mamma torna tra nove giorni.» E fu attraversata da un pensiero orribile. Franck lo colse, lo decifrò e le fece segno di uscire. Davanti alla porta, sotto un sereno cielo d'aprile, piantò lo sguardo nel suo. «Non sono così stronzo da sequestrare Lenny e Maria.» Poi aggiunse ciò che si era chiaramente ripromesso di dire: «Se non mi fossi fermato su quell'autostrada per sentire che mi tradivi, oggi ci sarei io sottoterra, al posto di Kaminsky».

Lola incassò senza rispondere. Franck non si mosse e proseguì con ciò che si era ripromesso di non dire: «La Megera aveva ragione. Tu mi fai soffrire come non avrei mai immaginato, e non mi piace questo clamoroso disastro che è diventata la mia vita».

«Franck, io...»

Lui interpose il suo bastone, il suo sguardo: «Non sono pronto ad ascoltare le tue scuse e neanche a mostrarti comprensione».

Il silenzio riprese forma e Franck girò sui tacchi. Se fosse rimasto a guardarla un istante di più, sarebbe stato costretto ad ammettere che l'aveva trovata bella come prima e che non lo lasciava indifferente. Che era ossessionato dal disastro. Sarebbe stato costretto a confessare che, ogni giorno, si perdeva in equazioni senza fine e che alimentava la sua collera affinché lo mantenesse a galla. Avrebbe finito per dire che era sempre convinto che potevano farcela. Perché l'amava *ancora*... Avrebbe potuto ascoltare ciò che lei aveva da dire. Era possibile, certo. Ma dimenticare? *Mai*.

Nello chalet in mezzo al bosco, niente volò in aria perché Maria chiese – senza bisogno di parole – che il suo papà la prendesse in braccio.

7

Capisco il tuo sguardo.

No, la confessione di Franck non sollevava minimamente Lola, e i cinquantasei chilometri del ritorno furono più lunghi che all'andata. Aveva incassato le ultime frasi dell'ex marito come il prezzo da pagare. L'assenza dei bambini come *la conseguenza della mia decisione.* Per sua fortuna doveva imbarcarsi quello stesso pomeriggio, ed ebbe appena il tempo di prepararsi per raggiungere Roissy. In via del tutto eccezionale pernottò a Lione, poi il giorno dopo ripartì per Varsavia e, da lì, decollò per Oslo. Le sue emozioni rimasero sotto controllo. Era sempre la prima hostess a impadronirsi della lista dei passeggeri.

«C'è una star che sogni di sposare?» domandò una collega dai capelli grigi e molto corti.

«George Clooney, come tutte!» rispose Lola, pensando con grande intensità e proprio in quell'istante: Non voglio vederti, Bertrand. Ti voglio e basta.

«Sembri davvero cotta di lui!»

«Come nessuna al mondo!» rispose Lola con un sorriso.

Il volo di andata fu assai piacevole. I passeggeri, l'equipaggio, le condizioni meteo, i vassoi del pasto, tutto contribuiva a creare un'allegra disinvoltura; e anche la serata a Oslo fu uno spasso, ovviamente per via di George. Lola chiuse la porta della sua camera, fece volare via i mocassini come una tredicenne e si collegò a Google. Il quale, come suo solito, non si mostrò divertente e ancor meno visionario.

Lola prese il suo lavoro a maglia nero. Perché le teneva le mani occupate, che stesse facendo scalo o si trovasse a Noisiel. Tuttavia, i giri di maglia avevano alti e bassi come i suoi pensieri, davanti a una tv accesa, senza muoversi certo alla velocità della luce. Pensando, quella sera, agli occhi di Franck... A quelli di Bertrand sul ritratto di *Le Monde*, inquieti, sinceri, tristi. *Stavi pensando a me? Ti rendo triste? Sono stata io a spedirti in quell'inferno... Sono certa che pensavi a me quando ti hanno rapito. Voglio sapere. Ti voglio vedere. Tu non vuoi più vedermi? È per questo che non scrivi. Volevo soltanto che tu tornassi prima.* Lola gettò via il cardigan.

Ho perduto te e ho rovinato Franck, mentre volevo proprio il contrario.

Prese il telecomando e fece scorrere i canali. Per poi capitare sui titoli di coda di un programma norvegese, in cui non era un pescatore a muovere le braccia con eleganza ma una ragazza, bionda e molto bella, che sorrideva tutta contenta e lavorava a maglia su quel pullover che sognano tutte le donne del mondo. Lola udì la voce di Bertrand che diceva: «E tu?» *Io voglio vivere con te*. Riprese i ferri e terminò i lati del polso destro. *Non sto sbagliando la taglia, ne sono certa. Questo cardigan ti andrà bene. Il nero è il tuo colore, Bertrand. I tuoi occhi sono il tuo obiettivo. Sali sul mio aereo, per favore. A volte faccio quattro voli al giorno. La settimana prossima vado a Mosca. Ho mille cose da dirti. Scrivimi. Scrivimi. Scrivimi.*

L'indomani mattina, alla reception, lo sguardo le cadde su una cartolina. Un drakkar nero ormeggiato al porto. La acquistò. Giunse il loro taxi e Lola la fece scivolare nella borsa. Il volo di ritorno fu piacevole come quello dell'andata, e la lista dei passeggeri priva di tutti i Bertrand Roy della Terra. Anche se, nel consultarla, pensò: Cedo tutti gli altri a Daphné, io voglio il mio, ed era solo perché stava per decollare e, in cielo, la prospettiva è immensa. *Le stelle sono vicine*. Per la durata del volo e basta.

Perché una volta atterrata, senza i bambini da coccolare, la notte si annunciò implacabile e mille cose, prima lievi, si caricarono di ombre e si trasformarono in lacrime. *Dove vanno le lacrime?* Nel lago Bajkal? Seguendo quale percorso? Con quale vento? Attraversano i muri che fanno da specchio? Acchiappano, passando, le brutte idee per sfamare i mostri che vivono negli angoli... Lola salì di corsa nella stanza di Elsa per poi infilarsi nel letto della sorella, che non si svegliò affatto.

Ma al mattino, quando Lola aprì gli occhi, Elsa non c'era più. La trovò seduta sul suo divano, nella stanza della tv, allo stesso piano. Stava guardando *Tintin et les oranges bleues*, a testa in giù.

«Ciao, Lola-Lola!»

«Ma come fai a guardare a testa in giù?» disse Lola, sedendosi.

«Tintin ha una camicia blu.»

«Sempre. Oppure gialla. Mi sa che l'ho già visto...»

«L'arancia ha una camicia blu.»

Lola si piazzò come sua sorella e il professor Girasole disse che quel frutto poteva crescere nel deserto.

«Nel dessert», lo corresse Elsa tutta seria. «L'arancia cresce nel dessert.»

Lola chiuse gli occhi. Pensò alle arance di Momo. Da dove provenivano quelle che aveva diviso con Bertrand? Subito si alzò per non pensarci, ma le arance la inseguirono per le scale e fino in bagno. *Ricordo le tue mani che sbucciavano le arance. Ricordo il loro sapore, la tua bocca, le gocce d'acqua sotto la doccia. Quelle ore in cui non abbiamo detto una sola parola. Ricordo tutto quanto, fino all'ultima cosa.*

8

Il divorzio fu decretato senza che Franck e Lola ne avessero fatto cenno una sola volta durante il loro incontro. Qualche giorno dopo aver riconsegnato Lenny e Maria a una Lola che aveva aperto le braccia, tra le quali i bambini si erano precipitati gridando: «Mamma!» con una voce che le aveva spaccato il cuore, Franck decise di non voler mai più rimettere piede nella casa di Saint-Thibault. E domenica 6 maggio, a mezzanotte, inviò una e-mail in cui comunicava: «1. Non intendo rilevare la tua parte. 2. Non meno di 450.000 euro. Ti rimborserò il valore del terreno e della mobilia che mi tengo».

A dirla tutta, davanti al monitor aveva tergiversato. Perché c'era un altro piccolo punto, il numero 3, dove si diceva che lui non avrebbe firmato niente se «quell'altro stronzo, quel figlio di puttana, Bertrand Roy, Roy, quello che preferisci a me, quel pezzo di merda, quello che ti fa salire più in alto di me, quello che mi ha distrutto la vita» si fosse offerto di acquistare. Ma quel punto aveva deciso di cancellarlo, per il semplice e valido motivo che non poteva tollerare di vedere il suo nome. E ancora meno di immaginarlo *sotto quella vetrata che ho progettato per farti contenta*... Franck premette «Invia» e si diresse zoppicante verso il frigorifero.

La madre comparve in cucina e ricordò al figlio che l'indomani doveva tornare sotto i ferri per un intervento al collo.

«Non puoi mangiare niente prima dell'anestesia.»

«Perché non dormi?»

«Tuo padre russa. Ma non preoccuparti, ho messo la sveglia.»

«E che cosa c'entra?»

Lei guardò dritto negli occhi il figlio. Lui disse: «Grazie di esistere».

«La Megera mi ha spesso accusato di abbandonarti.»

Franck si tolse gli apparecchi acustici e disse, senza neanche sentirsi: «Buonanotte, mamma».

Lei lo seguì con gli occhi. *Zoppica ancora un bel po'*. Sfiorò con la punta delle dita una busta ficcata nella tasca del cardigan. Da molto tempo, quella busta la accompagnava dovunque. Era perfino arrivata a Parigi, dove era stata a due passi da Lola.

Quando Marie-Ange aveva scoperto quella busta in mezzo alla corrispondenza, l'aveva subito messa sulla pila di posta che lo zio di quella stronza di nuora sarebbe venuto a prendere. Ma il francobollo a disegni africani l'aveva incuriosita. E l'intuito gliel'aveva fatta voltare. Nel leggere il nome del mittente – «B. Roy...» – era diventata pallida, poi tutta rossa. L'aveva aperta, dopo essersi rinchiusa in bagno. Non serviva essere un pozzo di scienza per capire che il fotografo non aveva la minima idea di dove si trovasse quella stronza.

Marie-Ange aveva esitato: distruggerla o farla vedere al figlio? Poi l'aveva nascosta, per timore che restasse ancora in piedi qualche pezzo della faccenda o, peggio, creasse un problema che, in un lontano futuro, Franck avrebbe dovuto risolvere. Con chi si sarebbe infuriato? *Con me*. Marie-Ange aveva scelto il *ben gli sta, a quelli!*

Quando, il giorno dopo, telefonò a Lola, aveva la busta nella borsetta, sulle ginocchia.

«Franck è appena uscito dalla sala operatoria.»

«Che cosa è successo?»

«Era in programma. Gli hanno fatto un trapianto sul collo con un frammento di pelle della coscia sinistra. Avrai senz'altro notato che era molto brutto da vedere.»

«E come sta?»

«È in sala post-operatoria. Il chirurgo ci ha detto che è andato tutto bene. Ti terrò informata. Hai visto la sua e-mail a proposito della casa?»

«Adesso la apro.»

«Facci sapere, e da' un gran bacio a Lenny e Maria.»

«C'è della posta per me?»

«No, visto che hai fatto tu stessa via Internet le procedure necessarie per l'inoltro, e che ho consegnato tutto a tuo zio.»

Marie-Ange riagganciò con autentica soddisfazione e Lola trascorse un buon quarto d'ora a «leggere» la e-mail che aveva la sua voce. A pensare a Franck che non le aveva detto niente di quell'innesto, quando si erano visti. E neanche gliene aveva accennato in quelle poche righe. Forse lui non aveva chiesto a Marie-Ange di avvisarla.

La suocera si stava prendendo delle libertà, da quando Reine non c'era più. Aveva preso un po' il suo tono, e Lola pensò al padre. Venderò il terreno che avevi comprato tu, papà. Non posso più vivere in quella casa, capisci? Ho lasciato Franck perché altrimenti avrei perduto il controllo, proprio come te. Forse non ti ho mai ringraziato per questo terreno e per l'appartamento di rue Hector. Ho detto a Bertrand che avrei dovuto continuare ad andare a pesca con te. Sono stata un'ingrata, avevi ragione tu.

Dopo un minuto, telefonò a suo zio, l'agente immobiliare. «Non c'è problema, si venderà bene. È un momento ideale.»

«Se vedi una casetta, non lontano da quella di mamma…»

«Fino a che punto?»

Lola rispose, gli occhi sullo schermo che si era oscurato. «Rives-sur-Marne.» Lui rispose: «Stavo parlando di prezzo, ma perché non a Rives!» La ragazza sorrise, poi filò in cucina, dove Géraldine stava pulendo della verdura.

«Stai attenta tu a Lenny e Maria? Devo sbrigare una commissione.»

Se ne andò senza attendere risposta. Dopo diciotto chilometri, si fermò nel parcheggio del municipio di Rives. L'impiegata alla portineria si mostrò sgarbata. Forse perché era la vigilia dell'8 maggio e doveva chiudere entro cinque minuti? O perché Lola disse che voleva incontrare il sindaco per una faccenda importante?

«Lei è di Rives?»

«No.»

«Quindi?»

«Sono un'amica di Bertrand Roy e…»

«Lei è una giornalista», tagliò corto la donna.

«No. No. Sono…»

«Se lei non è una giornalista, allora è un'amica che non ha il suo indirizzo.» Lo sguardo della donna era odioso. «I miei amici hanno il mio indirizzo, e il signor Roy desidera restarsene in santa pace. D'altronde, non è ancora tornato e mi è stata data disposizione di non comunicare i suoi recapiti, quindi anche se lei mi lascia un biglietto finirà nel cestino assieme a tutti gli altri. Da una settimana all'altra, non faccio che vedere amiche-con-lo-stesso-sguardo-che-ha-lei.»

«E se la supplico?»

Lola fu riaccompagnata alla porta, ma non tornò a casa. Si diresse a tutta birra verso il Parc des Buttes-Chaumont. Pioveva. Si smarrì ma alla fine trovò l'olmo. Sì, c'era, sì, aveva fatto caldo. *La tua camicia aveva dei bottoni neri. Sei. La tua pelle mi è sembrata molto liscia. Conosco il suo preciso colore sul tuo petto. Sotto il nostro albero non c'è seduto nessuno, Bertrand. Sono sola e ti aspetto. Certe notti piango perché ho paura. Due settimane fa, a Roma, ho comprato un'altra caffettiera italiana. La conosci, Roma? Penso spesso allo zio di Daphné. Il mio fa l'agente immobiliare, è un tipo un po' pesante ma gentile. Ti ci troveresti bene, non ho dubbi. Solo con te vorrei vivere centocinquant'anni.*

Al ritorno si era fatto buio, e Lola ebbe difficoltà a ritrovare la macchina. Le scarpe di camoscio grigio con i lacci erano fradicie, i jeans da strizzare, l'ombrello la sommerse d'acqua quando lo richiuse. Tremando di freddo, aprì la porta proprio mentre Géraldine stava per mettere a letto i bambini. Lola prese il suo posto e tirò su la cerniera del sacco nanna. Lenny e Maria dissero: «*Capei gnati*, Mama», «Sì, piove.»

Lola giocherellò qualche istante con i loro peluche, perché ai bambini piaceva che lo facesse. Ridevano di cuore. Lei li baciò e loro attaccarono a blaterare, continuando anche al buio. Lola rimase ad ascoltarli da dietro la porta e poi raggiunse la cucina, dove si servì un piatto di ratatouille. Sua madre stava bevendo una tisana.

«Non ho la minima idea di cosa si raccontino, ma mi piacerebbe saperlo. Dovrei chiedere a Elsa di farmi da traduttrice.»

«Elsa ti direbbe che non sono fatti tuoi, e che le madri sono troppo curiose.»

Le due donne si sorrisero e Lola riepilogò la sua spedizione, il municipio, l'olmo, lo zio di Daphné. Ciò che Bertrand avrebbe pensato dello zio Jacques. Poi rituffò il naso nel piatto. Dopo un solo boccone, senza alzare la testa, disse: «Tu potresti rivivere tutto questo?»

Trascorse un istante molto, molto lungo. Géraldine trattenne il respiro perché la paura danzava e volteggiava e cantava e le sfiorava a turno.

«Un amore più piccolo, tra qualche anno.»

«Proprio quel che pensavo.»

«Dovresti mandargli un biglietto. Penso che l'ufficio postale di Rives-sur-Marne sappia come farglielo avere.»

Lola giocherellò con la forchetta.

«Ci ho pensato... A Oslo ho anche comprato una cartolina. Un drakkar nero ormeggiato al porto. È bruttissima.» Lola fece uno splendido sorriso. «Sono sicura che gli piacerebbe un sacco.»

E poi il sorriso scomparve.

«Ma...» disse la madre.

Lola alzò la testa.

«Voglio i suoi occhi. Sono a... questo punto, mamma.»

Géraldine disse che capiva. La paura le si chinò all'orecchio e sussurrò una frase terribile che la donna fu costretta a ripetere.

«Sai che può anche non succedere?»

«Vuoi dire che non troverò mai il suo indirizzo?»

«Voglio dire che avrai sempre meno coraggio. Non oserai più spedire quella cartolina.»

Lola si alzò, la fissò, entrambe le mani sul tavolo, poi se ne andò in camera sua. Géraldine rimase seduta. *Quello sguardo...* Ebbe la bruttissima sensazione che la vita fosse soltanto una lunga attesa. Il tempo sistemava dei pezzi, qua e là, nei loro rispettivi puzzle, ma erano pezzi incolori e tetri come giorni di cielo grigio e basso che si allungano da una stagione all'altra, senza sole, senza luce. Saltò fuori Elsa, caduta dal cielo. Corse tre volte attorno al tavolo con un'arancia per mano. Poi le rimise nel portafrutta ed esclamò, dopo un altro giro: «Buonanotte, notte-notte!» prima di andarsene con il quinto gelato alla fragola.

Géraldine chiuse le persiane. Sparecchiò, fece partire la lavastoviglie e si voltò nell'udire Lola che le chiedeva se, per caso, avesse comprato dei francobolli.

«Credo di averne uno nel portafoglio.»

9

Quanto ci metterà ad arrivargli? era la domanda con cui si gingillava Lola da quando aveva spedito la cartolina. La prima settimana era fuggita via senza problemi. C'erano stati due voli andata e ritorno Parigi-Barcellona e due Parigi-Milano, dove la ragazza aveva avuto il tempo di gironzolare al sole. Aveva anche acquistato un vestitino per Maria, bianco e batuffoloso come la panna montata di Elsa, che ne preparò un po' appena lo vide.

La seconda settimana si era conclusa con dei giorni di riserva, nei quali l'attesa iniziava ad assumere il suo vero significato. Lola parlò molto del tempo fresco e piovoso per evitare di pensare al luogo in cui si trovava la cartolina. La terza era a poco più della metà.

Dov'è quel drakkar?

Lola percorreva in lungo e in largo l'agenzia immobiliare degli zii, che vivevano il gran giorno della loro vita perché stava arrivando a Roissy la loro figlia adottiva. Lola aveva accettato di tenere aperto l'ufficio per conto loro, ma c'era stata una sola visita e le ore ristagnavano. Si sedette alla scrivania e fece un giro di maglia, poi un secondo, del cardigan nero. Dieci minuti. Quattordici parole e dieci cifre. «Ti amo. Ho divorziato, il mio indirizzo è 87, chemin de Tournon, Noisiel. VIENI. Lola. 06...» *A che ora passa il postino a Rives? E se scrivessi a* Géo*?*

Si bloccò davanti alla fotografia piazzata accanto al computer. Luana, tre anni, scura di capelli, colombiana, bocca a forma di cuore, un po' come quella di Maria. Poi si mise a guardare i passanti. Passeggini singoli, uno triplo. Dei cani trascinavano vecchi di ogni età e corporatura. Come le nuvole che quel giorno disegnavano forme prive di forma. A che cosa pensavano, nell'imitare un orso, una bottiglia di champagne, un volto? *Ai tuoi capelli? Che sono la prova che esisti, che tornerai, che mi hai baciato.* La ragazza viveva in funzione del loro passaggio. Un cane abbaiò e lei, con lo sguardo, lo cercò automaticamente sul marciapiede a destra.

Si alzò. Di scatto.

Fissò l'automobile parcheggiata più in basso. Si accostò al vetro senza staccare gli occhi dal logo a forma di losanga bianca con i bordi messi in evidenza da una doppia linea rossa e al cui centro, in lettere rosse e su due righe, c'era scritto: ANDRÉ TOURAINE IMMO. Quante volte l'aveva visto senza rendersene conto? Di sicuro tante quante aveva letto, seduta sul divano scamosciato color cioccolata, tutti gli opuscoli pubblicitari che finivano nella cassetta della posta.

André Touraine operava in svariati dipartimenti, ma senza essere così importante da fare pubblicità in tv. *Quel logo l'ho visto al telegiornale delle venti.* Nel servizio in cui la madre di Bertrand aveva detto al giornalista calvo che il figlio proseguiva con coraggio il suo lavoro, «Grazie». La donna sorrideva, ma era una muraglia. In quell'occasione Lola aveva pensato che lo sguardo di Bertrand era identico a quello della madre e che l'inquadratura era troppo stretta per individuare la casa. Aveva notato, senza farci caso, il pannello bianco a losanga «André Touraine» sulla destra, appeso a una recinzione. *Di che colore?* Lola chiuse gli occhi. Si concentrò. *Bianca, perché non me ne sono accorta.*

Forse la casa è ancora in vendita.

Si precipitò al computer. Tremava. In che giorno avevano trasmesso quel servizio alla tv? Non ne aveva idea, ma passò in rassegna, una alla volta, tutte le foto delle proprietà gestite da quell'agenzia a Rives. Quante case? Non si mise a contarle, non voleva perdere tempo in probabilità o statistiche, perché la vita vera se ne infischia. La vita vera trasmette fatti, non statistiche. La vita vera visualizza VENDUTO sulla foto di una casa dai serramenti elettrici e un cancello a doghe di legno bianco. Ma tra colleghi un colpo di telefono è sufficiente. «L'unico immobile che ho in questo comune da un anno.»

Lola ottenne via e numero civico senza dover insistere. Inserì l'indirizzo nel GPS. Erano le 17.03. Chiuse la chiamata con l'agenzia, partì, alzò la musica a tutto volume, imboccò la A4, ne uscì, percorse le strade di Rives-sur-Marne con Amy Winehouse che cantava *Back to Black.* Aveva il cuore in fiamme. Si fermò allo stop, sull'angolo tra rue Gaston-Louis-Bourgeois e rue Haute. Era il 26 maggio. Il cancello bianco si trovava sulla destra. La casa di Bertrand di fronte, a cinquanta metri. Un cielo sgombro, nessuna nuvola per inviare messaggi. Solo un aereo che lo squarciava. In due.

Rivedere Bertrand... Adesso...

Un'ombra gigante stava in piedi davanti al cofano. Sorrideva, a braccia conserte. Diceva: «La tua cartolina non è arrivata e lui non ti ha chiamato...» Lola aveva imparato a vivere con il passato, il sogno, *la tua assenza,* ma nell'immaginare un futuro esisteva anche l'idea di poter perdere quell'uomo una seconda volta. E allora... *Ne morirei.*

Innestò la retromarcia, ripartì in direzione opposta e si fece beccare dall'autovelox a 157 chilometri all'ora sull'autostrada in direzione Reims. Inchiodò davanti alla casa di Géraldine. Corse a stringere tra le braccia i suoi bambini. Tutti gli atomi, tutte le particelle, tutto il suo corpo gridavano che non sarebbero sopravvissuti a un'altra separazione. Il suo cuore confermò di dover rivedere al ribasso le sue ambizioni sentimentali. Elsa si sedette sul tappeto davanti a lei, a gambe incrociate. Non sorrise, non abbassò gli occhi, non disse niente *ma sa.* Sì, Lola ne era certa, Elsa sapeva. *Tutto.*

10

Di giorni come quello, Lola non ne voleva più. Rifiutava tutte le arance che la sorella le piazzava davanti, a tavola. Quel mattino, sbottò: «Piantala, Elsa!»

«Fa quel che può.»

«Pure io! La cartolina non è stata una buona idea!»

E fuggì di corsa in giardino, costeggiando il muro a secco. Géraldine pensò di annullare il viaggio lampo a New York dell'indomani. Non sapeva come fare né come dirlo. Sbagliò tattica al punto da scatenare la collera di Lola quando si ritrovarono assieme.

«Ci vai. Di tutto ho bisogno fuorché di vederti gettare la spugna!»

Si scambiarono uno sguardo breve e sostenuto.

«E non chiedere a mio zio di telefonarmi tutti i giorni. Dice soltanto stronzate.»

«Lo penso anch'io!» esclamò Géraldine prendendo sottobraccio la figlia.

Tornarono in cucina e si sedettero al tavolo. Elsa mise loro davanti un bicchiere di spremuta d'arancia, due più piccoli per Lenny e Maria e un altro «per Papà». Géraldine incrociò lo sguardo di Lola, ed Elsa si chinò davanti al posto riservato al padre. «Meringa cioccolato nero due grani di pepe rosso.» Poi scomparve. Senza una parola e neanche uno sguardo, la madre si alzò a controllare se c'erano tutti gli ingredienti necessari. Aprì e richiuse gli armadietti e, quando Géraldine riprese il suo posto, Lola disse: «Vorrei avere cinquant'anni».

«Perché?»
«A quell'età si sta meglio.»

A bordo, prima di spegnere il cellulare, Géraldine inviò il messaggio che aveva scritto, cancellato, corretto, rivisto, iper-analizzato. Ciò che veramente pensava era: Sto meglio perché ho ritrovato Benoist, ma non era la miglior verità da dire in quel momento. La bozza passò da: «Grazie, tesoro!» a: «È il bagliore della morte», per diventare alla fine il semplice desiderio di ciò che avrebbe dovuto fare sua figlia: «Non aspettare, per essere felice».

Lola non rispose. *Che cosa significa essere felice?* Essere come Natacha e Théo? Diane e suo marito, Ève e Louis? *È il loro sguardo, quello di chi non capisce come io abbia potuto lasciare un uomo come Franck? Come posso dire «Bertrand Roy» e non crollare? Come si fa a non vedere che abbiamo gettato via la nostra occasione?*

Forse è impossibile essere felici, Papà.

11

Bertrand non era sull'aereo che squarciava il cielo di Lola, ma era rientrato in rue Haute, quel 26 maggio, a notte fonda per non essere visto da nessuno. Temeva le domande, gli sguardi, e soprattutto «niente festeggiamenti, per favore». I genitori avevano rispettato quel desiderio. «Sono pieno di lavoro fin sopra la testa.» Lo aspettavano pile di lettere, smistate e classificate. Dalla Germania non era tornata né arrivata alcuna busta. Nessuna era di Lola. Non aprì niente. Passò la notte a fissare il soffitto, sdraiato sul letto. Ad ascoltare i rumori della casa, a ritrovare al loro posto le scheggiature sull'infisso della finestra e sul parquet bianco. Fece la cernita dei suoi abiti. Dei suoi documenti. Tutto era stato esaminato. Si assopì alle prime luci dell'alba e dormì fino a mezzogiorno, poi si rinchiuse nella sua tana, dove scrisse/corresse/riscrisse dieci volte una e-mail per chiedere di rintracciare il nuovo indirizzo di Lola Milan. Ma a chi spedirla? E che spiegazioni dare? Avrebbero mantenuto la riservatezza? Avvertito Franck Milan? Squillò il cellulare e Bertrand salvò la bozza. Max Delorme voleva incontrarlo con la massima urgenza. E fu lui a recarsi dal fotografo. L'editore seguì alla lettera i suggerimenti di Daphné. Non utilizzò termini come «prigionia», «ostaggio», «sete», «fame», «paura»…

Anzi, praticamente non aprì bocca, perché rimase affascinato dalle fotografie. Sì, con tutta quella roba c'era qualcosa da fare. Qualcosa di serio.

«Bisogna pubblicarti. Sono contento di aver trovato i mezzi per farlo. E *Géo* è disponibile a collaborare.»

«Voglio che Daphné abbia una percentuale.»

«Quanto?»

«Veditela con lei, per favore.»

Max non insistette e continuò a guardare le foto, che non avevano bisogno di spiegazioni. Bertrand lo osservava, seguendo con gli occhi le espressioni che passavano sul volto dell'editore, valutando la sua emozione, la sorpresa, la riflessione. Poi gli mostrò lo scatto che avrebbe voluto per la copertina. «Aggiudicato.» Gliene porse un altro. Una mano, in primo piano, che reggeva un barattolo pieno di acqua sporca. Max lo interrogò con lo sguardo.

«Risale a fine 2009 e proviene da un pozzo minerario di Dimock, in Pennsylvania. Quell'acqua è stata utilizzata per il *fracking* del gas da argille. Poi, gli animali hanno iniziato a perdere il pelo, non è il caso di berla né di usarla per lavarsi.»

«Intendi utilizzare questo scatto?»

«E altri tre che non ho ancora fatto. Riguarderanno l'inquinamento dell'acqua. Prima o poi ci risale tutta in bocca.»

Max indugiò su quell'idea, poi disse che apprezzava molto quelle immagini che avevano «la forza di uno schiaffo». Bertrand aggiunse: «Senza preavviso. Non posso evitarlo. Anzi, non voglio proprio».

«Ti impegni.»

«Sono cambiato.»

Max continuò a fissarlo. Sorrise e disse: «Sta' a sentire, nel frattempo io preparo i contratti e magari ci rivediamo a luglio. Così tutti quanti avranno il tempo di pensarci su, mentre io porto mia moglie alle Maldive. Le conosci?»

Bertrand teneva le mani ficcate nelle tasche della tuta da ginnastica, il cui colore originale era solo un lontano ricordo.

«No, è una destinazione da innamorati.»

«Io sono molto innamorato di Jenna.»

Il fotografo sorrise. «Sei fortunato.» Uscirono sul retro, in giardino. Il sole di fine maggio faceva brillare i denti di leone nel prato. Fecero il giro della casa: Bertrand non oltrepassò il cancello e nemmeno attese che Max se ne andasse per fare il percorso inverso.

Tornò a rinchiudersi nella sua tana. Diede un'occhiata al cellulare e ascoltò i tre messaggi che gli avevano lasciato durante l'incontro con l'editore. Tra i quali, uno di Daphné: «Ti auguro un buon ritorno. Chiamami, quando mi sai dire com'è andata tra te e Max». Lui eseguì senza indugio. Daphné lo stette ad ascoltare, lo ringraziò per la percentuale e infine rivelò – con una certa calma – di essere incinta...

«... Di te. Non ho avuto altri rapporti in quel periodo.»

«Ma se prendevi la pillola.»

«Sono rimasta incinta anche con la pillola, la mia ginecologa è certa che il viaggio mi ha mandato in tilt l'organismo.»

Senza troppo riflettere, Bertrand sentì se stesso dire che avrebbe riconosciuto il bambino, e riappese.

Non fece alcun calcolo per sapere di quanto fosse incinta né mise in dubbio la sua paternità. Sapeva perfettamente com'erano andate le cose. Rimase in piedi, al centro di quella stanza tinteggiata in nero opaco. Senza provare niente. Aveva la sensazione di essere stato cosparso di quello stesso materiale denso, liscio e ad alta capacità coprente. Rivide il contenitore rettangolare di vernice, l'istante in cui l'aveva preso in mano per leggerne la composizione. Si rivide mentre vi immergeva il rullo. Il braccio che si muoveva in verticale per poi incrociare la superficie pitturata in senso orizzontale. E così via. *E così via...* Bertrand chiuse gli occhi. I giorni scorrevano, tetri e popolati da un'ombra inevitabile/onnipresente/bruciata. *Franck.*

Quell'uomo fedele aveva accompagnato Bertrand all'uscita dell'ospedale in Tanzania, fino in Ruanda, in Nicaragua. In Islanda. Ma non in Svizzera, sulle rive del lago Lemano, dove Bertrand non aveva pensato a niente. Se non al colore che assumeva il lago, a tutte le ore, su tutte le rive, perché Francoforte era troppo vicina e troppo pericolosa. Lola era troppo pericolosa. «È meglio per entrambi se restiamo lontani l'uno dall'altra.»

Avevi ragione, amore mio. Combino soltanto cazzate. Cado in tutte le trappole. Sono salito su quella macchina senza nemmeno farmi una domanda, ho avuto voglia di fare sesso con Daphné.

12

Géraldine era sotto stress. Partire era stata una faccenda delicata, e tornare non la riempiva certo di gioia. Aveva tra le mani il numero di giugno di *Géo* e di *ELLE*. Pensava a ciò che avrebbe detto e allo sguardo che avrebbe avuto quando Lola l'avrebbe fissata senza chiederle niente.

Le sarebbe piaciuto essere una campionessa di poker, un'attrice... La danza non nasconde alcun muscolo. *Non ho letto niente*. Mentire e basta non è mai una buona soluzione. Lola se ne sarebbe accorta anche se lei fosse riuscita a distruggere tutte le copie sparpagliate nell'intero universo.

L'aereo atterrò senza averle chiarito le idee. Il tassista non parlava francese, il cielo era sgombro e la provocava. Géraldine girò la chiave della casa vuota. Lasciò le scarpe all'ingresso, si preparò un caffè e udì cantare giù in strada. La porta d'ingresso si aprì. Lola, Elsa e i piccoli si fiondarono in cucina, la baciarono e tesero le braccia cariche di peluche. Madre e figlia si misero a chiacchierare di Benoist. Degli acquazzoni a New York.

«Tutti i giorni!»

«La cartolina non è tornata indietro.»

«Con tutti questi ponti, il postino se ne approfitta.»

Géraldine sorrise, *male*, e Lola infilò la mano nella borsa della madre, che si chiuse la porta alle spalle. *Géo* titolava, in lettere bianche: «Laghi, di Bertrand Roy. Prima parte: Africa. Il Vittoria». Il settimanale *ELLE* trasportava le sue lettrici a Zanzibar.

In piedi in cucina, la giovane donna guardò a lungo le foto del Vittoria, così diverse tra loro. Rassomigliavano all'uomo che le aveva scattate. *Sorprendenti* e *inaspettate. Indispensabili. Belle.* Rimase un'eternità davanti all'ultima immagine. Ci si sarebbe giocata la pelle che quella era la preferita di Bertrand.

Un uomo, di spalle, guardava un lago immenso. Si teneva sulla sinistra della foto come un'ombra, i piedi nudi sul bordo dell'acqua. Era visibile qualche pigra increspatura che andava a spegnersi nella sabbia. L'uomo era magro e sembrava alto. Ma avrebbe anche potuto essere piccolo. Attorno, non c'era alcun termine di paragone. A ogni modo, la cosa non aveva la minima importanza. Lui era una macchia scura che fissava il cielo azzurro sospeso sul lago azzurro. Un identico colore che l'orizzonte non era in grado di separare. L'aria sapeva del calore e del pomeriggio inoltrato. Al massimo entro un'ora, quel cielo si sarebbe adornato di una sfumatura rosa pallido per poi diventare arancione incandescente e cadere verso l'acqua, che sarebbe diventata scura e inquietante. Chissà che cosa vive sotto le onde. Chissà quante gocce d'acqua, quanti ricordi dei quattro angoli del mondo sono caduti qui per disperdersi. Chissà quanti mostri sono in attesa, nascosti dietro una roccia, per popolare la notte. La vita?

Quell'uomo sulla sinistra, lui lo sa. Osserva i colori che cambiano con il passar dei minuti. Attraversa i giorni e le notti. Li affronta. Da solo.

Quell'immagine era così bella che a Lola vennero le lacrime agli occhi. Poi ripensò al sorriso mal riuscito della madre.

Sfogliò le pagine di *ELLE* e si soffermò sulle creazioni di Angela Basso, in particolare su quelle che portava Daphné. Era la sua firma: la giornalista chiudeva ogni servizio indossando uno degli abiti presentati.

Alcune foto erano firmate Bertrand Roy. Chloé Blain faceva notare di aver avuto fortuna a trovarsi nel posto giusto al momento giusto, così che il suo amico potesse cogliere le inquadrature che a lei erano sfuggite. Lola richiuse la rivista, e poi anche *Géo*.

Un istante più tardi, Géraldine la ritrovò seduta in fondo al letto, a gambe incrociate, avvolta nel suo cardigan écru. Le riviste erano cadute sul pavimento, lo sguardo di Lola era inesorabile. Segava a metà le gambe della madre, che non riuscì a muoversi dal vano della porta.

«Esattamente tre anni fa, ho suonato a casa di Daphné. Era una giornata molto più bella di oggi. Non so se è stato questo a dare il colpo di grazia.» Lola sorrise, poi non più. «Adesso non so neanche se Bertrand sia mai esistito...» Continuò a fissare la madre. «Andrà avanti così per tutta la vita, mamma?»

Allora Géraldine si chinò a raccogliere *Géo* e si sedette vicino a Lola. Con voce molto sicura, elegante e dolce, disse: «Avrei voluto capire subito. Avrei dovuto esserne capace». Lola si tuffò nello sguardo della madre, poi tornò a fissare la copertina. Un'acqua color dello zaffiro si stendeva a perdita d'occhio. La sponda pareva una linea ocra tracciata in lontananza. Bertrand era su un'imbarcazione invisibile. Nel frattempo, il sole alle sue spalle gettava la sua ombra allungata di soppiatto sulle onde. Géraldine la sfiorò: «Questa è la prova che lui esiste, è qui». Lola non disse niente.

«Ci vuole del coraggio a fare come lui.»

Senza alzare la testa, la gola chiusa, Lola disse: «L'ho spinto io a partire, e Daphné gli ha dato una mano».

«Cambia qualcosa che l'abbia aiutato lei?»

«Nella mia vita di oggi un bel niente, mamma. In quella di domani...»

Géraldine non le lasciò concludere la frase. Le passò un braccio attorno alle spalle e Lola non oppose resistenza, appoggiando anzi la testa tra il collo e la spalla di lei. Era arrivata al limite, stravolta, disperata e innamorata persa. «Secondo me ha bisogno di tempo. E lo stesso vale per te, almeno credo.»

13

Il sito della Bayercom teneva aggiornato lo stato dei lavori nel laboratorio. Bertrand conosceva a memoria tutte le foto, rinnovate costantemente. Tuttavia, le parole che davano Franck Milan ancora assente erano sempre le stesse, così come il sostegno che gli assicurava l'azienda in quei mesi difficili... *Quand'è che ricomincia?* Se c'era un giorno in cui Bertrand doveva chiamare era proprio quello, il 5 giugno. A trovare il momento adatto ci mise del tempo. Ripeté ad alta voce ciò che voleva chiedere. Alle 15.30 si decise infine a comporre il numero della Bayercom Deutschland e parlò per due minuti in tedesco, quindi chiuse la conversazione. L'ingegnere si trovava in convalescenza presso la sua famiglia in Francia. L'interlocutore non gli seppe dire fino a quando, e Bertrand non poté chiedere di meglio. *Franck e Lola sono in Francia.* Quel pensiero ridusse in cenere tutti gli altri. Divorò le ore. Lo fece arrivare in ritardo alla cena organizzata dal suo caporedattore.

Si sedette subito a tavola, senza unirsi alla conversazione. Nessuno gli domandò niente: il suo sguardo bastava a soffocare ogni curiosità. Sapeva bene che tutti parlavano alle sue spalle, ma tant'è, chi non spettegola in assenza di qualcun altro?

Il cibo era di classe. Gustò tutte le portate, in piccole quantità. Non riusciva a riprendere i chili che aveva perduto, perché qualcosa lo consumava. Ma gradì il vino e la vodka. В нашем здоровьи, *alla nostra salute! Anatoli, Alvaro e te, Sadi... Dovunque tu sia...* Era un martedì, erano le 23.45, si congedò, Daphné gli chiese se poteva darle un passaggio. Una volta partiti, lei si tolse i sandali e chiuse gli occhi. Durante il tragitto non dissero niente. Lei attese che lui spegnesse il motore per rialzare le palpebre. «Grazie.» Bertrand rimase a guardarla, silenzioso e triste. Si vide a casa di lei, in rue Hector, nel momento in cui le aveva detto, gelido, sbattendo la porta: «Non sono un uomo che può essere rinchiuso!» Si sentiva ancora tanto sicuro di sé.

Daphné tornò a infilarsi le scarpe: «Ti va di bere qualcosa?»

«L'hai fatto di proposito?»

Lei incrociò le gambe e le braccia, e lo guardò dritto negli occhi: «Non sai quanto mi piacerebbe avere la capacità di conoscere in anticipo la moda, la data dei reportage, le richieste degli uni e degli altri. Il colore chiaro della sabbia. La tua voglia di fare sesso con me».

Bertrand non trovò niente da rispondere. Lei aprì la borsa e ne estrasse un fascicolo che gli porse. Poi accese la luce interna. «È il tuo clone.» Lui esaminò il risultato dell'amniocentesi, quello delle ecografie. Mentre leggeva, lei disse: «Però hai ragione, ci ho pensato, quel mattino in cui sono venuta a salutarti sulla spiaggia. Sai bene che non ho mosso un dito. Il seguito appartiene alle sorprese della vita».

Lui alzò lo sguardo verso di lei, che riprese: «Sto per compiere trentasette anni. Prendo le cose come vengono e, come direbbe mia nonna, sia quel che sia!»

Bertrand abbassò il naso sulla sagoma di quel bambino il cui sesso non veniva precisato. Lei aggiunse, con voce convinta: «Non ti ho detto niente perché prima volevo sapere se tutto andava bene». Richiuse la cartella in cartoncino bianco. «Lei ha dei figli?» Bertrand piantò gli occhi neri in quelli ancor più neri della giornalista. I bambini complicano la vita e i divorzi, visto che legano una persona all'altra. Lei sorrise, per poi parlare dei primi movimenti.

Fu allora che qualcosa si risvegliò in Bertrand, dentro la cassa toracica. A momenti era brusco e violento come se una mano smisurata gli strappasse il cuore. Alla sprovvista, un'ondata calda e carezzevole si impadronì di lui. Era quasi più intollerabile, perché nel ritirarsi gli lasciava soltanto l'assenza e il dolore.

Daphné, invece, aveva provato quella scena come un'inquadratura. Rivide le pillole estratte dal blister nel lavandino, a cose fatte... Proprio così... Per vedere se la vita cadesse in tentazione... Ma sì! Le sarebbe piaciuto moltissimo dire che la sua gravidanza rappresentava la vittoria della vita. Che quel bambino li univa per sempre. Era mille volte più forte di un amore pieno di buchi. Ma gli imprevisti accadono, la sabbia è a volte troppo bianca, gli sguardi troppo evidenti, e l'intuito le suggerì di non esagerare. A tavola, aveva visto che Bertrand mangiava lentamente, masticando e deglutendo ogni boccone come se non ce ne fossero altri. Quell'uomo era a nudo. Daphné non abbassò lo sguardo, bensì la voce: «Non ti obbligo a fare niente. Non vorrei che questo imprevisto ti facesse soffrire».

Bertrand rispose, più in fretta di quanto avrebbe voluto: «Non voglio certo spezzare la vita di questo bambino».

Lei abbassò il capo per mezzo secondo, poi tornò negli occhi di lui. Bertrand la fissò, nel suo abito di crêpe marrone. I capelli lisci, castano scuro, le danzavano sulle sopracciglia. Gli occhi non erano turbati. A Bertrand sarebbe piaciuto che lo fossero, almeno una volta. Forse, se Daphné avesse posseduto quella ritrosia, quel piccolo tocco d'indecisione, lui si sarebbe dato un bello schiaffo morale, avrebbe rivisto al ribasso, a sua volta, le proprie ambizioni sentimentali e lasciato libero il cuore di seguire la stessa strada del suo sesso. Ma Daphné apparteneva alla razza delle donne conquistatrici e prive di coscienza. Giocava i suoi assi senza neanche pensare alle carte che aveva perduto, senza realmente pensare agli altri. Si compiaceva di essere incinta. Era bella, desiderabile, da prendere a sberle.

Senza muoversi, Bertrand le chiese cosa avesse detto alle loro conoscenze comuni.

«La verità. Che siamo andati a letto assieme in Africa e che, come ti ho già fatto notare, la vita ha preso il sopravvento.» Scavallò le gambe e sorrise. «Ci conoscono da tutti questi anni, nessuno si è fatto domande.»

Scese dall'automobile senza una parola o un gesto in più. Spinse il cancello verde scuro. Ringraziò la propria pazienza e intelligenza, e nell'occasione si congratulò con se stessa per aver finalmente saputo inquadrare l'idea della «vita che ha preso il sopravvento». L'ascensore era in attesa e lei vi salì gustandosi la vittoria. Perché le piaceva che le si dicesse di sì. Per la verità, i «no» non la imbarazzavano più di tanto, li ignorava, e tutto sommato Daphné era proprio come il Bertrand di un tempo. Egoista: agiva solo in funzione dei suoi obiettivi.

Avrebbe lasciato passare i giorni. Non ci sarebbe stato soltanto un contratto professionale a legarli, ma anche quel meraviglioso regalo.

Una bambina. Lui l'avrebbe saputo solo alla nascita. Avrebbero avuto una vita in comune per l'eternità, sancita dai documenti ufficiali, incancellabile… Quella bambina stava quasi spazzando via la donna di cui Bertrand era così innamorato e che, chiaramente, non voleva più saperne di lui.

Daphné si coricò sul divano in velluto rasato color lichene. Bertrand, invece, guidava a passo d'uomo e senza musica.

Spinse il cancello del numero 25 di rue Haute, fece il giro della casa e si sedette sull'erba in mezzo al giardino, con la cartelletta di cartoncino bianco in mano. Poi si sdraiò. Il terreno era freddo, un po' umido. Sotto la pelle, Bertrand avvertiva anche la più piccola asperità. La terra d'Africa, *le galere fetenti. I muscoli di Lola sotto le mie mani.* Ricordava ancora il momento esatto, il luogo. Il numero di giorni passati dalla consegna della cartolina e durante i quali Lola non aveva né chiamato né scritto. Pensò all'atrio di rue Hector, quando lei si era messa a correre nel suo vestito grigio per dimenticarlo. Fissò le stelle. E pianse.

14

QUANDO Florence trovò il modo di dire, con noncuranza, che diventare padre era una splendida cosa, Bertrand la scrutò. Sua madre era sincera, perché avrebbe trovato benefica anche una puntura di calabrone. Quando lui disse: «Vero, ma si tratta di Daphné», lei rispose: «Perlomeno la conosci». Lui sbatté la porta della cucina, lasciandosi scappare un: «Perché mi hai fatto così coglione?»

Fece il recluso per giorni e giorni, consumando i suoi pasti in solitudine. Soltanto Xavier riuscì, una sera, a tirarlo fuori di casa. Finirono da Clémence, al bar del RER. Il medico notò che il fratello aveva scelto di mettersi nel posto più lontano possibile, faccia verso la porta e spalle addossate al muro. Gli consegnò un libro da parte di Jennifer.

«Non so quanto possa valere, io non leggo niente.»

«Sapessi io», rispose Bertrand, girandolo senza nemmeno guardare la copertina. «Ringraziala.»

«Pensi a questo bambino?»

«Non ancora. Non troppo. Un po'.» Si passò una mano tra i capelli, sospirò. «Poveretto.»

«Fa' lo stesso un test di paternità prenatale.»

«So comunque che è mio», disse Bertrand, ficcandosi in tasca i documenti.

Una sorsata più tardi, chiese a Xavier perché lui non avesse voluto figli.

«Non è che non li voglio, so soltanto che non li avrò mai.»

«Sei fortunato ad avere certe intuizioni. A me sarebbe servito.» Bertrand lasciò passare una manciata di secondi. «Sai perché ne sono completamente sprovvisto?» Un'altra manciata di secondi si sciolse nel nulla. Suo fratello, molto scuro di capelli, con una camicia blu e un velo di barba nera, incrociò le braccia.

«Tu fai il fotografo, osservi, mostri il presente. Io, invece, sono un tipo scientifico. Il presente, cerco di capirlo. Non dico che sia meglio.»

Bertrand finì la sua vodka, ne ordinò altre due e disse che quel mattino aveva ricevuto una e-mail da Anatoli. La sua guida russa aveva scoperto solo da poco ciò che gli era successo. Si scusava «di tutto. Degli uomini». Il fotografo parlò degli stivali di Anatoli immersi nel fiume, del suo grido. Svuotò il suo bicchiere e anche quello di Xavier, l'uno dopo l'altro.

«Il problema è lei. Lola mi ha salvato e Lola mi uccide. Tutto. La sua assenza, il fatto che si sia sposata con un tipo veramente a posto, che lui sia mezzo morto nell'esplosione del suo laboratorio, che lei l'abbia tradito per me, che stia al suo capezzale, che continui a non cercarmi… Che abbia passato – in tutto e per tutto – non più di cinquanta ore con me, mentre io avrei voluto tutta una vita. Per favore, Xavier, sta' zitto.»

«Non intendevo dire niente.»

«Adesso vado a casa.»

«Pure io.»

Nessuno dei due fratelli si mosse. La porta del bar si aprì e si richiuse due volte.

«Come ti va il lavoro, in questo periodo?» chiese Bertrand.

«Tranquillo, niente influenza in giro, niente virus intestinali. Una tranquilla routine. D'altronde, vivo con una donna tranquilla, ho una macchina tranquilla e dei pazienti tranquilli. Ma non mi faccio rompere le palle.»

«Sei come papà.»

«A parte la bici.»

Bertrand sorrise per una frazione di secondo. Xavier proseguì: «Fossi in te, farei quel test», ma si accorse che il fratello non l'aveva neanche sentito. Fissava un punto in lontananza, dietro di lui. Il medico lanciò un'occhiata sopra la propria spalla e scorse i due tizi che stavano osservando «l'ostaggio». Era proprio ciò che stava passando nei loro occhi, nella loro espressione. Xavier tentò invano di richiamare la loro attenzione. Bertrand si era già alzato, stava gettando una banconota sul tavolo. Poi attraversò il locale a testa alta. Xavier lo seguì.

Risalirono in macchina e, venti metri dopo, il fratello maggiore disse: «Mi dispiace. Avrei dovuto portarti da un'altra parte». Bertrand scosse il capo e non rispose. Nessuno dei due aggiunse altro ma, nell'arrivare davanti alla casa di famiglia, il medico spense il motore e ammise: «Credo che io non ci sarei riuscito». «A fare l'ostaggio, o ad aspettare la risposta di Lola?» «Entrambe le cose.»

Rimasero seduti. Gli occhi su quella strada che avevano disceso e risalito di corsa, bisticciando, ridendo, gareggiando. Sulla loro vita. Si girarono l'uno verso l'altro, nello stesso istante, e Bertrand scese.

Il 17 giugno, Daphné tornò a farsi viva per descrivere nel dettaglio la nuova ecografia in 3D. Bertrand non fece cenno al test prenatale, ma prese atto che il bambino stava a meraviglia e ripeté che quanto era successo non sarebbe accaduto più. Capì dal tono della risposta che Daphné stava sorridendo: «Te l'ho già detto, questo non cambia niente». Il che, ovvio, aveva diversi significati, a seconda del punto di vista. A nessuno dei due venne voglia di scendere nei dettagli, e Bertrand rimase nella sua tana, seduto accanto all'interruttore della luce, che continuava ad alzare e abbassare. Uscire implicava degli sguardi...

A dire la verità, ciò che l'aveva messo a disagio al bar non era tanto il sentirsi osservato da quegli uomini o visto come «l'ostaggio». No, il problema era ciò che Bertrand non aveva evitato di riportare a galla e che era stato incapace di confidare al fratello. Da quando era tornato in Francia, veniva assalito da flash di memoria. Nei mesi in cui era stato in viaggio non li aveva mai provati con tanta violenza. Muoversi doveva averli tenuti a distanza. Ma in quel periodo sedentario si sentiva addensare sulla testa una sorta di nuvola temporalesca. Le mani gli si fecero umide. Calde. Tremanti. Bertrand riaccese. *Ho un libro da fare. Punto e basta.* «Grazie a chi?» intonò una vocina. *Ancora una volta, ostaggio.* Chiuse gli occhi. *Quanto mi manchi, Lola.* Chissà se aveva letto *Géo*. Probabilmente *ELLE*... Franck era un ingegnere, *quindi un tipo intuitivo e proiettato verso il futuro*. Se lei avesse parlato, suo marito l'avrebbe capita, *perdonata*?

Lola non ha più bisogno di me.

Da un pezzo Bertrand aveva spento la luce. Era privo di idee. E, quando ne aveva, lo facevano star male. La libertà ritrovata complicava tutta una serie di cose. Aveva imparato a restare nell'oscurità. A NON FARE NIENTE. Gli risultava difficile disfarsene. Se ne rendeva conto. S'innervosiva, seduto, immobile, nel buio del suo laboratorio. In silenzio. Un giorno dopo l'altro. A chiedersi cosa provasse lei. *Ancora e ancora e ancora e ancora e ancora e ancora e ancora e ancora. Non è cambiato niente, IO TI AMO, LOLA.*

19, 20, 30 giugno. Tunisi, Londra, Lisbona. Ginevra... Lola passeggiava sulla riva del Lemano pensando al drakkar nero. Galleggiava sul lago come un'ombra, ma era tornato indietro da Tournon, il 27 giugno 2012, un mese e venti giorni dopo che Lola l'aveva infilato nella buca delle lettere. Sua madre aveva ragione, i macchinari di smistamento postale avevano approfittato di tutti i ponti e anche di più per indicare che non era stato possibile consegnare la corrispondenza per «indirizzo mancante». Géraldine non si sbagliava neanche quando le aveva detto: «Hai bisogno di tempo, almeno credo». Lola non si sentiva in grado di recarsi al 25 di rue Haute. Si fermò sulla passerella, di fronte all'isola Rousseau. Tre cigni si lasciavano trasportare da una corrente fiacca, disinteressandosi a qualunque cosa e con una grazia incomparabile. Lola li seguì con lo sguardo e uno degli uccelli fuggì sull'acqua sbattendo le ali.

Hai già fotografato questo lago? Ricordo che avevi detto... Un altro cigno infilò la testa sotto il pelo dell'acqua. Lola si mise a contare i secondi e sussultò all'udire la vibrazione del cellulare. Con un sms, Géraldine le annunciava che il postino era passato da Noisiel, e Lola capì che nessun biglietto, cartolina o lettera di Bertrand era transitata per la Germania. Sua madre aggiunse che i piccoli avevano detto, uno alla volta: «Nuvola». Lola udì Maria che diceva: «*Gnuvola*», e l'uccello sparì completamente sott'acqua. La giovane donna scrisse in gran fretta: «Credi che non vivrò mai con Bertrand a causa di ciò che ho fatto a Franck?» L'uccello risalì senza far schizzare una goccia, e Géraldine rispose: «La vita non funziona così». *Vorrei sapere com'è che funziona la vita, Papà.*

15

8 LUGLIO. Bertrand fuggì in fretta e furia dalla sua tana e filò di corsa in giardino, dove si fermò di colpo. Gli occhi fissi sul punto in cui si era sdraiato qualche sera prima. Aveva appena richiamato la Bayercom senza ricordarsi che era domenica e che era tardi. Il sito mostrava una nuova foto del laboratorio, con un tetto a punta. Niente di nuovo, invece, sul recupero di Franck Milan. Pieno di rabbia, aveva inviato una e-mail al medico militare incontrato a Khartum. Una risposta automatica gli aveva comunicato all'istante che il medico era andato in pensione. Che la sua richiesta sarebbe stata inoltrata e presa in considerazione in tempi brevi! *A chi?*

Bertrand si sentiva soffocare. Si tolse la T-shirt e la scagliò lontano, con rabbia, vedendola atterrare sulla Clio della madre. Rimase immobile, senza fare caso alla luce che stava scemando con dolcezza, ma solo alla chiazza bianca sul tettuccio rosso. In testa gli si sovrapponevano pensieri complicati, che si contraddicevano o si annientavano a vicenda.

All'improvviso, Bertrand si sentì impallidire.

E se fossero semplicemente a Saint-Thibault-des-Vignes, visto che si trovano in Francia? Perché non ci aveva pensato prima? *E se non sono lì?* Anne Vattelappesca, della quale Bertrand si era per l'appunto scordato il nome, aveva il numero di telefono di Lola. Che cosa impediva a quella donna di avere qualche notizia? Il fotografo consultò l'orologio. Troppo tardi, per quella sera. *Domani.*

Salì sulla Clio, accese il motore, controllò il livello del carburante e quello dell'olio. Scarso. Scese in garage e ne uscì con una tanica.

Erano le 21.55. Bertrand, a torso nudo, era chino sul motore quando suo padre, giovane pensionato, tornò dalla quotidiana gita in bicicletta. Spinse il cancello, imboccò il vialetto e si accorse che il figlio era ben lungi dal riprendere i chili che gli erano stati sottratti chissà dove, in un mondo al quale lui stesso si vergognava di appartenere. Barcollante, posò un piede a terra. In certi giorni sentiva più vicina la morte, soprattutto dopo certe notti passate a pensare a quel figlio perduto da qualche parte, senza poter fare niente. Quel bambino trafitto da quattro proiettili, ritrovato così... *smagrito.*

Bertrand si voltò, scorse suo padre e gli sorrise, Marc lasciò cadere la bicicletta e, con passo svelto, prese quell'uomo – *mio figlio* – tra le braccia. Ah! Già l'aveva fatto quando si erano ritrovati a Khartum, l'aveva fatto anche in seguito, ma quel giorno sentiva il bisogno di dirgli di più. Perché nessuna parola del suo vocabolario – o di questo mondo – avrebbe mai potuto rivelare ciò che il suo corpo era in grado di trasmettere.

«Era a corto d'olio», comunicò infine Bertrand.

«Tua madre non ha detto niente.» Marc fece una pausa, prima di aggiungere: «Eppure è più chiacchierona di me».

«Allora ho capito da chi ho preso, papà.»

Si guardarono a lungo. Un padre, un figlio, due uomini. Il più anziano, che lo superava di mezza testa, avrebbe dato la vita per dimostrare che il più alto dei due era il più giovane. Vide la morte arretrare, la paura spaventarsi e il figlio-dai-capelli-arruffati, di nuovo fuori, spada in pugno, invincibile. *LIBERO PER L'ETERNITÀ.*

16

9 LUGLIO, 9.45. Il fotografo accostò davanti al cancello della casa di Lola, in allée des Contrevents. Le persiane erano chiuse e un cartello blu annunciava VENDESI. La casa della vicina era chiusa a sua volta, proprio come le altre due della strada perché, in luglio, *la gente normale va in vacanza!* Bertrand osservò le due betulle che erano cresciute non poco. In quella parte del giardino non c'era segno di vita. Bertrand esitò a scavalcare il cancello per bussare alla porta, si guardò attorno e infine cambiò idea. *Dov'è la cassetta delle lettere?* Costeggiò il muretto e la scoprì sull'ultimo palo, priva di nome. Controllò quella dei vicini: «Jack e Anne Baxter. Louis, Max, Alan». Sorrise. Gli parve l'unico lato positivo da mesi e mesi. Il sole gli scaldava le spalle e, in camicia nera, Bertrand si diresse al cartello per comporre il numero di *Votre Agence*. Al primo squillo rispose una voce di donna. Lui domandò se l'immobile fosse in vendita da molto tempo. La segretaria fece una pausa e chiese a sua volta: «Vorrebbe vederlo?»

«L'ho già visitato quando i signori Milan ne erano i proprietari. Ci abitano ancora?»

«Non divulghiamo per telefono i nomi dei proprietari, ma se lei è interessato», disse la donna con abilità e congratulandosi tra sé, «le posso fissare un appuntamento il 12. So che prima non c'è nessuno.»

Con fare concreto, Bertrand rispose: «Okay». E, ancor più abilmente, lei proseguì: «In tal caso, giovedì 12, alle 11. Davanti alla casa».

«Ci sarò. Grazie.»

Bertrand riappese e la segretaria si morse il labbro. *Mi sono scordata di chiedergli il nome.* Si sarebbe beccata una lavata di capo dal titolare? Così scrisse sull'agenda degli appuntamenti: «SIG. BRTOJEJJDS, il 12 luglio alle 11».

Il fotografo se ne tornò a casa, pensando: Tra tre giorni. Dell'incidente di Franck aveva saputo il 12 gennaio. *Sei mesi...* Il tempo che aveva calcolato Xavier. *Mio fratello ha dell'intuito...*

Bertrand non ebbe il coraggio di andare oltre quel pensiero.

17

SUL far della sera, sotto un cielo striato in verticale di viola e di rosa, Marc fece scendere Bertrand in place de l'Opéra a Parigi. Il fotografo risalì a grandi passi verso le Galeries Lafayette. Incombeva il temporale, eppure i pedoni sembravano non curarsene affatto. Tutti aspettavano di attraversare la strada smanettando sul cellulare. Bertrand, invece, guardava i lampi che si rispondevano a distanza di due secondi. E, d'un tratto, enormi gocce iniziarono a esplodere al suolo quando il semaforo divenne rosso. I pedoni si affrettarono di corsa, spintonandolo. Lui inciampò ma un tizio lo trattenne con mano salda. «Grazie!»
«Ma le pare!»

Era Franck Milan, in camicia bianca e il figlio in braccio.

L'uomo si bloccò, fissando Bertrand dritto negli occhi nel bel mezzo di boulevard Haussmann, tra la pioggia di lampi e le macchine che sfrecciavano a pochi centimetri suonando a tutto spiano il clacson. E Bertrand si svegliò di soprassalto, madido di sudore. La finestra aperta lasciava entrare il temporale e gli incubi. Si stava facendo giorno, e il fotografo uscì dalla stanza.

Quando sua madre lo scorse seduto a tavola, con la T-shirt grigia che indossava da quattro giorni, gli toccò la tazza di caffè e sentì che era fredda. Si piazzò a venti centimetri dal figlio. Lui sospirò.

«È per via di questo bambino?»

Con un secondo sospiro, Bertrand disse: «Non ha fatto niente per meritarsi dei genitori come me e Daphné».

«Se potessero scegliere...»

Continuarono a guardarsi. Lui sorrise. Insomma, quasi. Non so se sia il più bello dei suoi sorrisi, pensò lei mentre Bertrand andava a mettersi davanti alla finestra. Il temporale era cessato, ma cadeva una pioggia pesante, interminabile. La madre osservò i capelli del figlio, che iniziavano a riprendersi la libertà. Di spalle, Bertrand riassunse la sua spedizione a Saint-Thibault, con voce grave e trattenuta che risuonava in tutta la cucina. Sua madre gli andò vicino.

«Domani torno a visitare la casa di Lola.»

Lei si voltò verso il figlio, che guardava la velocità con cui cadevano le gocce.

«Non credo di trovarla lì, ma spero di ottenere qualche informazione dall'agente immobiliare. Altrimenti, può anche darsi che la vicina, Anne Baxter, sia rientrata dalle vacanze. Almeno guadagno un po' di tempo.»

Sua madre aggrottò la fronte. Bertrand rimase in piedi davanti a lei, con uno sguardo tanto determinato quanto duro, tanto ansioso quanto pieno d'amore.

«Il prossimo 3 settembre, Franck Milan torna al lavoro. Hanno diffuso la notizia tra l'una e le otto. Al più tardi, il 4 settembre, saprò. Scoprirò che cosa prova Lola nel rivedermi.»

Senza aggiungere altro, se ne andò. La madre lo guardò uscire dalla cucina. Che cos'era andato storto, lassù, per far soffrire suo figlio in quel modo? E se Lola non avesse più voluto saperne di lui? Da settimane, mesi, Florence non osava affrontare l'argomento e neanche pronunciare il nome di quella ragazza. Pensò che era appena iniziato il conto alla rovescia. *Avrò fatto bene a rintracciare quell'indirizzo?* La donna rimase immobile, e una vocina dal profondo le disse seccamente: «Tuo figlio poteva essere morto. Ringrazia che esce da quella tana. Ringrazia che è cocciuto. Ringrazia che almeno parla, che va avanti».

Lassù, Bertrand era sdraiato sul letto, la sua fotografia tra le mani. *Ti suonerò alla porta, Lola.* Un minuto più tardi, disse a voce alta: «Io ti amo».

18

Quando Daphné giunse a casa dell'editore, baciò il piccolo Milo, si scusò del ritardo e firmò il contratto – senza leggerlo – sul tavolo della cucina, dove Max stava affettando con cura un prosciutto spagnolo.

«Ho l'acquolina in bocca! Dov'è Bertrand?»

«Sul balcone.»

«E Tristan?»

«Suo figlio è all'ospedale», rispose l'editore. «Appendicite. Operato oggi pomeriggio, sta bene e…»

L'editore lanciò un urlo che paralizzò tutti quanti, anche il fotografo sul balcone. Jenna, la moglie, lasciò cadere la caraffa dell'acqua. Bertrand accorse e premette sulla ferita mentre Daphné chiamava i soccorsi.

«Il Bichat è in fondo alla strada!» esclamò Jenna.

«No, l'ospedale no, bisogna andare alla clinica specializzata», garantì Bertrand con calma.

Max era pallido, la moglie trasparente e la giornalista si accovacciò per mettere il telefono contro l'orecchio di Bertrand, che descrisse nel dettaglio la ferita. Il sangue inzuppava la salvietta. Ne chiese un'altra.

Poi, girandosi verso il suo editore, disse: «Adesso la cambio. Tu non guardare». Senza farsi prendere dal panico, prima dell'arrivo dei soccorsi, Bertrand sostituì due volte la salvietta. La ferita era netta, veramente brutta, ma: «Andrà tutto bene». Mezz'ora più tardi, Max era sistemato a bordo dell'ambulanza. Il fotografo e Jenna lo seguirono. Daphné rimase a occuparsi di Milo. Gli impedì di andare in cucina e lo piazzò davanti alla tv mentre preparava un vassoio. Mangiarono a tu per tu, con appetito. Lei gli fece mille domande, alle quali il bambino rispose con uno sguardo e un sorriso. In meno di dieci minuti si addormentò come un angelo sul divanetto. *Devo metterlo a letto? Si sveglierà?*

Ma non si mosse neanche quando un cellulare squillò sotto di lui. *Quello di Bertrand.* La voce femminile ebbe una piccola esitazione, poi attaccò: «Sono la segretaria di *Votre Agence* e chiamo per confermare l'appuntamento di domani alle 11 presso il numero 12 di allée des Contrevents a Saint-Thibault-des-Vignes. Parlo con la moglie?»

«La madre di suo figlio.»

«Mi ero scordata di avvertire, e la mia collaboratrice non vorrebbe fare un viaggio a vuoto.»

«Gli passerò il suo messaggio. Se ci sono dei problemi la richiamerà lui, ma sicuramente non prima di domattina. Stasera ha un impegno.»

«Può ripetermi il nome?»

«Roy.»

«Con la I o la Y?»

Daphné sorrise e si domandò che razza di cervello potesse avere la collaboratrice per far chiamare quella tipa alle 21.02. «Y», puntualizzò, e riappese proprio mentre suonava il suo cellulare.

«Max sta per essere operato», disse Jenna. «Vorrei aspettare che si svegli. Non è che potresti restare lì, per cortesia?»

«Vado a sdraiarmi nella camera degli ospiti.»

«Milo sta dormendo?»

«Sul divano.»

«Lascialo lì. Quando torno, lo metto a letto io.»

«Va bene. Avverti Bertrand che ha dimenticato qui il suo cellulare e che una tipa ha chiamato per confermare il suo appuntamento di domani per la casa. E che se non ci può andare dovrebbe farglielo sapere.»

Bertrand richiamò subito dopo. Daphné provò un certo gusto a dirgli che la segretaria dell'agenzia immobiliare sembrava un po' scema. «Grazie.» *Saint-Thibault-des-Vignes. Perché mi dice qualcosa?* si chiese la giornalista ascoltando Milo che russava. Lo coprì, poi si fiondò nella camera degli ospiti dove la attendeva una tv con schermo gigante. Daphné si soffermò sull'ottimo *Match Point* di Woody Allen. La fortuna legata a un rimbalzo. *La fortuna, tout court*, si disse nel sentire un autentico e piacevolissimo piccolo calcio dentro di sé.

19

FRANCK si svegliò in un letto che non era il suo, si mise seduto e chiese, a voce alta, se l'energia prodotta non potesse essere impiegata – in aggiunta – per alimentare direttamente gli autoveicoli.

«*Warum nicht?*» rispose la donna che gli aveva reso l'udito.

Era la seconda notte che passavano assieme in quattro mesi. E il primo mattino in cui Franck faceva colazione nella cucina di Bettina. Non parlarono dell'indomani o dei giorni a venire. Bettina Hochbach e Franck Milan non erano esattamente impegnati su quella strada. Avevano semplicemente intravisto una direzione nella loro vita. Il resto era affogato in una nebbia bianca, come quella che l'ingegnere dovette attraversare per raggiungere il suo ufficio in Germania. Era tornato da Besançon il 1° di luglio e aveva ripreso il lavoro in maniera non ufficiale. Era stato lui, il giorno prima, a indicare sul sito la data del suo rientro in attività. Aveva bisogno di tempo, si aggirava nei corridoi zoppicando non poco. Cercava di evitare lo stress, seguiva i lavori di rifinitura del laboratorio. Rifletteva sulle sue equazioni, con calma. Sulla sua vita precedente, un po', *non poco*. Erano cose dolorose. L'assenza, la rottura, le domande. L'oblio... *Le cose in cui ho fallito. Lei.*

Ma Franck parlava con dei colleghi, sorrideva. Avrebbe fatto una nuova pausa dal 15 luglio al 15 agosto perché Lenny e Maria sarebbero venuti per un mese intero. L'avrebbe certamente detto a Kaminsky. Ma quest'ultimo, dopo essere saltato in aria, era diventato capriccioso.

Appariva e scompariva come un fantasma. Franck si adattava: *La mia infanzia mi ha preparato a questo tipo di mostri.*

In certi momenti era quasi lieto di avere la sua compagnia. Invece quella giornata trascorse senza di lui. L'ingegnere lavorò fino a tardi, rientrò a casa tardi, da solo, con la sua automobile bianca invisibile dentro la stessa soffice nebbia bianca del mattino. Andò a letto tardi. Ma si alzò presto su una foschia che sembrava fresca di bucato. Caffè, doccia. Neon bianco. Pensò ancora a Maria e Lenny che sarebbero arrivati la domenica successiva a bordo di un grande aereo bianco, accompagnati da una hostess che non sarà *la mia ex moglie*. Gli sarebbe piaciuto dire: «La troia-che-neanche-si-era-messa-un-vestito-da-sposa-bianco-bensì-crema». Ma Lola non era una troia, lui lo sapeva bene. Il che era *peggio*.

Franck si concentrò sulle guance dei piccoli contro le sue. Valutò la sua barba nera, non più fatta da diversi giorni. Decise, *da oggi*, di avere una pelle liscia. Schiuma, rasoio a mano, una guancia dopo l'altra. Nessun suono, a parte quelli di cui non poteva liberarsi. Si sciacquò il viso, si asciugò e si accorse che dalla bomboletta colava un filo di schiuma bianca come la nebbia, la foschia, il neon, il colore della sua macchina. Impallidì e appoggiò i palmi delle mani sul lavandino.

Tutti sanno che cos'è un test di paternità. Ma l'ingegnere, quel mattino, capì. Vide tutti quei diversi toni di bianco allinearsi per formare una lunghissima freccia puntata su ciò che sgocciolava. E vide tutt'altra sostanza. Pensò a Lola, quel giorno, sotto la vetrata, al test positivo e alle analisi poco chiare. *Ai suoi occhi. A me che ho pensato soltanto a me stesso.* Franck aveva la morte nel cuore, era lì, *tutto questo tempo e non ci ho mai pensato*. A suo dire, l'altro stronzo si era messo un preservativo… E se non l'avesse fatto?

L'ingegnere consultò Google, in piedi, davanti al lavandino. Un laboratorio garantiva quarantott'ore di tempo. *Tempismo perfetto*. E la risposta lo sarebbe stata altrettanto? Con un colpo dell'asciugamano nero, Franck Milan pulì lo specchio che aveva avuto il tempo di appannarsi durante le sue digressioni. Si vide così com'era, sordo, ustionato, nudo. L'unica cosa cui pensò non riguardava la tonalità precisa di ciascun bianco o il lampo rosso della sovrimpressione che era apparsa sullo schermo il Natale del 2010, ma quella della voce d'oltretomba di sua nonna.

Non me ne sono reso conto. L'ho visto uscire dalla stanza 2204. I miei bambini sono figli suoi. Franck non distolse lo sguardo dal proprio riflesso. Affrontò se stesso. Sentì sulle guance quelle manine, udì i borbottii e i chiacchiericci a casa sua. Seppe che il tipo che sosteneva il suo sguardo nello specchio avrebbe fatto i test, ma gli disse: *Sono io il loro padre.*

20

La notte stava per finire, quando Bertrand aprì a fatica la porta posteriore dopo aver riaccompagnato una Jenna a pezzi e recuperato il suo cellulare. Confermò subito per sms l'appuntamento, poi tornò in rue Haute e crollò sul letto. Tre ore e mezzo più tardi, mangiò un'arancia e ingollò mezzo litro di caffè riassumendo la serata a sua madre, che stava già preparando della marmellata d'albicocche, regalate dalla vicina. «Il temporale le ha fatte cadere.»

Florence snocciolava i frutti ascoltando il tono della voce – ancora contenuto – del figlio. Bertrand soppesò l'imponente cassetta. «Dieci chili», disse la madre. Lui sorrise e aggiunse un incantevole: «Piuttosto dieci anni». Lei lo trovò molto bello. *Teso ma un po' più luminoso.* Lo seguì con lo sguardo, mentre lui sciacquava la tazza. Aveva le spalle più dritte. Fuori, la pioggia era cessata. *Fa' che l'agenzia collabori, che Anne Baxter sia tornata. Che lui torni sorridente. Tutta la vita...* Bertrand si voltò, lei incrociò il suo sguardo e restarono così per qualche secondo.

«Ti preparo dell'altro caffè?»

Alle 9.45, Bertrand finì un'altra tazza, mangiò tre albicocche e si rimise al volante proprio mentre Lola entrava nell'agenzia immobiliare degli zii, che si stavano godendo le loro prime vacanze con Luana. «Scusate il ritardo!» Peraltro, la segretaria l'aveva svegliata presto inviandole la conferma dell'appuntamento alle 11, ma stranamente il tempo era volato come quando Lola era restia a fare qualcosa.

Si sedette alla scrivania della zia e visualizzò il calendario degli appuntamenti. *Ho davvero voglia di mettere piede in quella casa?* Si avvicinò allo schermo. Lesse a voce alta: «Sig. Brtojejjds?» La segretaria si scusò.

«Mi sono dimenticata di correggere sul computer. Si chiama...»

«Sai che quella casa è la mia e che sono divorziata?» tagliò corto Lola.

«Sì.»

«Fammi la cortesia, ti prego, fa' tu questa visita al posto mio, oggi proprio non me la sento di entrare là dentro.»

«Ma io non ho mai...»

«Non è difficile, devi solo illustrare ciò che vedi e tutto quanto è scritto nel fascicolo. Evita che il potenziale inquilino prenda in mano la conversazione. Chiedigli con gentilezza di lasciarti fare. Metti l'accento sulla vetrata, il vetro è autopulente.» Sorrise. «Chiamami in caso di necessità! Soprattutto se il cliente vuole acquistare!»

Bertrand si fermò allo stop, girò a destra, fece cinquecento metri e affrontò la rotatoria con calma. Due semafori rossi più avanti, imboccò l'autostrada. Dopo due chilometri frenò di colpo. Decine di veicoli erano fermi, le luci di emergenza in funzione. Anche lui fu bloccato dall'ondata che lo seguiva. «Che coglione!» gridò quando, pian piano, i veicoli ripresero la marcia senza mai superare i cinque chilometri all'ora. *Caz-zo!* Pensò a tutti i possibili percorsi alternativi senza poterne neanche tentare uno, perché la coda non si muoveva. Poi ripartì, alla velocità di una tartaruga in sciopero. I minuti, invece, correvano come una giornata natalizia. *Perché non ci ho pensato?*

Lola lavorava a maglia, seduta nell'agenzia, la porta aperta per far entrare il sole. Alle 10.30, i raggi si posarono sul cardigan nero. Chiuse gli occhi. Un po' di calore ci sta sempre bene, dopo la pioggia. Tiene lontani i brutti ricordi e fa tornare alla luce i belli. Le foto di Bertrand. *La sua ombra lieve sul lago...* Lo sguardo di Elsa, quando lei gliel'aveva fatta vedere. Le risate dei gemelli quando sua sorella si metteva a rincorrerli e loro le si gettavano tra le braccia. Le risate, ma diverse, quando Elsa li faceva uscire dalla cucina spingendoli via con lo strofinaccio per preparare «una torta-sorpresa». Loro ubbidivano, capivano quel che intendeva lei. Ascoltavano tutto ciò che raccontava, quando disegnava una forma né tonda né ovale loro ci vedevano una casa. Descriveva la porta, le finestre e «qui, il cielo nel buco». Sapeva essere convincente perché diceva la verità.

Non riusciva a pronunciare «vetrata» o «deserto». Esistevano solo il «cielo nel buco» e il «dessert». Lo diceva con serietà perché era seria in tutto. Anche quando faceva rotolare le arance sul tavolo del salotto e se ne usciva con un: «Bravi-Bravi!» ogni volta che Lenny e Maria le acchiappavano. Lola si alzò, prese la borsa. *Devo comprargli delle palline vere.* Appese il piccolo cartello TORNO TRA CINQUE MINUTI. Il minimarket era a cento metri, ma abbastanza lontano da non farle sentire il telefono dell'agenzia. Che squillò a vuoto.

Bertrand si sedette sul cofano dopo una decina di squilli, impossibilitato ad avvertire che non sarebbe andato all'appuntamento. Era furibondo? In quell'istante, era al di là di qualunque cosa. Tanto da sbagliare numero e chiamare l'agenzia invece della segretaria. Si vedeva in mezzo al nulla, sotto un sole cocente, perduto tra le spighe dorate nei campi ancora segnati dal temporale del giorno precedente. *Quante possibilità ho che mi si rompa la frizione proprio qui, un giovedì 12 luglio 2012 alle 10.40? Tante quante di essere rapito o di incontrare Lola?*

Il fotografo si concentrò sulla sua sete e sui veicoli. Due trattori in quaranta minuti. Ma la compagnia d'assicurazioni aveva promesso di fare in fretta... Mentiva? Sopraggiunse una piccola Fiat bianca. Bertrand si mise di traverso sulla strada, la donna abbassò appena il finestrino e giurò di non lavorare per *Votre Agence*, quando vide arrivare un carro attrezzi.

L'uomo di età indefinibile, assai piccolo e assai scuro, commentò tutte le sue manovre nel tirare su la vettura, e in quel momento telefonò la segretaria. Bertrand si scusò, spiegò la sua disavventura e prese un nuovo appuntamento per l'indomani mattina alla stessa ora, girandosi poi verso il tipo che gli batteva sulla spalla. Il fotografo riagganciò.

«Dov'è che sta?» gli chiese quel tizio ridicolo, con un sorriso gioviale.

«A Rives-sur-Marne.»

«Per venti euro ce la porto io. Costo meno di un taxi.»

«Affare fatto», disse Bertrand salendo a bordo.

In mezzo al reparto giocattoli, Lola esitava. Lenny e Maria rischiavano di mettersi le palle piccole in bocca, mentre quelle più grosse erano palloni veri e propri. *Perché non sono fortunata? Perché non ci sono palle grosse come un'arancia?* Si diresse di corsa alla sua macchina e filò in direzione del centro commerciale.

Quel mattino, la maestra indossava un dolcevita nero, una gonna scozzese gialla a quadri rossi e neri e scarpe nere a tacco basso. Al suono della campanella, dopo il pranzo, non era tornata a prendere la sua classe. Era stato il preside a portare gli allievi nella loro aula. I bambini si erano sparpagliati lentamente ma con decisione.

Di tanto in tanto, la maestra occhialuta dell'aula adiacente ficcava dentro il suo capoccione, proferiva qualche minaccia, prendeva un nome e lanciava un'occhiata ad Anya per poi tornare nella propria classe, dove i suoi allievi prendevano di petto la loro voglia di libertà. Infine, alle 14.55, il direttore l'aveva chiamata, lei, io. Anya l'aveva seguito nel corridoio e lui, davanti alle scale in legno marrone molto scuro, aveva pronunciato parole vere, definitive.

Sua madre era stata ritrovata in fondo al canale. Altre schifose parole stavano aspettando su un foglio tenuto fermo da un sasso. «NON C'È NIENTE DI MEGLIO DELL'OBLIO PER RINASCERE. MI SAREBBE TANTO PIACIUTO DIMENTICARE. PERDONATEMI.»

Sgorgavano, lontano e poi vicino, come dei brutti pensieri difficili da dominare in un torrente invernale. Anya aveva gli occhi chiari, come un cielo d'inverno. Pensava che fosse un dono. Nel firmamento vivono le stelle.

1

IL meccanico non aprì più bocca, ma guidava come se avesse preso la patente quel mattino. Frenava in pieno rettilineo, sudava all'avvicinarsi di una rotatoria e accelerava per imboccarla, sopraggiungessero o no altri veicoli. Bertrand lo guardò e il tizio gli disse che ce la faceva a passare. Il fotografo si aggrappò alla maniglia.

«Si sta chiedendo se ho appena preso la patente?»

«In tutta sincerità, sì.»

«La stessa cosa che mi dicono tutti.»

Frenò di colpo, e Bertrand pure.

«Ha paura?»

Il giovane rispose che gli sarebbe piaciuto tornare a casa vivo. Fu un errore: il meccanico rallentò all'inverosimile.

«Trentacinque anni di patente e mai un incidente. E sa perché?»

Perché non riesci neanche a mettere la terza.

«Perché sono prudente. Guardo dappertutto.»

«Buona risposta», sbottò Bertrand con un'occhiata.

Il tragitto fu interminabile e faticoso, ma diede a Bertrand tutto il tempo necessario per trovare la frase giusta. *Riprendi appuntamento per oggi pomeriggio.* La segretaria rispose subito. Ascoltò e disse: «Chiedo alla signora Baratier e la richiamo».

La comunicazione si chiuse e Bertrand sorrise. Il tempo rimase sospeso, i rumori si disgregarono e il silenzio coprì ogni cosa, a perdita d'occhio. *Chiedo alla signora Baratier...* Il meccanico si fermò a dieci metri da un cartello di precedenza e spense il motore. Bertrand scoppiò a ridere. La vettura che li seguiva li sorpassò a colpi di clacson. L'uomo rimase impassibile e poi ripartì. In cielo non c'era una nuvola, Bertrand aveva le mani gelate, il tempo era soleggiato e la segretaria mantenne la promessa: «Non riesco a contattarla perché è dovuta andare via per pranzo, ma l'affittuaria è d'accordo per le 16. Io la...»

«La signora Baratier è la madre di Lola Milan, la proprietaria?» tagliò corto Bertrand.

«No. È lei, voglio dire che lei...»

«Lola è divorziata?»

«Sì. La conosce?»

«Sono un suo amico», disse Bertrand, incredulo di sentirsi pronunciare quelle parole. «Un carissimo amico, appena tornato dall'estero. Non sapevo più come rintracciarla.»

«Venga in agenzia alle 14.30, la troverà lì. Oppure, se crede, dico a Lola di richiamarla.»

«Ma certo. Subito!» Poi si riprese: «No. Non glielo dica. Vorrei portare dei fiori».

«D'accordo. E per visitare la casa?»

«Be', ci andrò con Lola. È certa che ci sarà?»

«Siamo d'accordo così. Casomai la richiamo. Lei ha l'indirizzo dell'agenzia?»

La segretaria glielo diede. Bertrand fissò il cellulare e rise di nuovo. Il carro attrezzi andava a scatti come se ci provasse gusto. Senza staccare lo sguardo dalla strada, il meccanico disse: «Eccoci a Rives. Mi dica dove».

Bertrand gli indicò la strada con la voglia di guidare al suo posto, molto più veloce, ma cambiò idea. Sprofondò nel sedile e si gustò quel momento *della mia vita*, ammirando il modo in cui il piccoletto scuro manovrava il volante, concentratissimo sulla traiettoria. Il fotografo pensò a delle rose rosse. *Vedrò i suoi occhi. Farò quel che aspetto di fare da mesi*. Poi si tirò su, esclamando: «Mi lasci pure a questo stop, così evita di incastrarsi nella mia strada».

Fece scivolare venticinque euro nella mano del meccanico, lo ringraziò, e l'uomo, senza staccare gli occhi dalla strada, un vero stoico dallo sguardo fisso, disse: «Un gran mazzo di fiori».

Bertrand sorrise, richiuse la portiera e colmò, volando, la distanza che lo separava da casa. *Vedo Lola Baratier oggi alle 14.30*. Con un salto, scavalcò il cancelletto. Erano le 13 in punto, il sole gli riduceva l'ombra al minimo. In due falcate, superò i pochi gradini della scalinata. Aprì la porta e disse, dal corridoio: «Spero che non ci sia solo marmellata di albicocche!»

Nessuno rispose. Si lavò le mani, passò in veloce rassegna la posta del giorno e si servì un piatto di pollo e purè che mangiò senza neanche riscaldarlo. Suo padre, che stava entrando con la caraffa vuota in mano, si fermò di colpo nel vederlo inghiottire una forchettata dopo l'altra.

«Non ci crederai, ma la frizione della mamma è saltata in aperta campagna prima di Saint-Thibault; però», Bertrand sorrise, luminoso, «vedo Lola alle 14.30 presso l'agenzia immobiliare. E credo che sia divorziata.»

Marc appoggiò una mano sul bancone, davanti alla finestra aperta. Il figlio proseguì: «Ho chiamato l'assicurazione ed è arrivato un meccanico che non sapeva guidare. Mi ha riaccompagnato lui a casa». Ingoiò due forchettate di seguito. «Dovresti prestarmi la tua macchina, vorrei comprare dei fiori.»

Suo padre non fece in tempo a rispondere perché, dal giardino sottostante, Florence gridò che, per cortesia, voleva lo zucchero assieme al caffè. Il marito esclamò: «Bertrand è qui!»

«Digli di scendere!» gridò in risposta la moglie.

«Non ho tempo!» disse a sua volta, a voce alta, Bertrand, fissando il cielo perfetto nel buco verticale che aveva davanti, poi l'orologio. «Vieni tu!» Finì di mangiare: «Sai se il fioraio verso la stazione rimane aperto all'ora di pranzo?»

Il padre non rispose. E neanche la madre in giardino. Ma Bertrand si voltò all'istante.

2

«BUONGIORNO, Bertrand.»

Lola era lì, in piedi, nel vano della porta, alle sue spalle. *A due metri.* Indossava un abito azzurro come la camicia di Bertrand e si era fatta crescere i capelli, che le coprivano le spalle. Sorrideva come quando aveva detto: «Vedo», guardando la testa della vite. Lui non si mosse. I suoi genitori, invece, svanirono nel nulla. Era dimagrita, nessun dubbio. E leggermente abbronzata. Le labbra, incantevoli. Gli occhi, *verdi.*

La sedia su cui si trovava Bertrand volò per aria. In un istante, Lola era già tra le sue braccia. Un secondo. Una vita. Due secondi. Due vite. *L'eternità.*

3

Bertrand le prese il volto tra le mani: «Voglio vivere con te, subito». Poi più nulla. Perché Lola lo baciò e gli fece scivolare le braccia attorno al collo, mentre lui la abbracciava. Quell'istante divenne vero, vivo, caldo, unico e *nostro*. Delle portiere si aprirono e si richiusero, senza che loro si fossero mossi. *La nostra occasione è adesso*. E l'auto dei suoi genitori si allontanò.

Allora Bertrand cinse Lola alla vita. Percorsero i dieci metri del corridoio verde chiaro, si scorsero nello specchio e si sorrisero. Salirono fino in camera di Bertrand, un gradino dopo l'altro, guardandosi negli occhi. Il sole li accolse dalla finestra aperta, Lola sfiorò una parete, si girò verso Bertrand che rimase immobile, le mani sui fianchi. «Avevi ragione, è quasi lo stesso azzurro.» Lui non si mosse. Il letto era in disordine. La scrivania addossata al muro traboccava di foto. Lei si avvicinò per guardarle. Tutte. Lui la osservò a lungo, poi, senza che lei se ne rendesse conto, prese l'apparecchio che riposava sul comodino e la fotografò mentre passava da un'immagine all'altra. Mille volte. *Qui, nella mia stanza*. «Guardami, Lola.» Lei alzò gli occhi verso di lui, che fece un solo scatto, perché lei gli dava tutto.

«Io ti amo, Bertrand.»

Era la prima volta che gli diceva quelle quattro parole, ad alta voce, lo sguardo nel suo. Lui posò l'apparecchio, le andò vicino e le sfilò la foto dalle dita. Con delicatezza. Lei gli sbottonò la camicia, lui le slacciò la cintura dell'abito. Si guardarono per non scordare mai una sola frazione di secondo della loro vita assieme. Le loro mani si incrociavano, accarezzavano, salivano, affondavano, si cercavano, volavano, danzavano, si aspettavano, si rispondevano, si stringevano, correvano l'una verso l'altra e si raggiunsero per non lasciarsi più.

Cancellavano il tempo, promettevano di cancellare le ferite. Lola sfiorò quelle di Bertrand. Lui sorrise, tracciando la sua cicatrice con movimento lento e senza abbandonare lo sguardo di lei.

«Lenny e Maria. Un anno e mezzo, questo mese. Che giorno?»

«Sono nati il 15 gennaio.»

«Come aveva previsto quel Conrad.»

«Sì.»

Si fissarono. Bertrand sorrise ma disse, con voce piatta, che lo sapeva perché…

«… Daphné ha incontrato una delle tue amiche su un volo.»

«Natacha.»

Lui non abbassò lo sguardo, il suo sorriso scomparve.

«In Africa, ci sono andato a letto. È rimasta incinta perché…»

Lola si mise seduta e gli posò una mano sulla bocca.

«Me ne frego.»

Bertrand gliela tolse. Era completamente a nudo. «Lo devo dire, Lola. Devo dirti che ero perduto.» Tirò un lungo sospiro e, senza abbassare lo sguardo, non fece menzione del suo rapimento o della prigionia ma le disse: «Ero in quel letto a Khartum e non ricordavo niente. Avevo sempre quella cartolina che non ero riuscito a spedirti. Volevo riprendere la mia vita da dove si era fermata». Fece una piccola pausa, spiegò che i militari avevano aperto un'inchiesta. «L'ho inviata al tuo vecchio indirizzo, e il 12 gennaio mi è venuta l'idea di consultare il sito della Bayercom… Così ho deciso di ripartire. Lo zio di Daphné mi ha dato una mano e ci ha consentito di soggiornare sull'isola di Tumbatu: io, i miei genitori e mio fratello. Daphné aveva un servizio fotografico a Zanzibar, non ne sapevo nulla. È venuta una prima volta, non le ho chiesto tue notizie ma solo di rue Hector, vigliaccamente.» Fece una nuova pausa, continuò a guardare Lola negli occhi. «Non ci sono andato a letto quella sera, ma quando tutta la troupe è tornata perché la sabbia di Zanzibar era troppo bianca.»

Lola disse di aver visto le sue foto. La voce di Bertrand si fece gelida.

«Mi ha raggiunto in spiaggia, a notte fonda. Sapevo che quella cartolina era stata consegnata. Non avevo tue notizie. Non facevo che pensare a Franck, avevo paura di lui. Di te. Avrei voluto essere all'altezza, guadagnare, sentirmi libero, lasciar passare del tempo… Non riuscivo più a ragionare. E neanche so se ne sono capace oggi. Ormai mi viene un'idea ogni due mesi, non sempre straordinaria, prendo delle cantonate. Io… È solo con le foto che non sbaglio. Non so cosa sto facendo.»

«Non dire stupidaggini, Bertrand», rispose Lola prendendogli di nuovo la mano. «Per merito tuo, adesso so riparare una maniglia. E saprei farlo vedere a Lenny e Maria.»

Lola sorrideva. Capiva. L'avrebbe aiutato. *Lola è in grado di dire l'unica cosa che mi fa bene.* Le posò le labbra sulla mano.

«Lo farò.»

Lei lo guardò, e Bertrand si sentì scombussolare.

«Voglio conoscere Maria e Lenny, prima di portarti a cena, io e te da soli, su una terrazza, all'aperto. Sotto le stelle. In riva alla Marna.»

«C'è un ristorante molto carino a due passi da casa mia, con dei tigli. Ho sempre sognato di andarci.»

Bertrand baciò la spalla di Lola e si chinò a prendere un taccuino sul comodino: «Dammi il tuo indirizzo».

«87, chemin de Tournon, Noisiel. 06…»

Lui scrisse e le spiegò che ormai si segnava le cose due, per non dire tre volte, in modo da non perdere niente. «Scrivimi la tua e-mail e il tuo numero», disse lei. «Su un foglio.» La calligrafia di Bertrand era assai inclinata a destra ma molto nitida. Era lo stesso indirizzo di prima, le precisò con una voce che a lei piacque moltissimo: «bertrand.roy.immagini@gmail.com».

«Ho provato con 'foto', 'fotografie', 'fotografo'… 'b.roy', 'bertrandroy', 'roy.bertrand'…»

Lui gettò via penna e foglio. Il taccuino volò per aria.

«Baciami, Lola. Presto.»

Dopo un bellissimo bacio, lui le risistemò le ciocche sulle spalle. Quella lunghezza gli piaceva un sacco. «Mi sono domandato spesso se te li saresti lasciati crescere.» Poi, con lo stesso tono, fermando lo sguardo nel suo, disse: «Ti cercavo nelle strade, dappertutto. Anche in Patagonia».

«Il *Géo* sulla Siberia e quello sulla parte africana dei laghi li ho sul comodino. Guardo le tue foto tutte le sere e le hanno viste anche i bambini. Non...» Lola sorrise. «... Non sono ancora riuscita a leggere il tuo testo, e neanche a scriverti.»

«In Islanda ho visto un anello, semplice, con una pietra vulcanica. Sono rimasto davanti alla vetrina tre sere di fila. La quarta sono entrato e, all'ultimo momento, l'ho lasciato lì perché ho pensato che non bisogna vendere la pelle dell'orso...»

«A novembre ho iniziato un cardigan nero, per te. Sono arrivata a tre quarti. Ho fatto un giro di maglia per sera. Non tutte, però.»

Bertrand prese la mano di Lola, la sinistra, priva di fede nuziale. Lei tastò le sue, più magre, più asciutte. Non accennò alla mancanza di quel vecchio anello d'argento ma disse solo: «Le avrei riconosciute a occhi chiusi».

«Pensavo che lui ti avrebbe perdonato e che ci saresti rimasta assieme.»

Lei tornò a fissarlo negli occhi. «Voglio sapere, Lola. Ne ho bisogno.» Così lei fece un riassunto sincero dei mesi trascorsi dalla loro ultima telefonata. Delle sue angosce, delle sue menzogne. Dei suoi errori, delle sue esitazioni. Di quella paura che la soffocava.

«Ho saputo della tua fuga soltanto la sera di Natale e la nonna di Franck è morta. Lui è tornato a Besançon da solo. Il 9 gennaio, l'ho chiamato per dirgli che amavo un altro uomo. Ha capito che eri tu... Ha chiesto il divorzio, io l'ho rivisto soltanto a fine aprile, a Parigi. È dura.»

Bertrand si passò entrambe le mani tra i capelli. Non aveva sempre delle buone idee, ma non faceva errori di valutazione. *Tutto... questo... tempo... perduto...* Lola ammise di aver pensato spesso a Daphné.

«Insomma, non mi stupisce sapere che è incinta. Ma prima non ho mentito, Bertrand. Me ne frego. Avremo tre bambini.»

«È necessario che le parli oggi a quattr'occhi. Voglio risolvere questa faccenda prima di sera. Voglio che la nostra vita inizi bene.»

Lola gli accarezzò il volto, le labbra. «Grazie.» Bertrand le chiese se le fosse capitato di leggere l'unico articolo nel quale lui aveva parlato. Lei scosse la testa.

«Le mie precise parole sono state queste: 'Non voglio parlare *di quel* passato per dimenticare'.»

Bertrand vide l'ombra che passò su Lola. Le prese il volto tra le mani, la baciò e disse, la bocca contro la sua: «Adesso dimmi, amore mio, come hai fatto a trovare il mio indirizzo, perché credo che la mia cartolina non ti sia mai arrivata». «No, non l'ho mai ricevuta.» «Lo voglio sapere.» Allora Lola raccontò del municipio di Rives, del suo bruttissimo drakkar nero che era tornato al mittente. Poi... come avesse capito, quel 26 maggio. «Non ti sentivo più. Ho avuto una gran paura. Quel giorno...» Tacque, e Bertrand comprese. Si chinò ad aprire il cassetto del comodino e le diede la sua foto. Lola la guardò a lungo, gli occhi velati di lacrime.

«Elsa ti ha visto. L'ha detto soltanto lo scorso Natale. Mi sarebbe piaciuto vederti.»

«Ti avevo detto che ci sarei stato, e non ti ho aiutata.»

«Avrei dovuto spedire le mie lettere a *Géo*... Avrei dovuto uscire da quell'ascensore.»

Con gesto rapido, Bertrand la abbracciò. Lei disse: «Hai cancellato ogni cosa, nella mia vita, volevo soltanto te». «Non ho mai smesso di pensarti, per non morire.» «Ti ho spinto a partire.» «Ti proibisco di pensarlo. Non farlo mai.» Lei aumentò la sua stretta, lui ancora di più. «Non facevo che pensare a quel che mi avevi detto sui rapimenti, e la mattina di Natale mi sei come apparsa a domandarmi ciò che era importante per me. Stavi pensando a me?» «Sì. Al fatto che dovevo lasciare Franck per liberarti.» Non si mossero più. Continuarono a respirare lentamente, assieme. *Assieme*. E Bertrand disse: «Grazie di essere tornata».

4

Alle 16.50 Lola si infilò di nuovo il vestito e Bertrand i jeans. Lei vide le sue ferite ma fece finta di niente. Lui si voltò, sorridente, vivo. Lei gli porse la camicia. Si sentivano baciati dal sole come quel giorno d'estate, le ore appena trascorse avevano spazzato via ciò che dovevano giocoforza dirsi per far iniziare bene la loro vita assieme. *Adesso*. Per fortuna, Lola era di riposo. «Per fortuna, il mio lavoro mi consente di adattare i miei programmi ai tuoi.»

Avrebbero passato i due giorni seguenti con i bambini, in giardino, a non far altro che vivere assieme. Alla vista dell'ora, Bertrand decise di spostarsi con la moto del padre per essere «puntuale da te».

«Vuoi che ti prenda io il borsone?»

«Buona idea!» disse lui, gettandovi dentro due camicie, un paio di jeans, dei bermuda, delle calze, due T-shirt e le infradito, più la macchina fotografica che stava sul comodino. «Dimentico una cosa...»

Lei si infilò i sandali. A Bertrand sarebbe piaciuto scattare quella foto ma si trattenne.

«Vado a fare un po' di spesa. Come lo vuoi, lo spazzolino da denti?»

«Morbido.»

«E il rasoio?»

«Non fa differenza.»

Lei gli accarezzò la guancia. Bertrand era sicuro che la marca che gli avrebbe scelto non sarebbe stata una di quelle usate da Franck. Intrecciò le dita alle sue per uscire dalla stanza, ma lei lo trattenne per chinarsi su una foto. Un lago blu acciaio. Rive che si intuivano e un'acqua in cui si riflettevano due scie che si schivavano.

«Stai preparando un libro sull'acqua, giusto?»

«Sì», rispose lui. «Questa sarà la copertina.»

Lola la osservò a lungo. Bertrand le sollevò i capelli e le disse all'orecchio: «Non ho mai smesso di ascoltare gli aerei. Pensavo a quei miliardi di goccioline, mi dicevo che qualcosa di te avrebbe finito per cadermi addosso».

Lola non si mosse. Lui sentì che respirava in maniera diversa. «Che cosa succede, tesoro mio?»

«Mi capita di vedere queste scie come dei brutti ricordi che tornano. Mi capita di pensare che salgo sugli aerei per non vederle.»

Bertrand si spostò di fronte a lei. Lola parlò del cielo, spaccato in due, quel 26 maggio. Lui la condusse davanti alla finestra.

«Guarda, è soltanto bello.»

Lola seguì le linee che si incrociavano e si sfioravano. «È una tela infinita, effimera ma viva», disse lui. Lei lo baciò con passione. «Ancora», fece lui. Lei lo baciò ancora, poi scesero di corsa. Nell'aprire le porte, Bertrand le disse in tutta fretta: «Questo è il mio studio fotografico, in fondo c'è il mio laboratorio e qui l'ufficio. Te li farò vedere lunedì, dopo il tuo volo». «Va bene.» Erano già davanti alla porta che dava all'esterno. «Si blocca quando piove, devi far forza in questo modo.» «Okay.»

Uscirono nel giardino dietro la casa. Tre piante di tarassaco in fiore si godevano il sole in mezzo a sfere bianche e pistilli nudi. Lola pensò segretamente al desiderio che si avvera se tutti i semi volano via. Bertrand si accorse che li stava guardando. Si sorrisero, il vento aveva mantenuto la promessa. Passarono nel punto esatto sul quale lui si era sdraiato. Bertrand disse, per cancellarlo: «Un mattino ho scattato una bella foto di una goccia di rugiada».

«Nel tuo giardino?»

«Dalla mia finestra. Stasera ti racconto.»

Aprì il cancello. Lola aprì la sua Nissan nera, parcheggiata a qualche metro dalla casa, salì e abbassò il finestrino. Lui si piegò, appoggiò il braccio sulla portiera, le maniche arrotolate alla bell'e meglio fino ai gomiti, e sorrise nel guardare i due seggiolini per bambini.

«Arriverò puntuale. Sono un caso patologico.»

Lola gli accarezzò la guancia per poi dire, più seria: «Elsa non vuol essere fotografata di sorpresa e mai senza di me. Mostra solo la schiena».

«È meglio che mi abbia visto.»

«Tu sei il solo, Bertrand.»

«Tu sei l'unica, Lola.»

Lei lo baciò due volte, brevemente. Poi fece un sorriso meraviglioso e allungò il braccio per mettere in moto. Lui la trattenne: «Perché proprio *oggi*?»

Lei parlò delle palle che voleva acquistare, delle arance che Elsa metteva qua e là, le spremute…

«Non riesco a capire tutto. Però, nel parcheggiare, ho capito che non avevo bisogno di una palla ma di te.»

Lui la baciò, due volte, a lungo. Lola partì, si fermò allo stop e, nello specchietto, vide soltanto Bertrand, a braccia conserte in mezzo alla strada, intento a guardarla.

Lei scomparve, e lui rimase lì dov'era. Non aveva mai avuto un altro indirizzo. Trentatré anni, tra non molto. Guardò le case, gli alberi, il cielo, le stelle che nessuno vede in pieno giorno ma che sono lì, eterne. Pensò alle cose che aveva desiderato quando l'avevano rinchiuso. A quell'olmo giovane e promettente. Nelle sue prigioni non c'erano mai stati denti di leone, *ma niente mi ha impedito di soffiarci su.*

Bertrand rovesciò la testa all'indietro, gli occhi aperti sull'immensità. Il sole come le mani di Lola. Sorrise.

Soy aquí.

Note e ringraziamenti

Dopo aver terminato *L'istante esatto che lega due destini*, ho sentito la necessità di prendere una boccata d'aria, nel senso letterale del termine. Conferenze, passeggiate, mostre, lavori esterni. Non saprei dire se a farmi incontrare questi personaggi siano state la luce, le ombre sui muri, le cose che si disegnavano in cielo… l'infinita libertà delle nuvole o quel che si trova più lontano. Ma so qual è stata la scintilla. Una fotografia. Quella di un'improbabile impalcatura di bambù costruita per rubare un favo di miele.

Ho avuto la strana sensazione di vedere attraverso l'obiettivo di Bertrand. Quelle linee che si combinano nella luce. L'emozione provocata dall'immagine, quella che si imprime nel momento in cui il fotografo preme il pulsante… Mi sembra (in tutta modestia) di aver colto quell'*istante decisivo* del fotografo.

E mi sembra, d'altro canto, che i fotografi e gli scrittori abbiano lo stesso desiderio di fornire una scala adeguata alle sensazioni, ai sentimenti, alle emozioni. A tutti i momenti importanti che costellano una vita.

Per non dimenticare mai i volti degli uomini e delle donne cui sono state tolte la libertà e la vita.

Voglio ringraziare i miei editori, Caroline Lépée e Michel Lafon. Florian Lafani, per il suo prezioso aiuto. Quella «cosa» che mi accompagna e centellina le sue sorprese. *Maupassant forever*. E Isabel, che ha risposto alle mie domande con la gentilezza di non farmene mai a sua volta, e che se n'è purtroppo andata, qualche giorno fa, lasciando un meraviglioso ricordo.

E, naturalmente, ciascuno di voi.

Mi piacerebbe concludere dicendovi che un romanzo è un lungo lavoro, che sonnecchia, si impone e il cui contenuto si delinea durante le riletture. Ne faccio tante. Ne ho bisogno. Il tempo passa, il mondo cambia. Ho finito la prima stesura nel 2012. Ho riletto le bozze il 7 gennaio 2015. Una giornata da incubo. I miei personaggi si interrogano sull'oblio e sulla rinascita…

JE SUIS CHARLIE.

Finito di stampare presso ELCOGRAF S.p.A.
Stabilimento di Cles (TN)
Printed in Italy